MARTIN KRÜGER

WINTER STERBEN

Der zweite Fall für Valeria Ravelli

HarperCollins

1. Auflage 2022
Originalausgabe

Gesetzt aus der Stempel Garamond
von GGP Media GmbH, Pößneck
Druck und Bindung von GGP Media GmbH, Pößneck
Printed in Germany
ISBN 978-3-365-00118-9
www.harpercollins.de

Klimaneutral
Druckprodukt
ClimatePartner.com/15109-2009-1001

MIX
Papier
FSC FSC® C014496

1

Das Gesicht des Toten war eine Maske aus Schmerz.

Zuerst hielt der Mann die Leiche für ein Trugbild, dachte, dass ihn seine Augen getäuscht hätten. Das ist sicher nur eine alte abgestorbene Wurzel, die aus dem morastigen Höhlenboden herausragt, ging ihm durch den Kopf, mehr nicht …

Aber es war anders.

Mein Gott, was ist das?

Ausgerechnet hier?

Als er näher trat, entdeckte er die Hand, die unnatürlich abgeknickt an der Seite des Toten hervorragte. Sein Unterarm war offensichtlich gebrochen. Was immer dieser Fremde erleiden musste, es war schrecklich gewesen, das war ihm anzusehen, an den weit aufgerissenen Augen, an dem schmerzverzerrten Mund, der zu einem ewig währenden Schrei aufklaffte …

Eine Leiche, dachte der Mann. Hier. Mitten im Nirgendwo. Das konnte nicht sein, das durfte nicht sein. Er hob die Hand, die in dem dicken Handschuh steckte, und schob sich eine fettige Haarsträhne zur Seite, die wie ein Fächer vor seinem Gesicht hing. *Lass ihn liegen. Kehr um und geh. Vergiss ihn. Das ist nicht deine Sache, also lass ihn ruhen.* Hier oben würde der bald mit aller Kraft und Kälte hereinbrechende Winter schnell dafür sorgen, dass bis ins nächste Frühjahr niemand mehr auch nur einen Fuß in die Nähe dieses seltsamen Toten setzte.

Doch obwohl er von der schmutzig braunen, vertrockneten Leiche abgestoßen war, trat er vor, beugte sich tiefer. Er schob ein paar Blätter zur Seite und starrte auf die verrottenden Fetzen von Kleidung, die an der Leiche hingen. Er blickte auf die Finger, dann auf den Boden und hinüber zur schroffen Felswand. Worte standen dort, vielleicht auch nur sinnlose Buchstaben, die er las, aber nicht verstehen konnte – bis auf eines, das deutlich hervorstach. Man könnte den Toten verscharren, ging ihm ein flüchtiger Gedanke durch den Kopf, vergraben oder gleich hierlassen. Hier würde ihn ja doch niemand finden. Dem Ort bliebe der ganze Trubel erspart.

Denn wenn es stimmte, was er dort geschrieben hatte – seine letzten Worte vor dem Tod –, dann stand ihnen allen eine ganze Menge Unheil bevor.

Der Mann zögerte kurz, dann wandte er sich ab. Als er sich von der Leiche entfernte, war es ihm, als folgten die Augen des Toten jedem seiner Schritte.

2

Es war kalt und roch nach Pulver, Metall und frischer Farbe. Die Stellen, an denen man den in die Jahre gekommenen grauen Beton der Schießbahn weiß angestrichen hatte, schimmerten wie bleiche Knochen. Die langen Reihen von Leuchtstoffröhren summten leise.

Valeria Ravelli sicherte die Walther P 99 und steckte sie zurück ins Holster. Die Übungsscheibe kam zurück und zeigte ihr acht Treffer, drei ins Schwarze, aber keiner, der weit abwich. Die Stellen, wo die Neun-Millimeter-Projektile das Material perforiert hatten, fühlten sich noch immer heiß unter ihren Fingern an.

Nicht schlecht. Aber auch nicht *besser*.

Valeria blickte auf. Sie war nicht länger allein. Die Uhr, die nah bei den massiven Zugangstüren der Schießanlage aufgehängt war, zeigte kurz nach Mitternacht. Eine Uhrzeit für all jene, die das Alleinsein liebten. Es gab nicht besonders viele, die wussten, dass sie gerne zu dieser Stunde herkam.

»Ich dachte mir, ich würde Sie hier finden, Ravelli.« Konrad Tanners raue Stimme klang, als hätte er eine ganze Nacht in der Kälte verbracht – und vielleicht war es auch wirklich so.

Als er näher trat, wehte eine Böe kalter Luft aus der Tür, die er hatte offen stehen lassen. Dahinter klaffte Dunkelheit. Sie waren allein, und alles war still, so tief unter der Erde.

»Spionieren Sie mir nach?« Valeria betrachtete den Leiter von Einheit 11 genauer. Da war ein dunkler Ausdruck, ein harter Zug um seinen schmalen Mund, etwas, das manch anderer vielleicht als verbraucht oder müde bezeichnen würde, aber Valeria wusste es besser. Er hatte zu viel gesehen, zu viele Dinge, die niemand sehen sollte, und diese Dinge hatten ihre Spuren hinterlassen. Auf seiner Seele, seinem Gesicht, tief in seinen Augen. Er ist schon lange kein junger Mann mehr, dachte sie, aber er kann immer noch wie ein Löwe kämpfen.

»Ich spioniere nicht mehr«, erwiderte Tanner und lächelte flüchtig, doch würde niemand dieses Lächeln als herzlich bezeichnen. Er trug einen Aktenordner mit sich, in dunkles Leder geschlagen, durch den jahrelangen Gebrauch abgegriffen. Das Geräusch, als die Schlösser aufschnappten, ertönte laut in der Stille, die sie umgab. »Was wissen Sie über Steinberg?«, fragte er und nahm ein Blatt heraus, aber Valeria konnte nicht erkennen, was darauf stand.

»Nie gehört. Ist das ein Name?«

Wieder dieses seltsame Lächeln. »Ein Ort. Ziemlich abgelegen. Aber damit kennen Sie sich doch aus, nicht wahr?«

»Falls Sie auf Eigerstal anspielen, Tanner, dann war ich offiziell nie dort. Und das wissen Sie auch.«

»Ja, das tue ich. Aber in Steinberg, dort ist es etwas anders. Ich denke, es wird Ihnen gefallen.«

Valeria knüllte die papierne Zielscheibe zusammen und warf sie in einen der herumstehenden Abfallkörbe. »Ich denke nicht, dass wir wirklich Zeit dafür haben. Sie haben meinen Bericht gelesen und wissen …«

»Aber es fällt doch genau in Ihr Fachgebiet, Ravelli«, unterbrach er sie.

»Ach ja?«

»Mord. Die grausame Variante.« Er streckte ihr das Blatt entgegen. Es war eine Fotografie, viel zu dunkel belichtet, doch was man erkennen konnte, genügte schon.

»Sieht ganz danach aus«, erwiderte sie. »Dieser Tote … Was hat man mit ihm gemacht?«

»Eine ganze Menge bösartiger Dinge. Aber das ist jetzt noch nicht wichtig, das kommt später. Viel wichtiger ist im Augenblick, wer dieser Mann ist. Und da kommen wir ins Spiel.«

»Ja?«

»Steinberg liegt, wie ich bereits sagte, sehr, sehr abgelegen. Eine Enklave mitten in den Walliser Alpen. Abgeschieden, fern von jedem touristisch attraktiven Skigebiet. Die Berge sind zu unvorhersehbar, die Hänge zu steil, und die Lawinen gehen in jedem Jahr häufiger ab. Es gibt keine Attraktionen, keine Hotels, nichts, was anziehend wirken würde – von den Vorlieben einiger Extremsportler abgesehen, die gerne Kopf und Kragen riskieren.«

»Und natürlich all diejenigen, die sich gerade nach dieser Abgeschiedenheit sehnen.«

»Wie Sie selbst, Ravelli?«

Sie schüttelte den Kopf. »Nein, mir ist die Stadt lieber, Tanner.«

»Ich fürchte, Sie werden Zürich eine Weile hinter sich lassen müssen. Tun Sie es für mich, weil ich Sie darum bitte.«

»Da steckt natürlich mehr dahinter.« Valeria konnte es Tanner an den Augen ablesen. Dieser Ausdruck, den sie dort erblickte, sie kannte ihn gut.

»Jemand hat mich um Hilfe gebeten.«

»Was Sie nicht sagen.« Ein süffisantes Lächeln schlich sich auf Valerias Lippen. »Eine Frau. Es ist immer eine Frau, wenn Sie so anfangen.«

»Eine alte Bekannte«, erwiderte Tanner. »Wir … nun, wir verstehen uns gut. Und ich schulde ihr einen Gefallen. Wahrscheinlich mehr als nur einen.«

»Das klingt nun so gar nicht nach Ihnen«, meinte Valeria. »Tanner, der Mann, der all seine Schulden ganz genau durchgezählt und aufgelistet hat. Klingt, als müssten Sie demnächst noch einen neuen Eintrag auf diese Schuldenliste setzen. Also gut, erzählen Sie mehr.«

»Nicht hier, Ravelli. Das ist nicht der richtige Ort. Und auch nicht die richtige Zeit. Kommen Sie morgen früh in mein Büro.«

Valeria wusste, dass sie nichts mehr aus ihm herausbekommen würde. »Wie Sie meinen.« Sie nickte knapp und wandte sich zum Gehen.

»Ravelli?«, sagte Tanner, als sie schon bei der Tür war.

»Ja?«

»Sie sollten sich darauf einstellen, so schnell wie möglich aufzubrechen.«

Der Blick, den sie ihm erwiderte, war kühl und distanziert. »Sie bitten mich also darum, dieser Sache höchste Priorität einzuräumen? Schön. Dieser Ort ist ebenso gut wie jeder andere. Mich hält hier nichts.«

Sie ging, und die schwere Tür der Schießanlage fiel mit einem schweren Knall ins Schloss.

»Ich fürchte«, sagte Tanner leise in die Leere hinein, »genau das könnte zu einem Problem werden.«

3

Ein alter, alleinstehender Mann, der wusste, wann sein Ende gekommen war, ging hinauf in die Wälder. Starb er im Winter, wurde sein Körper unter den Massen aus Schnee begraben, die ihn erst im nächsten Frühjahr wieder freigaben, bleiche Knochen, die nur noch fern über das, was er einst gewesen war, erzählten. Starb er im Herbst, so ging er in eine der Höhlen, die das Gestein, das dem Dorf seinen Namen gab, seit Jahrtausenden durchlöchert hatten. Vielleicht fand man dann im Frühling seine Überreste, vielleicht blieb er auch für immer verschwunden. Vielleicht zerrten die Wölfe seine Knochen zurück ans Tageslicht, vielleicht vergruben sie sie, und sie würden erst eines fernen Tages wieder an die Oberfläche gelangen. So hielten es die Alten in den hochgelegenen Dörfern, wenn die Kälte hereinbrach. Steinberg ist auf ihren Knochen gebaut, die für immer in den kargen Höhen ruhen.

Valeria blickte auf den Bildschirm, auf jene Worte, die sie dort las. Das blau gefärbte Licht ihres Notebooks schimmerte im spärlich eingerichteten Wohnzimmer ihrer Wohnung im Züricher Norden und verlieh den weiß gestrichenen Wänden einen sanften Ton von frisch gefallenem Schnee. Sagen, dachte sie, alte Geschichten … mehr Schauermärchen als Wahrheit.

Es gab nicht besonders viel, das sie über Steinberg hatte entdecken können, als sie im Internet nach dem Dorf gesucht hatte – und in den internen Systemen der Polizei noch viel weniger. Ein kleiner Fleck des Nichts auf der Landkarte, unbedeutend, vollkommen unauffällig.

Sie fuhr sich durch das dunkle Haar, streckte sich und trat zum Fenster. In der Ferne schimmerte die Limmat, die sich in der Nacht kühl und gemächlich durch ihr Flussbett wälzte. *Das letzte Mal, als du so überstürzt aufgebrochen bist, warst du eine ganze Weile fort, verschollen in deiner eigenen Vergangenheit ... aber dieses Mal wird es nicht so sein. Dieses Mal nicht.* Valeria dachte an die Leiche auf der schlecht ausgeleuchteten Fotografie, die Tanner ihr gezeigt hatte. Der Unterarm des Mannes war gebrochen und in einem unnatürlichen Winkel vom Körper abgeknickt, sein Gesicht verzerrt von Schmerz. Der Ausdruck in seinen Augen ... Dieser Mensch hatte etwas erlebt, das über einen gewöhnlichen Tod hinausging. Er hatte eine Geschichte zu erzählen, das spürte sie instinktiv. *Und du willst, ob du es dir nun eingestehst oder auch nicht, diese Geschichte erfahren. Du willst dafür sorgen, dass die Gerechtigkeit wiederhergestellt wird. Tanner wusste, dass er dich damit locken kann.*

Valeria klappte das Notebook zu. Als sie sich kurz vor zwei hinlegte und kurz darauf einschlief, geisterte ein alter Mann durch ihre Träume, der sie immer tiefer in eine Höhle führte. In der Hand hielt er eine Fackel, deren Licht tanzende Schatten auf das schroffe Schiefergestein warf.

Wohin bringst du mich, wollte sie ihn fragen, doch er antwortete ihr nicht. Immer tiefer ging es in die Höhle. Sie waren nicht allein, begriff sie ... Es waren nicht nur die Schatten im Licht der Fackel, die ihr folgten.

Du hättest nicht herkommen sollen, flüsterten Stimmen

aus der Dunkelheit. Aber wir heißen dich dennoch willkommen.

Der Mann machte mit einem Mal Halt, so abrupt, dass Valeria beinahe in ihn hineingelaufen wäre. Irgendwo in der Tiefe der Höhle erklang ein Geräusch, als würde dort etwas atmen.

Der Alte fuhr zu ihr herum, und Valeria erschrak. Seine Augen waren bleich wie frisch gefallener Schnee, und der Griff seiner Finger, mit denen er sie packte, war kalt wie Eis.

Wir warten auf dich. Schon lange Zeit.

Diese Stimme war direkt in ihrem Kopf. Sie versuchte sich dem Griff des Mannes zu entziehen, doch als sie an ihrem Arm herabblickte, bemerkte Valeria, wie die Kälte ihren Körper durchdrang und ihre Haut zu Eiskristallen erstarrte, bleich und durchscheinend.

Sie riss sich los, und der Alte lachte, während sie spürte, wie die Kälte sie peinigte, das Eis, das ihren Arm umfangen hatte, ihr Fleisch zerriss …

Schmerzen. Und sie fiel. Fiel in eine bodenlose Dunkelheit, suchte nach Halt …

Fiel.

Und fiel.

»Nein!«

Valeria holte keuchend Luft, schrak auf und strampelte die Decke von sich. Instinktiv tastete sie nach ihrem Arm, erwartete, dort nur totes, in Eis erstarrtes Fleisch vorzufinden, aber alles, was sie bemerkte, war das Zittern ihrer Hand. Dicht hinter ihrer Stirn schmerzte es. Schweiß stand auf ihrer Haut. Sie fühlte sich, als hätte sie kaum mehr als eine Stunde geschlafen, doch als Valeria langsam erwachend zu den Fenstern hinüberblickte, lag über den Dächern von Zürich ein feiner Morgennebel im blaukalten Licht der aufgehenden Sonne.

Atme, sagte sie sich. *Ganz ruhig. Das war nur ein Albtraum.*

Nach einer kurzen heißen Dusche belebte ein doppelter Espresso ihre Sinne wieder. Dann brach Valeria auf: Es war an der Zeit, mehr über Tanners ungewöhnlichen Auftrag herauszufinden.

4

Tanner erwartete Valeria in seinem Büro im vierten Stock des schlichten mehrstöckigen Gebäudes am Ende einer kurzen, ebenso schlichten Straße voller Lagerhallen und heruntergekommener Geschäftsgebäude. Der Beton war über die Jahre schmutzig und grau geworden, Wasserflecken zogen sich unter den Fenstern über die gesamte Fassade. Aus einem der Fallrohre tropfte es. Den ganzen Morgen fiel Regen, und der Himmel war ein einziges tiefes graues Wolkendickicht.

»Der Aufzug funktioniert nicht«, sagte sie zu ihm, nachdem sie eingetreten war.

»Bitte schließen Sie die Tür.« Tanner blickte nicht auf.

Der abgenutzte Ledersessel quietschte leise, als sie Platz nahm. In der Ecke des Raums stand eine Standuhr aus Eiche, die mit kunstvoll geschnitzten Intarsien verziert war. Vermutlich das einzige Objekt, das er mit in dieses Büro gebracht hatte. Leise schlug die Uhr achtmal, dann blickte Tanner auf und legte den Füllfederhalter beiseite, mit dem er einige Unterschriften gesetzt hatte.

»Sie sehen müde aus«, sagte er mit rauer Stimme. Er wirkte, als hätte er gerade vor Kurzem erst von etwas erfahren, das ihm mehr zusetzte, als er sich selbst eingestehen wollte.

»Gut möglich. Meine Nächte sind nicht mehr so erholsam wie früher.« Valeria blickte kurz zu dem betongrauen Himmel hinaus, zu dem Nebel, der sich gegen die Fenster drängte. »Sie wollten mir Details mitteilen?«

Tanner legte eine Reihe von Fotografien auf den Tisch, die jene männliche Leiche, die sie am Tag zuvor gesehen hatte, noch detaillierter zeigten. »Gefunden wurde dieser Tote vor drei Tagen. Es gibt in den Wäldern oberhalb von Steinberg einige Höhlen, die durch Verwerfungen im Fels während der letzten Eiszeit entstanden sind. Stabile Strukturen, die sich bis tief unter den Ort ziehen. Der Finder ist ein Pilzsammler aus dem Ort. Was er in dieser Höhle zu suchen hatte, ist mir nicht bekannt, aber nach eigener Aussage hat er sofort nach dem Fund die Polizei benachrichtigt.«

Natürlich hat er das, dachte Valeria. »Diese Leiche ist mumifiziert. Der liegt dort schon seit ... wenn ich schätzen müsste, über einem Jahr?«

»Seit vergangenem Herbst«, erwiderte Tanner und nickte. »Das deckt sich mit unseren Einschätzungen. Aber natürlich wird sich noch ein Fachmann den Toten ansehen – und mit dem werden Sie sich dann unterhalten. Ich habe dafür gesorgt, dass jemand mit der entsprechenden Expertise vor Ort sein wird.«

»Gibt es Anhaltspunkte zu seiner Identität?«

Tanner zögerte einen Augenblick. »Auf die Höhlenwände hat er etwas gekritzelt, mit einem Stück Holzkohle, das er wohl auf dem Höhlenboden gefunden hatte, vermutlich ein Überrest eines Lagerfeuers. Man hat weder Identitätskarte noch Führerausweis gefunden, nur noch ein Stück verwittertes, unleserliches Papier in seinen zerlöcherten Taschen, aus dem nicht mal die beste Forensik der Welt noch etwas herausholen könnte ...«

»Was hat er geschrieben?«

»Buchstaben. Immer wieder die gleichen. E, L und T, hin und wieder auch kleine Kreise. Ich weiß nicht, was das bedeuten soll.«

»Und das Papier?«

»Notizzettel, nehme ich an. Vielleicht auch ein Parkticket. Aber es gibt kein Fahrzeug, das schon länger unbewegt herumsteht – jedenfalls haben die Polizisten vor Ort noch keines gefunden. Vielleicht ist es irgendetwas vollkommen anderes, wer weiß das schon?«

Valeria seufzte. »Ich verstehe nicht, warum bei diesem Fall ausgerechnet Interpol hinzugezogen werden muss.«

»Sie wissen noch nicht alles, Ravelli. Ein Stück weiter oben in der Hierarchie sitzt eine gute Freundin meiner Person ... Sie hat diese Bilder auch gesehen. Und sie hat den Toten erkannt.«

Valeria hob die Augenbrauen. »Was Sie nicht sagen. Woran?«

Tanner tippte auf die Aufnahme, die den Oberkörper des Toten aus der Nähe zeigte. »Er hat da ein Tattoo auf der Brust. Sehen Sie? Das ist kein Dreck oder Wundmal ... nicht alles zumindest.«

Valeria erkannte es. Man hätte es leicht angesichts des fortgeschrittenen Verwesungszustandes übersehen können, doch hatte sich die Farbe tief in die ledrige Hautstruktur eingeprägt. »Und daran hat sie ihn ...«

»Es gibt hier eine gewisse Dringlichkeit ... und eine besondere Vertraulichkeit, was dieses Detail angeht. Dieses Tattoo war beliebt bei Angehörigen der *légion étrangère*.«

»Die Fremdenlegion«, sagte Valeria. »Ich verstehe.«

»Der Mann war Fremdenlegionär. Ein Deutscher. Und später arbeitete er als Ermittler beim BKA. Das deutsche Bundeskriminalamt.«

»Was Sie nicht sagen.«

»Er ist vor einigen Jahren ausgestiegen. Meine gute Freundin, deren Name hier nichts zur Sache beiträgt, sagte, dass es einen Zeitpunkt in seinem Leben gab, an dem er anfing, sich ... nun, nennen wir es ... zurückzuziehen. Sich zu verschließen. Vor ihr. Vor allen anderen. Es muss mit etwas zusammenhängen, an dem er gearbeitet hatte. Und dann – etwa zwei Jahre nachdem er von der Bildfläche verschwunden ist – tauchte er plötzlich wieder auf. Er hat sich verändert, sagte man ... aber er hat auch ein Ziel verfolgt. Da war wieder dieses Feuer, so beschrieb es meine gute Bekannte, die ihn damals noch ein einziges Mal gesehen hat. Er verfolgte eine Spur. Was genau es war, sagte er ihr nicht. Er wirkte, so formulierte sie es, *besessen*, vielleicht schon wahnhaft.«

»Was ist dann passiert?«

»Er ist wieder verschwunden. In seiner Wohnung in Freiburg fand man damals ein Chaos vor, Verwüstungen, Spuren eines Kampfes. Das nächste Mal, dass man ihn wiedersah ...« Tanner deutete auf die Leiche auf den Aufnahmen. »Meine Bekannte ist sich sicher. Das ist er. Das ist unser vermisster Ex-Fremdenlegionär, der frühere BKA-Beamte.«

»In einer Höhle in Steinberg, am wortwörtlichen Arsch der Welt. Mitten im Hochgebirge.« Valeria musterte das Tattoo auf der Fotografie. »Also stellt sich uns jetzt die Frage: Was suchte er dort? Wie kam er in diese Höhle?«

»Richtig. Und ich muss wiederholen: Vertraulichkeit, Ravelli.«

»Hm«, machte sie nur.

»Ich kann mich auf Sie verlassen, nicht wahr?«, verlangte Tanner zu wissen.

»Aber klar. Was die Vertraulichkeit angeht ... und was dieses Rätsel angeht. Wenn es denn eines gibt, werde ich es bestimmt lösen. Vielleicht hatte der Mann auch einfach nur genug, und er hat sich einen wirklich abgeschiedenen Ort zum Sterben ausgesucht.«

»Es gibt keine abgeschiedenen Orte zum Sterben. Nicht mehr. Irgendwann werden sie alle gefunden.«

»Das ist sicher«, erwiderte Valeria. »Spesen?«

»Machen Sie sich darüber keine Gedanken. Mir ist diese Sache wichtig. Was immer es kostet.«

Valeria musterte Tanner eingehend. Wer immer diese gute Bekannte war, von der er sprach, ihr schien dieser Tote am Herzen gelegen zu haben. Und sie besaß Einfluss, daran bestand kein Zweifel. »Diese Frau … Von welcher Hierarchie weiter oben sprechen wir hier genau?«

»Sehr weit, Ravelli. Und sie legt Wert darauf, bei der ganzen Sache nicht namentlich genannt zu werden.«

»Na schön. Soll mir recht sein. Also soll ich Steinberg einen Besuch abstatten und die letzten Stunden, Tage und Wochen unseres Ex-Legionärs nachrecherchieren?«

»Der Mann hat natürlich einen Namen. Thomas Gress.« Tanner zögerte. »Und nein, ich bin mir nicht sicher, ob Sie direkt dorthin aufbrechen sollten.«

»Wie meinen Sie das?«

»Ich wurde angewiesen, dass Sie sich zwar dieser Sache annehmen sollen, aber eben *nicht* allein.«

Valeria starrte ihn an. »Gerade in einer Sache wie dieser, die auf Geheimhaltung angelegt ist …«

»Deswegen will man, dass jemand dabei ist, auf den man sich zu einhundert Prozent verlassen kann.«

»Man? Das ist also eine Anweisung Ihrer Hierarchie-Freundin, Tanner. Entweder traut sie mir nicht oder Ihnen.

Haben Sie schon mal darüber nachgedacht?« Valeria versuchte, jegliche Verärgerung aus ihrer Stimme zu verbannen, doch gelang es ihr nicht vollkommen.

»Ich sagte ihr, dass ich meine beste Mitarbeiterin einsetzen würde.«

Ein flüchtiges, ironisches Lächeln huschte über Valerias Lippen. »Das schmeichelt mir jetzt aber.«

»Es genügte ihr aber nicht. Also entsendet sie noch jemanden, der bei dieser Angelegenheit helfen soll.«

»Helfen? Oder mir über die Schulter schauen und Aufpasser spielen?«

»Beides, vermutlich.« Tanner lehnte sich zurück, das Leder seines Bürostuhls knarzte leise, und er legte die Fingerspitzen aneinander. »Sie müssen sich mit ihm abstimmen. Daher sagte ich, es ist vielleicht nicht sinnvoll, *sofort* aufzubrechen. Ich überlasse Ihnen die weitere Abstimmung … und die Maßnahmen, die vor Ort zu treffen sind.«

»Und wer genau soll mir über die Schulter blicken?«

Tanner sah aus, als bedauerte er seine nächsten Worte bereits jetzt. »Er ist kein Unbekannter. Es ist Colin Bain.«

»Bain?«, wiederholte sie irritiert. »Der Neue?«

»Ja, Ravelli. Und ich weiß, dass Sie ihn nicht ausstehen können.«

Valeria musste lachen. »Das beruht wohl auf Gegenseitigkeit.«

»Reden Sie mit ihm.«

Sie nickte widerstrebend. Bain war ein Neuzugang bei der Einheit, ein ehemaliger Metropolitan-Police-Ermittler, der seine alte Wirkungsstätte hinter sich gelassen hatte und in die Schweiz gezogen war. »Wann treffe ich ihn?«

»Um zehn.«

Tanner sah aus, als betrachtete er ihr Gespräch für beendet, daher stand sie auf. Gegen die hohen Fenster schlug mittlerweile Regen, der ein leises Prasseln erzeugte.

»Und eine Sache noch, Ravelli. Wir wissen nicht, wer oder *was* Gress so zugerichtet hat, und ich kann nicht sagen, was Sie und Bain dort unten erwartet. Aber eines weiß ich: Hier wird nicht mit offenen Karten gespielt. Weder was Gress' Vergangenheit betrifft, noch was Bains Hinzuziehung in diese Angelegenheit angeht. Also passen Sie auf sich auf.«

»Natürlich. Ich melde mich, sobald ich mehr weiß«, sagte Valeria.

Sie ging hinaus, und aus den betongrauen Wolken schüttete es, als sie das in die Jahre gekommene Gebäude verließ. Bevor sie Bain gegenübertrat, würde sie erst mal Kaffee brauchen. Starken Kaffee.

5

»Ravelli. Da sind Sie ja.«

Colin Bain kam gegen zehn in ihr Büro, als würde es ihm gehören. Sein Blick streifte das Regal, wo sie ein Bild von Mark Harrington und seiner Tochter aufgestellt hatte. Dann betrachtete er flüchtig das Stück Schiefergestein, das sie aus Eigerstal mitgebracht hatte – eine letzte Erinnerung an den Ort, zu dem sie nie mehr zurückkehren wollte.

»Bain«, sagte sie, speicherte den Bericht, an dem sie gerade geschrieben hatte, und sah zu ihm auf. Colin Bain war groß und blond, und von dem grauen Mantel, den er trug, tropfte Wasser auf den Laminatboden in Eichenholzoptik. »Sie sind nass.«

Er wandte sich dem Kleiderständer neben der Tür zu. »Darf ich?«

»Sicher.«

Unter dem Mantel kam ein teurer marineblauer Anzug zum Vorschein. Maßangefertigt, dachte sie. *Natürlich, was auch sonst?* Sie hatte sich ein wenig umgehört, was ihn anging, und in allen Geschichten war man sich einig: Bain liebte sich selbst mehr als alles andere.

Er musterte sie aus blassgrünen Augen, als er ihr gegenüber Platz nahm, während von ihm ein Hauch eines herben Aftershaves ausging, der sich mit dem feuchten Geruch des Regens vermischte.

»Sie wurden also informiert«, sagte er leise. »Thomas Gress. Zu Tode gefoltert, wie es scheint. Todeszeitpunkt wahrscheinlich vor etwa etwas weniger als einem Jahr.«

Sie hielt seinem taxierenden Blick stand. »Ich wurde vor allem darüber informiert, dass mir jemand bei der Ermittlung über die Schulter blicken wird. Und ich frage mich, was das ganze Theater soll.«

Bain lächelte, doch erreichte das Lächeln nicht seine Augen, die nach wie vor abwägend und kühl dreinblickten. »Dieser Jemand bin dann wohl ich. Und ich würde es nicht so drastisch formulieren ... eine *Zusammenarbeit*, das trifft es doch besser.« In sein Deutsch hatte sich kaum ein Hauch eines britischen Akzents eingeschlichen, und er wählte seine Worte sehr sorgfältig. »Eine Zusammenarbeit, von der alle profitieren können.«

»Inwiefern?«

Bain nestelte an seinem Hemdkragen herum. »Es ist ein Fall, der jemandem ganz besonders am Herzen liegt, der möglichst schnell aufgeklärt werden sollte. Diskret. Geschickt. Sie wurden nicht *zufällig* damit beauftragt.«

»Nein?«

»Sie sind Tanners beste Ermittlerin.«

»Jetzt schmeicheln Sie mir aber«, wiederholte Valeria dieselben Worte, die sie schon gegenüber Tanner benutzt hatte, und hob eine Augenbraue.

Bain warf einen Blick auf den dichten Regen, der vom Wind beinahe waagrecht gegen das Fensterglas geweht wurde. Die Schlieren verzerrten die umliegenden Gebäude zu schemenhaften Abbildern wie die eines mittelmäßig talentierten Aquarellmalers. »Der Herbst ist da. Noch bleibt Zeit. Aber wenn der Winter hereinbricht, sollten wir wieder aus Steinberg verschwunden sein. Bis dahin … Wer weiß schon, was dort noch alles zu finden ist?«

»Wie meinen Sie das?«

»Gress war einer Sache auf der Spur. Und wenn wir zu Ende bringen, was er begonnen hat … Wie ich schon sagte, jemandem liegt diese Sache besonders am Herzen.«

»Also sind Sie darauf aus, sich einen Namen zu machen?«

»Würde ich sagen, ich würde es ausschließlich aus Gründen der Gerechtigkeit machen, würden Sie mir glauben?«

»Nein«, erwiderte Valeria. »Aber das klingt jedenfalls ehrlich.« Sie beugte sich vor. »Wieso glauben Sie, dass Gress an etwas dran war? An einer Sache, wegen der er womöglich ermordet wurde?«

»Ich glaube es nicht nur … Ich *weiß* es.« Bain musterte sie aus seinen durchdringenden grünen Augen. »Ravelli, ich weiß, Sie trauen mir nicht. Aber bei dieser Sache, da fürchte ich, wird es Ihnen nicht anders gehen als mir. Wenn Sie sehen, was ich gesehen habe, dann werden Sie *glauben*.«

»Dafür muss ich *was* sehen?«

Bain schwieg einen Augenblick, und nur das Geräusch des Regens, der gegen die Glasscheibe prasselte, unterbrach die Stille. »Ich habe es erst vor einer Woche entdeckt. Gress hat etwas hinterlassen. Eine Art Versteck. In einem kleinen Örtchen im Schwarzwald. Nicht weit von seiner alten Wohnung … die vor Jahren verwüstet aufgefunden wurde.«

»Wie sind Sie auf dieses Versteck gekommen? Und was haben Sie dort gefunden?«

Bain schüttelte langsam den Kopf. »Das ist etwas, das Sie selbst sehen sollten. Wir können heute noch los, wenn es passt. Ich möchte, dass Sie es sich ganz unvoreingenommen ansehen.«

Valeria blickte in den Regen hinaus, dann zu Bain. Etwas an seinen Worten klang unglaubwürdig, aber zugleich auch seltsam interessant. »Das sind, na ja, zwei Stunden Autofahrt? Es ist doch ein wunderschöner Tag mit wunderschönem Wetter«, erwiderte sie sarkastisch. »Also gut. Kommen Sie.«

»Jetzt? Sofort?«

»Klar. Was kann man schon gegen einen kleinen Ausflug unter Kollegen sagen?«

6

Das Tiefdruckgebiet reichte bis zur deutschen Grenze und in den Schwarzwald hinein, und als Bains Geländewagen, ein Jeep Cherokee, durch Tannen- und Fichtenwälder auf kleinen Straßen in die Höhe kletterte, war der Regen nur kaum merklich schwächer geworden. In dichten Schlieren lief das Wasser über die Windschutzscheibe, während die Scheibenwischer auf Hochtouren arbeiteten. Bain fuhr kaum mehr als fünfzig, und einzig die Lichter des alle paar Minuten entgegenkommenden Verkehrs verrieten ihnen, dass sie nicht gänzlich allein inmitten dieser Wälder waren. Böiger Ostwind kam auf und ließ die Tannenwipfel schwanken. Laub trieb über die asphaltierte Straße.

»Ich sagte ja schon, Gress hat sich ein gutes Versteck ausgesucht.«

Valeria warf Bain einen Blick von der Seite zu. Er hatte das Lenkrad fest umfasst und fokussierte sich vollkommen auf die Straße.

Sie wusste nicht besonders viel über ihn: Er war sechsunddreißig und stammte aus Northumberland, nahe der schottischen Grenze. In England hatte er sich einen Namen gemacht, die Liste der von ihm aufgeklärten Verbrechen war lang … doch die Liste der Beschwerden, die sich gegen ihn angehäuft hatten, war ebenso lang. Ein Exzentriker, jemand, der mit dem

Kopf durch die Wand wollte, sich nur schwer beugen oder unterordnen konnte. Vielleicht einer der Gründe, wieso er seiner Heimat den Rücken gekehrt hatte, sie wusste es nicht.

»Sie überlegen gerade, was Sie eigentlich über mich wissen und ob es eine gute Idee war, mich zu begleiten. Sie überlegen, ob es vielleicht nicht nur Zeitverschwendung ist und was von mir zu halten ist«, sagte er nun in die Stille hinein.

»Sie können ja auch noch Gedanken lesen.«

»Ich versichere Ihnen, das ist es nicht. Keine Zeitverschwendung. Was meine Gesellschaft angeht, nun, das müssen Sie selbst beurteilen.«

Valeria sah in den Regen hinaus. Durch die Glasscheiben des Jeeps drang Kälte, und sie hatte das Gefühl, mit jedem Meter, den sie zurücklegten, fiel die Temperatur weiter. »Wissen Sie, was passiert ist, als ich das letzte Mal zu einem Ort zurückkehrte, den ich eigentlich nie wieder in meinem Leben aufsuchen wollte?«

»Nein«, erwiderte er. »Sagen Sie es mir?«

»Ich habe jemanden verloren, den ich für einen Freund gehalten habe. Aber am Ende … hat er sich als etwas ganz anderes herausgestellt.« Valeria bemerkte, dass sie die Hand zur Faust geballt hatte. »Was soll das hier, Bain? Spielen wir mit offenen Karten. Warum wurden wir beide auf diesen Fall angesetzt?«

Er warf ihr einen kurzen Blick zu. »Weil Tanner Ihre Fähigkeiten wertschätzt. Und weil ich jemanden brauche, der etwas von seiner Arbeit versteht.«

»Sie haben sich allein auf seine Empfehlung verlassen?«

Bain sah aus, als wollte er etwas antworten, entschied sich dann jedoch dagegen. »Natürlich nicht«, fuhr Valeria fort. »Sie haben sich über mich informiert. Sie wissen, wer ich bin.«

»Ich weiß, wer Sie sind«, bestätigte Bain. »Und ich weiß, woher Sie kommen. Ich weiß, was Sie durchgemacht haben. Und dass es Sie besser werden ließ … als Ermittlerin. Als Mensch. Und ich weiß …« Er bremste den Jeep und bog auf eine schmale Straße ein, die sie nach einigen Hundert Metern an den Rand eines kleinen Dorfes führte. »… dass ich Sie brauchen werde. Wegen Ihrer Erfahrung. Wegen Ihres Instinkts.« Er parkte am Dorfrand und deutete durch die Windschutzscheibe hinaus. »Dieses Haus dort«, sagte er und wies auf ein kleines graues Gebäude mit Spitzdach, auf dem Moos wucherte. »Es hat einen Keller. Dort habe ich Gress' Versteck gefunden.«

»Wie?«

»Es stammt aus Familienbesitz. Das Haus gehörte seinem Großvater, Gress hat es geerbt. Es war all die Jahre unbewohnt.«

Bain stieg aus und stapfte durch den Regen, der den Boden zu einem schlammigen Morast hatte anschwellen lassen. Valeria folgte ihm unter das Vordach des heruntergekommenen Hauses, wo der Putz von den Wänden bröckelte und das Wasser in großen Sturzbächen vom Dach floss. Bain schloss die Tür auf, dann holte er eine Taschenlampe aus seinem Mantel und richtete den Lichtkegel ins Innere. Es war staubig, schmutzig, und Spinnweben hingen in den Ecken. Der Geruch war ein Gemisch aus Morast, tief in die Wände eingedrungener Feuchtigkeit und schwarzem Schimmel. Bain wandte sich einer Kellertreppe zu, die in die Tiefe führte. Die Metallstufen knarrten leise, als Valeria ihm folgte und hinabstieg.

Der Keller bestand aus zwei Räumen, im einen rostete eine alte Heizungsanlage vor sich hin, der andere war voller Gerümpel – ein altes Paar Ski lehnte an der Wand, daneben ein Plastiktannenbaum, der mit Spinnweben überwuchert war. Auf dem Boden lag ein zerbrochener Spiegel, Glassplitter überall verteilt. An der rückwärtigen Wand war ein Regal beiseitegeschoben worden, dahinter klaffte ein weiterer Durchgang, der tiefer in den Keller führte.

»Niemand hat vor mir diesen versteckten Raum gefunden«, sagte Bain, und in der Dunkelheit dieses Kellers klangen seine Worte seltsam dumpf und erstickt. »Oder wollte ihn finden. Bis ich mir die Zeit genommen und genauer nachgesehen habe.« Er tastete an der Wand zum Boden entlang. Licht flammte auf. Ein akkubetriebener Bauscheinwerfer stand neben der Tür. Bain drehte sich zu ihr um. »Den hab ich hier aufgestellt. Bitte. Das ist es.«

Der versteckte Raum hinter dem beiseitegeschobenen Regal war im Gegensatz zum Rest des Hauses in etwas besserem Zustand. Regale aus verzinktem Blech und Schränke aus hellem Spanholz ragten an den Wänden entlang bis unter die Decke. Ein kleiner Schreibtisch stand dazwischen, und in all den Schränken standen Aktenordner – auf dem Schreibtisch befanden sich eine Karte und ein Computerbildschirm. »Kabel, aber kein Computer, der an den Monitor angeschlossen ist«, sagte Bain. »Der war schon verschwunden, als ich diesen Raum gefunden habe. Entweder hat ihn Gress mitgenommen … oder jemand war vor mir hier.«

»Was hat Gress hier getan?«

»Er hat Nachforschungen betrieben«, sagte Bain und deutete auf die Ordner. »Er verfolgte wohl die Spuren von drei jungen, vermissten Personen. Seit mehreren Jahren schon, vermutlich schon bevor er beim BKA ausgestiegen ist. Danach hat er für sich selbst weitergemacht, und nach allem, was ich in diesen Aktenordnern gesehen habe, war er besessen davon.« Er zog einen der Ordner hervor und schlug ihn auf. »Die Erste. Rebecca Mineau. Verschwunden vor etwas über vier Jahren, nachdem sie allein zu einer großen Rucksackreise durch Europa aufgebrochen ist ... letzter Aufenthaltsort, so Gress, östliches Frankreich, nahe der Schweizer Grenze.«

»Haben Sie die alle schon durchgesehen?« Valeria schätzte die Aktenordner auf etwas über dreißig Stück.

»Ja. Und alle beschäftigen sich mit den drei Verschwundenen. Drei Frauen, alle noch unter dreißig Jahre alt. Alleinstehend ... und alle ohne noch lebende Familienangehörige. Eine ist Vollwaise seit ihrer Geburt, die beiden anderen haben ihre Eltern mit jeweils zehn und dreizehn Jahren verloren.« Er entnahm einem der Ordner ein Blatt Papier, auf dem in dünner Handschrift zwei Sätze geschrieben standen.

»Wie viele Monster braucht es, um eine vollkommen zerstörte Existenz zu erschaffen?«, las Valeria die Worte laut vor. »Die Antwort lautet: wie viele auch immer dafür benötigt werden.« Sie blickte zu Bain auf, der ihre Reaktion abzuwarten schien. »Das hat Gress geschrieben, nicht wahr?«

»Ja, das hat er.« Bain nickte.

»Düstere Worte.« Einen Augenblick lauschte sie dem Gluckern des Regens, das in einem Fallrohr in der Wand entstand. »Düstere Worte für einen düsteren Tag.«

»Von wem, schätzen Sie, könnte er hier sprechen? Von welchen Monstern und von welcher zerstörten Existenz?«

»Das ist schwer zu sagen. Aber ich fürchte, die Antwort auf diese Frage hängt mit allem zusammen – und am Ende wohl auch mit seinem Tod durch die Hand seines Mörders.«

»Gut möglich«, erwiderte Valeria. »Die zerstörte Existenz ... Was ist, wenn Gress von sich selbst sprach? Sein Leben am Ende ... Es scheint nicht besonders angenehm gewesen zu sein. All das hier ... Er hat sich versteckt. War er auf der Flucht? Hatte er Angst? Wurde er verfolgt? Oder geht dieser Satz auf etwas zurück, das weiter in seiner Vergangenheit liegt ... auf etwas, das ihm während seiner Zeit beim BKA begegnet ist, oder sogar noch früher, bei der Legion?«

»Ravelli ...« Bain schien sich mit jeder Minute, die er in diesem modrig riechenden Keller verbringen musste, unwohler zu fühlen. »Was halten Sie davon, wenn wir diese Akten mitnehmen und von hier verschwinden?«

»Liebend gerne, aber können wir uns denn sicher sein, dass wir auch nichts übersehen haben? Was ist, wenn er hier noch mehr versteckt hat?«

»Ich habe mich in diesem alten Haus lange und gründlich umgesehen«, sagte Bain, »lange und gründlich genug, würde ich meinen. Außer dem, was sich in diesem Raum befindet, ist nichts Relevantes mehr hier.«

»Na schön. Dann packen wir es ein.«

»Ich hatte gehofft, Sie würden das sagen.«

»Und hoffen wir, dass uns niemand aufhält.«

»Hier?« Bain lachte leise. »Unwahrscheinlich.«

In einer Ecke des Kellerraums standen große Kunststoffkisten, in die sie die Aktenordner stapelten. Dann trugen sie sie hinaus zu Bains Wagen. Valeria warf einen Blick zurück. Das heruntergekommene Haus duckte sich in den Nebel, der aus den umliegenden Wäldern aufzog. In den umliegenden Gebäuden, von denen keines näher als etwa fünfzig Meter lag, herrschte nur Dunkelheit hinter den Fenstern, und doch konnte sie sich nicht des Gefühls erwehren, dass jemand sie beobachtete. Es war eine unangenehme Empfindung – ihr war es, als hätte sie mit dem Mitnehmen von Gress' alten Unterlagen so etwas wie einen Pakt geschlossen, ein unsichtbares Versprechen, das zu beenden, was er begonnen hatte, koste es, was es wolle.

Wer auch immer Gress getötet hat, er weiß davon. Er beobachtet dich, und er will dich aufhalten.

»Ravelli?« Bain hatte bemerkt, dass sie in Richtung der Wälder blickte, als erwartete sie, dort jemanden zu entdecken.

»Schon gut«, erwiderte sie. »Ich dachte bloß, ich hätte jemanden gesehen. Aber das war nichts, nur ein Nebelfetzen.«

Das Innere des Jeeps war warm und eine willkommene Abwechslung nach der alles durchdringenden Kühle und Feuchtigkeit. Als sie das Dorf verließen, warf Valeria immer wieder Blicke in den Seitenspiegel. Autos, distanziert hinter ihnen, doch soweit sie erkennen konnte, folgte ihnen niemand.

Da war nichts, versuchte sie sich zu beruhigen. Wer sollte Gress' altes geerbtes Elternhaus im Blick behalten wollen? Doch im selben Augenblick begriff sie, dass die Antwort auf diese Frage auf der Hand lag: wer auch immer ihn getötet hatte.

»Wir sollten uns aufteilen«, sagte Bain in die Stille hinein. »Wir müssen diesen Fall von zwei Seiten angehen, davon bin ich überzeugt. Wir haben die Akten, wir haben seine Nachforschungen ... und wir haben Steinberg, Gress' Leiche, und die Frage, was auch immer er dort getrieben hat.«

»Also geht jemand von uns nach Steinberg und der andere ...«

»Der andere verfolgt die Fälle der Verschwundenen. Ja. So sollten wir es angehen.« Sie beide schwiegen, und nur der Regen, der auf das Autodach prasselte, war zu hören.

Valeria warf Bain einen Blick zu. »Und? Haben Sie sich bereits entschieden?«

»Die Wahl überlasse ich Ihnen, Ravelli.«

»Ganz der Gentleman. Steinberg ist es dann.«

Bain nickte knapp. »Einverstanden. Ich folge Gress' Ermittlungen zu den Verschwundenen. Aber was immer Sie in Steinberg herausfinden ...«

»Wir bleiben in Kontakt.«

»Ich meinte eher: Gress wurde an diesem Ort getötet, vergessen wir das nicht. Also bleiben Sie besser vorsichtig.« Bains Stimme war sehr ernst.

»Sie sind schon der Zweite, der mich bittet, aufzupassen. Wir wissen nicht, was uns dort erwartet und wie all das zusammenhängt. Aber was immer es ist, wir treten ihm entgegen. Ich bin mir der Gefahren bewusst, aber ich weiß auch, was geschieht, wenn ich scheitere ... Also gehe ich trotzdem, auch wenn ich vielleicht manchmal lieber nichts tun würde. Meine Entscheidung, Bain.«

»Gut.« Er nickte knapp. »Wann brechen Sie auf?«

»Morgen. Es gibt noch ein paar Dinge, die ich zuvor erledigen will.« Valeria strich sich das dunkelbraune Haar zurück. »Aber dann ...« Der Gedanke, jene Höhle aufzusuchen, wo Gress den Tod gefunden hatte, behagte ihr schon jetzt nicht. Es war ein Gefühl, als wäre sie vollkommen durchgefroren und keine Wärme war in Sicht, eine Kälte wie aus der Tiefe eines Grabes.

»Das Foto mit dem Mann mit dem jungen Mädchen, das Sie dort bei sich im Büro aufgestellt haben ...« Bain zögerte. »Ich will nicht neugierig erscheinen, aber ...«

»Aber Sie sind es dennoch.« Valeria lächelte flüchtig, um ihren Worten die Schärfe zu nehmen. »Mark Harrington. Ein guter Freund und seine kleine Tochter. Mir ist klar, worauf Sie anspielen. Jemand, der Gress so zurichtet, so brutal tötet, schreckt vor nichts zurück. Aber *ich* hinterlasse niemanden. Ich habe keine Kinder, keine Familie. Niemanden, den man in Gefahr bringen könnte, niemand, der allein zurückbleibt, sollte ich bei dieser Sache sterben.« Sie schwieg für einen Moment. »Nicht mehr.«

TEIL EINS:

Ein Mann des Krieges

7

Die Straße schraubte sich in engen, nicht enden wollenden Serpentinen in die Höhe. Die Wolken waren in ein tiefes Grau-Blau gehüllt, wie die Farbe eines alten Blutergusses. Hoch türmten sie sich hinter den schneebedeckten Gipfeln der Viertausender, die den Horizont überragten wie ein schroffer, eisiger Rahmen, der alles begrenzte.

Und die Wälder: Nadelgehölz, dicht und grün wie ein Dschungel, der sich zu beiden Seiten der Straße auftürmte, undurchdringlich und alles Licht schluckend. Valeria drehte am Stellknopf des Radios, doch in jedem Sender, den sie empfangen konnte, liefen die gleichen Nachrichten und Wetterberichte. Schneefall wurde angekündigt, ein kurzer, kalter Herbst, der bald in den Winter übergehen würde.

Es war erst ein Uhr mittags am nächsten Tag, und doch musste sie bereits die Scheinwerfer des Dienstwagens einschalten, den sie sich für die Fahrt nach Steinberg geliehen hatte. Der BMW X3 wankte unter einer heftigen Windböe, die ihn von Osten her erfasste. Valerias Blick ging zum Straßenrand, und mit einem jähen Schrecken stieg sie auf die Bremse.

Dort, mitten im nebligen Schatten des Unterholzes, stand jemand.

»Verfluchte Scheiße«, stieß sie hervor. Die Gestalt war klein, kaum größer als ein Kind, und der rote Kapuzenmantel, den sie trug, stach deutlich aus dem Grünbraun des Waldes hervor. Das Gesicht dagegen lag im Schatten. Valeria starrte hinüber, und die Gestalt starrte zurück. Nach einigen Augenblicken wirbelte sie herum und verschwand zwischen den Baumstämmen im Nebel.

Ein Kind? Ein Kleinwüchsiger?

Valeria blickte auf jene Stelle am Waldrand, doch bewegten sich dort nur die tief hängenden Äste der Blautannen im Wind – kein Funken Rot war mehr zu sehen.

Hast du dir das gerade nur eingebildet?

Nein. Ganz bestimmt nicht.

Sie nahm den Fuß von der Bremse, das Automatikgetriebe ließ den Wagen anfahren. Im Rückspiegel trieb dichter Nebel über die schmale Straße und verhüllte jene Stelle am Waldrand. Sie beobachtete alles im Rückspiegel, bis eine Biegung ihr die Sicht nahm.

»Okay«, sagte sie leise zu sich selbst. »Das war … nur ein Kind.«

Aber wieso sollte sich ein Kind bei diesem Wetter allein in den Wäldern herumtreiben, Kilometer von Steinberg entfernt? Das Navi an der Mittelkonsole zeigte ihr an, dass sie noch etwa zwanzig Kilometer zurücklegen musste, etwa vierzig Minuten auf dieser Straße.

Sonst gab es nichts in der Umgebung, zumindest nichts, das auf dem Navi angezeigt wurde. Valeria dachte an die Höhlen, die das Felsgestein hier oben durchzogen, sie dachte an die Sage von den Alten, die sich zum Sterben in die Isolation zurückzogen, und ein Schauer kroch ihr den Rücken hinab.

Im Kofferraum hatte sie Fotokopien der wichtigsten Auszüge aus Gress' Aktenordnern liegen, die sie und Bain am vergangenen Tag angefertigt hatten; daneben einen Koffer mit genügend warmen Sachen für zwei Wochen. Auf dem Beifahrersitz stand eine Thermoskanne mit Kaffee. Ihre Pistole hatte sie im Handschuhfach verstaut, zwei weitere Magazine im Koffer hinten.

Bain hatte ihr erklärt, dass er zunächst dem Vermisstenfall Rebecca Mineau nachgehen wollte, die Einundzwanzigjährige, die während ihrer Selbstfindungsreise durch Europa verschwunden war. Gress hatte ihre Spur nachverfolgt, bis zu jenem Dorf an der französischen Grenze … und dort, im Jura, wollte Bain nach ihrem Verbleib suchen. Ob Gress selbst dort gewesen war, wussten sie nicht.

Valerias Handy meldete sich mit einem schwachen Brummen. Es war Bain.

»Sind Sie schon in Steinberg angekommen?«, fragte er sie.

»Nein. Halbe Stunde noch in etwa. Hier ist es verregnet, neblig und kalt … Die Straße ist teilweise überspült. Kann nur vor mich hinschleichen. Und Sie?«

»Ich bin vor etwa zwei Stunden angekommen. Strahlender Sonnenschein. Fünfundzwanzig Grad, ein herrlicher Spätsommertag, wer hätte das gedacht?«

»Ich kann Sie nur beglückwünschen, Bain«, sagte Valeria. »Badehose eingepackt?«

Er lachte. »Aber sicher.«

»Gibt es schon etwas Neues zu Mineau oder Gress?«

»Nun, ich versuche, nicht direkt mit der Tür ins Haus zu fallen und auch nicht mit einem großen Schild herumzulaufen, auf dem in Rot *Ja, ich bin Bulle* steht. Lassen Sie mich erst mal ankommen und dann das Ganze auf meine Art angehen.«

»Irgendwann müssen Sie anfangen, nachzufragen. Und dann werden alle im Ort wissen, nach wem Sie suchen, da können Sie sich noch so viel Mühe geben.«

Bain seufzte leise. »Ich fürchte, Sie haben recht.«

»Ich gebe Ihnen einen Tipp«, sagte Valeria. »Nähern Sie sich den Einheimischen so unauffällig wie möglich. Seien Sie der etwas neugierige, historisch interessierte Tourist, der sich ein wenig die Zeit mit der Dorfgeschichte vertreiben will ... oder versuchen Sie eine andere Story. Meine Güte, Bain, Sie sind Engländer. Vielleicht sollten Sie sich einfach als Uniprofessor ausgeben, der zur Schweiz-Französischen Geschichte forscht. Ziehen Sie sich eine Fliege an und ein Tweedjackett.«

»Es gibt Grenzen, Ravelli.«

Valeria musste das Lenkrad festhalten, als erneut eine Windböe an ihrem Geländewagen rüttelte. Mit einem lauten Krachen kippte eine vertrocknete Kiefer um und schlug mit einem Prasseln auf die Straße hinter ihr. Das Holz splitterte in alle Richtungen.

»Verflucht.«

»Was ist los?«

»Da ist gerade ein Baum auf die Straße gefallen. Etwa zehn Meter hinter mir. Wär ich nur etwas langsamer gewesen ...«

»Ist alles okay?« Er klang ernstlich besorgt.

»Ja, mir geht's gut.« Nach einigen Metern hatte der dichte Nebel die umgestürzte Kiefer verschluckt. Sie mochte sich gar nicht ausmalen, was geschehen würde, wenn jemand hinter ihr zu schnell fuhr und den Baum übersah. »Ich sollte eigentlich anhalten und jemanden informieren ...« Aus dem Lautsprecher drang ein abgehacktes Störgeräusch. Ein Blick auf ihr Smartphone verriet ihr, dass der Empfang schwächer wurde.

»Hören Sie ... noch?«, drang Bains Stimme aus den Lautsprechern.

»Schwach.«

»Wenn Sie Steinberg erreicht haben, sollte es besser werden.

Halten Sie nicht an, informieren Sie den Räumdienst erst, wenn Sie angekommen sind.«

»Machen Sie sich Sorgen um mich, Bain?«, fragte Valeria spöttisch. »Dass ich allein mitten im Wald auf dieser Straße warten muss?«

»Ich weiß nicht, sollte ich? Es macht Ihnen sicher nichts aus, im Wald ausgesetzt zu sein.«

Seine Worte, wenngleich im Scherz gemeint, lösten bei ihr ein unangenehmes Grummeln in der Magengegend aus. »Das ist nicht lustig«, erwiderte sie und konnte hören, wie Bain mit den Zähnen knirschte.

»Nun ... ich muss um Entschuldigung bitten. Das war unüberlegt von mir.«

»Wissen Sie, ich kauere nicht verängstigt in der Ecke, nur weil jemand diese Sache von vor über einundzwanzig Jahren erwähnt. Wenn es etwas gibt, das uns Menschen auszeichnet, dann ist es doch unsere Fähigkeit zu vergessen, nicht wahr?« Valeria lenkte den Wagen eine enge Serpentine hinauf. Graue Granitblöcke ragten am Wegesrand auf, daneben ein verwittertes Holzkreuz. Sie konnte die Inschrift nicht lesen, aber den steilen Abgrund dahinter ausmachen, wo für einen unvorsichtigen Fahrer nichts als viele Meter tiefer Fall und schroffe Felsen warteten.

»Ravelli, ich wollte nur ...«

»Und ich sagte, es ist schon gut. Wechseln wir das Thema.«

»Na schön. Wissen Sie schon, wo Sie unterkommen?«

»Nein. Es gibt ein paar privat geführte Pensionen ... Da werde ich schon was finden.«

»Und wenn nicht, in einem Schlafsack soll es ja auch ganz kuschlig sein. In der Luft im Hochgebirge ist der Schlaf ohnehin ganz entspannt, das sagt man doch.«

Valeria antwortete nicht. In Wahrheit schlief sie in den letzten Wochen schlecht und träumte von seltsamen dunklen Dingen, von Stimmen, die nach ihr riefen, und tastenden Schemen im Nebel.

Schemen, die aus der Kälte nach dir greifen. Das hat natürlich mit all dem zu tun, was du in Eigerstal erlebt hast. Nichts davon war leicht, nichts davon wird dich schnell loslassen, auch wenn du es dir nicht eingestehen willst, auch wenn dir lieber wäre, dass es anders wäre. »Das ist etwas, mit dem ich allein zurechtkommen muss«, sagte sie leise.

»Wie bitte?«

Der Nebel trieb in dichten Schwaden über die Straße, und Valeria bremste ab. »Nichts. Es ist unheimlich hier«, sagte sie. »Ich kann kaum mehr als zwanzig Meter weit blicken. Es ist alles so still.«

»Ravelli, was …«

Das war alles, was sie von Bain hörte, ehe die Verbindung abbrach. Kein Empfang mehr. *Verflucht.*

Die Wälder ragten zu beiden Seiten der Straße auf, als wollten sie den schmalen Streifen aus Asphalt fressen, ihn verschlingen und nie wieder freigeben. Der Wind trieb Laub in dichten Wolken vorüber, bunte Böen, die durch das Licht ihrer Scheinwerfer tanzten. Wieder eine langgestreckte Kurve, die kaum enden wollte.

Was hatte Tanner gesagt? Jemand war vor Ort, ein Rechtsmediziner, der die Leiche bereits obduziert hatte. Die zuständige Polizei hatte den Fundort abgesperrt, und die Suche nach möglichen Spuren dauerte noch immer an … Valeria warf einen Blick auf das schmale Notizbuch, das neben ihr auf dem Beifahrersitz lag. Sie würde Kontakt mit den Kollegen aufnehmen, sobald sie angekommen war und eine Unterkunft gefunden hatte. Nur die Ruhe, sagte sie sich. *Gress ist seit Monaten tot, er wird einen weiteren Tag oder wenigstens einige Stunden warten können.*

Die Lichter des BMW strichen über ein Schild am rechten Straßenrand zwischen niedrigen, dunklen Sträuchern, die mit dicken schwarzen Beeren behangen waren. STEINBERG stand dort, in seltsam verschnörkelten Buchstaben, daneben die stilisierte Darstellung eines hohen Nadelbaums vor einem schroffen Bergmassiv.

Valeria fand, die Zeichnung des Bergs ähnelte auf beunruhigende Weise einem Gesicht mit weit aufgerissenen Augen, die dem Neuankömmling entgegenstarrten, ihn jedoch nicht willkommen hießen.

Sie war angekommen.

8

Die Reifen des BMW rumpelten über unebene Pflastersteine am Dorfeingang. Dicht dahinter war Holz meterhoch gegen die Wand eines windschiefen Schuppens gestapelt. Der Garten davor war verwildert und mit dornigem Unkraut überwachsen. Ein paar Einfamilienhäuser schlossen sich an, doch leuchtete kein Licht hinter den Fenstern. In den Einfahrten standen ältere Pkw und ein paar Pick-ups, auch ein Schneemobil war darunter, halb von einer Schutzplane verdeckt.

Auf dem Dorfplatz stand ein stillgelegter Brunnen, der von zwei aus Granit gehauenen Figuren gekrönt war: ein Steinbock und ein Mädchen standen nebeneinander auf einem Sockel und blickten auf etwas in der Ferne. Da war ein Postschild, welches gelb aus dem Nebel hervorragte. Ein altes Hotel, dessen Fenster mit Holzbrettern vernagelt waren, ein *Zu verkaufen*-Schild davor. In weiterer Entfernung sah Valeria ein eindrucksvolles Herrenhaus auf einer Anhöhe mit vernagelten Fenstern und verwitterter Fassade.

Sie bremste, als sie vor einem im Chalet-Stil gehaltenen, zweistöckigen Haus ein Schild entdeckte, das freie Zimmer verkündete, und bog auf einen Parkplatz daneben, wo zwei weitere Fahrzeuge standen. Als sie ausstieg, legte sich der feuchtkalte Nebel auf ihre Kleidung. Auf dem Dachfirst des

Hotels krächzte eine Krähe und flatterte mit breiten Schwingen in die Luft.

Valeria öffnete die Tür der Pension. Warme Luft schlug ihr entgegen, dazu Licht, das buttergelb aus dem Inneren fiel und die Wassertropfen im Nebel schimmern ließ.

»Bitte schließen Sie die Tür«, erklang eine leise Stimme.

Valeria entdeckte einen Mann, der auf der untersten Stufe einer Treppe stand und ihr entgegenblickte. Seine schwarzen Haare wurden an den Schläfen bereits grau, in den Händen trug er einen Stapel weißer Handtücher. An seinem Ringfinger schimmerte ein silberner Ring, wie sie bemerkte, und auf dem Empfangstresen neben ihm stand eine ebenso silberne Glocke. Er trat hinter den Tresen und legte die Handtücher in einen Korb.

»Suchen Sie eine Unterkunft? Sie haben Glück. Wir haben noch ein Zimmer, oben unter dem Dach. Viele nennen es das beste im Haus.«

Valeria fragte sich, was in diesem Zusammenhang *viele* bedeutete. »Dann würde ich es gerne mieten. Für eine Woche, erst mal, aber vielleicht verlängere ich auch.«

»So?« Er holte ein Formular hervor, das er ihr mitsamt einem Kugelschreiber über den Empfangstresen schob. »Dann wollen Sie also eine Weile hierbleiben?«

»Eine kleine Auszeit, ja. So habe ich mir das vorgestellt«, erwiderte Valeria.

»Wenn Sie Abgeschiedenheit suchen, etwas Stille, dann sind Sie hier tatsächlich richtig.«

»Klingt fantastisch.« Sie füllte das Formular aus, der Kugelschreiber kratzte über das Papier. Irgendwo aus einem Hinterzimmer spielte ein Radio leise Musik.

»Es kommen nicht viele zu dieser Jahreszeit her. Nicht genau hierher, zumindest.«

Valeria warf ihm einen Blick zu. »Hierher?«

»Wir sind doch etwas abgelegen, Frau …« Sie sah, wie er auf das Blatt blickte, das noch immer vor ihr lag, und dort über Kopf den Namen entzifferte. »Ravelli. Und jetzt, wo die Tage kürzer und die Nächte kälter werden, beehren uns nur noch wenige Touristen mit ihrer Anwesenheit.«

Das sagt er, aber so hat er es nicht gemeint. Das spürte Valeria. »Bitte«, sagte sie und reichte ihm das Meldeformular.

»Ich danke«, erwiderte er. »Oh, da fällt mir ein, ich habe mich gar nicht vorgestellt: Mein Name ist Ulrich Ziegler.« Er nahm einen messingfarbenen Schlüssel vom Haken. »Ich zeig Ihnen das Dachgeschosszimmer.«

Valeria folgte ihm nach oben. Die Treppenstufen der Buchenholztreppe knarrten leise, als sie hinaufstiegen. Es roch nach frischem Reinigungsmittel, mit dem jemand die holzgetäfelten Flure, die von den Etagen abzweigten, noch vor Kurzem gewischt haben musste. Auf einer niedrigen Kommode am Ende der Treppe stand eine brennende Kerze, die einen schwachen Bienenwachsgeruch verströmte, und an der Wand neben der Eichenholztür, die Ziegler aufschloss, hing ein Bild, das eine Waldlandschaft zeigte. Im Zentrum auf einem grob gezeichneten Waldweg stand eine Gestalt, die dem Betrachter den Rücken zuwandte – und sie trug einen roten Mantel.

Was du da auf dem Weg hierher gesehen hast … was du zu sehen geglaubt hast …

»Ist alles in Ordnung? Sie wirken gerade, als hätten Sie einen Geist gesehen.«

Valeria bemerkte, dass Ziegler sie beobachtete. Sie schluckte, um das trockene Gefühl in ihrem Mund loszuwerden. »Es ist nichts.«

Er reichte ihr den Schlüssel. »Wir haben jeden Morgen von sechs bis neun Frühstück unten. Sie und zwei andere Gäste haben den kleinen Saal für sich.« Er lächelte und zeigte von Kaffee verfärbte, schiefe Zähne. »Ich wünsche Ihnen einen angenehmen Aufenthalt in unserem kleinen Ort … und auf dass Sie die Ruhe finden mögen, wegen der Sie hergekommen sind.«

»Danke«, erwiderte Valeria.

Sie schloss die Tür hinter sich. Erst nach einigen Sekunden knarrte die Treppe. Ziegler war auf dem Weg zurück nach unten. Sie holte tief Luft und musste sich auf die Fingerknöchel beißen, um nicht zu fluchen.

Ein roter Mantel. Nein, das kann nicht sein.

Das Zimmer war schlicht, aber nicht geschmacklos eingerichtet: ein Bett ganz in Weiß, ein Schrank aus einheimischem Holz, ein Sessel mit beigem Bezugsstoff neben einer Leselampe in der Ecke beim Fenster, durch das sie zum Waldrand blicken konnte. Im Bad standen eine Badewanne und eine Dusche, und als Valeria einen kurzen Blick in den Spiegel warf, war es ihr, als schaute eine Fremde zurück.

Schließlich ging sie zum Fenster, öffnete es und atmete die kühle, neblige Luft ein.

Nur ein dummer Zufall, dachte sie. Dieses Gemälde und diese Gestalt … Da gab es keinen Zusammenhang.

Valeria holte ihr Gepäck aus dem Auto, nahm die Dienstwaffe aus dem Handschuhfach und verstaute sie im Zimmer im Safe, der im Kleiderschrank angebracht war. Zurück an der Rezeption bat sie Ziegler um eine Karte von Steinberg und der Umgebung.

»Wenn Sie wandern gehen wollen, ist dieser Weg ganz ausgezeichnet«, erklärte er und fuhr die Linie auf der Karte mit dem Zeigefinger nach. »Oder dieser hier«, sein Finger rutschte in Richtung eines Waldstücks, »wenn Sie es noch abgelegener mögen.«

Valeria betrachtete die Karte. Im Norden, kurz bevor die Karte endete, waren keine Wege und Beschriftungen eingezeichnet. »Was ist dort oben?«

»Das ist ein Privatgelände. Da können Sie nicht rein.« Ziegler schüttelte den Kopf, lächelte und zeigte seine gelben Zähne. »Irgendein reicher Industrieller, soweit ich den Gerüchten im Ort Glauben schenken kann. Der ist gern für sich. Aber sein Anwesen steht den großen Teil des Jahres leer.«

Valeria betrachtete den Steinberger Ortskern auf der Karte. »Hier ist die Kirche … und das hier ein Café, nicht wahr?«

»Richtig. Es gibt auch einen kleinen Lebensmittelladen … und früher gab es auch mal eine Schule, das ist dieses Gebäude. Heute fahren die wenigen Kinder mit dem Bus zur nächstgrößeren Stadt. Der alte Lehrer lebt noch hier, der müsste jetzt in seinen Achtzigern sein. Es gab sogar mal ein Kino hier, damals, als man versucht hat, aus dem Ort etwas Größeres zu machen … aber das ist gescheitert.« Er tippte auf die Karte. »Steht leer. Bisschen so etwas wie ein Spukhaus für die Kinder und Jugendlichen hier. Und hier, das ist ein altes Hotel. Gab einen Wasserschaden, der den ganzen oberen Stock unbewohnbar gemacht hat. Es hat sich niemand gefunden, der es sanieren wollte … oder abreißen. Geld finden Sie hier nicht, wir sind keine Touristenattraktion, und die wenigen Neugierigen, die hierher finden, spülen kaum Geld in die Kasse.«

Valeria schaute auf. Ihr Blick fiel auf eine Jagdtrophäe, die an der Wand angebracht war. Sie dachte an das Herrenhaus, das auf der Anhöhe oberhalb vom Dorf aufragte. »Aber früher war das anders, nicht wahr? Es gibt gewisse Anzeichen …«

Ziegler schien zu ahnen, worauf sie hinauswollte. »Das alte Haus da oben? Ein Industrieller, der sich vor Ewigkeiten hier ein Haus errichten ließ. Das steht schon lange leer. Viel mehr kann ich darüber auch nicht sagen.« Er klang verbittert, wie sie fand. »Wenn Sie wollen«, meinte er dann, »kann ich Sie mal im Dorf herumführen.«

»Vielleicht komme ich darauf zurück.« Valeria steckte die Karte ein, doch sie erkannte an seinem Gesichtsausdruck, dass er ahnte, sie würde nicht auf seinen Vorschlag eingehen. Schließlich lieh sie sich einen Regenschirm und trat hinaus in den Nebel, der Steinberg eingehüllt hatte wie eine Decke – weiß und undurchdringlich erstickte er jeden Laut.

Die lange Fahrt hatte sie müde gemacht. Valeria spürte, dass sie etwas Luft holen musste, den Kopf freibekommen wollte, ehe sie die Kollegen vor Ort über ihre Ankunft informierte.

Ein in die Jahre gekommener Volvo schlich im Schritttempo die Straße entlang. Das Kennzeichen gab den Fahrer als Einheimischen aus. Sie konnte kaum ins Innere sehen, doch Valeria hatte das Gefühl, dass derjenige hinterm Steuer sie beobachtete. Es gab ein kurzes Aufblitzen – vielleicht eine Spiegelung im Glas einer Brille. Einige Meter später beschleunigte der Fahrer und bog ab.

Valeria ging ohne wirkliches Ziel die Straße hinab, während sich der feine Nebel in ihrem Haar festsetzte und unter ihren Mantel zwischen ihren Schulterblättern hinabkroch wie die Berührung der Finger eines Erfrierenden. Da war der kleine Lebensmittelladen, von dem Ziegler gesprochen hatte, die Fassade war frisch verputzt und die Tür in einem kräftigen Grün gestrichen. Ein paar einheimische Frauen standen unter einem Vordach, zwei alte Männer mit wettergegerbten, tief zerfurchten Gesichtern saßen auf einer Bank und unterhielten sich, doch als Valeria näher kam, verstummten sie und blickten ihr allesamt entgegen. Es war ein Starren, wie sie es aus gewissen anderen, abgelegenen Bergdörfern kannte, aber nichts Feindseliges, wie es ihr schon früher begegnet war. Einer der alten Männer hustete. Sie sah, dass er sie mit einem eisblauen, durchdringenden Auge anblickte – das andere fehlte gänzlich. Die leere Augenhöhle wirkte wie ein schwarzer, polierter Stein im trüben Licht, das durch die Wolkenschicht fiel.

Valeria grüßte, und nur der Alte grüßte zurück. Nach einigen Metern blickte sie zurück. Obwohl er mit dem anderen, der neben ihm auf der Bank saß, wieder tief im Gespräch vertieft war, hatte sie das Gefühl, dass das, was einmal dort in der nun leeren Augenhöhle gewesen war, ihren Weg noch immer verfolgte.

Die Kirche war aus hellem Stein errichtet, der Turm mit dunklem Schiefer eingedeckt, und ganz oben trotzte ein Wetterhahn aus Kupfer dem Wind und dem Regen. Die Tür stand offen, doch Valeria ging nicht hinein. Nebenan lag ein kleiner Friedhof, auf dem sie einige alte Frauen an den Gräbern arbeiten sehen konnte. Es war still, nur der feine Kies, der auf dem Kirchplatz ausgestreut lag, knirschte unter ihren Schritten. Einige Hundert Meter weiter entdeckte Valeria das große kastenförmige Gebäude, das einst die Schule von Steinberg gewesen sein musste, bevor man sie aufgegeben hatte und die Dorfkinder in den nächstgrößeren Ort schickte. Der Putz war grau und rissig, die Fenster an vielen Stellen vernagelt, und dort, wo sie nicht von Brettern geschützt waren, hatten die Scheiben Risse, waren zerschlagen worden. Efeu wucherte über die Nordseite der Fassade, und im Hof vor dem Gebäude, wo einst die Kinder gespielt hatten, waren nun Baucontainer aneinandergereiht – doch auch die waren längst verrostet und vergessen. Valeria blickte am Gebäude hinauf. Die Fenster waren dunkel, schmutzig, und der Wind blies durch das Unkraut, das durch die Risse in der Fassade und im Hof wuchs. Es roch nach Staub und Regen, und plötzlich schien es Valeria, als könnte sie in den Windböen, die über den rissigen Asphalt heranwehten, ein leises Lachen hören – Kinderstimmen, die einander etwas zuriefen, lachten, spielten ... irgendwo in einer lange vergangenen Zeit. Sie wandte sich ab, ein Frösteln am ganzen Körper, das nichts mit dem Wind, dem Nebel oder der Temperatur zu tun hatte.

Das Hotel und das alte winzige Kino, an dem noch immer eine Leuchtreklame hing, lagen dicht beieinander. Das Hotel war eingerüstet und ein Maler gerade damit beschäftigt, die Fassade auszubessern. Ein paar Männer trugen etwas aus einem Lieferwagen ins Innere, große Kisten, an denen sie schwer zu heben hatten. In einem Haus auf der anderen Straßenseite blickte eine Frau aus dem Fenster und musterte sie, die Stirn gerunzelt, als wollte sie Valeria fragen, was sie hier zu suchen oder ob sie etwas verloren hätte ...

Und das habe ich auch, ging Valeria durch den Kopf. *Wir alle haben etwas verloren.*

Schließlich erreichte sie den kleinen Bach, der Steinberg am nördlichen Rand begrenzte, und die Holzbrücke, die ihn überquerte. Dahinter lagen Wälder, so weit das Auge reichte, ein Dickicht, stechend grün vor dem grauen Himmel. Die Streben knarrten unter ihr und gaben nach, die Schrauben waren verrostet. Das Wasser war klar wie flüssiges Glas, sprudelte mit perlweißer Gischt, als es die rundgeschliffenen Steine im Flussbett umspülte. Valeria verspürte den Drang, die Hand hineinzutauchen. Der Weg hinab zum Wasser war feucht und rutschig, das Gras, das dort wuchs, hoch und scharfkantig. Als sie die Hand eintauchte, umspülte der Bach ihre Haut mit eisiger Kälte. Die Strömung war weitaus kräftiger, als es von der Brücke aus den Anschein gehabt hatte – das Wasser zerrte an ihrer Hand, als wollte der kleine Bach sie mitreißen.

Auf einmal erschien im Wasser ein Gesicht – bleiche Wangen und trübe Augen, die zu Valeria heraufstarrten. Ein Mädchen, vielleicht vierzehn Jahre alt, das Haar umfloss ihren schlanken Körper wie dicht gewebte schimmernde Spinnfäden. Valeria schrak zurück und spürte das nasse Gras unter ihren Handflächen.

Schnell war sie wieder auf den Beinen und blickte ins Wasser, den Bach hinab, doch natürlich war kein Gesicht mehr zu sehen …

Okay. Okay, ganz ruhig. Das hast du dir nur eingebildet. Natürlich. Es gibt keine …

Valeria schritt eilig den Bach entlang, folgte ihm in Fließrichtung und versuchte, durch das glasklare Wasser einen Blick auf etwas zu erhaschen, das sie glaubte, gerade gesehen zu haben … Da trieben einige Äste entlang, buntes Laub … ein kleines Papierschiffchen, das wie ein Segelboot mit dem Sturm kämpfte … Der Nebel wurde dichter mit jedem Schritt, den sie den Bach entlangging, und ihr war, als bewegten sich Schemen in der Ferne, Dinge, die auf langen Beinen umhergingen und kaum mehr Menschenähnliches an sich hatten …

Sie hörte ein leises Lachen und blickte auf.

Am Ufer des Bachs wuchs Schilf, grün, blickdicht und höher als ein ausgewachsener Mann. Dort entdeckte sie die beiden Jungen, die ihre Papierboote zu Wasser ließen. Der eine war vielleicht zehn, der andere um die dreizehn, sie waren Brüder, das war deutlich auszumachen.

Der jüngere kicherte, als er ein kleines, aus Zeitungspapier gefaltetes Schiffchen ins Wasser setzte, wo es mit der Strömung auf und ab hüpfte, ins Schaukeln geriet, sich dann aber wieder fing und in hohem Tempo den Bach hinabsauste.

»Wuhu«, machte er. Dann entdeckte er sie. Valeria sah, wie er seinem Bruder etwas ins Ohr flüsterte, worauf dieser zu ihr herüberblickte.

»Hey, Jungs«, sagte sie. Der Bach, der sie trennte, war an der Stelle, an der sich die beiden Jungen niedergelassen hatten, tief und die Strömung schnell, wie es die weiß gluckernde Gischt an der Oberfläche verriet. Noch immer lag ein Haufen von Papierschiffchen neben den beiden, manche groß, manche so klein, dass sie schon nach wenigen Metern untergehen würden.

»Selber hey«, sagte der Ältere. Sein Blick war argwöhnisch. »Haben Sie sich verirrt?«

Wahrscheinlich habe ich das, dachte sie. *Sonst wäre ich gar nicht erst nach Steinberg gekommen.* »Ich schau mich nur etwas um.«

»Du bist gar nicht von hier«, sagte sein jüngerer Bruder. Seine Stimme klang sehr kindlich. Seine Augen waren von einem so durchdringenden Blau, als wären sie aus einem einzigen Stück uraltem Gletschereis geschlagen worden. »Was willst du hier? Das ist kein Ort für … *Fremde.*« Die Weise, wie er dieses Wort betonte, war seltsam.

»Wer sagt dir, ich wäre das? Eine Fremde?« Valeria warf ihm ein Lächeln zu, doch es wurde nicht erwidert. Der Jüngere starrte sie an.

»Ich weiß, was du bist. Es gibt gar keine Möglichkeit, es zu verbergen. Wir alle wissen, was du bist.«

»Sei still, Frederic. Das gehört sich nicht.« Der Ältere der beiden musterte sie mit einem schmalen Lächeln – ein Lächeln, das nicht wirklich das eines Kindes war, wie Valeria fand. Es war kühl, distanziert, fast schon überheblich. »Wir müssen die Leute behandeln, wie es sich gehört.«

Der Jüngere – Frederic – schnappte sich ein Boot und setzte es ins Wasser. Von der Strömung getragen schoss es den Bach hinab, verfing sich einige Meter weiter unten im Gras, das vom Ufer ins Wasser hineinragte, kippte, wurde überspült und ging unter.

»Wie schade«, sagte Valeria und meinte es auch so.

Frederic starrte sie an, ein bösartiges Funkeln in den Augen. »Das ist deine Schuld«, sagte er leise. »Das ist nur deine Schuld. Das war mein Boot – und du ... du ...« Er begann zu zittern. Sein Bruder packte ihn, hielt ihn an den Schultern fest.

»Was ist mit ihm?«, rief Valeria. Der Junge zitterte, und sein Bruder schien panisch etwas zu suchen, das er im Gras nicht finden konnte.

Valeria sprang über den Bach. Im hohen, matschigen, steil abfallenden Ufer geriet sie ins Straucheln, konnte sich jedoch fangen. Dann war sie bei den Jungen. Frederic holte panisch Luft, sein Gesicht war rot verfärbt, und sein Atem klang pfeifend, gespenstisch hohl.

»Er hat ... hier muss irgendwo ... sein Spray!« Der Ältere schien nicht wirklich zu wissen, was er tun sollte.

»Er hat ein Asthmaspray?« Valeria begann, das hohe Gras abzusuchen, ihre Hände tasteten am nebelfeuchten Boden entlang, doch da war nichts, nur kühles, scharfkantiges Gras, das in ihre Finger schneiden wollte.

»Es muss hier irgendwo sein ... verfluchte Scheiße!« Der ältere Junge begann, die kleinen Papierboote beiseite zu werfen, ein paar fielen mit Schlagseite ins Wasser und wurden von der Strömung fortgerissen, bevor sie unbeachtet untergingen.

Frederic röchelte. Er kippte auf die Seite ins Gras, und seine Arme zuckten. Valeria holte ihr Smartphone hervor. Kein Empfang – natürlich.

»Er stirbt!«, schrie der Junge, während sein Bruder im Gras keuchte und zuckte.

Da fiel ein schmaler Lichtstreifen auf etwas Winziges im Gras – kaum ein paar Meter entfernt. Valeria rannte hinüber. Es war ein Asthmaspray – klein, blau, Hilfe versprechend und lebensrettend. Sie packte Frederics zuckenden Kopf, hielt ihn fest und legte ihm das Mundstück zwischen die Lippen.

Ein Sprühstoß, und Frederic holte tief Luft. Er keuchte, zuckte noch einmal ... dann nicht mehr. Wieder holte er Luft, und nun war das Keuchen verschwunden. Seine Brust hob und senkte sich gleichmäßig. Valeria bemerkte, dass sie den Aspirator so fest hielt, dass ihre Fingerknöchel weiß unter der Haut hervortraten.

»Das ... war knapp.« Der ältere Bruder kniete neben Frederic und blickte auf ihn hinab. Frederic hustete. Seine eisblauen Augen fanden Valeria. Er starrte sie an, als hätte er sie noch nie zuvor gesehen, ein überraschter, fragender Ausdruck auf dem Gesicht.

»Es geht wieder«, sagte sie zu ihm, als müsste sie sich selbst versichern, dass alles in Ordnung war. »Es wird alles gut, hörst du?«

»Geben Sie mir das«, verlangte der Bruder. Er hatte die Hand nach dem Asthmaspray ausgestreckt.

»Du ... musst darauf aufpassen, das ist dir klar? Dein Bruder ...«

»Geben Sie her, na los.«

Valeria drückte ihm den Inhalator in die kalte Hand. »Es war verflucht knapp. Wir sollten jetzt zu euren Eltern gehen. Ich will mit ihnen sprechen.«

Frederic hustete und setzte sich auf. Er musterte sie, dann seinen Bruder, ehe seine eisblauen Augen zurück zu Valeria schweiften. »Das geht nicht«, sagte er, als wäre diese Erwiderung nach allem, was gerade geschehen war, das Natürlichste der Welt. »Vater darf es nicht wissen.«

»Wie bitte?«

»Ich bin Julien«, unterbrach ihn der ältere Bruder, ehe Frederic fortfahren konnte. »Unser Vater mag es nicht, wenn Frederic ... na ja, wenn er draußen allein spielt ... allein *oder* mit mir zusammen. Wegen ...« Er gestikulierte in die Richtung seines Bruders und deutete auf das Asthmaspray. »Das ist noch nie passiert, ich schwöre das, ganz ehrlich. Es wird auch nicht mehr vorkommen, ich werd mich darum kümmern, dass er sich nicht mehr aufregt. Aber wenn Sie jetzt mitkommen und ihm davon erzählen, dann wird er uns gar nicht mehr rausgehen lassen. Was das angeht, ist er sehr streng.«

Valerias Erfahrung sagte ihr, dass etwas an dem, wie es Julien sagte, nicht richtig war – er log sie nicht an, das nicht, aber er sagte ihr auch nicht die ganze Wahrheit. *Was hat er zu verheimlichen?*

»B-Bitte ...« Frederics Stimme war ein heiseres Krächzen. Er blickte mit tränenunterlaufenen Augen zu ihr auf. »Bitte sagen Sie es niemandem.«

»Du weißt, dass das gerade sehr, sehr knapp war«, sagte Valeria leise. »Ich möchte, dass ihr in Zukunft besser aufpasst.«

Beide Jungen nickten.

Valeria seufzte. »Also schön. Ich werde es niemandem verraten.«

Julien lächelte ein breites Lächeln, das ausgesprochen erleichtert wirkte. »Danke«, sagte er knapp, und Frederic nickte ihr zu. Er streckte seinem Bruder die Hand hin und ließ sich aufhelfen.

»Vergesst eure Papierboote nicht«, sagte Valeria und deutete auf den kleinen Stapel Schiffe, die noch immer am Bachufer lagen.

Julien drehte sich um. »Die Dinger können Sie einfach ins Wasser werfen, wenn Sie wollen.« Er beugte sich zu seinem Bruder hinab und flüsterte ihm leise etwas ins Ohr, das Valeria nicht verstehen konnte.

Frederic lachte. Sie gingen davon, und keiner von ihnen blickte zurück.

Valeria sah den Nebel über den Bachlauf heraufziehen, eine dichte, weiße Wand, undurchdringlich, kalt, geheimnisvoll. Schnell hatte er die Jungen umfangen, zwei Schemen, die in der Ferne in Richtung Dorf verschwanden, dann verschluckte er ihre Gestalten vollends. Ein kalter Wind kam vom Waldrand herübergeweht und ließ ihr dunkles Haar wehen. Die Temperatur fiel, sie konnte es deutlich spüren, und Valeria fühlte, wie die Kälte unter ihren Mantel über ihre Haut kroch, nach ihr tastete.

Sie ließ die Boote, wo sie lagen, und folgte dem Bachlauf zurück in Richtung des Dorfs.

9

Valeria hatte den Dorfrand noch nicht erreicht, als sie aus dem Nebel auf einen Abzweig vom Pfad Richtung Osten stieß; ein Holzschild, auf dem *Leuenbergers Werkstatt* stand, wies den Weg hinauf. Daneben stand eine kleine hölzerne Figur, aus einem Baumstamm geschnitzt, ein Wanderer, der mit seinem Stab in dieselbe Richtung zeigte. Valeria blickte zum Himmel hinauf, wo sich dichte, graue Regenwolken zusammenballten. Ein paar Tropfen fielen in ihr Gesicht, und irgendwo in der Ferne grollte es. *Vielleicht solltest du dir einen Ort zum Unterstellen suchen – denn vielleicht schaffst du es nicht nach Steinberg zurück.*

Valeria folgte dem Pfad in Richtung Werkstatt. Er führte ein Stück hinauf, weiter ins Gebirge, wo sich zu beiden Seiten große Haufen mit grauem Geröll auftürmten. In der aufgeweichten Erde auf dem Weg entdeckte sie ein paar Spuren von Autoreifen. Sie blieb stehen und sah sich um. Sobald der Nebel zu einzelnen Fetzen zerrissen vom Wind vorübergetrieben wurde, konnte sie hinab auf Steinberg blicken, auf die mit dunklem Schiefer gedeckten Dächer, auf die Straßen, wo vereinzelte Fahrzeuge fuhren. Es war so still, als hätte sie ihre Ohren mit dicker, weißer Watte verstopft – und mit jedem Schritt, den sie zurücklegte, wurde der Regen stärker.

Aus dem Grau des Nebels schälte sich ein großes Haus –

zweistöckig, ein aus granitgrauen Steinen gemauerter Sockel mit massiven, goldbraunen Stämmen, die die Eingangstür wie Säulen flankierten, darüber ein Schieferdach. Valeria stürmte durchnässt unter das Vordach und erhaschte die Aufschrift auf dem aus Holz geschnitzten Schild, das an der rechten Säule festgemacht war: *Tischlerei Leuenberger* stand dort.

Je ein Fenster war zu beiden Seiten der Eingangstür eingelassen, und durch das von Sprossen geteilte Glas fiel buttergelbes Licht heraus, das den Nebel, der zum Haus heraufkroch, unwirklich gelb schimmern ließ.

Ein Gesicht erschien im Fenster, starrte zu Valeria heraus, kaum mehr als eine Sekunde, ehe es wieder verschwand. Ein paar Momente später schwang die Eingangspforte auf, und sie sah sich einem kleinen Mann gegenüber, dessen Gesicht aus einem einzigen grauen Bart zu bestehen schien. Er war alt, gewiss schon über siebzig, und in der Rechten hielt er ein Stechbeitel. Holzstaub hing an seinen Schuhen, und von ihm ging ein unverkennbarer Geruch von Kaffee gemischt mit einem starken Schnaps aus.

»Ja?« Sogar der Klang seiner Stimme glich trockenem Holz.

»Ich bin da wohl in den Regen geraten«, sagte Valeria. »Und habe etwas zum Unterstellen gesucht.«

»Soso.« Der Bart zerteilte sich und präsentierte etwas, das entfernt an ein Lächeln erinnerte. »Na, Sie können reinkommen, wenn Sie mögen.«

Vor dem Vordach ging der Regen nun in einem alles übertönenden Prasseln nieder, der den erdigen Pfad zu einem in Matsch getauchten Fluss verwandelte. Sie folgte dem Mann in eine Werkstatt, in der es nach frischem Holz duftete. In einer Ecke stand ein gusseiserner Ofen, der wohlige Wärme abstrahlte.

»Ich bin Reto Leuenberger«, sagte der Alte. Er nahm eine eiserne Kanne vom Ofen und eine Tasse von einem Regal daneben. »Trinken Sie was. Sie sehen durchgefroren aus.«

Der Kaffee war stark und schwarz, aber genau das, was sie nun brauchte. »Ich bin nur dem Bach gefolgt und hab dabei wohl die Zeit und die Entfernung zum Ort aus den Augen verloren.«

»Das Land ist weit hier oben«, sagte Leuenberger, »und man kann sich leicht verirren. Wo kommen Sie her?«

»Zürich.« Valeria nahm einen weiteren Schluck vom heißen Kaffee, und es war ihr, als tränke sie flüssige, braune Schokolade. Einen Moment lang fragte sie sich, ob er den Schnaps, den sie gerochen hatte, direkt in die Kanne gegeben hatte, kam dann aber zu dem Schluss, dass etwas Hochprozentiges bei der Kälte nicht die schlechteste Lösung wäre.

»Was verschlägt Sie her?« Er musterte sie über seine buschigen Brauen hinweg. »Wollen Sie was kaufen? Sie sehen nicht aus, als suchten Sie nach einem Stück Steinberger Besonderheit, das Sie mit nach Hause nehmen wollten.« Er deutete beiläufig auf einen Tisch in der Nähe, auf dem verschiedene Schnitzereien herumstanden, die allesamt mit einem kleinen Preisschild versehen waren. Es waren kunstvolle, hochdetaillierte Arbeiten, das konnte sie sofort erkennen – Leuenberger verstand sein Handwerk. Sie erkannte den Wanderer wieder, der schon unten am abzweigenden Pfad den Weg gewiesen hatte, aber auch Tiere, Hirsche und Murmeltiere, deren Fell im Holz so präzise herausgearbeitet war, als wären sie lebendig. Die Haarstruktur, die Details der Augen, die Valeria entgegenblickten, als könnten sie sich jeden Augenblick bewegen und über den Tisch wandern.

»Die sind wirklich schön«, sagte Valeria. Sie nahm einen

etwa handgroßen Fuchs aus hellbraunem Holz in die Hand, die Oberfläche fühlte sich geschmeidig wie fein polierter Marmor unter ihren Fingern an. Das Preisschild auf der Seite wies das Stück mit sechzig Franken aus. »Wissen Sie was? Ich denke, den nehme ich mit.«

Leuenberger nickte. Er winkte sie zu einer altertümlich aussehenden Registrierkasse hinüber, die laut rappelte, als er sie bediente. »Sechzig, wenn es recht ist«, sagte der alte Mann. Er steckte das geschnitzte Werk behutsam in eine kleine Holzbox und diese wiederum in einen Beutel aus Stoff, den er ihr herüberreichte. »Sie sind von der Polizei, nicht wahr?«, fragte er unvermittelt.

Valeria betrachtete einen kleinen Lichtfleck in einer der Ecken, wo eine Spinne ihr Netz gesponnen hatte, und versuchte, sich nichts anmerken zu lassen – und doch ahnte sie, dass es ihr nicht besonders gut gelang. »Wie kommen Sie darauf?«

Der Alte lachte angesichts ihres Versuchs, ein schwaches Lächeln zu verbergen. »Weil es Gerüchte gibt … Gerüchte im Dorf, dass dort drüben in den Gotteshöhlen jemand gefunden wurde … aber er war keiner von denen, die *wussten*, dass sie gehen würden. Keiner von denen, die nur noch wenige Tage übrig hatten. Jemand anderes, jemand, der nicht dort hingehört …« Er brummte etwas Unverständliches. »Keine Sorge, es kümmert mich nicht. Wenn das ein Geheimnis sein soll, wird es bei *mir* ein Geheimnis bleiben.«

»Sagen wir mal, mir wäre daran gelegen, dass es das bleiben soll … fürs Erste. Und sagen wir, ich interessiere mich für diese gewisse Sache …«

»Dann wollen Sie wissen, ob ich irgendwas darüber weiß?«

Valeria nickte.

»Also sind Sie wirklich von der Polizei«, meinte Leuenberger, »oder von der Presse.« Wieder lachte er.

»Es sind doch nicht nur Gerüchte, nicht wahr?«

Leuenberger nahm einen Schluck Kaffee, und wieder vernahm sie den deutlichen Geruch von Alkohol. Im Ofen knackte ein Holzscheit. »Ich weiß nichts«, sagte er dann. »Halt mich fern von denen weiter unten, und das war schon immer so. Die mögen mich nicht, und ich … die wenigsten von ihnen. Ha.« Er kratzte sich mit der schwieligen Hand am Bart. »Mein Sohn … der weiß wahrscheinlich 'ne Menge mehr darüber. Reden Sie mit ihm. Sagen Sie Karl, ich hab Sie geschickt, das macht ihn bestimmt etwas gesprächsbereiter.« Leuenberger zögerte und musterte Valeria. »Oder vielleicht ist er das auch von sich aus. Sie sind ja … nun, nicht unansehnlich.«

Valeria ignorierte den letzten Satz. »Wo finde ich Ihren Sohn?«

»Im Dorf, nehme ich an. Oder vielleicht auch besoffen im nächsten Wirtshaus. Oder in der Ausnüchterungszelle. Was weiß ich schon? Es kümmert mich nicht.«

»Klingt, als wären Sie nicht besonders an ihm interessiert.«

»Wir stehen uns nicht nahe«, erwiderte Leuenberger. »Wie das nun mal so ist: Menschen werden älter, und Ansichten ändern sich. Er ist nicht der Mensch, der er früher mal war … oder sollte ich sagen … Er ist kein guter Mensch? Aber was weiß ich schon. Ich bin hier oben, und ich habe meine Arbeit und meine paar Viecher, und das genügt mir.«

Valeria ertappte sich dabei, dass sie auf den Ehering an Leuenbergers Hand blickte. Er bemerkte ihren Blick.

»Meine Frau ist lange tot. Das Grab liegt unten auf dem Friedhof, aber erwarten Sie nicht, Karl da zu finden, denn er kümmert sich nicht … Er kümmert sich eigentlich um überhaupt nichts mehr.«

»Ich werde ihn finden«, sagte Valeria. Sie nahm die Holzbox und ging zur Tür. »War die Polizei eigentlich hier?«

»Nein«, sagte Leuenberger, vielleicht etwas zu schnell und zu laut. »Wieso?«

»Weil ich einige Reifenspuren draußen im Matsch gesehen habe.«

Leuenberger lachte. »Das war nicht die Polizei, das war der Holzlieferant. Ich kann nicht mehr so schwer heben, verstehen Sie? Und dieser Nichtsnutz hilft mir nicht.«

»Verstehe.« Valeria setzte ein freundliches Lächeln auf. »Jemand wurde also in der Gotteshöhle, wie Sie sie nannten, gefunden. Kennen Sie den Mann, der den Toten entdeckt hat?«

Leuenberger nickte. Er schenkte sich Kaffee nach, und dieses Mal konnte Valeria eindeutig erkennen, wie seine Hand dabei schwach zitterte. Das Alter, dachte sie, und doch weist nicht eines seiner Holzkunstwerke Anzeichen dafür auf, dass seine Hände nicht mehr richtig funktionieren.

»Ich kenne ihn«, erwiderte Leuenberger. »Noch jemand, der nicht gern unter Menschen geht. Es ist der Bruder von Donna Vittoria Brusco. Die leben auf der anderen Seite, ein ganzes Stück im Wald, er und seine Schwester. Sie und die ganzen Puppen.«

»Puppen?«, wiederholte Valeria.

»Sie ist Puppenmacherin. Ich habe meine Holzschnitzerei und sie fertigt Puppen. Die Winter hier oben sind lang und kalt, und die Menschen haben schon immer nach etwas gesucht, mit dem sie sich die Zeit vertreiben können. Manche sind gute Handwerker, manche fürchterlich, aber Donna ist wahrscheinlich die einzige echte Künstlerin, die wir hier oben haben. Fast wie Karl, aber mein Sohn kennt nur die Kunst des Saufens, und darin ist er ein wahrer Großmeister, ha!« Er lachte ein brummendes Lachen, das in heiseres Husten überging.

»Und der Bruder von Donna Brusco? Was macht der?«

»Nichts, soweit ich das weiß. Man sieht ihn nur selten. Sammelt Pilze im Wald und treibt allerlei komisches Zeug, das nach allem, nur nicht nach Arbeit aussieht … Wilderei …« Leuenberger klang empört.

»Donna Vittoria Brusco, wo finde ich sie?«

Leuenberger nickte. »Machen Sie sich keine Hoffnungen. Sie empfängt niemanden, schon gar nicht Auswärtige … und ganz sicher keine Journalisten, gerade jetzt, wo das Dorf in den vielleicht größten Trubel geraten könnte, seitdem …« Er unterbrach sich. *Er wollte etwas sagen, was er sich im letzten Moment verkniffen hat.*

»Seitdem was? Was meinen Sie?«

»Nichts«, erwiderte er. »Ich muss jetzt wirklich weitermachen. Suchen Sie meinen Sohn, aber …« Er schüttelte den Kopf und wirkte mit einem Mal betrübt. »Aber erwarten Sie nicht zu viel. Erwarten Sie am besten gar nichts.«

»Danke für das schöne Kunstwerk«, sagte Valeria. Sie würde es Mark und seiner Tochter schenken, und sie wusste, dass sie sich riesig freuen würden.

»Nehmen Sie sich einen Schirm neben der Tür mit«, sagte Leuenberger, ohne sie anzusehen. Er hatte ein halb fertiges Stück in der Hand, seine Brille aufgesetzt und war dabei, sich wieder voll und ganz in seine Arbeit zu vertiefen. »Sie werden sich noch erkälten, wenn Sie in dem Regen ohne einen zurücklaufen.«

»Vielen Dank«, sagte Valeria.

Als sie nach draußen trat und die schwere Doppelflügeltür

hinter ihr ins Schloss fiel, prasselte der Regen mit dicken, schweren Tropfen auf sie herab. Schnell spannte sie den Schirm auf. Den Pfad hinab zum Dorf hatte das Wasser in eine gefährliche schlammige Rutsche verwandelt, über die die Regenmassen etwa kniehoch hinabflossen. Valeria spürte, wie der Wind und die dicken Regentropfen an dem Schirm in ihrer Hand zerrten, wie der dünne Stoff mit der Gewalt der Wassermassen kämpfen musste.

Der Pfad führte hinter Leuenbergers Holzhütte tiefer in die Wälder hinein, und da der Weg hinab versperrt war, wählte Valeria diesen Abzweig. Tannen und Fichten standen hier, und unter dem dichten Nadelkleid war der Regen schwächer. Ein Rabe segelte dicht über ihrem Kopf hinweg, und das Geräusch, das die Tropfen in den Ästen verursachten, war laut wie Hagel auf einem Blechdach. Ihre Schuhe wollten sich am schwarzen Waldboden, der feucht wie ein Moor war, festsaugen. Nur nicht stehen bleiben, ging ihr durch den Kopf.

Zwei Scheinwerfer durchbrachen das Regengrau. Ein Geländewagen kam näher, schleuderte das Wasser zu beiden Seiten in hohen Bögen ins Unterholz. Einen Augenblick lang überlegte sie, ob sie hinter einer der massigen Tannen Schutz suchen, sich den Blicken des Unbekannten, der noch etwa hundert Meter entfernt war, entziehen sollte, entschied sich dann jedoch dagegen. Valeria blieb auf dem schlammigen Waldpfad stehen und nahm den Geländewagen in Augenschein. Es war ein großer Jeep, in die Jahre gekommen, die Karosserie war von dicken Schlammspuren gezeichnet.

Die Scheinwerfer blendeten sie, als der Fahrer den Wagen etwa zehn Meter vor ihr zum Stehen brachte. Valeria sah den Schatten eines Mannes in einem grünen Regenmantel aussteigen. Er kam näher.

»Haben Sie sich verirrt?« Die Stimme war kaum zu vernehmen, so laut waren der Regen und der böige Nordwind, der in den Baumkronen toste.

»Nein, ich liebe Regenspaziergänge«, rief sie sarkastisch über das laute Prasseln zurück.

Der Mann kam näher, und Valeria machte einige Schritte auf den Wagen zu. Etwas war seltsam, und sie verfluchte sich dafür, dass sie ihre Dienstwaffe im Safe zurückgelassen hatte. Sie versuchte, etwas im Gegenlicht zu erkennen: War das ein Gewehr, das dort auf dem Beifahrersitz lag?

Nun war der Fremde ihr so nah, dass sie sein Gesicht ausmachen konnte. Er war bärtig, groß und muskulös, und der Regen floss in Strömen durch seine militärisch kurz geschnittenen Haare. Er schien weder den Regen noch die Kälte zu spüren. Seine Augen waren grau – aber vielleicht war dies auch nur das blasse Licht, das den Wald umfing, das sie täuschte.

»Na, damit hätte ich nicht gerechnet«, sagte er. Seine Stimme klang ein wenig heiser, als hätte er sie eine Zeit lang nicht benutzt.

»Womit haben Sie denn gerechnet?«

»Dass sich irgendeiner von den Dorftrotteln bei diesem Wetter besoffen im Wald verirrt hat. Kommt immer mal wieder vor. Sie sollten sofort raus hier.« Er spähte zum grauen Himmel hinauf, zu den Ästen, die im Wind ächzten. »Der Sturm kann Ihnen einen Ast auf den Schädel krachen lassen, und dann wären Sie tot, bevor Sie es auch nur merken.«

»Und das wollen wir ja nicht«, erwiderte Valeria trocken.

»Steigen Sie ein. Ich fahr Sie zurück ins Dorf.«

Valeria setzte sich auf den Beifahrersitz – nachdem der Fremde die Jagdbüchse nach hinten geräumt hatte. Sie hatte sich nicht getäuscht.

»Entschuldigen Sie mein Benehmen. Ich bin Matteo Wagner. Kommandant der Bergwacht hier oben ... und Jagdpächter. Deshalb das Gewehr.«

»Ich verstehe«, erwiderte Valeria. »Valeria Ravelli. Touristin.«

»Tolles Wetter haben Sie sich dafür ausgesucht, für Ihren *Urlaub*.« Er betonte das Wort, als wollte er ihr klarmachen, dass er ihre Ausrede genau durchschaute.

Du musst verflucht noch mal vorsichtiger sein, ermahnte sie sich. *Du hast keine Ahnung, wer hier oben was macht – und wem du trauen kannst.*

»Ich hörte, es ist ruhig hier oben. Karg, aber schön, ein Ort der Zurückgezogenheit, der für manche genau das Richtige ist.«

»Karg trifft es wohl.« Wagner fand eine Stelle, wo er wenden konnte. Niedrig hängende Äste streiften über die Karosserie des Jeeps wie die kriechenden Finger von grotesken, alten Waldwesen. Dann rumpelte der Wagen durch tiefe Pfützen und den Schlamm, bis sie den Wald hinter sich gelassen hatten. »Schön ... Nun, das liegt wohl im Auge des Betrachters.« Er warf ihr einen kurzen Blick zu. »Aber was den Rückzugsort angeht, da haben Sie sicher recht. Dafür ist Steinberg gut geeignet. Und Sie sind nicht die Erste, die das so sieht.«

»Gibt es viele Touristen hier?«

»Im Sommer mehr als jetzt. Im Winter nur die ganz Verrückten, die Abenteurer, alle, die meinen, sie könnten die steilsten Hänge bezwingen. Was glauben Sie, wie viele wir jeden Dezember retten müssen? Wie viele gebrochene Oberschenkel und Fußgelenke ich schon gesehen habe?«

Valeria warf ihm einen langen Blick zu.

»Was ist?«, fragte er.

Was glauben Sie, wie viele Tote ich schon gesehen habe? Wie viel Gewalt, wie viel Dunkelheit, wie viele Menschen, die nichts Menschliches mehr in sich hatten, dafür eine ganze Menge an Wahn, Gier und Kälte? Doch sie sprach es nicht aus. »Nichts«, sagte sie leise. »Ich kann mir gut vorstellen, dass die Gipfel da hinter uns eine Menge Extremsportler anziehen.«

»Eine Menge ist nicht ganz richtig.« Wagner bremste den Jeep und steuerte ihn durch eine Pfütze, die so tief war, dass sie den Wagen in eine leichte Schräglage brachte. Valeria hörte, wie das Wasser über die Karosserie und die Räder spülte. »Es sind jeden Winter ein paar, aber ein besonderer Touristen-Hotspot war Steinberg noch nie. Dafür sind wir zu abgelegen ... und vielleicht zu seltsam.« Er lachte ein ironisches, lautes Lachen, das nicht so recht zu ihm passen wollte. »Und wie steht es mit Ihnen? Was hat Sie dazu gebracht, ausgerechnet hierher zu kommen?«

»Sie sind nicht der Erste, der das heute von mir wissen will. Um ehrlich zu sein: Ich ...«

»Es ist der Tote, nicht wahr?«, sagte Wagner, noch ehe sie fortfahren konnte. »In den Höhlen, da haben sie ihn gefunden. Und die Polizei ist immer noch da und sucht nach was auch immer. Und dann dieser andere ... ein Rechtsmediziner, soweit ich weiß ... und nun Sie. Zeitung oder Polizei?«

Valeria musterte ihn mit vollkommen neutralem Gesichtsausdruck. »Und wenn ich weder das eine noch das andere wäre?«

»Dann würde ich sagen: willkommen. Und nehmen Sie sich vor den Junggesellen im Ort in Acht.« Wieder lachte er, ein lautes, hervorstechendes, charakteristisches Lachen, das im Fahrzeug widerhallte.

»Gibt es denn viele junge Leute im Ort? Familien mit Kindern?« Sie musste an die beiden Jungen denken, denen sie begegnet war.

»Nicht besonders viele, nein. Die meisten ziehen weg.« Er warf einen Blick auf den Stoffbeutel und die kleine Holzkiste, die darin lag, deutlich auszumachen auf Valerias Schoß. »Sie haben was bei Leuenberger gekauft, wie ich sehe. Wussten Sie, dass er früher mal im Dorf verrufen war, so sehr, dass er sich kaum mehr getraut hat, sich da blicken zu lassen? Und dass man ihn auch heute noch nicht wirklich gern unten sieht?«

»Ich bin gerade erst angekommen. Natürlich weiß ich das nicht.«

Wagner drehte an der Lüftung herum, sodass mehr warme Luft auf die beschlagene Frontscheibe geleitet wurde. »Er stammt nicht von hier. Seine Frau ... Die ist hier geboren und aufgewachsen. Sie haben sich verliebt, und er ist mit ihr hierhergekommen. Und nach ein paar Jahren gab es Gerüchte ...« Wagner blickte in das Regengrau hinaus, als könnte er dort versteckte Geheimnisse entdecken. »Gerüchte, dass er mehr an Donna Brusco interessiert war als an seiner eigenen Frau.«

»Die Puppenmacherin?«

»Genau die«, sagte Wagner. »Hat er Ihnen von ihr erzählt? Dieser Alte, es ist unfassbar.« Wieder das laute Lachen. Valeria spürte, wie die Kälte des Regens trotz der Lüftung durch die Scheiben hereinkroch – ein unangenehmes Gefühl. »Nun, es gab also diese Gerüchte ... und dann, nachdem klar wurde im Dorf, dass Leuenberger und seine Frau sich wahrscheinlich nicht im Guten trennen würden, da ist sie gestorben. Sie liegt tot am Küchentisch, hat die alte Greta geschrien, die für die beiden das Haus geputzt hat, und ist kreischend ins Dorf gelaufen, einen Ausdruck des abgrundtiefen Entsetzens auf dem Gesicht.«

»Und man hat natürlich ihren Mann verdächtigt.«

»Richtig«, sagte Wagner. »Das hat man. Das Dorf hat ihn gehasst … Sie war eine von ihnen, er ein Auswärtiger, muss ich noch viel mehr sagen? Selbst als man herausgefunden hat, dass er es gar nicht getan haben konnte, hat sich die Stimmung im Dorf kaum verändert … Das ist bis heute noch so. Sie mögen Leuenberger nicht, und er mag sie nicht, verständlich, nach allem, was damals geschehen ist. Das ist jetzt etwa siebzehn Jahre her …«

»Und er ist nie fortgegangen?«

»Er hat sie geliebt, sagt er. Die Geschichten mit Donna Brusco sind nur bösartige Erfindungen, sagt er … Na ja, wer weiß schon, was wirklich die Wahrheit ist … Ich weiß es jedenfalls nicht.«

Nein, vermutlich nicht, ging Valeria durch den Kopf. Sie schätzte Wagner auf vielleicht fünfunddreißig – vor siebzehn Jahren war er also gerade volljährig. Kein Alter, in dem man sich für den Dorfklatsch interessierte … wenngleich ein Mord natürlich einen kleinen Ort wie diesen in den Grundfesten erschütterte.

»Wer hat dann Leuenbergers Frau getötet?«, fragte sie.

Wagner steuerte den Jeep auf die Straße, die Valeria Stunden zuvor selbst in Richtung Steinberg hinaufgefahren war. Der Wind peitschte in den Baumkronen der Fichten. »Auch eine interessante Sache … eine düstere, sollte ich wohl eher sagen.« Er warf ihr einen Blick zu, als wollte er Mut fassen, bevor er seine nächsten Worte aussprach. »Sagen Sie, sicher, dass Sie nicht doch von einer Zeitung kommen? Sie klingen sehr interessiert, was diese ganzen alten Geschichten angeht.«

»Ich war gerade bei ihm und habe was gekauft. Mir kam er wie ein liebenswerter alter Mann vor.«

»Das ist er auch … vielleicht. Wenn man mit seinem Sohn spricht, klingt das aber anders.«

»Von dem hat er mir auch erzählt.« *Wie hier oben alles verknüpft ist.*

»Ich könnte Sie zum Essen einladen und Sie dann mit einer ganzen Menge Dorfgeschichten begeistern, was meinen Sie?«

Valeria zögerte. *Du bist kaum einige Stunden hier. Aber gut, was ist schon dabei?*

»Einverstanden«, erwiderte sie dann, »aber nur wenn ich auch wirklich die allerbesten Dorfgeschichten zu hören bekomme.«

»Die allerbesten, versprochen. Es gibt einen ziemlich guten Italiener hier. Gino Farlucci, drüben auf dem Marktplatz. Kann ich nur empfehlen. Wie wäre es mit heute Abend, was meinen Sie?«

»Heute Abend klingt gut.«

Sie hatten Steinberg erreicht, und kaum hatten sie die Dorfgrenze überquert, war der Regen schwächer geworden. Der sintflutartige Sturm war einem Nieseln gewichen.

»Hier ist doch super«, sagte Valeria und bedeutete Wagner, anzuhalten. »Wir sehen uns dann heute Abend.«

Er nickte. »Ich freue mich.«

Valeria stieg aus und sah zu, wie er den Jeep wendete und Steinberg wieder verließ.

Irgendetwas tief in ihr – vielleicht ein Instinkt, den sie sich nach all den Jahren ihrer Arbeit angeeignet hatte – hatte sie davon abgehalten, Wagner zu verraten, wo sie in Steinberg wohnte.

Sie machte sich durch den Nieselregen auf den Weg zurück zur Pension.

10

Das Zimmer, das Valeria gemietet hatte, roch kühl, nach dem Regen, dessen Geräusch durch das gekippte Fenster hereindrang, und nach dem Geruch der dunklen Holzvertäfelung an den Wänden. Auf den ersten Blick wies nichts darauf hin, dass in der Zwischenzeit jemand hier gewesen war, jemand, der womöglich ein Interesse daran hatte, ihre Sachen zu durchsuchen. Valeria prüfte routinemäßig die Rollen ihres kleinen gelben Rollkoffers – alle deuteten noch immer in die Richtung, in die sie sie ausgerichtet abgestellt hatte.

So weit, so gut.

Valeria tippte den Code am Safe ein, die Verriegelung schnappte zurück, und sie ergriff ihre Waffe, die schwer und kühl in ihrer Hand lag. Das Magazin war unberührt, alle Neun-Millimeter-Patronen in der Kammer.

Und dennoch ... Sie wurde das Gefühl nicht los, dass sich etwas verändert hatte, dass irgendetwas in der Luft lag ... Als sie unten zur Tür hereingekommen war, hatte sie Ziegler nicht hinter der Rezeption entdeckt, dafür jedoch ein recht lautes Radiogeräusch aus dem kleinen Büro gleich dahinter vernommen. Valeria überlegte, ob er die wenigen Zimmer persönlich putzte und sich um die Betten kümmerte oder ob er jemanden aus dem Dorf dafür angestellt hatte.

Sie begann, ihren Koffer auszupacken. Als sie sich zum Bett

umwandte, lag dort ihre Dienstwaffe, dunkel im schwachen Licht der Wandlampe schimmernd. Sie hatte sie dort abgelegt. Für einen Augenblick war sie zurück tief in einem Bergwerk, einer Mine, deren Tunnel alles Licht verschluckten.

Jemand war hinter ihr, jemand verfolgte sie.

Verfluchte Scheiße. Das ist Vergangenheit. Das ist alles vorbei.

Sie zwang sich, tief durchzuatmen, trat ans Fenster, öffnete es und holte tief Luft. Nebelschwaden trieben durch den Garten hinter dem Haus, wo eine Schaukel einsam hin und her schwang. Ein niedriges Gartentürchen, das in einen Holzzaun eingelassen war, klapperte im Wind.

Fokussier dich. Du bist hierhergekommen, um Tanners Auftrag zu erledigen, nicht, um dich in Erinnerungen an alte Geschichten zu verlieren.

Valeria bemerkte, dass ihre Hände leicht zitterten, als sie ihre Dienstwaffe zurück in den Safe legte und ihn wieder verschloss. Also gut, dachte sie. *Und jetzt zum nächsten Schritt. Ruf ihn an, und sag ihm, du bist angekommen.*

Sie nahm ihr Smartphone aus dem Sessel beim Fenster und wählte die Nummer, die ihr Tanner gegeben hatte. Der Mann meldete sich nach dem zweiten Läuten.

»Bernhard Hublot.«

»Valeria Ravelli«, sagte sie. »Interpol. Ich bin wegen Thomas Gress hier. Wir sollten uns treffen.« Valeria hörte im Hintergrund auf Hublots Seite den Regen rauschen, er musste sich gerade irgendwo im Freien aufhalten. Wahrscheinlich suchten sie noch immer nach Spuren – und Valeria kam sich mit einem Mal furchtbar schlecht vor, weil sie in den ersten paar Stunden hier nur durch das Dorf spaziert war.

Aber du hast ein paar Leute kennengelernt. Leuenberger.

Wagner. Die beiden Jungen unten am Bach. Vielleicht nicht der schlechteste Weg, um in einem Ort wie diesem eine Fährte aufzunehmen – Gress war gewiss ähnlich vorgegangen, als ihn die Spur seiner persönlichen Ermittlungen hierhergeführt hatte.

»Ah, Ravelli.« Hublot rief jemandem zu, er müsse telefonieren, sie hörte das Schlagen einer Autotür, und dann war das Regengeräusch leiser. »Verfluchter Regen. Haben Sie schon etwas gefunden, wo Sie übernachten können?«

Sie erzählte ihm, wo sie untergekommen war und wie sie die Stunden zuvor in Steinberg verbracht hatte.

»Sie haben sich mit Matteo Wagner verabredet?«, fragte Hublot ungläubig. »Na, wie Sie meinen. Ist das eine Art Instinkt oder nur so eine spontane Reaktion?«

»Ich weiß es noch nicht. Er klang aufgeschlossen. Und etwas mehr über die Dorfgeschichten zu erfahren, halte ich unter diesen Umständen für sinnvoll.«

»Wie Sie meinen.«

»Soll ich vorbeikommen? Wo sind Sie gerade?«

»In der Nähe dieser Gotteshöhlen, wie man sie hier nennt. Kennen Sie den Weg?«

»Ja. Hab ihn mir auf einer Karte rausgesucht. Geben Sie mir ein paar Minuten, wir treffen uns dort.«

»Ist gut.«

Etwa fünfzehn Minuten später steuerte Valeria den Geländewagen einen schmalen Waldpfad hinauf und parkte neben zwei Streifenwagen und einem großen Transporter der Spurensicherung. Ein Polizist kam auf sie zu und wedelte mit den Händen, als wollte er Fliegen verscheuchen. Sein Allwettermantel hing tropfnass an ihm herab; es war ihm anzusehen, dass er die Nase vom Wetter und den Wäldern voll hatte.

»Sie dürfen hier nicht parken und …«

Valeria hielt ihm ihren Ausweis entgegen.

»Was?« Er zögerte und las. »Oh, verstehe. Ja, Hublot hat Bescheid gesagt.« Er deutete mit dem Daumen über die Schulter. »Er wartet dahinten, dicht am Höhleneingang.« Der Polizist blickte an ihr herunter, seine Nase war rot und tropfte. »Wenn Sie kurz warten, kann ich Ihnen so einen Regenmantel besorgen … Es ist scheiße kalt hier draußen.«

»Das wäre super«, erwiderte Valeria.

Als sie schließlich in den Allwettermantel der Polizei gekleidet war, stapfte sie durch den morastigen Waldboden in die Richtung, die man ihr gezeigt hatte. Ein Mann blickte ihr entgegen, vor einem Höhleneingang, wo lichtstarke Scheinwerfer der Spurensicherung versuchten, der Dunkelheit mehr und mehr Details zu entlocken. Ein Generator brummte in der Nähe, und auf einer Lichtung hatte man mehrere Zelte aufgestellt, die im Wind schwach hin und her schwankten.

»Hublot«, sagte der Mann und drückte ihre Hand.

»Ravelli. Das ist also die Höhle.«

»Das ist sie. Hier wurde Gress gefunden.« Hublot trug einen ähnlichen Wettermantel wie alle anderen und an den Füßen robuste Wanderstiefel; auf seiner Nase saß ein eckiges Brillengestell aus Edelstahl, sein Haar war grau und fast schon militärisch kurz geschnitten. »Gehen wir hinein oder wollen Sie zuerst den Toten sehen?«

»Ist er etwa immer noch hier?«

Hublot schüttelte den Kopf. Regentropfen liefen über die Gläser seiner Brille. »Wir haben ihn beim örtlichen Bestatter untergebracht.«

»Dann zuerst die Höhle.«

Der Eingang in den schroffen, grauen Fels ähnelte dem Mineneingang, der sie vor etwa einem Jahr an einem schneereichen Dezembertag in Eigerstal erwartet hatte, und so musste Valeria sich ein wenig überwinden, Hublot ins Innere zu folgen. Die Luftfeuchtigkeit war hoch, Pfützen standen auf dem Boden, das Wasser schimmerte im Licht der aufgestellten Scheinwerfer der Spurensicherung schwarz wie Öl. Von den Wänden tropfte es, dicke Flechten und Moose wucherten über das graue Schiefergestein, und ihre Schritte hallten aus der Dunkelheit wider.

Der Boden fiel sanft abschüssig vor ihnen ab, und irgendwo in der Tiefe der Höhle hörte Valeria die Stimmen zweier Männer, die sich leise unterhielten.

»Der Schall trägt sehr weit hier unten. Man kann sich leicht täuschen.« Hublot streckte eine Hand aus, um sie zu stoppen. »Vorsicht. Hier kommt gleich eine ziemlich enge Stelle.«

Ein tief auf den schmalen Pfad herabhängender Felsen versperrte ihnen den Weg. Hublot duckte sich darunter hindurch, mit einer geübten, geschmeidigen Bewegung, die bewies, dass er bereits einige Zeit hier unten verbracht hatte.

Valeria folgte ihm, sie spürte, wie der raue Fels über ihren Rücken und den Allwettermantel streifte. Schließlich erreichten sie eine größere Höhle, wo weitere Scheinwerfer standen. Dicke, rote Stromkabel zogen sich wie Wurzeln über den feuchten Höhlenboden.

»Dieser Pilzsammler ist den ganzen Weg hier reingelaufen und hat Gress entdeckt?« Valeria folgte Hublot, der auf einen Mann von der Spurensicherung zusteuerte. Ein Fotograf stand in der Nähe, und das Blitzlicht warf das Höhleninnere in ein grelles Gemisch aus Licht und Schatten. In der Nähe waren einige Stellen auf dem Boden markiert.

»Ja. Hier lag Gress.« Dann deutete Hublot auf einen etwa

mannshohen, weit aufklaffenden Spalt am hinteren Ende der Höhle, durch den man hindurchtreten konnte. »Es geht noch tiefer hinein. Wir sind gerade dabei, die ganze Höhlenstruktur zu untersuchen und eine Übersichtskarte zu erstellen. Wie Sie wohl bereits erfahren haben, lag Gress etwa elf bis dreizehn Monate an dieser Stelle.«

»Haben Sie seine Leiche schon obduziert?«

»Das werde ich heute Abend tun.«

»Gut. Ich möchte dabei sein.«

»Hatten Sie nicht schon etwas vor?«

»Wollten Sie nicht erst gegen zehn damit anfangen?«

Hublot lachte, und einer der Beamten der Spurensicherung sah sich nach ihm um. »Sie können sehr überzeugend sein.«

»Immer«, erwiderte Valeria. »Also: Wieso ist dieser Pilzsammler so weit in die Höhle gelaufen?«

»Das wissen wir nicht«, erklang eine Stimme hinter ihr. Der Mann, der neben Hublot trat, wirkte wie das Gegenteil des Rechtsmediziners: ein schlabberiger Mantel hing nass an ihm herab, und an den Füßen trug er Turnschuhe, die über und über mit Erde und Morast bedeckt waren. Sein Gesicht zierte ein ungepflegter Dreitagebart. Er roch nach Rauch und musterte Valeria unverhohlen feindselig. »Dieser Kerl ist gerade schwer krank, sodass er das Bett hüten muss, wie uns seine Schwester mitgeteilt hat. Aber wenn Sie meinen, dass Sie mehr aus ihm herausbekommen – nur zu, Miss Interpol, geben Sie ihr Bestes.«

»Wir stehen auf derselben Seite«, verteidigte Hublot Valeria.

»Und Sie sind?«, fragte sie den Mann.

»Glauer. Robert Glauer. Ich leite diese nasskalte Scheiße hier. Und ich weiß genau, wer Sie sind. Tanner hat mich informiert. Irgendwer will, dass hier genau nachgeschaut wird …

Mir soll es recht sein. Wenn Sie, Ravelli, durch diese kalte, verregnete Kacke stiefeln wollen, dann tun Sie es.«

»Ich bin hier, um zu helfen.«

Glauer schnaubte. »Gress war ein Spinner, so sieht es aus. Er ist hier drin verreckt, und das ist alles.«

»Und die Wunden hat er sich selbst zugefügt.«

Glauer sah zu Hublot. »Das wird wohl der Kollege hier später feststellen. Und dann sehen wir weiter.«

»Er wurde ermordet, Glauer. Das wissen wir schon jetzt.«

»Ja? Wurde er? Schön. Dann sagen Sie mir, *wer* hier ein Motiv hat, einen Deutschen, den exakt *nichts*«, er betonte das Wort deutlich, »mit diesem kleinen Dorf verbindet, zu ermorden?«

»Irgendwer hat ein Motiv«, sagte Valeria, »sonst wäre Gress nicht tot.«

Glauer schnaubte abermals. »Ich wette, er hätte es geschafft, sich auch auf irgendeine andere Art umzubringen.«

»Sie klingen, als würden Sie ihn kennen.«

»Kennen?« Glauer starrte sie an, als hielte er sie für vollkommen verrückt. »Er hat genervt. Raten Sie mal, woher ich ihn kenne.«

»Er wollte Informationen von Ihnen.«

»Falsch«, sagte Glauer. »Er ist in Steinberg herumgeschlichen. Er hat den Leuten Angst gemacht, ihnen komische Fragen gestellt … Nachts war er mehrmals auf fremden Grundstücken, und einmal hätten wir ihn fast festgenommen, wenn er mir nur noch ein bisschen dümmer gekommen wäre. Er stand so kurz davor, mir richtig auf den Geist zu gehen, kapieren Sie das?«

»Was wollte er denn die ganze Zeit hier?«, fragte Valeria.

»Also, mir hat er das jedenfalls nicht verraten«, sagte Glauer. »Und jetzt ist er tot, also ist es dafür wohl zu spät.«

»Er war in Steinberg also kein Unbekannter. Jemand hatte ein Motiv, ihn zu töten.«

»Jemand? Es gibt wahrscheinlich niemanden, dem er hier oben nicht auf den Geist gegangen ist. Fragen Sie die Leute, fragen Sie sie nach Gress.«

»Das werde ich.« Valeria deutete auf den Felsspalt, der von einem der Scheinwerfer deutlich ausgeleuchtet wurde. »Die Höhle ist also nicht kartografiert? Und dieser Mann, der Gress' Leiche entdeckt hat, will uns nicht sagen, was ihn hierhergeführt hat? Wissen wir denn, was sich dort hinten befindet? Vielleicht der Grund, warum unser Pilzsammler in Wahrheit hier hereinkam?«

»Gold und Silber in rauen Mengen«, sagte Glauer zynisch. »Wissen Sie, was sich unter Steinberg befindet? Fels, Ravelli. Löchriger Fels, jede Menge Löcher, die das Gestein durchziehen. Tunnel, Gänge, Verästelungen. Es wird Wochen dauern, das alles abzusuchen.«

Die Ablehnung und Kälte, die er ihr entgegenbrachte, war wie ein Eimer kaltes Wasser, den man ihr ins Gesicht goss. Also gut, dachte sie. *Wenn du das Spiel so spielen willst, dann werden wir es spielen.*

»Dann sollten Sie sich besser ranhalten«, erwiderte Valeria kühl. »Und noch eines, Glauer: Auch wenn Sie ganz persönlich ein Problem mit Gress hatten, wird das bestimmt nicht die Ermittlungsarbeiten beeinflussen, haben wir uns da verstanden?«

Glauer blickte von ihr zu Hublot, dann wieder zurück. Er öffnete den Mund, schien etwas sagen zu wollen, entschied sich dann jedoch dagegen. »Wie Sie meinen«, antwortete er zähneknirschend. »Wir werden den Täter finden, wer auch immer das getan hat.«

Ein Beamter der Spurensicherung trat zu ihnen. »Sie sollten sich das ansehen«, wandte er sich an Glauer. »Ein ganzes Stück tiefer in der Höhle.«

»Kommen Sie?«, fragte Glauer Valeria, worauf sie nickte.

Sie alle folgten dem Beamten zu dem mannshohen Spalt an der Nordwand der Höhle. »Hier entlang. Vorsicht.«

Valeria duckte sich hinter Hublot durch den Spalt, der in einen engen Tunnel führte. Die Wände rückten näher, Granit, über den Rinnsale von Wasser flossen, dunkel wie Öl. Spinnen huschten über das Gestein, flohen vor dem Licht. Dann öffnete sich der Tunnel, gab ihnen mehr Raum, bevor er sich nach etwa zwanzig Metern wieder verengte und das raue Gestein über ihren Mantel streifte. Einmal blickte Valeria hinauf und sah einen blassen Streifen Sonnenlicht durch einen Riss im Fels fallen.

»Wir sind gleich da«, sagte der Mann von der Spurensicherung, als ein Rauschen an ihre Ohren drang, das mit jedem Schritt an Lautstärke zunahm.

Der Tunnel endete jäh und öffnete sich zu einer gewaltigen Kaverne, deren Wände trotz der Scheinwerfer, die in der Nähe aufgestellt worden waren, nicht auszumachen waren. Ein Luftzug, eisig wie aus großer Höhe, wehte heran, und das Rauschen von Wasser toste in der Luft.

»Vorsicht.« Hublot war einige Schritte vorgetreten, doch der Polizist hielt ihn zurück. »Hier geht es steil nach unten. Sehr steil.«

Und so war es: Jäh fiel der dunkle Boden unter ihren Füßen ab, eine senkrechte Klippe, die sich viele Meter tief vor ihnen auftat. Von irgendwo dort unten kam das Rauschen, als wälzte sich ein großer Fluss in der Dunkelheit entlang.

»Ist das …«, begann Valeria.

»Die Rhone von oben?« Glauer nickte. »Das muss sie wohl sein. Verflucht, wie tief ist das?«

»Nehmen Sie.« Der Spurensicherer reichte Glauer ein dünnes Plastikröhrchen. »Knicken und runterwerfen.« Licht flammte auf, als Glauer den Plastikstab knickte, und Valeria machte einige Schritte nach vorne, als er ihn in die Tiefe schleuderte. Tanzende Farbkleckse, Schatten auf rauem Fels. Sie alle standen am Abgrund und blickten in die Dunkelheit.

Endlich traf der Lichtfleck den Boden. Valeria sah dunkles, brodelndes Wasser, das schnell und schäumend floss, ein Strom in der Tiefe.

»Das ist nicht alles. Kommen Sie hier rüber«, sagte der Beamte der Spurensicherung. »Vorsicht mit dem Abgrund.« Er führte sie etwa zwanzig Meter Richtung Osten, wo eine Brücke die Schlucht überquerte, Holz und alte marode Seile, die leise ächzend in der Luft hin und her schwangen, als wäre gerade jemand hinübergeschritten. Valeria ließ sich von einem Polizisten in der Nähe eine Taschenlampe geben.

»War jemand auf der anderen Seite?«, fragte Glauer.

»Nein. Sehen Sie sich das Teil an, sie ist akut einsturzgefährdet. Da darf niemand drüber. Wir brauchen hier schweres Gerät, um diese Distanz zu überwinden.«

»Wer sagt, dass wir überhaupt rübermüssen?«

»Wollen Sie nicht wissen, was auf der anderen Seite liegt?«, fragte Hublot.

Valeria, die sich einige Meter von den anderen entfernt hatte, bedeutete ihnen, näher zu kommen. »Ich fürchte, wir müssen da rüber«, sagte sie und richtete den Lichtkegel auf die Brücke. Dort, auf einem der hölzernen Trittbretter, etwa drei Meter entfernt, war ein blutiger Schuhabdruck.

Glauer starrte hinüber. »Aber das kann nicht sein. Gress kann nicht hier lang gekommen sein.«

»Sind Sie sicher?«

»Wenn das sein Blut ist, wäre es nicht mehr so frisch«, sagte Hublot. »Aber wir müssen darankommen, das stimmt.«

Ein Polizist in Uniform kam zu ihnen. Er blickte von Glauer zu Valeria, dann auf die Brücke. »Wir haben ein Problem.«

»Ja?«, fragte Glauer barsch.

»Ein Anruf aus dem Dorf. Familie Wyss. Sie melden ihre Tochter Maria als verschwunden.«

»Verschwunden?« Glauer sah aus, als wollte er losfluchen. »Seit wann?«

»Drei Wochen.«

»Drei Wochen?«, wiederholte Glauer. »Wieso melden sie sich erst jetzt?«

»Weil Maria sagte, sie würde Urlaub nehmen – das war eben vor drei Wochen. Und vor drei Tagen wäre sie eigentlich zurückgekommen. Ist sie aber nicht, also hat ihre Mutter, bei der sie immer noch wohnt …«

»Alter?«

»Vierundzwanzig. Arbeitet in einer Kindertagesstätte. Ledig. Alles Weitere …«

Glauer sah zu Valeria. »Wahrscheinlich hat sie einfach ihren Urlaub verlängert. Ich kümmere mich erst mal um jemanden, der uns diesen verfluchten Abgrund überbrücken und diese Blutspur ins Labor schaffen kann. Die Wyss-Sache kann warten.«

»Kann sie nicht.« Bei dem Wort *vermisst* und den Details zu Maria Wyss' Verschwinden war Valeria ein Schauer über den Rücken gelaufen. Hatte die verschwundene junge Frau womöglich auch etwas mit den Vermisstenfällen zu tun, denen Thomas Gress nachgegangen war? Ihr Instinkt sagte ihr, dass sie diese Spur weiterverfolgen sollte. »Ich werde mich um Maria Wyss kümmern. Natürlich in enger Absprache mit Ihren Kollegen.«

Glauer zuckte mit den Schultern. »Wie Sie meinen. Hublot, wir sehen uns heute Abend.«

»Ist gut.«

Valeria folgte dem Uniformierten hinaus. Tief im Gestein knackte es, und der Wind, der durch die Felsspalten pfiff, klang wie ein Wolf, der Beute gemacht hatte.

Und irgendwo dort draußen, versteckt vor allen Augen und dennoch stets präsent, das spürte Valeria, hatte ein anderer Wolf seine Beute gefangen: ein menschliches, bösartiges Raubtier, das mitten unter ihnen lebte.

11

Das Haus war zweistöckig und etwa ein Jahrzehnt alt. Vor einer akkurat geschnittenen Buchsbaumhecke, die den Weg zur Haustür flankierte, stand ein Hirsch, der aus dunklem Holz geschnitzt war – vielleicht auch ein Werk von Leuenberger.

»Ich bin Valeria Ravelli«, sagte sie zu der aufgelöst wirkenden Frau, die sie bereits an der Tür erwartete.

»Susanne Wyss. Sie sind von der Polizei?«

»Nein, von Interpol. Ich arbeite an einer anderen Sache hier im Ort, aber kann Ihnen versichern, wir nehmen Ihre verschwundene Tochter sehr ernst.«

»Gut. Ich denke, ich weiß, weshalb Sie hier sind.« Susanne Wyss trat einen Schritt näher, als wollte sie vermeiden, dass jemand ihre Worte mit anhörte. Zwar war niemand in der Nähe, der dies hätte tun können, und doch ließ Valeria es zu, dass ihr Marias Mutter ins Ohr flüsterte: »Er war hier. Dieser Gress. Das war sein Name. Und jetzt … Es sind mehr als nur Gerüchte, ich weiß das. Die haben ihn gefunden, nicht wahr? Er ist tot. Gress ist tot. Ich *wusste*, dass es so enden würde. Und Maria …« Eine Träne floss über ihre Wange, und sie wischte sie mit zitternden Fingern zur Seite. »Maria hat auch damit zu tun, das hab ich im Gefühl.«

Im Gefühl also, dachte Valeria. *Nur das, oder weiß sie noch wesentlich mehr?*

»Wollen Sie hereinkommen?«

»Sehr gern.« Valeria folgte ihr durch einen Flur, in dem Bilder an den Wänden hingen, die Maria und ihre Eltern zeigten, in eine aufgeräumte Küche, wo ein Teekessel auf der Herdplatte stand. Ein Duft von Pfefferminze lag in der Luft.

»Maria. Erzählen Sie mir von ihr«, bat Valeria.

Susanne Wyss deutete auf den Teekessel. »Möchten Sie einen?«

»Gerne.«

Sie räumte nervös zwei Tassen aus dem Küchenschrank und fluchte laut, als ihr eine aus der Hand glitt und auf dem Fliesenboden zerschellte. »Ich mach das schnell weg.« Mit zitternden Händen fegte sie die Scherben zusammen und warf sie mit hängendem Kopf in den Mülleimer. »Was wollten Sie wissen?«

»Sie haben Ihre Tochter als vermisst gemeldet.«

»In der Tat … Wissen Sie, sie ist angeblich seit drei Wochen im Urlaub. Das hat sie mir damals erzählt … *vor* drei Wochen, an einem Freitag … Sie stand hier draußen mit Gepäck und ihrem kleinen Auto und ist losgefahren. Vorgestern wollte sie wieder zurück sein. Am Montag muss sie wieder arbeiten, also …«

»Sie ist allein gefahren?«

Wyss nickte. »Allein, genau.«

»Und gab es in ihrem Leben jemanden, dem sie nahestand? Ein Freund? Oder eine Freundin?«

»Sie meinen … Nein, sie war nicht lesbisch. Aber es gab gerade auch keinen Mann.«

»Freundinnen? Gute Bekannte?« Valeria nahm einen Schluck vom Pfefferminztee, er schmeckte würzig und war angenehm heiß, genau das Richtige nach der kalten Höhle.

»Ja, es gab zwei, aber beide nicht aus dem Dorf. Soll ich …« Sie strich sich eine blond-graue Strähne aus der Stirn. »… die Namen für Sie aufschreiben?«

»Das wäre super.« Valeria warf einen Blick aus dem Küchenfenster. Nicht weit entfernt befand sich das Nachbarhaus, mit einem großen, dunklen Fenster ohne Vorhänge, von dem man den Hauseingang der Wyss' gut einsehen konnte. *Nur ein Gedanke. Vielleicht eine Ahnung.* »Wissen Sie, wohin Maria fahren wollte?«

»Ins Tessin«, sagte ihre Mutter und kritzelte zwei Namen auf einen kleinen Notizzettel. »Sie ist nach Locarno runtergefahren. Hat mir sogar ein paar Bilder geschickt.«

»Also ist sie angekommen? Hm, das ändert natürlich einiges.«

»Ist das so? Aber wieso sollte sie denn nicht zurückkommen?«

»Dürfte ich diese Bilder sehen?«

»Klar.« Wyss holte ihr Handy hervor und zeigte sie Valeria. Maria lächelte in die Kamera, hinter ihr das königsblaue Wasser des Lago Maggiore. Auf einem zweiten ein gelb gestrichenes Gebäude mit einer Palme davor, und in Marias Hand ein großes Waffeleis. Valeria konnte den Gedanken nicht festhalten, der irgendwo in ihrem Hinterkopf herumschwirrte, noch nicht – aber *etwas* war da, etwas irritierte sie.

»Würden Sie mir diese Bilder weiterleiten?«

Marias Mutter musterte sie leicht irritiert, dann nickte sie jedoch. »Natürlich, wenn Sie meinen …«

Valeria nannte ihre Mailadresse, und kurz darauf trafen die Bilder ein. »Danke«, sagte sie leise. »Sagen Sie, hatte Maria ihren Ausweis mitgenommen?«

Ihre Mutter schüttelte den Kopf. »Nein. Der liegt hier. Den hat sie wohl vergessen.«

»Ich werde telefonieren«, sagte Valeria. »Bin gleich wieder da. In diesen Fällen ist es wichtig, schnell zu sein.«

Marias Mutter nickte. »Klar. Ich warte hier. Was bleibt mir schon übrig?« Sie klang, als hätte sie ihre Tochter bereits aufgegeben. *Seltsam.*

Draußen im Garten der Familie wählte Valeria Glauers Nummer, die sie sich kurz vor ihrem Aufbruch aus der Höhle hatte geben lassen. »Maria Wyss war in Locarno. Das war ihr Urlaubsziel. Sie hat ihrer Mutter Fotos geschickt.«

»Und?«

»Was meinen Sie?«

»Wenn sie nicht zurückgekommen ist, dann ist sie immer noch in Locarno oder auf der Heimreise. Vielleicht ist ihr auf dem Rückweg etwas zugestoßen.«

»Jemand muss mögliche Unfälle überprüfen, auf der Strecke von Locarno nach Steinberg. Krankenhäuser. Sie ist ohne Ausweis gefahren. Wenn sie nichts zur Identifikation bei sich hatte, ihr Handy gesperrt ist … Ich kümmere mich währenddessen um die Kollegen direkt in Locarno.«

Sie hörte Glauer leise fluchen. »Na schön. Ich lasse das prüfen. Vielleicht ist ihr was in Locarno zugestoßen. Nicht unwahrscheinlich.«

Die Fotos, dachte Valeria, doch konnte sie den Gedanken, der sie seltsam beunruhigte, noch immer nicht packen.

»Wir werden sehen«, erwiderte sie.

Marias Mutter hatte neuen Tee eingeschenkt, als sie zu ihr in die Küche zurückkehrte. »Wir werden überprüfen, ob Ihre Tochter womöglich einen Verkehrsunfall hatte«, sagte Valeria.

»Oh Gott. Ich hoffe nicht.«

»Ich auch nicht. Sagen Sie, hat Maria Ärger gehabt? Mit Ihnen? Im Job? Hat die Arbeit ihr Spaß bereitet?«

»Ärger? Nein, Maria doch nicht. Mit mir nicht … Und natürlich hat es ihr gefallen. Die Kinder waren ihr Ein und Alles.«

»Aber ich brauche noch etwas mehr über sie. Erzählen Sie mir bitte ein wenig mehr über Ihre Tochter«, verlangte Valeria.

»Also …« Susanne Wyss nahm einen Schluck Tee und starrte gedankenverloren ins Leere. »Wo soll ich anfangen? Sie war immer sehr für sich, verstehen Sie? Selbstständig. Als ihr Vater gestorben ist, hat es sie nicht so mitgenommen wie andere in ihrem Alter, schätze ich. Oder sie hat versucht, es sich nicht anmerken zu lassen. Sie hatte schon immer eine harte Schale, ein Schutzschild, das sie sich gegen die Welt umgelegt hat. Und was Freunde angeht … Sie hat wenige. Männer gab es zwei bisher in ihrem Leben, aber der eine war nicht der Richtige, und der andere … nun, den hat sie geliebt, und er hat ihr das Blaue vom Himmel versprochen, aber wie sagt man? Worte sind wie der Wind.«

»War er aus dem Dorf?«

Sie nickte. »Ja. Er lebt noch hier.«

»Schreiben Sie mir seinen Namen und seine Adresse bitte auch noch auf?«

Marias Mutter tat es, und Valeria steckte den Notizzettel ein. »Denken Sie, es gab jemanden, den Maria in Locarno treffen wollte? Vielleicht hat sie jemanden kennengelernt und es niemandem gesagt, nicht mal Ihnen.«

»Das wäre nicht ungewöhnlich. Wir standen uns zwar nah, aber Maria war durchaus verschlossen, was ihr Herz anging. Sogar mir gegenüber.«

»Gab es Probleme, weil sie ja noch hier wohnte?«

»Maria lebt in der Ferienwohnung hinter dem Haus. Eigener Eingang, eigene Küche … Sie konnte ganz allein für sich sein, wenn sie das wollte.«

»Ich verstehe. Dürfte ich wohl einen Blick in ihre Wohnung werfen?«

Marias Mutter nickte. »Klar. Kommen Sie.« Es gab einen Durchgang im Flur, der hinüber zur Ferienwohnung führte.

»Sie haben einen Schlüssel?«

»Ja. Falls mal irgendwas ist … Maria hatte nichts dagegen.«

Hatte, dachte Valeria. *Sie redet, als wäre Maria für sie bereits tot.*

»Bitte.«

Valeria trat in eine Wohnung mit weiß gestrichenen Wänden und hellem Parkettboden. Es war kühl und roch nach frischem Holz, ein Geruch, den einige Holzscheite neben einem kleinen Kaminofen verströmten.

Maria hatte ihre eigenen vier Wände ganz individuell eingerichtet. Auf in der Länge geschnittenen Baumscheiben, die an den Wänden als Regale dienten, lagen kleine Mineralien, daneben Bilder, die sie und einen kleinen Mischlingshund zeigten, ein aus Ästen geflochtenes Herz und einige Bienenwachskerzen.

»Ihr Hund?«

»Frankie. Er ist vor drei Jahren gestorben. Das war ein Schlag für sie, Maria hat ihn geliebt. Sie hat ihn aus dem Tierheim geholt, aber als er von uns gegangen ist, konnte sie sich nicht mehr überwinden, einen neuen zu sich zu nehmen. Sie war bei ihm, bis ganz zum Schluss.«

Frankie. Valeria war es, als beobachteten sie die großen, braunen Augen von den Bildern. *Ein treuer Freund, nicht wahr?*

Das Bett im Schlafzimmer war gemacht, der Kleiderschrank

sortiert ... Valeria wandte sich an Susanne Wyss. »Sie haben hier geputzt.« Keine Frage.

»Ja. Aber da wusste ich nicht ... was geschehen würde.«

»Und der Ausweis?«

»Na ja, den hab ich gefunden, als ich sauber gemacht hab. Da hab ich bemerkt, dass sie ihn liegen gelassen hatte.«

»Haben Sie da noch mal mit ihr gesprochen?«

»Gesprochen? Nein. Gar nicht, seit sie gefahren ist.«

»Aber versucht haben Sie es?«

Marias Mutter nickte. »Ich habe sie angerufen, das stimmt, aber es ging immer nur die Mailbox dran. Habe ihr sogar Nachrichten draufgesprochen, dass sie sich doch mal melden soll.«

»Das war nachdem sie diese Fotos versendet hat?«

»Eine Nachricht kam danach ... Sie schrieb, es ist alles gut, ich soll mir keine Sorgen machen.«

»Hm«, machte Valeria. »Sie sollten mir den ganzen Verlauf kopieren, nicht nur die Bilder, denke ich.«

»Sicher. Ich leite Ihnen alles weiter.«

Valeria blickte zurück zum Kleiderschrank. Maria hatte – soweit Valeria es überblicken konnte – alles, was übermäßig warm und wintergeeignet war, zurückgelassen. Dafür war im Schrank keine leichte Sommerkleidung zu finden.

»Thomas Gress war hier, sagten Sie. Er hat mit Maria gesprochen.«

»Ich weiß nicht, worüber die beiden geredet haben, aber ich weiß, dass Maria danach ... Wie soll ich es sagen? Verwirrt war? Verunsichert.«

»War sie verängstigt?«

»Sie meinen, Gress hätte sie bedroht? Nein. Das nicht. Eher schien er ihr etwas gesagt zu haben, mit dem sie nicht gerechnet hatte. Das ist etwa ein Jahr her.«

Kurz vor Gress' Tod, wenn die Einschätzung des Rechtsmediziners zutrifft.

»Haben Sie Gress danach noch mal gesehen?«

»Kurz, im Vorbeifahren. Er war im Dorf. Ich glaube, auf dem Weg hoch zu Donna Brusco. Der Puppenmacherin. Es wirkte, als wäre er in Eile.«

Wieder sie. Und Bruscos Bruder, der Pilzsammler, hat Gress' Leiche in der Höhle entdeckt. Wie seltsam. Zufall? Oder nicht?

»Welchen Eindruck hatten Sie von ihm?«

»Er war heruntergekommen. Ich weiß nicht, wieso Maria überhaupt mit ihm geredet hat, ich hätte das jedenfalls ganz bestimmt nicht getan.«

»Gab es Gerüchte, was Gress hier in Steinberg gewollt hat? Wissen Sie etwas darüber?«

Marias Mutter schüttelte den Kopf. »Nein, leider nicht. Aber ich bin auch nicht so eine Klatschtante. Da gibt es andere im Ort.«

Valeria warf einen Blick aus dem Schlafzimmerfenster. Im Nachbarhaus befand sich ein Fenster, aus dem man in Marias Zimmer blicken konnte. *Die Haustür, das Schlafzimmer …* »Wer wohnt da drüben?«

»Äh … das ist ein Auswärtiger. Kenne den Namen nicht. Ich glaube, ein Helikopterpilot. Arbeitet viel auf Montage und ist daher nur sehr selten da. Die großen Gondelanlagen und Baustellen in den Skigebieten. Sie wissen schon, wo man einen erfahrenen Piloten braucht, der schwere Teile hochfliegt, die man anders nicht hochbekommen würde.«

»Klingt, als hätten Sie da Erfahrung.«

»Mein Mann ist früher Lkw gefahren und hat einige dieser Baustellen beliefert. Je extremer die liegen, desto verrückter die Typen, die man da trifft, hat er gesagt … und dass die Piloten allesamt Abenteurer und Draufgänger sind.«

»Verstehe«, sagte Valeria. *Würde Maria ein solcher Draufgänger gefallen?* »Also dann. Wir werden uns bei Ihnen melden, sobald wir mehr wissen.«

»Bitte«, sagte Susanne Wyss und packte Valeria unvermittelt bei der Schulter. »Finden Sie sie, ja?«

Die Fotos, dachte sie. *Was zur Hölle irritiert dich daran?* Valeria spürte, wie ein stechender Kopfschmerz irgendwo gleich hinter ihrer Stirn entlangschoss und ihr für ein paar Sekunden lang schwindlig wurde, der Boden sich unter ihren Füßen zu bewegen schien.

»Frau Ravelli?«

»Schon gut«, hörte sie sich sagen. Die Höhle, sie sah sie vor ihren Augen, als wäre sie leibhaftig wieder dort, sie konnte den feuchten Moder riechen, die Flechten, die auf dem dunklen, nassen Felsgestein wuchsen. Und dann die Schritte, hinter ihr in der Dunkelheit, laut dröhnten sie auf dem nackten Boden, immer schneller und schneller …

»Was ist mit Ihnen?«

Sie spürte, wie eine Hand sich auf ihrer Schulter bewegte. *Eine Hand? Was zur …* Valeria blinzelte. Susanne Wyss stand vor ihr und starrte sie an, als wäre sie verrückt geworden. »Ich habe …«, sagte Valeria leise, schüttelte dann jedoch den Kopf. »Nicht so wichtig. Ich sollte jetzt gehen.«

»Sie waren gerade nicht ganz da. Sicher, dass mit Ihnen alles in Ordnung ist?«

»Ja, alles okay!«

Valeria stürmte zur Tür. Ihre Hand auf der Klinke zitterte, und sie schaffte es gerade noch durch den Vorgarten und in den Wagen, ließ ihn an und fuhr einige Hundert Meter aus

Steinberg hinaus, während es in ihrem Kopf hämmerte. Dann lenkte sie den Wagen an den Straßenrand, stürzte hinaus und erbrach sich in den Straßengraben. Tee, Kaffee, das Brötchen, das sie unterwegs auf der Fahrt nach Steinberg gegessen hatte.

Sie blickte auf, wischte sich den Mund ab. Niemand war in der Nähe, und dennoch wurde sie das Gefühl nicht los, dass jemand sie beobachtete. Im Unterholz raschelte es. Äste knackten, brachen, und von den Blättern der Kastanien und Eichen, die am Straßenrand wuchsen, tropfte der Regen. Sie dachte an die Höhle, an die Luft, nach Moder und Schimmel riechend, und wieder wurde ihr übel.

Du hast zu wenig gegessen, das ist alles. Und die Höhle, die dich an diese alte Geschichte in Eigerstal erinnert hat … Das war ein bisschen zu viel. Mehr nicht. Jetzt reiß dich zusammen und zieh das hier durch.

Auf unsicheren Beinen ging Valeria zurück zum Wagen. Es war bald Abend. Wenn sie ihr Treffen mit Matteo Wagner wahrnehmen wollte, würde sie sich ein wenig beeilen müssen.

Einen Moment lang saß sie hinter dem Steuer und konzentrierte sich nur darauf, langsam und gleichmäßig zu atmen.

Was immer damals geschehen ist, es kann dir hier und heute nichts anhaben. Das darfst du niemals vergessen.

Und doch überlegte sie einige Augenblicke lang, ob sie Tanner anrufen und ihm erklären sollte, dass sie es nicht schaffen würde. Kein zweites Eigerstal. Schickt jemand anderen. Doch dann hörte sie Tanners raue Stimme in ihren Gedanken. Es gibt keinen anderen, sagte er und warf ihr einen durchdringenden, jedoch auch mitfühlenden, etwas traurigen Blick zu.

Schließlich betrachtete sie Maria Wyss auf den Fotos, die sie ihrer Mutter aus Locarno gesendet hatte. Dieser Gedanke, irgendwo in Valerias Hinterkopf, ihr Instinkt, der sich regte …

Du kannst sie nicht allein lassen. Du musst wissen, was mit Maria geschehen ist … und wieso Thomas Gress sie noch vor seinem Tod aufgesucht hat. Wie er dann in diese Höhle kam … So viele Fragen, so viele ungelöste Rätsel.

Valeria startete den Motor und fuhr nach Steinberg zurück.

12

Die Dusche, zuerst heiß, dann eiskalt, belebte sie aufs Neue. Valeria trat mit nassen Haaren aus dem Bad ins Zimmer der Pension und zog sich an. Durch das geöffnete Fenster wehte der Wind, kühl und nach Wald riechend, der sie frösteln ließ und sich zugleich erfrischend auf ihrer Haut anfühlte.

Schließlich warf sie einen Blick in den beschlagenen Badezimmerspiegel, nachdem sie ihn mit dem Handtuch sauber gewischt hatte. Ihre blasse Haut, die hohen Wangenknochen, kühl wie venezianischer Marmor. Ihre Augen waren blau, ihr Mund sanft geschwungen. Sie sollte mehr lächeln, hatte Mark Harrington ihr mehr als einmal gesagt … und bei Gott, sie wusste, dass er recht hatte.

Valeria zog ihren Lidstrich nach, band ihr dunkles Haar zu einem lockeren Zopf, der ihr über eine Schulter fiel, zog ihren Mantel an und verließ den Raum.

»Sie gehen noch aus?« Ziegler stand hinter dem Empfangstresen. Er trug ein altes, schief sitzendes Jackett, das nach Mottenkugeln roch, während in dem Büro hinter ihm das Radio leise vor sich hin spielte. Valeria erkannte die Stones, Watts treibenden Rhythmus, während Richards die Gitarre singen ließ. Musik, die sie an ihren Bruder erinnerte. Er mochte die Klassiker, die großen Rockbands …

»Gino Farlucci. Am Marktplatz, richtig?«

»Genau. Gehen Sie einfach die Straße runter, am Brunnen rechts, Sie können seinen Laden gar nicht verfehlen.« Ziegler zögerte. »Morgen früh darf ich Ihnen dann einen Tisch für das Frühstück eindecken? Haben Sie irgendwelche Wünsche?«

»Rührei, wenn es keine Umstände macht. Und Espresso.«

»Oh, da werden Sie begeistert sein. Es gibt da eine kleine Rösterei, von der ich die Bohnen einkaufe …«

Valeria nickte und lächelte ihm zu. »Ich bin mir sicher, dass es ganz hervorragend schmecken wird. Guten Abend noch.« Dann ging sie hinaus.

Der Regen war versiegt, doch in den Pfützen auf dem Asphalt spiegelten sich die Lichter der Straßenlaternen, hohe, mit Schnörkeln verzierte, geschmiedete Ungetüme, die in regelmäßigen Abständen ihr warmes Licht auf die Straße warfen.

Matteo Wagner erwartete sie auf dem Marktplatz, ganz in der Nähe von Farluccis Trattoria. Der Brunnen plätscherte vor sich hin, Laub raschelte mit dem Nordwind über die Pflastersteine. Wagner trug einen dunkelblauen Wollpullover und gebügelte Stoffhosen, und seine Schuhe waren frisch poliert. Er strahlte sie an, und als Valeria näher kam, roch sie den herben Geruch seines Aftershaves.

»Wie schön, dass Sie gekommen sind.«

»Haben Sie nicht mit mir gerechnet?«

Wagner hielt ihr die Tür des Restaurants auf. »Ich war mir nicht sicher, ob ich nicht zu sehr … Wie sagt man? Mit der Tür ins Haus gefallen bin.«

»Der Abend ist ja noch jung«, erwiderte Valeria, »da gibt es noch viele Gelegenheiten.«

Wagner lachte trocken. »Wer weiß, wer weiß.«

Ein kleiner, etwa siebzigjähriger Italiener begrüßte sie persönlich mit einem strahlenden Lächeln, das noch ein wenig breiter wurde, als Valeria ihm auf Italienisch antwortete. Er führte sie an einen Tisch in einer mit hellem Stein, dunklem Holz und Vorhängen ausgekleideten Nische, wo hinter einer beleuchteten Glasfläche, die in den Sandstein eingelassen worden war, ein einziger Olivenzweig auf dunklem Samt wie ein museales Ausstellungsstück im Licht präsentiert wurde. »Was für ein interessantes Design«, meinte Valeria.

»Etwas aus der Heimat, nehme ich an. So macht man das also.« Wagner zwinkerte ihr zu.

»Wie macht man was?«

»Den besten Tisch im Lokal bekommen.«

»Ach was. Ich hatte gedacht, das liegt an Ihnen.«

Wagner dankte dem Kellner, der ihnen die Karten brachte und eine Kerze auf der Tischmitte entzündete.

»Also, Mr. Ich-kenne-alle-Geschichten-über-dieses-wunderschöne-Dorf, hier sind wir also«, sagte Valeria.

»Sie sehen aus, als hätten Sie einen anstrengenden Tag hinter sich.«

»Das war jetzt aber kein Kompliment.« Valeria lachte. »Ja, es war ungewöhnlich. Ich habe mir diese Höhle angesehen.«

»So. Miss Ich-bin-weder-von-der-Presse-noch-von-der-Polizei ... Wie sind Sie denn da reingekommen? Soweit ich weiß, ist dort noch immer alles gesperrt.«

»Vielleicht habe ich ja einen Geheimgang gefunden?«

»Vermutlich.« Er blickte von der Karte auf. »Was trinken Sie?«

»Wein. Rotwein.«

Nachdem sie bestellt und sich eine Weile unterhalten hatten und Gino sie persönlich ein zweites Mal am Tisch mitsamt dem Wein begrüßt hatte, fragte Valeria Matteo Wagner: »Sind Sie mittlerweile zu einer Entscheidung gelangt?«

»Inwiefern?«

»Für wen Sie mich halten. Und ob Sie mir trauen wollen.«

»Nun, das ist keine leichte Frage. Entweder Sie sind wirklich eine Touristin, die es rein zufällig hierher verschlagen hat … oder Sie sind sehr geübt darin, sich zu verstellen.«

»Was meinen Sie?« Valeria lächelte über den Rand ihres Rotweinglases hinweg. Sie spürte, wie ihr der Wein zu Kopf stieg – daran änderte nicht einmal die hervorragende Pasta etwas, die Gino Farlucci ihr serviert hatte. *Du musst vorsichtig sein. Das ist ein gefährliches Thema, das zu umschiffen viel Fingerspitzengefühl erfordert.*

»Ich meine, Sie sind eine Polizistin, die mir etwas vormacht. Die versucht, sich Informationen aus dem Dorf zu erschleichen.«

»Und was, wenn es so wäre?« Sie musterte ihn ernst. Eine gewisse Kälte legte sich zwischen sie, die nichts mit der Raumtemperatur zu tun hatte.

»Dann würde ich … Ich weiß nicht, ob ich mich zurückhalten könnte. Ich stehe auf Polizistinnen.« Wagner lachte, dann schüttelte er den Kopf. »Unsinn. Ich ziehe Sie doch nur auf. Sorry, Valeria. Sie hätten Ihr Gesicht sehen müssen.«

»Witzig«, erwiderte Valeria, entspannte sich aber ein wenig. »Wirklich, sehr lustig.«

»Ja, nicht wahr?«

»Wollen Sie auch mal eine Frage beantworten?« Ihr blieb nicht mehr viel Zeit, Hublot erwartete sie mit Gress' Leiche, und doch hatte sie bislang aus Wagner nichts Relevantes herausbekommen.

»Wenn es eine gute Frage ist.« Wagner war angetrunken,

das war kaum zu übersehen. Und was immer er sich womöglich für den weiteren Verlauf dieser Nacht vorstellte, Valeria fürchtete, sie würde ihn hier sitzenlassen müssen.

»Maria Wyss. Ein schöner, aber auch ungewöhnlicher Name, nicht wahr?«

Wagner führte langsam sein Weinglas zum Mund und ließ sie dabei nicht aus den Augen. »Schon«, sagte er leise.

»Sie ist verschwunden. Eine Vierundzwanzigjährige, geboren in Steinberg.«

»Das ist nicht gut. Woher wissen Sie davon?«

»Nur Gerüchte. Vermutlich noch so neu, dass sie noch nicht zu Ihnen vorgedrungen sind.«

»Haben Sie schon mit Donna Brusco gesprochen?«

»Noch nicht. Sie lebt sehr zurückgezogen, wie ich hörte.«

»Und empfängt niemanden. Ja, das könnte schwierig werden.«

»Vielleicht«, sagte Valeria, »vielleicht auch nicht.«

»Diese Maria«, erwiderte Wagner, nachdem sie sich einige Sekunden lang angeschwiegen hatten, »ich verstehe noch immer nicht ...« Da waren ein paar Schweißtropfen auf seiner Stirn, die Valeria eine ganze Geschichte erzählten.

»Wie ich darauf komme? Vielleicht hilft ein zweiter Name weiter. Thomas Gress.«

»Das ist der Tote, den sie gefunden haben. In den Gotteshöhlen, und daraufhin ist eine Hölle über Steinberg hereingefallen, wenn man das so sagen darf.«

»Sie dürfen sagen, was immer Sie möchten.« Valeria beobachtete Wagner genau. Er wusste, dass sie ihn durchschaute – er wusste mehr, als er ihr gegenüber zugeben wollte.

»Na schön«, resignierte er schließlich. Es war der Wein, der ihn hatte redselig werden lassen, ganz wie sie gehofft hatte.

Vielleicht nicht nur der Wein. »Wyss und Gress, haben Sie gesagt? Ich … Verflucht, wenn Sie wirklich von der Presse sind, dann haben wir ein Problem. Die beiden kannten sich … Ja, das war in einigen Ecken von Steinberg ein kleines, feines Gerücht, das man sich im Stillen erzählte. Marias Mutter Susanne ist nicht besonders beliebt im Ort, und man wollte nicht, dass sie mitbekommt, was man sich über ihre Tochter erzählt.«

»Man? Und wieso ist Susanne Wyss nicht beliebt?«

»Hier und da gab es diese Gerüchte, geflüsterte Worte in der Dunkelheit. Gress und Wyss haben sich getroffen …« Er lächelte, aber dieses Mal lag in diesem Lächeln keine Wärme, nur Ironie. »Um zu tun, was Mann und Frau nun mal eben so tun. Aber sie ist kaum Mitte zwanzig, und er war über fünfzig. Das sorgt für Gerede. Und ihre Mutter ist nicht beliebt, weil sie sich aus all den Dorfangelegenheiten raushält … Sie ist kein wirklicher Teil dieses Ortes, sagen die anderen. Nun, mir wäre das scheißegal, und ihr vermutlich auch, aber Sie wissen doch, wie das ist … Man muss sich in der Kirche sehen lassen, oder man ist raus. Und dann lebt Susanne allein … verständlich ihr Mann ist gestorben, aber einigen hier … na ja, genügt das offenbar nicht. Männer aus dem Dorf, die ein Auge auf sie geworfen haben und sich dann das Maul zerreißen, nur weil sie sie womöglich abgelehnt hat.«

»Das ist alles? Maria Wyss und Thomas Gress hatten eine kleine, heimliche Liebschaft?«

»Alles? Das war der Anfang, Ravelli.« Sie bemerkte, dass er wieder ihren Nachnamen benutzt hatte, und sein Tonfall war deutlich abgekühlt. »Gress war hier, weil er einen Plan verfolgte. Die arme Maria wusste nichts davon, aber er hat ihn umgesetzt.«

»Und weiter?«

»Gress war ein Mörder. Ich bin mir sicher. Und sein letztes Opfer war niemand anderes als Maria Wyss selbst.«

Valeria starrte ihn an, während Wagner ein Gesicht voller Überlegenheit aufgesetzt hatte. *Das kann nicht sein.* »Wyss ist erst vor Kurzem verschwunden. Als Gress starb, war sie noch am Leben.«

»Aber war sie das *wirklich*?«

»Wie … meinen Sie das?« Valeria war es, als flackerte das Licht in der Nische, in der sie saßen.

»Ich meine damit, dass Gress ein böser, böser Mensch war. Er wusste, was er tat … und wie er es tun musste.« Wagner beugte sich vor. »Versprechen Sie mir, ein Geheimnis zu wahren?«

13

Das Gebäude des örtlichen Bestatters war ein langgezogener, grau verputzter Kasten mit nur wenigen Fenstern. Zwei Zypressen flankierten den Eingang, schwankten leicht im Wind und boten einen kargen Anblick.

Wieso hat ein kleines Dorf wie dieses ein eigenes Bestattungsunternehmen? Wer finanziert das?

Die Tür war nicht abgeschlossen. Valeria trat in einen weiß gekachelten Flur, von dem mehrere Türen abgingen. Ihre Schritte hallten laut, als sie auf die eine Tür zusteuerte, die halb geöffnet war. Licht fiel heraus und tauchte den gekachelten Flur in ein unheimliches Gemisch aus Helligkeit und Schatten, die ihren Weg begleiteten, Kreaturen, die mit langen Krallen nach ihr greifen wollten, als sie die Hand nach der Tür ausstreckte.

Geh nicht dort hinein, schien ihr eine Stimme aus der Dunkelheit zuflüstern zu wollen … *Wenn du dort hineingehst, gibt es kein Zurück mehr.*

Sie öffnete die Tür.

Der Raum dahinter war hell erleuchtet, ebenfalls weiß gekachelt und wirkte dadurch fast schon zu hell, als würden die Wände selbst leuchten. Ein Fenster zur Rückseite, wo ein niedriger Strauch im nächtlichen Wind und Regen hin und her schwankte, war von langen, anthrazitfarbenen Vorhängen umrandet, und in der Mitte des Raumes befand sich ein langer Edelstahltisch, auf dem ein weißes Tuch lag, unter dem sich unübersehbar der Körper eines Menschen abzeichnete.

Der Geruch, den Valeria in der Luft wahrnahm, war der von Moder und Verwesung und jener Feuchtigkeit, die sie auch schon in der großen Höhle gerochen hatte.

Er war es. Gress lag vor ihr. Sie machte ein paar Schritte auf den Toten zu und wollte das Tuch beiseiteziehen. *Der Grund, wieso du hergekommen bist, liegt gleich hier vor dir.*

»Das würde ich nicht tun«, erklang eine Stimme.

Valeria erschrak und wirbelte herum. Hublot stand in der Tür, er trug einen langen weißen Kittel und Handschuhe.

»Da sind Sie ja.«

»Und Sie sind spät, Ravelli. War es ein angenehmer Abend?«

»Es war …« *Können Sie ein Geheimnis bewahren?* Wagners Worte, ehe er zu ihr gesagt hatte, was er nun einmal gesagt hatte, gingen ihr nicht aus dem Kopf. *Es ist Unsinn. Es kann nicht sein. Und dennoch …* »Es war lehrreich. Vielleicht auch Zeitverschwendung. Bin mir noch nicht sicher.«

Hublots Blick, den er ihr über den Rand seiner Edelstahlbrille zuwarf, war zugleich neugierig als auch ein wenig tadelnd. »Ich habe Neuigkeiten von unserem örtlichen Freund. Glauer sagte, morgen käme ein Experte fürs Höhlenklettern und schaut sich an, wie man diese Schlucht überwinden kann.«

»Klingt gut.«

»Wollen wir?« Hublot schritt schwungvoll auf den Tisch mit der Leiche zu, als beflügelte ihn die Aussicht, bald mit einer Obduktion beginnen zu können. Valeria war sich nicht sicher, ob sie ebenso beflügelt war – sie hasste Obduktionen und die Besuche bei der Rechtsmedizin seit jeher.

Hublot nahm ein Aufnahmegerät aus seiner Manteltasche und aktivierte es. »Kommen wir zur Obduktion von Thomas Gress, am vierundzwanzigsten Oktober 2022, anwesend Dr. Hublot und Leutnant Valeria Ravelli.« Er zog das Tuch mit einer schwungvollen Bewegung beiseite.

Tanner hatte nicht übertrieben. Was dort auf dem Edelstahltisch lag, hatte kaum mehr Menschenähnliches an sich – Gress war vertrocknet, fast schon mumifiziert, seine Haut zu einem ledrigen Braunton verkommen, seine Lippen zurückgewichen und zerfressen von Wildtieren, sodass es nun aussah, als würde er beständig die Zähne fletschen. Seine Finger waren zu Klauen verkrümmt, die Nägel lang und gelb und voller Dreck.

»Sehen Sie diese Wunden?« Hublot wies auf Stellen an Gress' Torso, an seiner Seite, seinem Brustkorb, seinen Beinen. Er beugte sich vor, hantierte mit einer Pinzette, trug Proben zu einem Mikroskop, nahm eine Lupe und betrachtete die Nägel und Fußsohlen des Toten aus der Nähe. Der Geruch, der nun die Luft erfüllte, raubte Valeria den Atem, ein Gestank, der sie zurückweichen ließ. »Bitte … können wir das Fenster öffnen?«

»Nur zu.« Hublot blickte nicht auf. »Faszinierend.«

Valeria öffnete das Fenster und ließ sich einige Minuten von der frischen Luft umströmen. »Wie lange ist er also tot?«

»Meine erste Einschätzung ist richtig gewesen«, sagte Hublot. »Es ist jetzt etwa ein Jahr her. Aber ich werde ihm eine Probe entnehmen und im Labor …«

»Gut. Lassen Sie mich wissen, sobald die sich melden. Was haben wir noch? Diese Wunden …«

»Oh, er wurde gefoltert, ohne Zweifel. Das sind Brandwunden, wie man sie etwa von einem glühenden Schürhaken bekommen würde. Man hat ihn geschnitten, sehen Sie hier, wo die Haut so fein auseinanderklafft … Eine gute Klinge, sehr scharf, war das.«

Valeria musterte Hublot von der Seite. Es klang ein wenig danach, als bewunderte er den Mörder für seine Sorgfalt.

»Eine gute Klinge? Kein gewöhnliches Messer?«

»Nein, wenn ich raten müsste …« Er lachte ein trockenes Lachen. »Und ich rate für gewöhnlich nie. Ein japanisches Messer, würde ich sagen, von einem Meister angefertigt. Skalpellartig.« Er zögerte. »Oh.«

»Was denn?«

Hublot deutete auf eine Stelle an Gress' Oberschenkel. »Sehen Sie das?«

Valeria wagte es nicht, näherzutreten. »Ich …«

»Oh, Verzeihung. Ich wusste nicht, dass Ihnen diese Sache hier so zusetzt. Also, dann erkläre ich es lieber.« Hublot richtete sich auf und legte die Lupe zur Seite. »Ich würde sagen, wir haben hier einen Einschuss.«

»Eine Kugel? Können Sie sagen, welches Kaliber?« Natürlich würde er das nicht auf Anhieb können, Valeria hatte schon mit genügend Rechtsmedizinern zu tun gehabt, um dies zu wissen – doch Hublot überraschte sie.

»Keine Kugel. Nicht einmal eine Schusswaffe, dessen bin ich mir sicher. Es ist eine Wunde, wie sie ein Bogen verursachen würde … oder hm, vielleicht sogar eher das Projektil einer Armbrust.«

»Eine Armbrust? Können Sie sagen, welche dieser Wunden die älteste ist? Welche die letzte?«

»Ich würde sagen, diese hat ihn getötet.« Hublot deutete auf einen Stich am Hals, der die Aorta durchtrennt hatte. »Jene ist die jüngste. Man hat ihn nicht post mortem verletzt. Die Folterwunden sind älter, einige sogar ziemlich alt. Andere dagegen, wie die Einschusswunde, nicht ganz so alt.«

»Also hat man ihm über längere Zeit zugesetzt.«

»Das ist anzunehmen«, erwiderte Hublot. »Über mehrere Monate, würde ich sagen.«

»Verflucht. Das ist hart.«

»Es ist grausam. Unmenschlich. Und bewundernswert, dass Gress so lange durchgehalten hat. Er muss einen unglaublichen Willen besessen haben, irgendein inneres Feuer, einen Antrieb, der ihn durchhalten ließ. Anders übersteht man so etwas nicht, würde ich meinen.«

»Er hatte noch etwas zu erledigen.« Ob Maria Wyss etwas damit zu tun hatte, ob sie diejenige war, die ihn hatte durchhalten lassen? Vielleicht. Vielleicht auch nicht. Aber was Wagner zu Valeria gesagt hatte, ließ sie nicht los. Sie hatte ihm versprochen, sein Geheimnis – seine *Theorie* – zu wahren. Dann hatte er ihr leise etwas zugeflüstert.

»Etwas zu erledigen?«, riss Hublot sie aus ihren Gedanken. »Wie meinen Sie das?«

»Ich bin mir noch nicht sicher. Aber eines weiß ich: In diesem Dorf ist alles voller Nebel, und damit meine ich nicht nur das Wetter. Sie versuchen alle, Dinge zu vertuschen.«

»Ist das nicht in allen kleinen Bergdörfern so? Und …«, er zögerte, »… sind Sie nicht selbst in einem aufgewachsen?«

»Sie haben ein wenig nachgeforscht, scheint mir.«

»Nein, das hat mir Glauer erzählt.«

»Verstehe.« Dann hatte Glauer also Erkundigungen über sie eingeholt. So desinteressiert, wie er vorgab, war er nicht, und was sagte das über ihn? »Aber ja, es stimmt. Und ich bin fortgegangen. Das ist eigentlich alles, was es darüber zu sagen gibt.«

»Schon gut, Ravelli. Ich wollte nicht neugierig sein.«

»Ich muss Sie etwas fragen. Wie lange könnte man jemanden am Leben erhalten, *nachdem* man ihm den Todesstoß versetzt hat?«

Hublot runzelte die Stirn. Doch seine Augen verrieten ihn, wie sie interessiert hinter seiner Brille aufleuchteten. »Ich verstehe nicht ganz. Welcher Art soll dieser Todesstoß denn sein? Ich fürchte, davon hängt auch die Antwort auf diese Frage ab.«

»Vermutlich Gift. Eine langsame Vergiftung, eine Dosis, die stetig erhöht wird und das Opfer allmählich umbringt. Ist das möglich?«

Hublot nickte. »Oh, ja. Das ist natürlich machbar. Aber man müsste die immer stärker auftretenden Symptome berücksichtigen, und man bräuchte einen Weg, um die Giftdosis regelmäßig zu verabreichen.«

»Wäre es möglich, das alles zu vertuschen? Mit einem Gift, das gewöhnlichen Krankheitssymptomen ähnelt?«

»Vielleicht. Doch so ein Gift ist mir nicht geläufig.«

Hören Sie mir jetzt zu, Ravelli, hatte Wagner ihr zugeflüstert. *Er hat sie getötet. Gress hat Wyss ermordet … ganz langsam. Er hat es mit Gift getan, das er ihr immer wieder verabreicht hat, als sie sich getroffen haben. Sie hat es nicht bemerkt, und als sie krank wurde, hielt sie es für eine gewöhnliche Grippe. Und jetzt ist sie tot. Das ist nicht das erste Mal, dass er es auf diese Weise getan hat. Wenn Sie mir nicht glauben, dann habe ich noch mehr für Sie.*

»Es ist nur eine Theorie.« *Es ist Wahnsinn.*

Wagner hatte außerdem behauptet, Gress hätte sich weiter heimlich mit Wyss getroffen, auch vor Kurzem noch – aber nun sagte Hublot, dass man Gress über längere Zeit gefangen gehalten und gefoltert hatte. Wie passte das zusammen?

»Ich glaube, ich muss jetzt mal ein längeres Telefonat führen«, sagte sie zu dem Rechtsmediziner. »Danke für Ihre Ausführungen. Wenn Ihnen noch mehr auffällt – vielleicht irgendein Hinweis, wo Gress gefangen gehalten wurde, bevor man ihn in der Höhle abgelegt hat –, dann lassen Sie mich es wissen. Ich bin immer erreichbar.«

»Ich fürchte, dafür lag er zu lange in der Höhle. Aber wir werden sehen … Ich für meinen Teil werde noch ein paar Stunden mit ihm verbringen«, sagte Hublot und sah aus, als freute er sich darauf. »Und wenn Sie sagen, Sie wären immer erreichbar, dann schließt das gewiss nicht die Nachtstunden mit ein.«

»Rufen Sie mich einfach sofort an.« Wenn Wyss nicht schon tot war, zählte jede Stunde. »Ich schlafe in letzter Zeit ohnehin nicht besonders gut.«

Hublot nickte knapp. »Wie Sie meinen.«

Als sie die seltsame Enge des gekachelten Flurs im Bestattungsinstitut hinter sich gelassen hatte und in die Kühle der Nacht hinaustrat, atmete Valeria tief durch.

Gress wurde gefoltert. Über Monate hinweg. Wyss und er standen sich nah. Und dann Wagners seltsame Theorie, die kaum mehr als eine wilde Spekulation war. Valeria warf einen Blick auf ihr Smartphone. Wagner hatte ihr eine Adresse mitgeteilt, eine abgelegene Hütte, wo sich Gress und Marias Wyss angeblich häufig getroffen hätten. Ihre Frage, wie er diesen Ort gefunden hatte, entlockte Wagner allerdings nur ein schmales, sarkastisches Lächeln.

Unschlüssig stieg Valeria in den BMW X3 und fuhr ziellos die Hauptstraße Steinbergs hinab. Das Dorf war still, nur hinter vereinzelten Fenstern glomm schwaches Licht, während der Herbstwind Laub über die regennassen Straßen fegte. Das

Licht ihrer Scheinwerfer strich über das Schild am Ortsausgang, wo irgendjemand die Einwohnerzahl 235 mit dickem schwarzem Edding durchgestrichen und *Bald null* daruntergeschrieben hatte.

Nach einigen Hundert Metern wurde Valeria klar, wohin sie den Wagen unbewusst lenkte. Sie fand einen kleinen Waldweg, der von der Straße abzweigte, fuhr hinein und hielt an. Als sie den Motor abgestellt hatte und die Scheinwerfer erloschen waren, schloss die Nacht sie ein, Schwärze rings um sie herum, als wäre sie jäh erblindet.

Valeria wählte Bains Nummer.

»Ravelli«, sagte er. Irgendwo im Hintergrund hörte sie Musik, Gespräche, laute Geräusche wie in einer Bar oder einem Club. »Das ist ja eine Überraschung. Wie steht es bei den Bergmenschen?«

»Ruhig«, erwiderte sie. »Und ziemlich verzwickt.« Sie fasste ihm kurz zusammen, worauf sie an diesem Tag gestoßen war, und Bain lauschte aufmerksam. »Langsam vergiftet, das hat er behauptet? Hat er auch irgendwelche Beweise?«

»Er hat da diesen Ort erwähnt, an dem sich Gress mit Wyss getroffen haben soll.«

»Eine abgelegene Hütte, ja. Klingt für mich, als warte er nur darauf, dass Sie dort auftauchen, Ravelli.«

»Das habe ich mir auch gedacht, aber ich denke nicht, dass er der Typ dafür ist.«

»Das sind Bergmenschen. Wahrscheinlich hat er seit Jahren keine Frau mehr gesehen, die jünger ist als seine Mutter.«

»Sehr lustig, Bain. Was treiben Sie denn so?«

»Ich bin hier in einer Art Pub«, erwiderte er recht heiter. »Konnte ein paar Dinge in Sachen Gress herausfinden. Er war wie besessen von diesen verschwundenen Frauen. Hat überall herumgefragt, geschnüffelt und ging den Leuten auf den Sack.«

»Einer der örtlichen Polizisten erzählte etwas Ähnliches über ihn hier. Vielleicht war er ja wirklich verrückt.«

»Meinen Sie?«

»Fremdenlegion, Bain. Und wenn es irgendein Gift gibt, das einen langsamen Tod verursacht, wer könnte besser darüber Bescheid wissen als jemand, der sich irgendwo in den tiefsten Dschungeln in Französisch-Guyana oder im Kongo herumgetrieben hat?«

»Das könnte natürlich sein. Aber denken Sie an die Akten, Ravelli. Er hat diese Vermissten gesucht. Das sieht für mich nicht danach aus, als wollte er jemanden töten.«

»Es wäre eine recht gute Tarnung. Wer würde einen mit alten Vermisstenfällen besessenen Ex-Polizisten verdächtigen? Ein Typ, der einfach nicht loslassen kann. Richtig, niemand.«

»Ich weiß nicht«, meinte Bain.

»Uns ist doch beiden klar, dass es genügend Typen in unseren Reihen gibt, bei denen es nur eine Laune des Schicksals war, dass sie auf unserer Seite und nicht auf der anderen stehen … und manche, die jetzt noch für das Gesetz arbeiten, werden irgendwann anfangen durchzudrehen – ganz einfach deshalb, weil sie all den Dreck, mit dem sie tagtäglich zu tun haben, nicht mehr verkraften. Weil sie genug haben oder irgendwann auf alles scheißen. Glauben Sie mir, Bain, ich weiß von Fällen, die würden Ihnen die Haare zu Berge stehen lassen.«

»Ich weiß, Ravelli«, erwiderte Bain und klang resigniert. »Aber das bedeutet nicht, dass es in Gress' Fall ebenso war.«

»Was haben Sie als Nächstes vor?«

»Sagt Ihnen der Name Rochat etwas?«

»Nein.«

»Jemand hier erzählte mir, dass Gress nach ihm gefragt hat. Aber niemand kennt diesen Namen … Dafür weiß ich, wohin Gress auf seiner Suche als Nächstes gefahren ist.«

»Ja?«

»Basel.«

»Oh. Und Sie wollen jetzt …«

»Will ich.«

»Gut. Dann tun Sie das, und ich werde tun, was ich tun muss.«

»Ich halte diese abgelegene Hütte für keine gute Idee. War Wagner dort?«

»Er hat sie durchsucht, sagte er, aber nicht besonders gründlich, weil er der Polizei nicht in die Quere kommen will.«

Bain schnaubte. »Er lügt. Oder er hat Sie durchschaut. Er weiß, dass Sie nicht das sind, was Sie vorgeben. Er will wissen, wie Sie reagieren.«

»Es ist mir egal, ob er mich durchschaut hat. Ich …« *Eigentlich will ich nur herausfinden, wer Gress gefoltert und ermordet hat und was Maria zugestoßen ist, so schnell wie möglich, und dann fort von hier …* »Ich muss es tun.«

»Allein?«

»Erst mal allein. Ganz ehrlich, ich weiß nicht, wem ich hier in Steinberg trauen kann.«

»Verstehe. Nun, mir können Sie trauen, und ich hoffe, das wissen Sie.«

Kann ich das wirklich? »Ja, Bain. Das weiß ich.« Sie seufzte. Blätter, vom Wind getrieben, legten sich auf die Frontscheibe, eine Spinne krabbelte über das Glas. Bewegte sich dort vorn auf dem schmalen Waldweg etwas entlang? Ein Tier, das die Dunkelheit nutzte, ungesehen von den Menschen zu tun, was immer es tun musste? Etwas anderes? Valeria legte eine Hand auf die Windschutzscheibe und wischte den Niederschlag ihres eigenen Atems zur Seite, damit sie besser hinausblicken konnte. Ja, etwas bewegte sich dort vorn, etwas Großes – ein Hirsch, wie das ausladende Geweih auf dem von zottigem Fell umgebenen Schädel bewies.

»Wir sollten mit Gress' ehemaligen Vorgesetzten sprechen«, sagte sie. »Das könnte wichtig sein. Sowohl beim BKA als auch bei der Fremdenlegion.«

»Mhm. Dürfte beides nicht gerade leicht werden. Ich kümmere mich darum, Ravelli. Werde mit Tanner sprechen. Hoffentlich hält er es nicht bloß für eine fixe Idee.«

»Sagen Sie ihm, es ist eine *meiner* fixen Ideen.«

»Das wird ihn umstimmen?«

»Vermutlich nicht.« *Aber ihn vielleicht so sehr ärgern, dass er mich abziehen wird.*

»Ich werde trotzdem mit ihm reden. BKA wird funktionieren, nehme ich an, aber die Fremdenlegion … puh. Wir wissen, dass das französische Militär uns keine Auskunft geben wird.«

»Wir werden das schon hinkriegen, Bain. Irgendwer hat Gress über Monate hinweg gefoltert. Das lässt mir keine Ruhe. So jemand darf nicht davonkommen … Nicht einmal wenn Gress, für was auch immer er getan hat, eine Strafe verdient hätte.«

»Und mir bereitet es Sorgen, dass dieser Jemand jetzt auch Sie beobachten könnte.«

»Ja?« Valeria spürte, wie sie lächeln musste. Es tat erstaunlicherweise gut, Bains Stimme zu hören. »Nun, das ist schön zu hören. Dass Sie sich Sorgen machen, meine ich. Nicht, dass der andere mich beobachten könnte. Sie wissen schon.«

»Ich weiß, Ravelli«, erwiderte Bain ernst. »Also passen Sie auf sich auf. Sie schulden mir nach dieser Sache einen Drink.«

»Ach ja?«

»Ja, wir haben gewettet, wissen Sie nicht mehr?«

Sie musste lachen. »Sagen Sie schon.«

»Wer von uns wohl zuerst am liebsten alle Sachen zusammenpacken und losfahren will. Und ich hab so das Gefühl, wir haben da eine Gewinnerin.«

14

Die Hütte war windschief und heruntergekommen, die Holzfassade ein Wrack, und die Fenster waren mit Brettern vernagelt – schief und krumm standen sie in alle Richtungen ab, die Nägel rostig, das Holz der Tür vom Regen feucht und schwarz. Valeria parkte den BMW dicht vor der kleinen Veranda. Ein Windspiel hing an einem der Vordachbalken und schwang im Wind, die Melodie klang wie das Klagen eines weinenden Kindes.

Sie war noch mal zur Pension zurückgefahren und hatte Handschuhe und eine Taschenlampe aus ihrem Koffer sowie ihre Dienstwaffe aus dem Safe genommen – nun trug sie sie am Gürtel unter dem Mantel, geladen, gesichert, und das Gefühl war beruhigend, gerade jetzt, da sie nicht wusste, was auf sie zukam.

Die Dielenbretter der Veranda knarrten unter ihren Schritten. Sie blickte zum Waldrand zurück, wo die Bäume im Wind schwankten wie dunkle tanzende Geister, die ihr zusahen. Valeria streckte die Hand nach der Tür aus, die sich sanft und knarrend nach innen öffnete. Spinnweben hingen im Türrahmen, sodass sie sich ducken musste, um darunter hindurchzugehen. Sie knipste die Taschenlampe an. Der Lichtkegel entlockte der Dunkelheit staubige Details: ein umgestoßener Stuhl, der quer im schmalen Hüttenflur lag, Farbe, die in dicken Streifen von den Innenwänden abblätterte. Eine große Spinne mit langem schwarzem Körper huschte in die Dunkelheit, floh vor dem Licht, und Valeria zuckte vor Ekel zusammen.

Irgendwo in der Tiefe der Hütte raschelte es. Vielleicht Ratten? Oder noch mehr Spinnen, noch größere Varianten ihrer Gattung? Wieder knarrten die Holzdielen, als sie voranschritt. An einer Wand hing ein Kalender, auf dem jemand verschiedene Tage – meist Sonntage – eingekreist hatte. Sie stieß auf ein kleines Zimmer, das vom Flur abzweigte, wo eine Couch stand. Zeitungen stapelten sich auf dem Boden. Ein Schrank befand sich an der Wand, Teller, die mit einer Staubschicht überzogen waren, standen darin.

Ein zweites Zimmer ging vom anderen Ende des kurzen Flurs ab, und hier fand Valeria auf einem in die hinterste Ecke gezwängten Tisch eine Schreibmaschine. Ein Papierstapel gleich daneben, doch war keines der Blätter beschrieben. Sie berührte vorsichtig das Farbband – Schwärze blieb an ihren Fingern zurück. Es war neu. Jemand hatte die Schreibmaschine benutzt.

Dann, gerade als sie den Raum verlassen wollte, spürte sie, wie eine der Holzdielen unter ihrem Schritt nachgab. Ein Versteck unter dem Dielenboden. Valeria versuchte, das Brett mit den Händen zu lösen, doch es gab nicht nach. Erst als sie mit einem Radschlüssel aus dem BMW unter das Holz gelangte, vermochte sie das Dielenbrett zur Seite zu hebeln. Ein Hohlraum befand sich darunter, und darin entdeckte sie im Licht ihrer Taschenlampe die gleichen Papiere, die auch neben der Schreibmaschine auf dem Tisch lagen … und auch sie waren unbeschrieben. Warum in aller Welt versteckte jemand leere Blätter Schreibpapier? Valeria nahm eines hervor – sie trug ihre Handschuhe, um keine ungewünschten Abdrücke zu hinterlassen – und hielt es dicht unter den Lichtkegel.

Da waren Einkerbungen zu erkennen, wie sie ein Kugelschreiber oder Bleistift hinterlassen würde, die sich beim Schreiben durch mehrere Lagen Papier durchgedrückt hatten.

Valeria legte das Blatt auf den Tisch. In einer der Schubladen fand sie einen Bleistift, mit dem sie im Licht der Taschenlampe schräg über die Abdrücke auf dem Papier schraffierte, bis sich die Buchstaben lesbar abzeichneten.

Es waren immer dieselben Worte, wieder und wieder, als hätte Gress – wenn er denn hier gewesen war, wie Wagner behauptete – wie im Wahn auf das Papier gekritzelt.

EL TIO

EL TIO

EL TIO

»El Tio«, sagte Valeria leise, und im selben Moment flackerte ihre Lampe. Wind ließ die Bretter vor den Fenstern rappeln, und die Dachbalken ächzten, als wären sie lebendig. »Was soll uns das nun sagen?«

Sie dachte an die Buchstaben auf der Höhlenwand, wo man Gress gefunden hatte. E, L und T. »Hat er etwa versucht, das hier zu schreiben?« Sie ging zum Hohlraum unter dem Dielenbrett zurück und nahm alle anderen Blätter hervor. Manche waren leer, andere besaßen ähnliche Abdrücke von Buchstaben, die sich durch vorsichtiges Schraffieren sichtbar machen ließen.

Wieder diese Worte: EL TIO.

Und dann, in der unteren Hälfte des achten Blatts, das sie durchging, ein anderes, das ihr nach dem Telefonat mit Bain einen Schauer über den Rücken jagte: ROCHAT.

Mehr stand dort nicht.

Valeria ging noch einmal zum Hohlraum zurück, doch fand ihre tastende Hand kein weiteres Blatt. Stattdessen …

»Was zur …«

Sie hatte etwas Weiches berührt, das in der dunklen, modrigen Erde unter den Bodendielen lag. Valeria bemerkte, wie ihre Finger bebten, als sie die Erde vorsichtig zur Seite wischte, mehrere Handvoll aushob und auf die Dielen warf.

Es waren Lippen. Bleiche Lippen, wie dicke Würmer, unter der Erde begraben. Sie wischte weiter, legte Wangen frei, eine Nase, Augen, die geöffnet waren und zu ihr heraufstarrten. Schmierige, gelb-grün gefärbte Flüssigkeit war aus der Haut ausgetreten, und der Gestank, der zu ihr heraufstieg, war entsetzlich.

Ein Toter lag unter den Dielen. Vielleicht zwei Tage alt. Mehr nicht. Ein Mann, ein Unbekannter für sie. Valeria streifte den Handschuh voller Erde ab und langte nach ihrem Handy.

Hinter ihr im Flur schlug die Hüttentür zu. Sie wirbelte herum. »Wer ist da?«

Und dann hörte sie das Knistern der Flammen und sah das Feuer, das an den Wänden leckte und die ganze Hütte einschließen wollte.

15

Bain trank und trank und spürte, wie das Bier, das für seinen Geschmack zu warm aus dem Hahn kam, ihn unvorsichtig werden ließ. Es schmeckte schal, aber das kümmerte ihn nicht. Die Leute warfen immer wieder Blicke zu ihm herüber, und das kümmerte ihn ebenso wenig. Sie redeten, und das kümmerte ihn am allerwenigsten.

Der Mann, mit dem er sich hier in diesem Dorf an der französischen Grenze treffen wollte, hatte sich verspätet. Jedes Mal, wenn sich die Tür der Kneipe öffnete, wehte ein Hauch kalter Luft herein, der nach Regen und Schnee roch, und jedes Mal musste Bain den Drang unterdrücken, sich umzusehen.

Es war halb eins, als ihm jemand auf die Schulter tippte. Bain blickte auf.

Der Wirt stand vor ihm. »Sie werden gesucht«, sagte er auf Deutsch mit starkem französischem Akzent. »Steht jemand draußen.«

Für gewöhnlich bin ich derjenige, der sucht, lag ihm als Antwort auf der Zunge, doch stattdessen nickte er nur knapp. Er legte ein großzügiges Trinkgeld auf den Tresen, schnappte sich seinen Mantel und ging hinaus. Die Kälte schlug ihm ins Gesicht – denn obwohl der Tag warm und sonnig gewesen war, konnte man nun kaum mehr verheimlichen, dass sie sich auf etwa eintausend Metern befanden und der Herbst gekommen war.

An der Hausecke lehnte jemand. Die glühende Zigarettenspitze war alles, was Bain dieser Silhouette an Details entlocken konnte. Er spürte den Alkohol mit jedem Schritt, den er ging. Seine Arme hingen locker an ihm herab, und dennoch war er sich der Waffe bewusst, die er im Schulterholster trug, und er war bereit, sie ausreichend schnell zu ziehen.

»Sie Bain?« Der Mann sprach nur gebrochen Deutsch, daher wechselte Bain nach einem kurzen Wortwechsel ins Französische, was er ganz passabel beherrschte.

»Sie suchen den Mann«, fuhr der andere auf Französisch fort. Nun, da Bain näher an ihn herangetreten war, registrierte er mehr Details: Er roch sauren Körpergeruch, sah ungewaschene Kleidung und einen wild wuchernden Bart. Sein Gegenüber war vermutlich obdachlos. »Den großen Mann.«

Gress war über eins fünfundneunzig groß gewesen, das stimmte. Noch immer war Bain beeindruckt, dass jemand in der Lage gewesen war, ihn – so Ravellis Aussage – über längere Zeit eingesperrt zu halten. Ein Soldat, ein Polizist ... Er zweifelte nicht daran, dass Gress genau wusste, wie man sich aus einer Notlage befreien konnte. Wer immer ihn gefoltert und getötet hatte, war gefährlich. Sehr gefährlich.

»Richtig, ich suche ihn. Oder denjenigen, mit dem er gesprochen hat. Ich weiß, dass er nach Basel wollte. Wegen ... Rochat. Aber das genügt mir nicht.«

Der Obdachlose starrte ihn an, dann spuckte er aus. Ein dicker Schleimklumpen landete im Rinnstein. »Rochat ... Ich weiß nicht, was das ist. Aber ich habe den großen Mann gesehen. Er hat mit mir geredet. Mir Geld gegeben.«

»Und?«

Der Mann streckte die Hand aus. »Es wird kalt.«

Bain zog einen Schein hervor und drückte ihn ihm in die Hand. »Wärmer?«

»Schon.«

Bain legte einen zweiten Schein auf den ersten. »Was wollte er?«

»Er wollte wissen, ob hier Mädchen verschwinden.«

»Und?«

»Mädchen verschwinden immer wieder. Überall. Und entlang der roten Linie … da umso mehr. Aber das kümmert doch niemanden, das hab ich ihm auch gesagt, und diejenigen, denen es auffällt, die verschwinden auch. Ziemlich schnell sogar.«

»Was ist die rote Linie?«

»Die Linie …« Er lachte. »Mann, Sie wollen ein Bulle sein? Und da haben Sie noch nie von der Linie gehört?«

»Ich muss gestehen, nein.«

»Die Linie … *Seine* Linie.«

»Wer ist er?«

»Der bleiche Mann. Er tritt nicht selbst in Erscheinung, er schickt nur seine Leute. Ganz gewöhnlich sehen die aus … Sie beobachten nur. Sie sehen alles. Sie sehen, wer im Inneren verdorben ist. Verrottet wie ein Baum. Sie fällen ihn.«

»Wer ist denn noch verschwunden?«

»Ach, es gab da mal einen Typen. Einen wie der große Mann.« Der Obdachlose fuhr sich mit einem langen schmutzigen Finger über die Wange. »Narbe, ungefähr so lang, etwa hier. Hatte aber nicht den Wahnsinn im Blick wie der große Mann. Ich wusste, er würde nicht lange durchhalten. Der große Mann war ein Mann des Krieges.«

»Er ist tot.«

»Fuck.« Der Obdachlose schüttelte den Kopf. »Das ist übel.

Ich dachte, er würde es schaffen … diesen Sumpf ein bisschen anzünden. Das war es, was er wollte … Er war ein Wahnsinniger, aber er war auf unserer Seite, verstehen Sie?«

»Welche Seite?«

»Die des Lichts.« Er grinste und zeigte schmutzig gelbe Zähne. »Gibt nur die beiden. Und der bleiche Mann ist die Dunkelheit. Er lebt in ihr. Er lässt niemanden entkommen.«

»Was finde ich in Basel?«

»Wahrscheinlich einen weiteren Teil der Linie, aber das ist nur ein Schritt auf dem Weg. Sie müssen ihr zu ihrem Anfang folgen. Und dann … brennen Sie alles nieder.«

»War es das? Was der große Mann wollte?«

»Hat er mir nicht gesagt.« Der Obdachlose lachte. »Bin froh, dass er weg ist. Vielleicht hat er mich auch nur verarscht … Vielleicht verarschen wir uns alle.«

Er taumelte in die Nacht davon, und Bain wusste, dass er nichts weiter aus ihm herausbringen würde.

Der bleiche Mann. Gress. Rochat. Die rote Linie. Ihm dröhnte der Kopf, und das hatte nichts mit dem Bier zu tun. Er schlang den Mantel enger um sich und ging die Straße hinab. Eine beleuchtete Aufschrift auf einem unscheinbaren Backsteinbau, in dem noch Licht brannte, zog einige Hundert Meter weiter seine Aufmerksamkeit auf sich: CHRISTLICHE ZUFLUCHT stand dort. Eine Frau trug eine Kiste hinein, und neben der Tür rauchte ein Mann mit weißem Kollar eine halb herabgebrannte Zigarette.

Bain steckte sich selbst eine an und bot dem Mann eine zweite an, die dieser mit einem Nicken entgegennahm. Er gab ihm Feuer.

»Sie sind nicht von hier.« Französisch, wie man es an der Atlantikküste sprach.

Und du auch nicht, dachte Bain. »Nein«, sagte er laut. »Ich bin nur auf der Durchreise.«

»Hm. Das sind viele. Hier ist wenig los. Kaum Arbeit.« Der Priester – Bain hielt ihn zumindest für einen – deutete auf das Schild hinauf. Um den Scheinwerfer, der auf die Schrift gerichtet war, summte ein großer Nachtfalter in sinnlosen Kreisen. »Wir werden bald für immer schließen müssen, fürchte ich.«

»Was machen Sie hier?«

»Es gibt Bedarf. Den bedienen wir hier. Wenn Sie nachts nicht wissen, wohin, wenn Sie Gewalt erfahren haben, wenn Sie Ihrem Kind nichts zu essen kaufen können … Nun, dafür sind wir da.«

»Katholisch?«

»Spielt das eine Rolle?« Doch der Priester lächelte. »Ja. Aber die Konfession ist kein Auswahlkriterium. Unsere Türen stehen allen offen.« Er musterte Bain, während der Rauch in die Kühle der Nacht aufstieg. »Sie sind nicht hier, weil Sie Unterstützung brauchen. Und ich bezweifle, dass Sie jemanden kennen, der gerade bei uns untergekommen ist.«

»Ist das offensichtlich?«

»Sie haben …« Er gestikulierte mit der Zigarette in Bains Richtung. »Diesen Blick.«

»Okay. Okay, ich bin ein Bulle.«

»Dachte ich mir. Sie sind nicht der erste.«

»Ach ja?«

»Gress. Thomas Gress, so hat er sich mir vorgestellt. Vielleicht eine Lüge, er hat mir keinen Ausweis gezeigt, und ich habe auch keinen sehen wollen – er hat gesagt, dass er privat unterwegs ist und keine offizielle Identifikation mehr benutzen darf, und einen katholischen Priester wollte er nicht anlügen. Das hört man heutzutage doch immer seltener, nicht wahr?«

»Wenn Sie das sagen.«

»So gesehen sind Sie also doch der erste Polizist, der mich in dieser Sache anspricht.« Der Priester nahm einen langen Zug von seiner Zigarette und stieß die Luft langsam aus. »Er wollte von mir wissen, ob ich von einigen seltsamen Ereignissen gehört hätte. Von verschwundenen Frauen.«

»Und, haben Sie?«

»Es gibt immer wieder Menschen, die nicht wieder vorbeikommen, obwohl sie genau wissen, dass es *hier* für sie besser wäre als da draußen. Aber ich kann nur Unterstützung anbieten, einen Pfad durch den Sumpf aufzeigen, gehen muss ihn jeder selbst.«

»Ich denke, Sie wissen, was Gress gemeint hat. Er sprach von Menschen, die, sagen wir, *gegen* ihren Willen nicht mehr aufgetaucht sind. Meine Frage geht in eine ähnliche Richtung.«

»Es kann gefährlich sein, über solche Dinge zu sprechen.«

»Gefährlich? Und was ist mit Gottvertrauen?«

»Spott ist die Waffe der Gottlosen«, erwiderte der Priester. »Aber ich will Ihnen nicht zu nahe treten. Es war jemand hier, das ist richtig. Ich habe Gress auch von ihr erzählt. Rebecca Mineau war ihr Name, und das war keine erfundene Tarnung, denn wir lassen uns von den Gästen die Ausweise geben. Sie ... nun, sie war auf der Suche nach etwas, von dem sie selbst nicht wirklich wusste, was es war. Sie ließ sich treiben, eine große Reise, die sie nur mit den allerwenigsten Habseligkeiten angetreten hat. Eines Tages, das war vor etwa eineinhalb Jahren, wenn ich mich richtig erinnere, tauchte sie also hier auf ... abgebrannt und hungrig. Wir nahmen sie auf, und nach einigen

Tagen schien sie Vertrauen zu mir gefasst zu haben und erzählte, dass sie glaubte, verfolgt zu werden. Als ich sie fragte, wer ihr auf den Fersen war …« Der Priester nahm erneut einen tiefen Zug, als wollte er seine Nerven beruhigen. »Der Ausdruck in ihren Augen … Das habe ich noch nie zuvor gesehen. Bei keinem Menschen, und ich hoffe, ich muss es auch nie mehr. Es war, als hätte sie dem Teufel persönlich ins Gesicht gesehen und als hätte er dort sein Abbild hinterlassen, tief im Blau ihrer Augen. Sie hatte Angst, das war unübersehbar, und ich habe mehr als nur einmal darüber nachgedacht, ob ich nicht lieber die Polizei anrufen sollte … aber sie sagte Nein. Sie flehte mich an, dass ich es nicht tun soll. Also habe ich es nicht getan, weil ich an ihr keine Falschheit erkennen konnte. Vielleicht ein Fehler. Eines Morgens war sie dann weg.«

»Weg? Einfach so?«

»Einfach so«, sagte der Priester, »und sie hat keine Nachricht hinterlassen. Später sagte mir dann jemand, er hätte Rebecca in der Nacht ihres Verschwindens gesehen … Er hätte beobachtet, wie man sie in ein Auto gezerrt hat und dann mit ihr davonfuhr.«

»Wie sah es aus, dieses Fahrzeug? Kennzeichen? Wer hat Ihnen davon berichtet?«

»Ein Obdachloser aus dem Ort. Es gab kein Kennzeichen, sagte er. Ein Lieferwagen. Weiß, unauffällig, wie sie zu Tausenden herumfahren.«

Ah. Den Obdachlosen kenne ich. Und mit dem Rest hatte er leider nur zu gut recht. »Und Sie haben das nicht gemeldet?«

Der Priester senkte den Kopf, andächtig, verletzt. »Ich fürchte, das habe ich nicht getan. Es ist ein entsetzlicher Fehler, den ich mir auch heute noch immer vorwerfe.«

»Mh.« Bain blickte kurz zum Himmel hinauf, als ein Tropfen Regen auf seinen Kopf fiel. »Und das haben Sie auch Gress gesagt?«

»Ja, genau das.«

»Wissen Sie von etwas, das sich die rote Linie nennt?«

»So wie eine Linie, die man nicht überschreiten sollte? Aber nein, konkret sagt mir das nichts.«

Bain spürte, wie es in seinem Magen arbeitete. Er wusste, er hätte weniger trinken oder zumindest einen Happen essen sollen. »Rochat?«

»Wer oder was ist das?«

»Ich weiß es nicht. Ich weiß nicht mal, ob es eine Person oder ein Ort oder etwas anderes ist.« Bain seufzte. »Sie hätten die Polizei rufen sollen, damals, als Rebecca verschwunden ist. Jetzt ist die Spur kalt, und niemand von uns hat auch nur den Hauch einer Chance, sie nachzuverfolgen.«

»Ist sie denn … seitdem nie wieder aufgetaucht?«

»Nein«, erwiderte Bain. Er wandte sich zum Gehen. »Schlafen Sie gut, Pater. Das ist eine gewisse Portion Schuld, die Sie da auf sich geladen haben – und glauben Sie mir, mit Schuld kenne ich mich aus.«

Bain steckte die Hände in die Manteltaschen und ging davon, folgte der nassen Straße hinab zum Bahnhof, wo ein langer Güterzug laut ratternd vorüberfuhr. Er blickte ihm hinterher, bis die roten Lichter in der Nacht verschwunden waren.

Morgen würde er Gress' Spur nach Basel folgen. Zuvor brauchte er einige Stunden Schlaf, um den Alkoholpegel loszuwerden. Müde machte er sich auf den Weg zu dem Zwei-Sterne-Hotel, in dem er ein schäbiges Zimmer gebucht hatte.

Der bleiche Mann. Dieser Name war seltsam. Rochat. Es war ein Geflecht, auf das sie gestoßen waren, und er fürchtete, dass es mehr erforderte, um es aufzulösen, als sie bereit waren zu investieren … Dann dachte Bain daran, was er selbst bereit war zu tun.

Der Priester, ging ihm durch den Kopf, er hat nicht gelogen, als er sagte, dass er es sich noch immer vorwirft. *Er hat gewiss seine Wege, um mit Schuld umzugehen. Und du hast deine eigenen. Du weißt, was du tun musst, sollte es so weit sein.*

Und du wirst *es tun.*

16

Feuer.

Flammen, die an den Holzwänden leckten, prasselten und fauchten, als wären sie lebendig. Valeria spürte die gewaltige Hitze, die ihr entgegenschlug, wie ein heißer Fön, der auf ihr Gesicht gerichtet war – brennend und alles verschlingend. Sie versuchte, durch den kurzen Flur zurück zur Eingangstür zu gelangen, doch stand der vordere Teil der Hütte bereits in hohen Flammen, der Fußboden brannte, die Wände und die krummen Sparren, die das Dach trugen. Es knackte laut über ihr, und Valeria rannte zurück, hinein in den Raum, wo sie im Hohlraum unter den Dielen den verwesenden Toten gefunden hatte, der zu ihr mit noch immer geöffneten Augen aufblickte.

Gleich steht er auf, schoss ein irrwitziger Gedanke durch ihren Kopf, während sie mit wachsender Panik nach einem Fluchtweg suchte. Rauch kam durch den Flur herangekrochen, schwarzer Qualm, und Valeria spürte, wie ihr das Atmen schwerfiel. Sie fuhr herum, als sie einen schwachen Luftzug wahrnahm. Das Fenster!

Die Bretter waren vor die Öffnung genagelt und bewegten sich nicht einen Millimeter, als sie nach ihnen griff und zerrte, rüttelte, sie herauszureißen versuchte. »Kommt«, schrie sie die Holzbretter an, »kommt schon!« Ein großer Splitter brach heraus, aber das war alles. »Irgendwas zum Aufbrechen«, sagte Valeria zu sich selbst. Ihr Blick huschte durch den Raum, doch sie fand nichts, das sie wie ein Brecheisen hätte einsetzen können, nur die alte, mechanische Schreibmaschine auf dem Schreibtisch. Besser als nichts. Sie packte das Ungetüm und schlug mit ihm mit Schwung auf die Holzbretter ein.

Das marode Holz konnte dem Eisenkorpus der Schreibmaschine nicht standhalten. Splitter flogen, dann brachen größere Stücke heraus. Noch ein Schlag, und eines der Bretter löste sich. Ein rostiger Nagel kam aus der Wand, und das Brett fiel nach draußen. Luft strömte herein, und Valeria atmete gierig ein wie eine Ertrinkende. Sie hörte das Feuer im Rücken, wie es den Sauerstoff brüllend einsaugte und immer näher kam. Weiter, nur weiter. Wieder hob sie die Schreibmaschine, schlug wiederholt auf das nächste Brett ein, schlug und schlug und gönnte sich keine Pause. Ihre Arme brannten, die Luft in ihren Lungen brannte ebenso, sie schmeckte nach Ruß und Feuer und Tod … Valeria rutschte die Schreibmaschine aus den zitternden Händen, sie schlug mit einem lauten, metallischen Krachen auf den Boden, wo sie im aufziehenden wabernden schwarzen Qualm liegen blieb. Also schlug sie wieder mit den Fäusten auf das Holz ein, trieb sich einen abstehenden Splitter in die Hand und bemerkte es kaum. Das zweite Brett splitterte und brach, doch dann spürte Valeria, wie ihre Kräfte sie verließen. Die alten rostigen Nägel saßen zu tief und zu festgefressen im harten Holz, und sie würde mindestens fünf weitere Bretter herausschlagen müssen, um sich durch die Öffnung hindurchzwängen zu können.

Du schaffst es nicht.

Verfluchte Scheiße.

Sie tastete durch den Rauch über den Boden, hielt die Luft an und fühlte schließlich das Metallgehäuse der Schreibmaschine unter ihren Fingerspitzen. Mit letzter Kraft wuchtete sie das Schwergewicht erneut hoch und schlug ein weiteres Mal auf eines der Bretter ein. Das Holz knirschte, löste sich jedoch nicht. Valeria spürte die Hitze, spürte, wie sie näher kam und in das Zimmer vorrückte. Sie roch versengtes Haar und lechzte nach Luft, drückte sich an die von den Brettern befreite Öffnung und versuchte, so viel vom frischen Sauerstoff einzuatmen, wie ihr möglich war.

Jemand stand dort draußen. Sie konnte eine kleine Gestalt sehen, in einem roten Mantel, das Gesicht nur schwach vom lodernden Feuer erhellt. *Ist das real? Ist das nur eine Fantasie? Da drüben …* Sie holte tief Luft … *Da drüben steht der Kleinwüchsige, den du auf der Straße nach Steinberg gesehen hast … aber … Luft … Kann das sein … oder … ein Kind … ein Junge …*

Es genügte nicht. Ihre Beine zitterten, ihr Kopf dröhnte, und ihre Lunge schrie nach frischer Luft zum Atmen … Valeria tastete mit der Hand nach der Fensteröffnung, suchte Halt, während sich eine endlose Dunkelheit vor ihren Augen ausbreitete, so tief, dass sie sogar das Feuer verschlucken konnte … Sie träumte und sah, wie eine große Brechstange die Holzbretter von der Fensteröffnung hebelte, wie jemand hereinstieg und sie packte …

Dann war da nur noch Schwärze.

Und dann war da Licht.

Starkes Licht, so sehr, dass sie die Hand heben musste, um ihre Augen abzuschirmen. »Verflucht, lassen Sie das!«, hörte sie sich rufen. Dann drehte sie sich zur Seite, hustete und übergab sich das zweite Mal an diesem Tag. Das Gras, auf dem sie lag, war noch immer nass vom Regen, und irgendwo im

Hintergrund konnte sie Flammen hören. Aber auch Stimmen, Rufe und fließendes Wasser. Und sie sah Lichter, die sich in den Pfützen spiegelten.

Valeria blinzelte. Ihre Augen tränten, und ihre Hände, mit denen sie sich übers Gesicht wischte, waren schwarz vom Ruß. Eine blutete recht stark. Sie drehte den Kopf, was ihr ein weiteres schmerzvolles Stöhnen entlockte. Es fühlte sich an, als hätte man ihren Nacken mit Nadeln gefüllt.

»Das macht es nicht besser«, sagte jemand, und irgendwer lachte.

»Halten Sie den Mund«, erklang eine dritte Stimme, die Valeria wiedererkannte. Durch die Tränen, die sich in ihren Augen gesammelt hatten, erkannte sie die brennende Hütte, die sich grell von der Nacht und den Tannen abhob. Dunkle Silhouetten mit Schläuchen, und näher vor ihr: ein anderer Mann.

Matteo Wagner beugte sich über sie.

»Alles gut?«

»Was … wie …«

»Das sollte ich Sie fragen.« Er streckte ihr die Hand hin, und Valeria packte sie.

»Das Feuer …« Sie starrte ihn an. »Wieso sind Sie hier? Sie … haben mich hergeschickt.« Valeria tastete nach der Waffe an ihrem Gürtel. Sie war dort, wo sie hingehörte.

»Ich hab Sie hergeschickt, ja … aber ich hatte keine Ahnung, was geschehen würde.« Wagner musterte sie mit besorgtem Gesichtsausdruck. »Haben Sie ihn gesehen?«

Valeria trat einen Schritt zurück. »Waren Sie das?«

»Was?«

»Das Feuer.« In ihrem Kopf dröhnte es. *Wagner … der Tote in der Hütte … die Augen. Verflucht, seine geöffneten Augen … der Text auf dem Papier … El Tio … El Tio … El Tio …*

»Das Feuer?« Wagner schien nicht zu verstehen. »Ich bin noch mal den alten Waldweg entlanggefahren, weil ich sehen wollte, ob es nach dem Sturm größere Schäden gibt, irgendwelche abgerissenen Äste, die neugierigen Touristen auf den Kopf fallen könnten. Dann hab ich die Reifenspuren in Richtung Hütte gesehen. Und die Flammen. Den BMW da unten, den ich als deinen wiedererkannt hab ... Ich bin hoch zur Hütte ... Und, ich schwöre, so war es, da ist wer in den Wald gerannt, irgendeine komische Gestalt, ganz in Rot angezogen ... Da war jemand, der das Feuer beobachtet hat, als wollte er unbedingt sicherstellen, dass du wirklich verbrennst!«

Valeria starrte ihn nur an, ihre Kehle war zu ausgetrocknet, als dass sie hätte weitersprechen können.

»Ich hab ihn nicht verfolgt, obwohl ich es wollte. Aber dann hab ich deine Schreie gehört. Also hol ich das Brecheisen gleich aus meinem Wagen. Hab die Bretter weggehebelt und dich nach draußen gezerrt. Du warst kurz bei Sinnen, dann wieder weg. Die Jungs von der Feuerwehr löschen jetzt, und Glauer lässt den Wald absuchen ...«

»Glauer ...«

»Ja, er ist hier. Brauchst du Sauerstoff? Eine Decke?«

Valeria bemerkte, dass Wagner sie duzte, aber ihr adrenalingeflutetes Hirn tat dieses Detail als vollkommen nebensächlich ab. »Nein, ich ... nichts davon.« Sie hustete, räusperte sich mehrmals, um die Trockenheit in ihrer Kehle loszuwerden. Ihr Kopf dröhnte noch immer, und als sie die klare Waldluft dieser Nacht tief einatmete, spürte sie, wie ihr ganzer Körper schmerzte, als hätte sie Muskelkrämpfe und einen langen Dauerlauf hinter sich. »Es ist also jemand in den Wald gerannt? Wurde irgendwas gefunden? Spuren? Womit wurde das Feuer gelegt? Ich hab wen gesehen, als ich in der Hütte war.«

»Ja? Dann war es sicher der Brandstifter. Ich denke, das sind ohnehin alles Fragen, die die Polizei mit dir besprechen will. Kannst du dich sonst noch an irgendwas erinnern?«

»Ich …« *Das sind Fragen, die die Polizei mit dir besprechen will. Natürlich. Vergiss nicht, er weiß nicht, wer du bist. Und vergiss nicht, dass du hier niemandem trauen kannst.* »Ich hab nichts in der Hütte gefunden, nur Spinnen und Dreck, eine alte Schreibmaschine und Zeitungen. Entweder hat jemand aufgeräumt, oder es gab hier nie etwas zu finden.«

Wagner schob die Unterlippe vor. »Ich habe Gress und Maria Wyss selbst beobachtet, wie sie dort hineingegangen sind. Und ich war selbst drinnen vor über einem Jahr, bevor Gress verschwunden ist. Da war alles noch in Ordnung. Aber gut, die Fenster waren zerbrochen, also krabbelt da schnell alles Mögliche rein, und ich wette, ein paar von den Jugendlichen haben sich auch ein wenig ausgetobt …«

Du hast Wyss also beobachtet, dachte Valeria. *Wenn du mich nicht einfach anlügst.* »Du hast mich hierhergeschickt.« Es klang vorwurfsvoll, aber das war Valeria gleichgültig.

»Scheiße, ich wollte doch nicht …« Wagner wedelte hilflos mit den Händen durch die Luft und wirkte dabei wie ein kleiner Junge. »Ja, das stimmt, aber ich wusste doch nicht, dass du da gleich hinfährst!«

»Und trotzdem bist du ebenfalls hergekommen. Gerade rechtzeitig.«

»Meinst du etwa, ich hätte etwas mit diesem Feuer zu tun?«

Valeria sah ihm einige Momente in die Augen, doch wendete er den Blick nicht ab. Schließlich seufzte sie. »Nein. Das denke ich nicht. Ich … Es ist wohl angebracht, wenn ich mich bedanke. Danke, Matteo. Ohne dich wäre ich da nicht mehr rausgekommen.«

»Und ich bin froh, dass ich überhaupt noch mal hier rausgefahren bin.« Er schüttelte den Kopf und wirkte noch immer schockiert von all den Ereignissen. »Kann mir nicht ausmalen, was los wäre, wenn ich nicht ... Verflucht, Valeria, siehst du das nicht?«

»Seit wann duzen wir uns?« Valeria strich sich eine schweißnasse Strähne hinter das Ohr zurück und lächelte schwach.

»Ich weiß nicht. Dachte, wenn man jemanden aus dem Feuer rettet, das ist ein ganz guter Grund.«

»Punkt für dich. Also, *was* sehe ich denn nicht?«

»Das hier!«, sagte Matteo aufgebracht. »Dass jemand ganz offensichtlich ein Problem damit hat, dass du hier bist. Dass dich jemand töten wollte!«

»Und dass mir offensichtlich jemand hierher gefolgt ist«, fügte Valeria hinzu. »Und dass es ihm gelungen ist, diese Hütte so schnell anzustecken. Fast, als hätte er schon vorher gewusst, dass ich herkommen würde.«

Ein Mann im Allwettermantel der Polizei kam näher, und Valeria erkannte ihn schon aus der Ferne.

»Da sind Sie ja, Ravelli«, begrüßte Robert Glauer sie.

Wagner blickte irritiert von ihr zu dem Ermittler.

»Da bin ich«, sagte sie zu Glauer. »Haben wir irgendwas gefunden? Brandbeschleuniger? Spuren im Wald?«

»Jede Menge Spuren, aber keine Chance bei dem nassen Wetter herauszufinden, sie zuzuordnen ... Ja, dahinten führen Schuhabdrücke vom Haus weg, aber dann wächst gute fünfzig Meter weiter Farn am Waldrand, und dort verlieren wir die Spur. Ein Stück dahinter haben wir einen Benzinkanister gefunden.«

»Was ...«

Bevor Wagner weitersprechen konnte, hielt Valeria ihm ihren Ausweis unter die Nase, und er starrte verblüfft darauf. Dann lachte er.

»Also doch! Ich wusste es. Wette gewonnen, würde ich sagen.«

»Wette?«

»Ach, der Bürgermeister und ich haben gewettet, ob du wirklich nur eine Touristin bist oder doch von der Polizei.«

»Verschonen Sie uns damit, Mann«, sagte Glauer barsch. »Ravelli, würden Sie mich begleiten?«

»Wir sehen uns«, meinte Wagner und wandte sich ab. Valeria folgte Glauer, der missmutig mit tief im Mantel vergrabenen Händen über den morastigen Waldboden stapfte.

»Das ist eine gefährliche Sache, in die Sie da hineingeraten sind«, sagte er. »Ich will gar nicht wissen, wie das hätte ausgehen können.«

»Ich hab wen gesehen. Vom Inneren der Hütte aus ...« Sie holte tief Luft, was sich schmerzhaft anfühlte. »Aber auch als ich hier angekommen bin. Da stand jemand im Wald. Hat mich beobachtet. Trug nur Rot. Ein ... Zwerg. Ein Kleinwüchsiger.«

»Wie bitte?«

»Keine Ahnung«, erwiderte Valeria barsch. »Aber ich hab die Person auch hier wiedergesehen, ich bin mir sicher. Prüfen Sie das. Wenn jemand Passendes hier gemeldet ist, dann müssen wir das wissen.« Sie zögerte. »Was ist mit den Spuren? Die Schuhabdrücke, stammen sie von einem Erwachsenen oder ...«

»Bei all dem Morast und vom Regen aufgeweichten Boden lässt sich das kaum sagen«, meinte Glauer. »Ravelli, vielleicht sollten Sie einen Arzt aufsuchen. Oder sich einfach mal ausschlafen.«

Er glaubt dir nicht. »Später vielleicht. Was gibt es Neues zur Höhle?«

»Morgen schaut sich jemand diese Brücke an.« Glauer räusperte sich. »Was ich sagen will: Da hat es wohl jemand auf Sie abgesehen. Ist Ihnen gelungen, sich schon am ersten Tag in Steinberg unbeliebt zu machen. Ich werde das melden müssen. Soll Ihr Vorgesetzter entscheiden, was daraus zu machen ist … aber ich nehme an, Sie werden abgezogen.« Er klang fast zufrieden, als er dies sagte.

»Das denke ich nicht. Ich denke, er wird entscheiden, dass ich hierbleibe und denjenigen, der dafür Verantwortung trägt, zur Rechenschaft ziehe.«

»Zur Rechenschaft«, wiederholte Glauer, »das sind schöne, große Worte.« Er lachte und drehte sich zu ihr um. Im Hintergrund leuchteten die Lichter der Feuerwehr und das Blaulicht, doch hier, nah am Waldrand, war es stockdunkel. Glauer deutete zum Himmel hinauf, wo weit über den Tannenspitzen der schroffe Fels und darüber der Gletscher eines Viertausenders, schwach vom Mondlicht beschienen, in den Nachthimmel aufragte.

»Ich bin hier aufgewachsen, immer im Schatten dieser Berge. Wie viel Rechenschaften, glauben Sie, muss ein Mann ablegen, wenn er in diesem Schatten lebt? Wie viel Schuld kann er auf sich laden, hier in diesem Schatten? Oder anders: Wenn ein Mann in diesem Schatten aufwächst, was weiß er dann von Schuld?«

»Ich bin nicht der Typ für nächtliche Rätsel. Hören Sie, das ist wichtig: Ich habe einen Toten in dieser Hütte gefunden. Er lag unter den Holzdielen, im Boden. Vielleicht zwei, drei Tage alt. Er muss geborgen werden. Schicken Sie Hublot …«

»Ein Toter?« Glauer starrte sie an, als wäre sie verrückt geworden.

»Er wurde versteckt. Schicken Sie jemanden rein. *So bald* wie möglich.«

»Das ist kein Scherz?«

Valeria hielt es nicht mehr aus. »Sie sollten lieber zuhören, Mann. Denken Sie, ich mache *Scherze* nach dieser Scheiße von gerade eben? Ein Toter, Glauer, geht Ihnen das in den Kopf? Der zweite innerhalb weniger Tage. Ich weiß nicht, was hier oben vor sich geht, und ich weiß nicht, wieso Sie all das scheinbar kaltlässt, aber ich verspreche Ihnen: Dieser Nebel wird gelüftet werden.«

»Wahnsinn, Ravelli. Sie denken wirklich, es funktioniert hier oben so. Aber das ist nicht Zürich oder wo Sie sich sonst herumtrei...«

Sie ohrfeigte ihn. Es geschah unbewusst, einem unterschwelligen Impuls folgend, und Glauer wich einen Schritt zurück. Sein Mund stand offen.

»Ganz vorsichtig jetzt«, zischte er. »Sie sind verwirrt. Der Rauch und alles. Dieses Mal werde ich das einfach vergessen. Und jetzt gehen Sie mir besser aus den Augen.«

»Ich gehe«, sagte Valeria, »aber nicht, weil Sie mir das sagen.« Sie spürte, wie sehr ihr die Panik in der Hütte und der Rauch zugesetzt hatten und dass sie Glauers Spott und Zorn nichts entgegensetzen konnte. Was sie gerade getan hatte, war ein Fehler, das wusste sie. Zugleich kam ihr etwas anderes in den Sinn: *Wie viele Monster braucht es, um eine vollkommen zerstörte Existenz zu erschaffen? Die Antwort lautet: wie viele auch immer dafür benötigt werden.*

Das waren Gress' Worte, von seiner eigenen Hand niedergeschrieben.

»Sie sehen aus, als würden Sie gleich umkippen«, sagte Glauer.

»Informieren Sie mich, sobald sich etwas Neues ergibt. Tun Sie Ihren Job, und ich mache meinen.«

Valeria stapfte durch den Morast hinab, an der Hütte vorbei. Die Männer dort beobachteten sie, viele Blicke folgten ihr. *Du kannst niemandem trauen. Niemandem.*

Ihr BMW stand noch dort, wo sie ihn zurückgelassen hatte, doch erst als sie die Hand nach der Fahrertür ausstreckte, bemerkte sie, wie ihre Finger zitterten. Sie musste die Hand mit der anderen festhalten, sich zwingen, langsam zu atmen. Sie presste die Stirn gegen die kalte Glasscheibe. Blutgeschmack lag auf ihrer Zunge, sie hatte sich auf die Wange gebissen, wie sie erst jetzt bemerkte, und die Wunde an ihrer Hand blutete noch immer schwach. Sie umwickelte sie mit einem Taschentuch, stieg ins Auto, ließ den Motor an und fuhr vorsichtig, fast Schrittgeschwindigkeit, bis sie wieder auf die größere Hauptstraße gelangt war, die nach Steinberg zurückführte.

Das Dorf war ausgestorben. Kein Licht, nicht mal die Straßenlaternen. Das Schild an der Pension leuchtete schwach, summte wie ein eingesperrtes Insekt, und der Wind trieb Laub über die Straße. Valeria fand die Rezeption verlassen vor und ihr Zimmer kühl und still. Sie schloss die Tür ab, zog sich aus und stellte sich unter die Dusche.

Die Tränen, die ihr über die Wangen liefen, vermischten sich mit dem Wasser aus der Duschbrause. Valeria lehnte sich an die geflieste Wand und verbarg ihr Gesicht in den Händen, während das klare, heiße Bergquellwasser den Ruß des Feuers von ihrer Haut wusch.

17

Doch schließlich endete auch diese Nacht, und der Morgen brach an, ein kühler, blauer Morgen mit einer schnell aufgehenden Sonne, die die Nebelfelder über das hohe grüne Berggras jagte und sie gegen die schroffen, zerklüfteten Hänge trieb.

Blut sickerte durch den Verband an Valerias Hand. Den hatte sie in der vergangenen Nacht noch angelegt, nachdem sie aus der Dusche gekommen war und mit einer langen Pinzette den Holzsplitter aus dem Handballen gezogen hatte. Sie wechselte den Verband, zog sich an und ging nach unten, wo Ziegler gerade einige Tische eindeckte.

»Sie sind ja früh wach«, sagte er, nach frischem Rasierwasser riechend, das graue Haar nach hinten gekämmt. Er servierte ihr heißen Espresso, Rührei und frische Croissants, die Valeria dick mit Butter und Schokoladencreme bestrich und restlos aufaß.

Zwei Männer betraten den Speisesaal, setzten sich gemeinsam an einen Tisch und warfen ihr nur einen kurzen Blick zu. Dann folgte ein Pärchen, das sich leise miteinander unterhielt, während Ziegler zwischen ihnen allen umhereilte.

Wenn ein Mann in diesem Schatten aufwächst, gingen Valeria Glauers Worte durch den Kopf, was weiß er dann von Schuld? Sie rührte gedankenverloren in dem zweiten Espresso, den Ziegler ihr an den Tisch gebracht hatte, als sich ein Schatten auf den kleinen Tisch am Fenster legte, an dem sie saß.

Sie blickte auf. Es war Hublot, der Rechtsmediziner. Er trug einen anthrazitfarbenen Anzug und seine Edelstahlrahmenbrille, war frisch rasiert und schaute sie ernst an. »Darf ich?«

Valeria nickte, und er setzte sich.

»Sie hatten recht. Und ich eine ganze Menge zu tun«, begann er ohne Umschweife. »Aber zuerst: Wie geht es Ihnen?«

»Ich habe geschlafen wie ein Stein.« Valeria nahm einen Schluck Espresso. Er schmeckte nach herber Schokolade, stark und vollmundig. Ziegler wusste, was er tat. »Das ist neu. Aber nicht außergewöhnlich. Es war ziemlich anstrengend gestern Abend.«

»Wissen Sie, Sie überraschen mich.«

»Inwiefern?«

»Ich dachte nicht, dass Sie es sich erlauben würden, Schwäche zu zeigen.«

»Lass sie niemals sehen, wie du blutest«, erwiderte sie. »Fürchte, ich habe mir diesen Satz nicht wirklich zu Herzen genommen. Vielleicht ein Fehler. Mir geht es gut, Hublot. Wirklich. Es geht schon.«

»Das ist sie, die Barriere, die ich erwartet habe.« Er stockte, schien zu begreifen, dass er sich etwas zu weit vorgewagt hatte. Schließlich räusperte er sich und fuhr in neutralem Ton fort: »Nun, es lag tatsächlich eine Leiche in der Hütte. Wie ich sagte, Sie hatten recht. Jetzt liegt sie neben Gress. Wenn Sie Zeit haben, und ich würde vorschlagen, die nehmen Sie sich, dann sollten wir uns den Toten ansehen.«

»Gut. Einverstanden.« Valeria erhob sich. Die Anstrengung der verzweifelten Flucht aus der brennenden Hütte steckte ihr in den Knochen, doch versuchte sie sich nichts anmerken zu lassen. »Fahren Sie vor. Ich bin gleich hinter Ihnen.«

Am Tag wirkte das graue, kastenförmige Gebäude nicht viel einladender. Valeria folgte Hublot hinein, zurück an den Edelstahltisch, wo statt Gress nun ein weißes Tuch über einem anderen Körper lag. *Viel kleiner, als er gestern Nacht ausgesehen hat.*

»Er ist verbrannt. Was wir aus den Trümmern dieser Waldhütte bergen konnten, liegt hier. Daher warne ich Sie: Es ist kein schöner Anblick«, sagte Hublot.

Valeria nickte knapp. »Machen Sie schon.«

Er zog das Tuch beiseite. Eine schwarze, verkohlte Leiche kam zum Vorschein, mehr Überreste, verkrümmt und voller Asche, denn ein Mensch. Valeria dachte an die zu ihr aufblickenden Augen letzte Nacht, sie versuchte, sich das Gesicht des Toten in Erinnerung zu rufen, doch gelang es ihr nicht.

»Wie lange war er tot?«

Hublot warf ihr einen Blick zu, als suchte er nach den richtigen Worten, um ihr seine Theorie zu erklären.

»Es … ist nicht so einfach.«

»Dann schätzen Sie mal.«

»Ich fürchte, Sie verstehen mich nicht. Dieser Mann … Er war nicht tot.«

Valeria starrte den Rechtsmediziner an und spürte, wie ihr ein Teil ihres Frühstücks wieder hochkommen wollte. »Was soll das heißen?«

»Er war am Leben, jedenfalls gerade noch so, bis er im Feuer verbrannt ist.«

»Nein. Nein, das kann nicht … Ich habe seine Haut berührt. Da waren Anzeichen von Verwesung.«

»Er war gelähmt. Man hat ihm etwas injiziert, das ihn vollkommen bewegungsunfähig gemacht hat, und ihn dann in dieser Hütte unter den Dielenbrettern abgelegt. Er wäre in Kürze verdurstet, kein Zweifel, und die Bewegungsunfähigkeit hätte verhindert, dass er sich jemals wieder hätte befreien können … aber als das Feuer ausgebrochen ist, lebte dieser Unbekannte noch.«

Valeria blickte auf den verkohlten, zusammengekrümmten Leichnam. Wieder dachte sie an die zu ihr heraufstarrenden Augen, und dieses Mal erinnerte sie sich an ein anderes Detail von letzter Nacht: dass in diesem Blick etwas Flehendes gelegen hatte – als hoffte der Mann, sie würde erkennen, dass er noch nicht tot war, sie würde ihn befreien – oder erlösen.

»Verflucht, das ist doch Wahnsinn«, sagte sie leise.

»Wer macht so etwas?« Hublot schüttelte den Kopf. »Ich weiß es nicht. Aber wenn ich raten müsste – dann würde ich sagen, es war derjenige, der auch Gress gefoltert hat.«

»Dieselbe bösartige Natur, meinen Sie?«

»Vermutlich.«

»Was immer ihn in diesem gelähmten Zustand gehalten hat … Können wir noch herausfinden, was das war? Welche Substanzen?«

»Nein. Das ist der Nachteil eines Feuers. Es vernichtet alles, was ihm in den Weg gerät. Aber ich werde den Zahnstatus prüfen lassen. So können wir den Toten identifizieren.«

»Hoffen wir es.« Sie zögerte. »In der Hütte habe ich auch noch etwas anderes gefunden. Es gab Papiere, auf denen jemand geschrieben hat, das hat Abdrücke hinterlassen. Also habe ich einen Bleistift genommen und die Spuren wieder sichtbar gemacht.«

Hublot betrachtete die verkohlte Leiche des Unbekannten und nickte als Zeichen, dass er lauschte.

»El Tio. Dieser Begriff stand dort, wieder und wieder. Und dann das Wort Rochat dazwischen.«

»Rochat? Nie gehört. El Tio … Hm, das läutet irgendeine Glocke bei mir. Etwas Spanisches. Nein, Südamerika, wenn ich mich nicht irre.«

Valeria hielt ihm ihr Smartphone mit der Googlesuche hin. »Ein Geist der Unterwelt«, las sie. »Verbreitet in Südamerika.« *War Gress während seiner Zeit bei der Fremdenlegion dort im Einsatz? Möglich wäre es. Vielleicht hatte er dort dieses Wort aufgeschnappt.* »Und vergessen wir nicht die Buchstaben, die Gress auf die Höhlenwand gekritzelt hat. Wahrscheinlich wollte er schon dort auf diesen Begriff hinweisen.«

»Vielleicht.« Hublot musterte sie mit ernstem Ausdruck. »Wer hat Sie zu dieser Hütte geschickt?«

»Derselbe, der mich auch gerettet hat.«

Hublot lachte trocken. »Nun, das macht es nicht leichter, nicht wahr?«

Valeria trat näher an die Überreste der Leiche heran. Sie beugte sich vor. »Was ist das? Da am Arm?«

»Das?« Hublot nahm Lupe und Pinzette. »Ein Lederarmbändchen, würde ich sagen.«

»Von einem Festival?«

»Vielleicht. Moment, da könnte etwas stehen … ich muss …« Er langte nach einem Skalpell und durchtrennte das Stück Leder, griff es mit der Pinzette und trug es auf den Objektträger des Mikroskops. Nachdem er einen Moment lang murmelnd hindurchgeblickt hatte, winkte er Valeria heran. »Hier, sehen Sie selbst.«

Sie blickte durch das Okular. Da waren Buchstaben, doch

hatte das Feuer alles mit Ruß überzogen, sodass kaum mehr zu lesen war, was dort gestanden hatte.

»J … Das ist eindeutig ein J«, sagte sie.

»Ja.«

»Und das ist ein C? Ein I daneben … vielleicht ein L. Sehr unleserlich, leider. Und da steht noch mehr, irgendwas in kleineren Buchstaben. Noch ein L …« Sie seufzte. »Zwei L? Vielleicht auch Spanisch? Keine Ahnung.«

»Ich werde es ins Labor senden. Sollen die sehen, wie sie das Ganze wiederaufbereiten. Aber sehr gut, Ravelli. Sehr gute Augen.«

»Es nutzt nur nichts. Das kann alles bedeuten.«

»Keine Sorge. Wir werden das schon herausfinden.« Hublot wandte sich vom Mikroskop ab. »Kümmern Sie sich um die anderen Dinge, Ravelli. Ich bin hier, wenn Sie mich brauchen. Und ich melde mich, sobald es etwas Neues gibt.«

»Danke, Hublot.«

»Passen Sie auf sich auf, Ravelli. Dieser Anschlag beweist eins: Sie sind da an was dran. Und die Wespen, die dieses Nest bewachen, fangen an zu stechen.«

Valeria sah zum Himmel hinauf, wo zwischen grauen Wolken ein blaues Band hindurchschimmerte, die Sonne sich in den Vordergrund kämpfte und sich in den nassen Pfützen, die vom Vortag verblieben waren, spiegelte wie auf zerbrochenem Kristallglas.

El Tio, dachte sie. *Eine südamerikanische Sage. Nichts, was hierhergehört – aber Gress … Gress könnte die Verbindung sein, ohne Zweifel.*

Dazu mussten sie herausfinden, was ihm während seiner Zeit bei der Fremdenlegion zugestoßen war. Denk nach, ermahnte sie sich selbst. Gress war an einer Sache dran, an einer Spur von verschwundenen jungen Frauen. Bain folgt ihr, wohin auch immer sie ihn führen würde, aber am Ende war Gress irgendwie nach Steinberg gelangt und hier ermordet worden. Wagner hatte behauptet, Gress hätte Maria Wyss mehrmals getroffen und sie über diesen Zeitraum hinweg vergiftet ... ganz so, als wäre Gress am Ende wahnsinnig geworden. War das Gekritzel, das er in der Hütte geschrieben hatte, ein Anzeichen dafür?

Auf der anderen Seite – Maria Wyss. War sie wirklich in Locarno verschwunden? War sie tot? Oder war ihr etwas anderes zugestoßen? Die Bilder, die sie ihrer Mutter geschickt hatte ... Noch immer wurde Valeria das Gefühl nicht los, darauf etwas übersehen zu haben.

Und dann der Fundort von Gress' Leiche. Der Pilzsammler, die Höhle, die seltsame Brücke.

Schließlich die Waldhütte, in der sich nach Wagners Aussage Wyss und Gress getroffen hatten. Dort hatte ein lebender Toter unter den Bodendielen gelegen ... Die Art, wie der Unbekannte zu Tode gekommen war, war an Grausamkeit kaum zu überbieten.

Valeria wählte Glauers Nummer, und der Polizist nahm augenblicklich ab.

»Ravelli«, sagte er kühl. Natürlich – er wirkte nicht wie ein Mann, der eine Ohrfeige wie die ihre von gestern Nacht vergessen würde.

»Hören Sie, Glauer, ich weiß, wir hatten keinen guten Start. Ich will mich noch mal entschuldigen. Für letzte Nacht.«

»Dafür gibt es keinen Grund«, erwiderte er. »Sie sind gerade ganz knapp dem Tod entkommen. Ich verstehe das.«

Ach ja? Dieser plötzliche Sinneswandel kommt sehr überra-

schend. Valeria war froh, dass sie sich gerade nicht gegenüberstanden, denn Glauer hätte ihr die Verwunderung am Gesicht ablesen können.

»Haben Sie mal versucht, nach einer womöglich hier gemeldeten Person zu suchen, deren Körperstatur zu demjenigen passt, den ich während des Brandes gesehen habe?«, fragte sie ihn.

»Jemanden außergewöhnlich Kleinen für einen Erwachsenen, meinen Sie? Ein Kollege hat das übernommen. Nein, Ravelli. So jemand lebt hier nicht. Es sei denn, Sie haben ein Kind gesehen.«

Wieder musste sie an die beiden seltsamen Jungen vom Bach denken, an ihre Papierschiffchen und den Asthmaanfall. »Das war kein Kind.«

»Nun, dann muss es jemand Auswärtiges sein. Aber auch das haben wir schnell geprüft, da wohnt niemand in den lokalen Pensionen. Und Kinder? Nein, Ravelli. Im Augenblick ist Steinberg mit seinen zweihundert Einwohnern fast kinderlos. Der Meldeabfrage zufolge gibt es drei Säuglinge, ein fünfjähriges Mädchen und drei Jugendliche im Alter von siebzehn Jahren, ebenfalls alles Mädchen.«

Valeria spürte, wie ein stechender Kopfschmerz für einen Moment dicht hinter ihrer Stirn aufloderte. »Ich habe zwei Brüder getroffen, der eine vielleicht dreizehn ...«

Glauer zögerte. »Ravelli ...«

»Was?«

»Das kann *nicht* sein. Spielt aber auch keine Rolle, oder? Ein dreizehnjähriger Junge würde wohl kaum einfach eine Hütte im Wald anzünden.« Er seufzte. »Hören Sie, ich habe mir auch die Freiheit genommen, Locarno zu kontaktieren«, fuhr Glauer fort. »Die dortigen Kollegen haben weder von einer Maria Wyss gehört, noch gibt es eine Verschwundene, auf die ihre Beschreibung passt, aber sie sind informiert und kümmern sich darum, ihren Verbleib abzuklären.«

Valeria wusste, was das bedeutete. Man würde sich in den Hotels erkundigen, ob Maria dort eingecheckt hatte. Und das war eine zeitfressende, langwierige Arbeit. Sie verdrängte den Gedanken an die beiden seltsamen Brüder und versuchte sich auf Maria zu konzentrieren.

»Ihre Mutter wusste nicht, wo genau sie für die Urlaubszeit in Locarno untergekommen ist. Wir haben nur zwei Fotos, die sie ihr geschickt hat.«

»Das macht die Sache nicht einfacher.«

»Gab es vielleicht Unfälle auf ihrer Fahrtstrecke?«

»Dazu hat mich jemand von der Leitstelle heute Morgen angerufen«, sagte Glauer. »Es gibt tatsächlich ein paar, aber die festgestellten Personalien passen nicht zu Wyss. Natürlich könnte ihr auf der Rückfahrt etwas anderes zugestoßen sein, was nicht polizeilich erfasst worden ist, aber mal ehrlich, wie wahrscheinlich sollte das sein?«

»Nicht sehr«, erwiderte Valeria.

»Eine andere Möglichkeit gibt es natürlich noch. Wyss war in Locarno, aber in keinem Hotel, sondern irgendwo privat untergekommen. Und dann ist ihr etwas zugestoßen, mit dem sie nicht gerechnet hat. Etwas, mit dem niemand rechnet. Nicht, wenn die Tage warm und sonnig sind und die Palmen im Wind wehen und es aus den Straßencafés nach frisch geröstetem Kaffee riecht.«

»Meine Güte, Glauer, das war ja poetisch.«

»Sie kennen mich eben nicht, Ravelli. Sie halten mich für einen bärbeißigen, missmutigen Kleinstadtpolizisten, aber ich sage Ihnen: Da liegen Sie falsch. Vollkommen falsch.«

»Sie gehen also davon aus, dass Maria irgendwo da unten im Tessin an den Falschen geraten ist.«

»Das kann sein. Jedenfalls ist sie weg. Vielleicht hat sie etwas über Gress erfahren. Dann könnte es sein, dass Gress' Mörder auch sie erwischt hat.«

»Ein Mann … ein Monster …« Valeria blickte zum Himmel hinauf, wo sich eine graue Wolke vor die Sonne schob.

»Was haben Sie gerade gesagt?«

»Nichts. Wagner hat auch noch etwas anderes behauptet. Dass Gress verrückt geworden ist. Dass er selbst Maria Wyss getötet hat. Dass sie nicht sein erstes Opfer war.«

»Wagner hat das gesagt?« Glauer lachte. »Wagner ist ein Spinner. Er verbringt zu viel Zeit allein, zu viel auf der Jagd … und damit, jungen Frauen im Dorf nachzustellen oder irgendwelchen Touristinnen.«

»So wie mir?«

»Das hatte er wohl vor. Aber jetzt weiß er, was Sie wirklich sind. Also hat er beschlossen, ein wildes Märchen zu erfinden. So sehe ich diese Sache.«

»Und wenn er das eben nicht getan hat? Wenn es keine Lüge war?«

»Er hat keine Beweise.«

»Die Leute hier haben Wyss und Gress zusammen gesehen. Sie waren in dieser Hütte.«

»Das hat Wagner gesagt. Und jetzt ist sie abgebrannt.«

»Ich habe die Papiere gesehen. Gress hat dort etwas geschrieben …« Sie zögerte. Da war eine Idee, eine Ahnung, etwas, das im Verlauf der letzten Nacht in ihr Unterbewusstsein gesickert sein musste …

»Was genau, Ravelli?«

»Einen Erpresserbrief.«

»Wie bitte?«

»Das ist nur eine Idee. Eine Vermutung.«

»Wen hat Gress erpresst?«

»Das ist doch klar«, erwiderte Valeria. »Seinen Mörder.«

18

Valerias BMW X3 kämpfte sich mit Allrad einen steilen Weg hinauf, wo der gestrige Regen den schwarzen Erdboden zu einer schlammig-morastigen Masse verwandelt hatte. Die Räder versanken in tiefen Pfützen, und der Wagen schwankte hin und her. Vor ihr ragte das Haus vor dem grauen Himmel auf, weiß wie eine Kathedrale. Das Dach war mit dunklem Schiefer gedeckt, gerade Zypressen standen wie Soldaten akkurat entlang des Auffahrtsweges. Das Vordach, von ionischen Säulen gestützt, schützte die Eingangspforte aus schwarz angestrichenem Holz.

Als Valeria zum Haus hinaufblickte, bewegte sich ein Vorhang vor einem der Fenster im zweiten Stock – eine blasse Hand mit erstaunlich langen Fingern verschwand hinter dem weißen Stoff. Jemand war dort oben und hatte ihre Ankunft bemerkt.

Sie näherte sich der Eingangstür und erstarrte. Unter dem Vordach hingen Marionetten an ihren Schnüren herab – weißgesichtige Puppen allesamt in langen Gewändern, die Augen blasse Murmeln, die geistlos ins Leere blickten. Feine Haarrisse überzogen die blassen Porzellangesichter. Eine von ihnen sah aus, als würde sie weinen. Langsam schwangen sie im Wind hin und her, leblos und still … Und dennoch – Valeria spürte, dass diese Dinger, diese *hässlichen* Dinger, sie beobachteten.

Die Haustür war in einem dunklen Farbton gestrichen. Ein mächtiger Türklopfer aus Messing, geformt wie die Klauen eines Adlers, saß in der Mitte.

Donna Vittoria Brusco lebte hier, doch stand weder ein Name an der Tür noch eine Hausnummer, und Valeria entdeckte auch keinen Briefkasten.

Sie hob die Hand und klopfte mit dem schweren Messingklopfer an die rote Tür. Einmal, zweimal – beim dritten Ausholen schwang die Tür auf, sodass ihr der Messinggriff fast aus der Hand gerissen wurde.

Ein Priester stand in der Tür; ein Mann mit dunklem, länger herausgewachsenem Haar, das ihm bis auf die Schultern fiel, in schwarzer Soutane und weißem Kollar, auf dem Gesicht ein ernster Ausdruck. Er wirkte überrascht. »Nun, wen haben wir denn hier?« Seine Stimme klang geschmeidig, wie Butter, die in der Sonne gelegen hatte, ein Mann, der wusste, wie er seine Worte und seine Stimme einsetzen musste.

Valeria hielt ihm ihren Ausweis unter die Nase. »Ravelli, Interpol.«

»Ah. Das musste früher oder später so weit kommen.« Er nickte. »Wollen wir ein Stück gehen?« Eine knappe Geste zum Himmel. »Ein wunderschönes Blau heute. Vielleicht das letzte für dieses Jahr.«

»Ich muss mit Donna Vittoria Brusco sprechen. Und mit ihrem Bruder, der …«

»Ich fürchte, das wird nicht möglich sein«, erwiderte der Priester. »Sie empfängt niemanden.«

»Das habe ich schon gehört, aber akzeptieren kann ich es nicht. Ihr Bruder lebt hier. Er hat einen Toten tief in einer Höhle entdeckt. Ich muss mit ihm sprechen.«

»Er ist krank. Ich habe mich mit ihm unterhalten, gerade

eben …« Der Priester senkte den Blick. »Und ich fürchte, ich werde ihm die letzten Sakramente spenden müssen.«

»Er stirbt?«

»Ist das Unglauben, den ich da höre? Oder wollen Sie andeuten, ich würde Ihnen die Unwahrheit berichten?« Die Tür fiel hinter ihm ins Schloss, und Valeria hatte nur einen kurzen Blick auf einen mit dunklem Marmor ausgelegten Flur erhascht, und Wandlampen, die ihr Licht auf etwas Schimmerndes warfen, etwas wie große Glastüren.

»Es ist mir eigentlich recht egal, was Sie glauben«, erwiderte sie. »Jetzt lassen Sie mich vorbei.«

»Mein Name, Leutnant Ravelli, ist Ricardo Alvarez. Und ich betreue diese Gemeinde schon lange, lange Zeit. Ich lasse Sie vorbei, aber glauben Sie mir, man wird Sie nicht empfangen – das kann ich Ihnen versichern.«

Valeria schätzte ihn auf Ende fünfzig. Seine Augen besaßen einen raubtierhaften Ausdruck, etwas, das sie irritierte, seit er zu ihr vor die Tür getreten war. Er sah sie an, als versuchte er, durch ihre Haut und Kleidung hindurchzusehen, als wollte er die Tiefen ihrer Seele freilegen. Seine Hände waren gepflegt, wie sie bemerkte, als er ihr die Rechte entgegenstreckte und sie sie schüttelte, und die Finger lang und weich. Keine Hände, die viel körperlich arbeiteten. Unter der Soutane schauten Lederschuhe hervor, handgefertigt und nicht gerade billig, wie sie bemerkte. Ein leichter Geruch von Weihrauch ging von ihm aus, und dahinter glaubte sie etwas anderes zu riechen – Zigarrentabak und Cognac.

Sie packte den Messingtürklopfer und klopfte abermals, mehrmals, laut und gleichmäßig. Dahinter rührte sich nichts. *Hören die das Geräusch überhaupt?* Sie blickte die weiß verputzte Fassade hinauf. Das ganze Haus war stumm wie ein Grab, wie ein Museum, das jeder Besucher verlassen hatte.

»Sehen Sie? Vermutlich könnten Sie noch den ganzen Tag und die Nacht weiterklopfen, man wird nicht öffnen.«

Valeria stemmte die Hände in die Hüften. »Und wie sind Sie dann da reingekommen?«

»Ich wurde erwartet. Man hat mich eingeladen.«

»Eingeladen?«

»Wie ich sagte, der Bruder, er …«

»Hat dieser Bruder auch einen Namen?«

Ein kühles Lächeln schlich sich auf Alvarez' Lippen. »Rafael Brusco.«

Rafael. Der Name ließ sie einen Moment lang an ihren Bruder denken – Rafael, ihr Rafael, der seine kleine Valeria als großer Bruder stets beschützt und geliebt hatte wie niemanden sonst. Und dann war er fort gewesen, eines Tages verschwunden. Verstrickungen mit der 'Ndrangheta, so hatte man ihr damals erzählt, und sie hatte nicht wenig Zeit bei Interpol damit verbracht, nach Spuren von Rafael Ravelli zu suchen. Nichts bislang, aber sie hatte nicht aufgegeben. Er war noch immer irgendwo dort draußen. Und eines Tages, dachte sie, werde ich für dich da sein, Bruder. *Dann wird deine kleine Schwester* dich *retten.*

Als sie zu Alvarez aufblickte, war der Blick in seinen Augen noch hungriger geworden. »Woran denken Sie, meine Liebe?«

»Ich bin ganz sicher nicht Ihre Liebe«, sagte sie kalt.

»Ist es das Konzept der Familie, das Sie irritiert? In den Bergen hält man diese Dinge gerne im kleinen, engen Kreis … Gewiss wird Donna Brusco Sie nicht in ihr Heim einladen, wenn sie doch genau weiß, dass Sie hinter ihrem Bruder her sind.«

»Ich bin nicht hinter ihrem Bruder her.«

»Nicht? Dann ist es der Name, der Sie irritiert? Rafael? Ein alter Name. Ein Name, der den großen Künstlern würdig war ... aber ich fürchte, dieser Rafael hat uns alle ein wenig enttäuscht.« Wieder lächelte er, kühl und fast schon herablassend, wie Valeria fand, als würde er mit einer Jugendlichen sprechen.

»So über den Bruder einer Künstlerin zu sprechen, die ganz offenkundig sehr gut von ihrer Arbeit leben kann. Sie nehmen sich viel heraus.«

»Das kann sie wohl. Doch ist Geld nicht der maßgebende Faktor, nicht hier oben ... Glaube, Leutnant, ist viel wichtiger. Früher, als die Winter ganze Familien bedrohten, als Kinder in ihren Betten erfroren, da war es der Glaube, der sie alle zusammengehalten hat.«

»Geld für Feuerholz hätte vielleicht ein wenig mehr geholfen.«

Alvarez lächelte sein kühles raubtierhaftes Lächeln. »Meinen Sie? Vielleicht. Eine Familie, die gerade den Vater verloren hat, weil er runter ins Tal musste, um mit eben jenem Geld Feuerholz zu kaufen, würde vielleicht anders darüber denken. Aber ich erwarte nicht, dass Sie dies verstehen. Dies sind Dinge, die im Schatten der Berge wachsen.«

»Sagt Ihnen der Name Rochat etwas?«

Alvarez blickte nun seinerseits die Fassade des Hauses hinauf. »Wir sollten uns an einem anderen Ort unterhalten.«

»Ich finde diesen so gut wie jeden anderen.«

»Bitte, Leutnant. Es ist wichtig.« Er machte eine einladende Geste, die fort vom Haus führte. »Mein Wagen steht unten. Sie sind Italienerin, das höre ich am leichten Akzent. Verzeihen Sie mir, dass wir so einen unschönen Start hatten? Gleich da drüben steht mein Cabrio. Ich fahre vor, folgen Sie mir – ich lade Sie zu einem Kaffee ein.«

Valeria blickte zurück, als sie mit dem Priester zu ihrem Wagen ging – und wieder bewegte sich eine blasse Hand an einem der oberen Vorhänge.

Wer auch immer dort war, er beobachtete sie.

Das Café, von dem ihr auch Ziegler erzählt hatte, war leer, als Alvarez und sie eintraten. Nur eine kleine dunkelhaarige Frau saß, eine Zeitschrift lesend, auf einem Stuhl neben einem Regal voller Porzellantassen. Alvarez schien sie zu kennen, es war die Besitzerin, und sie beeilte sich, als er für sie beide bestellt hatte, fast schon ehrfürchtig, wie Valeria fand.

In diesen Bergorten galt ein katholischer Geistlicher noch immer als wichtige moralische Instanz – und während der Glaube in den Städten zu einer Randnotiz verkümmert war, lebten ihn gerade die Alten auf dem Land noch aus. Aber war dies wirklich der Grund, wieso die Frau seltsam unterwürfig zu Boden blickte, als sie ihnen die Getränke servierte? *Ihre Hände haben gezittert, das hast du genau gesehen.*

»Also. Was können Sie mir hier sagen, was beim Haus Brusco nicht möglich war?«, fragte Valeria.

»Ich kenne den Namen, den Sie erwähnt haben.« Der Priester tupfte sich die Lippen sorgsam mit der Serviette ab, nachdem er einen Schluck getrunken hatte. »Rochat. Es gibt ein Haus hier, drüben, ganz in der Nähe von Bruscos. Sie haben es vielleicht auf der Fahrt gesehen.«

»Dieses Industriellenhaus? Ein Feriensitz. Selten bewohnt, wie ich hörte.«

»Der Bruder des Mannes, dem dieses Haus gehörte, ist Richard Rochat.«

»Sagt mir nichts.«

»Wie Sie vermuteten, ein Großindustrieller. Reich, nein, sehr reich. Vielleicht schon obszön reich, wenn ich das einmal so sagen darf. Sein Bruder Rudolf lebte hier im Ort, Richard dagegen etwa dreißig Kilometer weiter nördlich. Fragen Sie mich nicht, warum es die Brüder hierher verschlagen hat – vermutlich waren es die Ruhe, die Abgeschiedenheit und die Tatsache, dass Steinberg kein gewöhnlicher, überlaufener Hotspot für Touristen ist, es nie war und wohl auch niemals sein wird.«

»Nördlich?« Valeria rief sich die Karte, die Ziegler ihr gezeigt hatte, zurück ins Gedächtnis. »Da ist nichts.«

»Nichts, was man finden soll, das ist richtig.«

Valeria warf dem Priester einen Blick zu. Täuschte sie sich, oder war dieser raubtierhafte Ausdruck mit einem Mal aus seinen Augen verschwunden? »Sie sagten gerade, der Bruder lebte hier. Als wir vorbeigefahren sind, schien es mir, das Haus stehe schon lange Zeit leer.«

»Richtig, richtig. Rudolf starb schon vor Jahren, und Richard Rochat konnte mit dem Gebäude wohl nichts anfangen. Er hat mit dem Dorf nichts zu tun, kommt niemals her. Sein Bruder Rudolf … Sie müssen wissen, er war mit Donna Brusco liiert. Sie wollten heiraten.«

»Was Sie nicht sagen.« Valeria musste an Wagner denken, der ihr erzählt hatte, dass Leuenberger, der alte Holzschnitzmeister, angeblich eine Affäre mit Brusco gehabt hatte. »Welch interessante Verstrickungen es doch hier im Ort gibt.«

»Eines Tages hat man ihn in seinem Haus tot aufgefunden. Herzschlag. Seitdem ist das Haus leer, und kein Rochat hat sich hier mehr blicken lassen. Man schätzt sie nicht.«

Auch dies erinnerte sie an eine Geschichte – daran, wie man

Leuenbergers Frau gefunden hatte, tot am Küchentisch, und wie die Haushälterin schreiend auf die Straße gerannt war.

Der Blick des Priesters wanderte an Valeria vorbei, zum Fenster des kleinen Cafés und zur Straße dahinter. »Meine Güte«, sagte er leise und schüttelte den Kopf. »Und das am helllichten Tag.«

Valeria drehte den Kopf. Da wankte ein Mann am Fenster vorbei, mit schwerfälligem, schlurfendem Schritt, in der Hand eine Bierflasche. Ein Obdachloser, dachte sie zunächst, doch dann kam ihr Karl in den Sinn, der Säufer, wie der alte Leuenberger seinen Sohn genannt hatte.

»Ist das …«

»Karl Leuenberger«, bestätigte Alvarez ihre Vermutung. »Entschuldigen Sie mich einen Augenblick.«

Er erhob sich und ging hinaus. Valeria sah, wie er Karl Leuenberger an der Schulter packte und auf ihn einsprach. Leuenberger stieß die Hand beiseite und machte eine obszöne Geste. Dann lachte er und wankte weiter.

»Sie werden sehen, was das bringt«, rief Alvarez ihm hinterher, dies hörte Valeria durch die halb offen stehende Tür.

»Probleme?«, fragte sie den Geistlichen, als er an ihren Tisch zurückkehrte.

»Es ist nicht richtig, dass er sich am Tag betrinkt … und es ist gefährlich. Wenn er auf der Straße läuft, kann er leicht vor ein Auto geraten.«

»Viel Verkehr haben wir hier ja nicht gerade. Und mir scheint, als wäre er recht pegelfest, er kann sich ziemlich gerade halten. Vielleicht sollte ich ja mal mit ihm sprechen.«

»Das würde ich nicht tun. Er ist bekannt dafür … nun, mit Frauen nicht gerade umgänglich zu sein.«

»Was meinen Sie?«

Der Priester nahm einen Schluck Kaffee, und wieder tupfte er sich über die Lippen. »Mehrere Mädchen hat er belästigt. Er wurde hin und wieder in Gewahrsam genommen, aber anscheinend hat es keinen Effekt auf ihn, sein Wesen ändert sich nicht. Er trinkt, und er geht zur Arbeit, und dann trinkt er wieder.«

»Er arbeitet?«

»Auf dem Friedhof. Es ist mir nicht leichtgefallen, ihn einzustellen, aber …«

»Aber was?«

Alvarez lächelte entschuldigend. »Wenn Sie mich so ansehen, muss ich gestehen, dass ich Ihnen diesen Wunsch nach Auskunft nicht abschlagen kann. Ich schuldete seinem Vater einen Gefallen. Als ich noch neu im Dorf war, wäre ich einmal fast abgestürzt. Habe mir beim Bergklettern zu viel zugemutet, aber Leuenberger war da … und mit Gottes und seiner Hilfe sitze ich heute noch hier.«

Valeria legte den Kopf schief. »Sie sind ein interessanter Mann, Hochwürden.«

»Interessant …« Sein Lächeln wurde breiter, einnehmender. »Wissen Sie, dass eine Frau wie Sie vielen Männern hier oben den Kopf verdrehen könnte, würde sie so etwas zu ihnen sagen?«

»Sind viele Männer hier oben alleinstehend?«

»Oh, ja. Es gibt da leider eine gewisse demografische Unausgeglichenheit.«

»Und Sie …«, sagte Valeria und biss sich auf die Unterlippe, nur um seine Reaktion zu testen, »verspüren nichts?«

»Was soll ich denn spüren?« Seine rechte Braue wölbte sich. »Es gibt doch den schönen Ausspruch: Männer wie ich sind nur mit dem lieben Gott verheiratet.«

»Ich spreche nicht von Heirat. Gab es nie jemanden in Ihrem Leben, für den Sie Ihr Gelübde am liebsten verflucht hätten?«

»Nun, ich würde lügen, würde ich behaupten, es hätte niemals jemanden gegeben. Aber *verfluchen* ist ein zu starkes Wort.«

Valeria sah ihm an, dass er nichts weiter dazu sagen wollte. »Gut«, sagte sie schließlich. »Gut, wir alle haben unsere Geheimnisse.«

»So ist es. Und wir sind alle nur Marionetten. Unsere Fäden liegen in den Händen eines anderen, der viel größer ist als wir alle zusammen. Aber nichts davon darf unsere Fehler entschuldigen.«

»Und das wird es auch nicht. Für Fehler ...«, Valeria sah Alvarez in die Augen, »werden wir geradestehen. Wir alle.«

»Menschen wie Sie sorgen dafür«, erwiderte der Priester, »und das ist auch gut so. Menschen wie ich dagegen sorgen dafür, dass selbst die Menschen, die Sie wegen ihren Fehlern verurteilen, Gnade erfahren.«

»Gnade? Oder Vergebung?«

»Wenn es nicht zu spät ist, beides.« Alvarez musterte sie, als wollte er in die Tiefe ihrer Seele blicken, und fügte leise hinzu: »Haben Sie auf Menschen schießen müssen, Leutnant?«

»Nur in Extremfällen. Und ich kann sagen, keiner von ihnen hatte es verdient, anders behandelt zu werden.«

»Verdient?«, wiederholte er. »Können Sie das entscheiden? Wer von uns kann das schon? Leben oder sterben ... Sehen Sie es nicht als Anmaßung, eine solche Entscheidung selbst treffen zu wollen?«

»Wenn Sie entscheiden müssen, ein paar Kinder oder einen Angreifer zu retten, der mit einer geladenen halbautomatischen Waffe auf Sie zukommt … Ich denke, diese Entscheidung fällt selbst Ihnen leicht.«

Der Priester nickte. »Natürlich. Aber hat er den Tod wirklich verdient?«

»Dieser Mann …« Valeria vertrieb sich Bilder aus den Gedanken, die dort ungewollt auftauchten. »Ja.« Sie leerte den Kaffeebecher und erhob sich. »Verzeihen Sie mir. Aber ich habe noch einen langen Tag vor mir. Danke, dass Sie mir ein wenig Einsicht in die Geschichte der Rochats hier im Ort gegeben haben. Ich hatte den Eindruck, niemand wüsste von ihnen.«

»Das kann auch gut sein.« Alvarez nickte der kleinen Frau beim Hinausgehen zu, unternahm aber keine Anstalten, zu bezahlen. *Das muss er wohl auch nicht – warum sollte er nicht anschreiben können. Wenn jemand den Priester sucht, wo würden sie dann wohl als Erstes nachschauen?*

»Wie meinen Sie das?«

Sie hatten Valerias Wagen erreicht, und sie war bereits eingestiegen. Der Priester beugte sich noch einmal an der Fahrerseite zum Fenster hinein. »Rudolf Rochat war ein gläubiger Mann, daher hatte ich häufiger Kontakt mit ihm. Von seinem Bruder erfuhr ich durch seine Erzählungen, aber mir war gleich klar, dass sowohl Rudolf als auch Richard Wert darauf legten, ihre Anwesenheit im Dorf nicht bekannt werden zu lassen. Sie haben sämtliche Verträge über ihre Anwälte abgewickelt und unter anderen Namen hier gelebt. Und, Leutnant Ravelli, sofern es nicht unbedingt sein muss, ist es auch heute keine Information, die nach draußen dringen muss. Rudolf Rochat ist tot, und das Haus steht leer, aber sein Bruder verbringt möglicherweise noch immer Zeit auf dem Gelände im Norden, und ich bin mir sicher, dass er an seiner Privatsphäre sehr interessiert ist.«

»Haben Sie ihn jemals getroffen? Richard?« Valeria startete den Motor.

»Nein.« Alvarez schüttelte den Kopf. »Das habe ich nie.«

»Also gut. Danke. Sollte ich noch Fragen haben ...«

»Meine Tür im Pfarrhaus steht Ihnen immer offen, Leutnant. Ich freue mich darauf.« Der Priester nickte ihr zu und ging, und Valeria sah ihm einige Sekunden hinterher.

Er hat gelogen. Du weißt es.

Dann fuhr sie die Straße hinab. Etwa fünfhundert Meter weiter entdeckte sie Karl Leuenberger auf einer Parkbank, wie er mit seiner Bierflasche unter einer Eiche saß. Valeria hielt an und stieg aus. Erst als sie dicht vor ihm stand, schien er sie überhaupt wahrzunehmen. Seine Augen tränten, und von ihm ging ein starker Geruch nach Alkohol aus, doch sonst roch er kaum, nicht nach Schweiß oder ungewaschener Kleidung, wie sie es erwartet hatte.

»Karl Leuenberger?«

Er hob den Kopf und sah ihr in die Augen. »Was woll'n Sie?«

»Ich habe Sie vorhin an dem kleinen Café vorbeigehen sehen. Vielleicht können wir uns kurz unterhalten.«

»Sind Sie eine von den Bullen?«

»Nicht von den lokalen Kollegen, nein. Ich bin zur Unterstützung hier.«

Er nahm einen Schluck aus der Flasche. Dann stellte er sie beiseite, strich über das Glas, eine fast zärtliche Geste, wie sie bemerkte. »Und jetzt wollen Sie mal wissen, was es so an Geschichten gibt ... an Dorftratsch.«

Valeria zuckte mit den Schultern.

»Sagen Sie, haben Sie mit meinem Vater gesprochen?« Er sah zu ihr auf, doch in diesem Augenblick trat die Sonne zwischen den Wolken hervor, sodass er seine Augen mit der Hand abschirmen musste.

»Ja, ich war bei ihm«, sagte sie.

»Und?«

Die Wahrheit. »Und er sagte mir, ich soll mit Ihnen sprechen. Er kennt die Dorfgeschichten weniger gut, als Sie es tun würden.«

»Ha«, machte Karl Leuenberger. »Es gibt nicht viel, was man über dieses Dorf wissen sollte, nur eines: Machen Sie, dass Sie fortkommen. Hier gibt es nichts, nur Stillstand und irgendwann den Tod.«

»Der Tod war schon hier«, antwortete Valeria.

Leuenberger nickte. »Gress. Ich weiß. Hat sich herumgesprochen. Und ich schätze, Sie haben auch von Maria gehört.«

»Was wissen Sie über die Sache?«

»Habe Sie gestern bei Gino mit Wagner gesehen.« Leuenberger schüttelte den Kopf. »Ich kann Sie nur warnen.« Er klang vollkommen klar und nüchtern, als er dies sagte. »Wagner ist ein falscher Hund. Trauen Sie ihm nicht, weder als Quelle noch als Freund, auch wenn er sich auf diese Weise vielleicht an Sie anbiedern will.«

»Was Sie nicht sagen.«

»Wagner hat sich für Maria interessiert, wussten Sie das?« Er lachte trocken. »Nein, natürlich nicht. Sie sollen glauben, dass er vollkommen unschuldig ist.«

»Und das ist er Ihrer Meinung nach nicht?«

»Niemand hier oben ist wirklich unschuldig. Aber Wagner … Er ist der Jagdpächter dieser Wälder. Er hat Waffen, und er besitzt die Kenntnisse, die man braucht, um jemanden fachgerecht zur Strecke zu bringen. Ich wäre vorsichtig mit ihm.«

»Ich danke für diese Ermahnung zur Vorsicht.«

»Sie glauben mir nicht«, erwiderte er. »Denken, ich wäre nur ein Säufer. Ja, ich trinke. Aber das hat auch seinen Grund. Wenn man im Schatten aufwächst, dann gibt es nicht viel, was einem bleibt.«

»Sie könnten von Steinberg weggehen. Was hält Sie hier?«

»Eines Tages wird er mich brauchen.«

Valeria brauchte nicht nachzufragen, wen er mit *er* meinte. »Sie und Ihr Vater …«

»Wir stehen uns nicht nahe. Das ist eine eigene Geschichte. Keine für heute. Was wollen Sie wissen?«

»Sie kommen viel herum. Im Dorf, in den Wäldern, in den Tälern und Bergen. Ist Ihnen etwas Ungewöhnliches aufgefallen, was Maria Wyss und Thomas Gress betrifft?«

»Sie waren zusammen. Ich habe sie gesehen, hin und wieder, wie sie zusammen irgendwo da oben verschwunden sind.« Es gestikulierte vage in Richtung Norden. Dort lag auch die niedergebrannte Hütte. »Aber natürlich haben sie es heimlich getan. So heimlich wie möglich. Nicht heimlich genug. Er hat sie erwischt. Am Ende erwischt er sie alle.« Die Kälte, mit der er diese Worte aussprach, überraschte Valeria.

»Er? Wer ist er?«

Leuenbergers graublaue Augen fanden ihre. »Ich denke, das wissen Sie. Sie haben seinen Namen schon erfahren. Etwas, das nicht hierhergehört. Etwas, das von außerhalb kam, eingeschleppt wurde … aber jetzt geht es nicht mehr fort.«

El Tio, ging ihr durch den Kopf. *Gress hat ihn hierhergebracht.* »Gress …«

»Gress ist das, was er nun einmal ist: ein Mann des Krieges. Aber er hat versucht, das Richtige zu tun. Glauben Sie ja nichts anderes.«

»Wer hat ihn ermordet? Wer hat ihn gefangen gehalten?«

»Irgendwer da draußen«, erwiderte Leuenberger. »Jemand Böses. Ich sage noch mal: Gehen Sie lieber. Gehen Sie, solange Sie noch können.«

»Ich habe keine Angst.«

Ein Schatten legte sich auf sie beide, als Leuenberger sich vorbeugte – doch es war nur eine dunkle Wolke, die sich vor die Herbstsonne schob. »Angst? Die werden Sie haben. Sie werden fliehen oder die Furcht kennenlernen, die wahre, tiefgehende Furcht, wie man sie im Schatten dieses Berges schon lange kennt ... und dann wird es zu spät für Sie sein.«

»Ist das eine Drohung?« Valeria versuchte, ihre Stimme ruhig und emotionslos klingen zu lassen, doch gelang es ihr nicht vollkommen. Etwas an seinen Worten überzeugte sie, dass es keine bloße, leere Erfindung war.

»Keine Drohung. Nur ein Ratschlag. Ich bin kein Feind, aber irgendwo da draußen, da werden Sie welche finden. Ich fürchte, die haben bereits Witterung aufgenommen – wie Bluthunde, die nicht mehr von ihrer Fährte ablassen. Gehen Sie ... oder sterben Sie, Ravelli. Leute wie Glauer wird es nicht kümmern.«

»Vielleicht sind Sie betrunken«, sagte Valeria, »oder vielleicht wollen Sie mich wirklich aufrichtig warnen.« Sie seufzte und blickte Richtung Norden. »Aber ich kann nicht gehen. Das bin ich Maria Wyss und Gress schuldig ...« *Und jenem unbekannten Toten aus der Hütte.*

»Schuldig? Nein, sicher nicht.« Leuenberger erhob sich und trat einen Schritt näher an sie heran. »Sagen Sie mir, dass Sie nicht vorhaben, was ich glaube. Sie gehen nach Norden.«

Ich muss, dachte sie. *Die Blätter in der Hütte ... Rochat ... El Tio ... die Schrift auf dem Papier. Dir bleibt nichts anderes mehr übrig, als der Spur zu folgen.*

Er packte sie.

»Nehmen Sie die Hand weg.« Valeria löste sich von ihm und trat einen Schritt zurück.

»Tun Sie es nicht. Es ist ein Fehler. Wer auch immer in den Norden geht, kommt nicht zurück.«

Valeria wandte sich ab.

»Leutnant!«, rief er ihr hinterher. »Hören Sie mich an!«

Sie blieb stehen. Der Wind, aus dem Norden blies er nun, trug den Geschmack von Blut und Eisen mit sich – oder vielleicht war es nur Einbildung, ein Hauch auf ihren Lippen.

»Was?«

»Wenn Sie schon gehen müssen, dann gehen Sie nicht allein.«

Ich bin allein, ging ihr durch den Kopf. *Niemandem hier kann ich trauen.* Dann kam ihr Bain in den Sinn, sein Gesicht, wie sie gemeinsam in der Nähe von Freiburg in den Keller dieses verlassenen Hauses gestiegen waren und Gress' seltsame Hinterlassenschaften entdeckt hatten. »Auf Wiedersehen«, sagte sie laut.

Dann stieg sie in den Wagen und blickte nicht zurück.

19

Die Brücke, so sagte Glauer, würde frühestens in fünf Tagen passierfähig sein – so lange würden sie nicht herausfinden, was auf der anderen Seite der Schlucht lag.

Aus Locarno gab es nichts Neues, Maria Wyss blieb verschwunden, und Hublot obduzierte derweil den Toten aus der Hütte, doch hatte er sich noch nicht wieder zurückgemeldet.

Das Haus Brusco blieb Valeria verschlossen, und als sie es vor Glauer ansprach, sagte er brüsk, er wollte damit nichts zu tun haben.

Ich stehe hier allein, dachte sie wieder.

»Wieso? Donna Bruscos Bruder Rafael hat sich in der Höhle herumgetrieben, wir müssen ihn befragen.«

»Dann treten Sie die Tür ein, wenn Sie einen Richter finden, der das gutheißt.«

»Ich werde Tanner anrufen.«

»Tun Sie das.«

Nun stand Valeria auf einer Anhöhe im Norden von Steinberg und blickte hinab auf die Wälder, die sich wie ein dicht gewebtes Tuch aus Grün und Braun und Gelb ausbreiteten, dazwischen die Häuser des Dorfes, die Kirche, im Süden die größere Halle des Bestattungsinstituts und der Marktplatz. Donna Vittoria Bruscos Haus lag östlich, nicht weit entfernt von Rudolf Rochats verlassener Villa – und während Valeria hinabspähte, wurde ihr klar, dass sie unschlüssig war.

Einen Weg finden, die Geschwister Brusco zu sprechen, oder weiter Richtung Norden fahren und Richard Rochat suchen. Also, wofür entscheidest du dich?

Ganz gleich wohin …

Die leisen, sanften Geräusche von großen rollenden Reifen und eines gut eingestellten Motors ließen sie aufblicken. Ein schwarzer Rolls Royce Phantom kam über die Bergstraße gefahren, wurde etwa auf ihrer Höhe langsamer – als hätte der Fahrer beschlossen, ihr einen genaueren Blick zuzuwerfen. Da war eine Silhouette hinter der dunklen Scheibe, jemand, der herübersah. Eine Frau?

Dann beschleunigte der Wagen wieder und setzte seine Fahrt Richtung Steinberg fort.

Niemand besucht Steinberg, niemand, der dort im Norden auf Rochats Ländereien wohnt. Das waren Leuenbergers Worte gewesen. Und dennoch – dieser Wagen auf dieser Straße. Fast wie ein Zeichen.

Valeria hatte ihre Entscheidung getroffen, während sie zu ihrem BMW-Geländewagen zurückkehrte. Sie würde mit Rochat sprechen, ihn fragen, wieso ein Mann wie Gress – ein Mann des Krieges, wie man ihn genannt hatte – seinen Namen gleich neben dem eines alten, südamerikanischen Dämonen hinterlassen würde.

Sie wendete ihr Fahrzeug und fuhr weiter Richtung Norden. Die Straße stieg an, wand sich immer weiter und höher hinauf ins Hochgebirge.

Wieder setzte Regen ein, dichter, prasselnder Regen, der auf das Dach und die Frontscheibe trommelte. Die Wälder rückten an die Straße heran, als wollten sie ihren Wagen verschlingen, ein undurchsichtiges Grün, die Stämme im Regen fast schwarz wie Friedhofserde. Jäh war die Straße zu Ende, so plötzlich, dass Valeria auf die Bremse steigen musste, oder der Geländewagen wäre in das etwa dreieinhalb Meter hoch aufragende Eisen gekracht, das den Weg versperrte. »Mannaggia a te!«, rief sie.

Die Lichter ihres Wagens entrissen dem grauen Regenwetter einen gewaltigen Zaun aus dunklem Metall, der sich in beide Richtungen erstreckte, so weit das Auge reichte. Es gab kein Schild, keine Nummer, nur einen ebenso dunklen Kasten zur Linken der Straße, nah beim Zaun, mit einem großen Knopf und eine Überwachungskamera, die oben auf einem der dicken Zaunpfosten saß.

Valeria war sich sicher, dass die Kamera zu ihr herübergeschwenkt hatte, als sie aus dem Wagen gestiegen war.

Sie blickte hinauf, während der Regen ihr das dunkle Haar an den Kopf klebte. »Seht ihr mich? Schön für euch.«

Dann ging sie zu dem Kasten und drückte den Knopf. Es knarzte und rauschte.

»Ja, bitte?«, erklang eine nasale, etwas hochnäsig klingende Männerstimme.

»Leutnant Ravelli. Interpol. Ich muss mit Richard Rochat sprechen.«

»Es gibt niemanden dieses Namens hier. Ich möchte Sie bitten, zu gehen. Sie befinden sich auf Privatgelände.«

»Nein, ich stehe vor dem Tor.«

»Die Straße gehört bereits zu Herrn Rochats Ländereien.« Er klang höchst zufrieden, als er dies sagte.

»Also ist er da? Rochat?«

»Nein. Wie ich sagte …« Er zögerte, begriff, dass er gerade einen Fehler gemacht hatte. »Der Comte ist derzeit abwesend.«

Comte, dachte Valeria. Ein französischer Adelstitel ... ein Graf, wenn sie sich nicht irrte.

»Ist er mit seinem Wagen zu einer kleinen Reise aufgebrochen? Ich habe da so ein wohl um die fünfhunderttausend Franken teures Fahrzeug auf der Straße nach Steinberg gesehen.«

»Ich weiß leider nicht, wovon Sie sprechen.« Die Kamera schwenkte zu ihr herab, das schwarze Auge der Linse beobachtete sie genau. »Weisen Sie sich aus.« Wie er dies sagte, dieser Befehlston, als würde er regelmäßig Menschen herumkommandieren.

»Öffnen Sie das Tor, dann zeige ich Ihnen meinen Dienstausweis.«

»Ich werde nicht öffnen, solange Sie mir keinen Beweis liefern, dass Sie diejenige sind, als die Sie sich ausgeben.«

Meine Güte. Valeria holte ihren Ausweis hervor und hielt ihn in Richtung der Kamera, aber gab sich keine besondere Mühe, näher heranzugehen.

»Das kann ich leider nicht erkennen«, sagte der Mann, noch immer überheblich. »Treten Sie näher.«

Valeria machte einen Schritt nach vorn, bis sie dicht vor einer großen Wasserpfütze stand, die sich auf dem Asphalt gebildet hatte.

»Noch näher.«

»Ganz sicher nicht. Sehen Sie genauer hin.«

»Nun, Leutnant, der Ausweis wirkt echt. Womöglich sagen Sie die Wahrheit. Warten Sie dort draußen. Man wird Sie abholen.«

Das Tor schwang ohne ein einziges Geräusch nach innen. Dahinter schien die Straße in der Dunkelheit zwischen den Tannen zu verschwinden.

Steig in dein Auto, dachte sie, und fahr weiter. Dann bemerkte sie, dass die Kamera auf dem Metallpfosten gleich neben der Straße jeder ihrer Bewegungen folgte.

Licht kroch über die Straße, schimmerte im schnell fließenden, gurgelnden Regenwasser, das die langgestreckte Straße vor ihr glänzen ließ, als wäre sie aus Glas gefertigt. Ein Wagen kam in Sicht – ein alter Rolls Royce, wie sie erkannte, vermutlich aus den Sechzigern.

Ein Mann stieg aus, im schwarzen Regenmantel, weiße Handschuhe an den Händen, eine altmodische Chauffeursmütze auf dem Kopf. Er öffnete ihr die Tür. »Bitte, steigen Sie ein. Man wird sich um Ihr Fahrzeug kümmern.«

»Kümmern?«

»Natürlich.« Es war nicht der Mann, mit dem sie über den Kasten gesprochen hatte. Der Akzent des Fahrers klang für ihre Ohren osteuropäisch. »Der Wagen wird in eine der Garagen gebracht und gereinigt. Sie werden ihn wie neu vorfinden, wenn Sie den Comte wieder verlassen.«

»Na, da freue ich mich doch drauf.« Valeria stieg ein, und als sie zu dem Chauffeur blickte, bemerkte sie, wie er ihre Waffe betrachtete, die sie unter dem Mantel an der Hüfte trug. »Die werden Sie nicht brauchen. Es ist sehr sicher auf den Ländereien.«

Wo zur Hölle gerätst du gerade hinein? Zugleich wirkte irgendetwas an der Weise, wie er sprach, seltsam belustigend, als käme er direkt aus einem alten Film.

»Ich behalte meine Waffe, vielen Dank«, erwiderte sie.

Der Mann wendete den Rolls Royce, und dann fuhr er die Straße weiter Richtung Norden. Ihr eigener Wagen blieb hinter ihnen zurück. Das Tor schloss sich geräuschlos, und dann wurde es kleiner und kleiner. Der Innenraum des Wagens roch nach gediegenem, teurem Leder, und Valeria hatte das Gefühl, dass sie in den weichen, höchst komfortablen Sitzen versinken könnte ... *Bleib wach, und vor allem: Bleib wachsam.*

Die Landschaft, die vor dem Fenster vorbeizog, war eintönig, Tanne reihte sich an Tanne, soweit sie dies erkennen konnte. Hin und wieder durchbrach der Lichtschein von großen Laternen die Dunkelheit, hohe schmiedeeiserne Straßenlaternen flankierten die Straße, das Metall filigran und verschnörkelt verarbeitet.

Sie fuhren etwa zwanzig Minuten, jedoch beschleunigte der Fahrer, wie sie von dem altmodischen Tachometer ablesen konnte, auf kaum über fünfzig. Doch schließlich wurden die Wälder zurückgedrängt und wichen großen, offenen Flächen, die von Menschenhand angelegt worden waren. Valeria erkannte schwach beleuchtete Nebengebäude, etwas Riesiges zur Rechten, das aus viel Metall, Kupfer mit grüner Patina und Glas bestand.

»Was ist das?«, fragte sie. »Eine Art Gewächshaus? Eine Orangerie?«

»Die Gewächshäuser liegen auf der anderen Seite der Ländereien, Leutnant. Hier nähern wir uns dem Hauptsitz des Comte, und dieses Gebäude, das Sie erwähnen, ist die Voliere, das Vogelhaus. Der Comte ist im Besitz einer erlesenen Zahl von Tieren. Vielleicht wird er sie Ihnen zeigen.«

Licht tauchte im Rückspiegel auf, und Valeria drehte sich um, spähte aus dem Heckfenster. Da war der andere Rolls Royce wieder, das wesentlich neuere Modell, und ihr Fahrer bremste ab, während der andere Wagen sie in hoher Geschwindigkeit überholte. Regenwasser spritzte in alle Richtungen.

»Wer ist das?«

»Nur ein Kollege.«

»Ich hab ihn auf der Herfahrt gesehen. Also hat er jemanden nach Steinberg gefahren, nicht wahr? Jemand saß auf dem Rücksitz.«

»Davon weiß ich nichts.«

Sie glaubte ihm kein Wort.

Der Rolls Royce näherte sich einem mächtigen Herrenhaus, das von Scheinwerfern und Wandleuchten erhellt wurde. Ein Ost- und ein Westflügel erstreckten sich weit bis in die schwach beleuchtete Dunkelheit einer angrenzenden Parkanlage hinein, eine Treppe führte zu einer Doppelflügeltür, die von Säulen umrahmt wurde. Valeria sah Wasserspeier an der Fassade, vorspringende Erker, Gauben, Türmchen, die sich wie wild verzweigten, Fensterfronten und geschwungene Fledermausgauben, die wie schläfrige, halb geschlossene Augen auf der mit Schiefer gedeckten mächtigen Dachfläche saßen.

»Das bescheidene Heim des Comte«, sagte der Fahrer. Er stellte den Wagen ab, stieg aus und kam herum, um ihr die Tür zu öffnen. Beim Aussteigen sah Valeria, dass ein Mann über die große Treppe herabgeeilt kam und mit weit ausladenden Schritten auf sie zusteuerte.

Er war gekleidet wie ein Butler, trug einen Gehrock und ein weißes Hemd unter einer dunklen Weste, und als er näher und damit ins Licht trat, erkannte sie, dass er einen dünnen Oberlippenbart trug, ein Menjou-Bärtchen, ähnlich jenen in französischen Stummfilmen. In der Hand hielt er einen Regenschirm mit Perlmuttgriff, vielleicht war es auch Elfenbein, den er jedoch nicht geöffnet hatte. Alles an ihm ließ ihn wie aus der Zeit gefallen wirken.

»Leutnant Ravelli.« Die Stimme – er war es, der mit ihr über die Gegensprechanlage am Tor gesprochen hatte –, sie klang aus nächster Nähe noch gedehnter und überheblicher. »Sie sind also angekommen. Man wird sich um Ihr Fahrzeug kümmern.« Er winkte, und aus dem Nichts, wie es schien, eilte jemand davon, den Valeria zuerst gar nicht wahrgenommen hatte. »Der Comte wird erst morgen wieder zu uns stoßen«, fuhr der Mann fort. »Wenn Sie mit ihm sprechen wollen, müssten Sie die Nacht hier verbringen. Ich habe dies bereits erwartet und ein angemessenes Zimmer vorbereiten lassen.«

Die Nacht verbringen? Valeria war kurz perplex. »Äh«, sagte sie, »das ist nicht, was ich …«

»Nun, dann ist es also beschlossen. Wenn Sie mir bitte folgen würden?« Er machte zackig kehrt, und Valeria blieb nichts anderes übrig, als sich an seine Fersen zu heften. Hinauf ging es die Treppe und durch das mächtige Portal. Sie blickte die Fassade hinauf – ein Wasserspeier, ein grotesker Anblick eines zähnefletschenden Dämons, starrte direkt auf sie herab. Dann trat sie ein.

Holzgetäfelte Wände, die in warmem Licht lagen. Marmorboden, eine lange, geschwungene Treppe aus rötlichem Holz, die Intarsien verschnörkelt geschnitzt, dass eine ganze Armee von Tischlern daran gearbeitet haben musste. Vasen, Sitzmöbel, Türen, Gänge und Flure, die in alle Richtungen abzweigten, und darüber, mächtig und golden funkelnd, ein Kronleuchter. An den Wänden hingen Jagdtrophäen, Schädel von Hirschen, Rehen, Steinböcken.

Rochat hat Steinböcke erlegt? Das war verboten. *Vielleicht irgendein Vorfahre, vielleicht auch nur ein Fake.* Als Valeria weiterging, war es ihr, als würden die Augen der Tiere ihr hinterherblicken.

Mit einem Mal blieb der Butler stehen. »Verzeihung, Leutnant. Ich habe ganz vergessen, mich vorzustellen. Mein Name ist Benoit Marceau. Oberster Hausangestellter, Verwalter der Ländereien des Comte.«

»Sie sind sein Butler.«

»Ich sehe schon, Sie verkehren in den Kreisen des Comte für gewöhnlich nicht.« Er verschränkte die Hände hinter dem Rücken. »Was möchten Sie von dem Herrn? Gibt es Schwierigkeiten, von denen er unverzüglich informiert werden sollte? Wir unterstützen die Polizei, wo immer es nötig sein sollte – aber verzeihen Sie mir bitte die Bemerkung, es kommt für gewöhnlich nie vor, dass sich jemand wie Sie auf die Ländereien verirrt.«

»Nun, es gibt für alles ein erstes Mal, nicht wahr? Den Grund meines Besuchs sollte ich mit Rochat persönlich besprechen.«

»Was immer es ist, Sie können die Information mit mir teilen.« Er wirkte vollkommen selbstsicher.

»Wie Sie meinen. Steinberg, das ist Ihnen ein Begriff, nicht wahr? Ich meine, Sie spielen hier französische Renaissance und Ludwig XIV. oder was auch immer das sein soll – aber Sie wissen schon, dass es da drüben ein Dorf gibt, dem es … na ja, gelinde gesagt, nicht besonders gut geht? Und in eben diesem Dorf, da wurde ein Toter gefunden.« Zwei, dachte sie, aber das muss er nicht wissen.

»Mir wurde zugetragen, dass etwas Derartiges geschehen ist. Nein, wir leben hier nicht abgeschieden, wie Sie behaupten – wir genießen die bewusste Abkehr von einer überaus eiligen, hektischen, sich selbst zerfleischenden Welt.«

»Ja, was man mit einer Menge Geld eben so alles anstellen kann.« Valeria sah einige Hausangestellte im Hintergrund herumhuschen, zwei junge Frauen, die einen Servierwagen schoben, eine andere trug einen Stapel rein weißer Handtücher, und eine vierte wedelte mit einem lächerlich großen Staubwedel an einem fast wandfüllenden Ölgemälde, das eine Jagdszene zeigte und die östliche Wand der Eingangshalle dominierte. Keine von ihnen suchte ihren Blick. »Aber hier scheint heute Abend auch eine gewisse Eile zu herrschen. Haben Sie noch etwas vor? Erwarten Sie noch mehr Gäste?« Sie lächelte kühl, und Marceaus Reaktion verriet ihr mehr, als er ihr gegenüber wohl zugeben wollte.

»Der Comte erwartet Gäste, dies ist ganz richtig.«

Der Comte. Valeria musste es sich verkneifen, an Käse zu denken. »Gäste?«, fragte sie. »Gibt es denn etwas zu feiern?«

»Ich denke, dies ist nichts, was für Sie oder Ihre Ermittlungen von Belang sein könnte.«

»Was von Belang ist«, erwiderte Valeria mit kaltem Unterton, »entscheide immer noch ich.«

»Wie Sie meinen. Darf ich Sie jetzt auf Ihr Zimmer bringen? Wenn Sie möchten, kann man Ihnen noch etwas Leichtes zu essen servieren.«

»Mal sehen, wie leicht genau ich es mag.« Valeria und Marceau gingen die Treppe hinauf, die sanft unter ihren Schritten knarrte. Oben angekommen wandte der Butler sich Richtung Westflügel, wo er Valeria in einen langen cremefarbenen Flur voller weißer Türen führte, von denen er eine öffnete.

»Hier sind wir. Ich sende den Kellner.«

»Wunderbar«, erwiderte sie. Die Tür fiel hinter ihr ins Schloss, und Valeria fand sich in einem großen, ebenfalls cremefarben eingerichteten Raum wieder. Auf dem Boden lag ein Teppich, der das dunkle Edelholzparkett nicht vollständig bedeckte, jedoch so tief war, dass man darin hätte versinken können. Eine langgestreckte Couch und eine Sesselgarnitur befanden sich vor einem breiten Fenster, von dem sie hinab in die

Parkanlage blicken konnte, wo im Lichtschein der Laternen marmorne Statuen auf ihren Sockeln standen und dazwischen Wachleute in dunklen Uniformen mit Schäferhunden patrouillierten. Richard Rochat hatte augenscheinlich ein ziemlich hohes Sicherheitsbedürfnis. Dominiert wurde ihr Zimmer von einem mächtigen französischen Bett, dessen Kopfteil ebenso cremefarben gepolstert war wie die Tapeten und weit die Wand hinaufreichte. Ganze Berge von Kissen lagen darauf, und als sich Valeria probeweise hinsetzte, spürte sie die höchst komfortable Federkernmatratze unter sich. Eine Tür führte in ein Badezimmer, das wie ein monochromer Traum in schwarzen und weißen Marmor gehüllt vor ihr lag – in der Mitte eine massive Badewanne, mehr ein großes Becken, das von einem schwarzen Marmorfelsen umgeben war, der mitten in den Raum platziert wurde. Wasserhähne aus mattem Edelstahl, ein beleuchteter Spiegel an der Wand, aus dem Valeria ihr eigenes, ein wenig erschöpftes und müdes Gesicht entgegenblickte.

Hier bist du also. Inmitten eines abgedrehten, barocken Albtraums. Und jetzt bleibt nur eine Frage: Was hat Gress dazu getrieben, Rochats Namen aufzuschreiben? Und worin bestand der Rest dieses Briefs, von dem du nur dieses eine Wort hast wieder sichtbar machen können?

Sie öffnete das Badezimmerfenster, schweres, dreifaches Glas, und blickte hinab. Etwa fünf Meter. Ein Sims, dicht unter ihr, einige Meter weiter rechts, so erkannte sie im Licht, das die Fassade erhellte, ein kupfernes Regenfallrohr. Ein Fluchtweg, für den Fall der Fälle.

Valeria richtete ihre Frisur, wusch sich mit etwas kaltem Wasser – und kalt war es wirklich, so sehr, dass es aus einer eigenen Bergquelle zu stammen schien – das Gesicht und kehrte schließlich ins Schlafzimmer zurück.

Ihr Handy hatte Empfang. Sie wollte jemanden anrufen, das spürte sie, und als sie durch die Liste der gespeicherten Nummern scrollte, begriff sie schließlich auch, wen.

Aber es ist kurz vor Mitternacht.

Na und? Sie wird es verstehen. Du hättest sie schon längst wieder einmal anrufen sollen.

Es klingelte, einmal, zweimal …

»Hey«, erklang eine vertraute Stimme.

»Chloe? Ich … ich bin es. Ich denke, ich brauche deinen Rat.«

»Valeria Ravelli. So spät am Abend. Und dennoch, ich muss sagen, nicht unerwartet. Es ist schön, von dir zu hören.«

20

Chloe kämpfte, das erzählte sie Valeria, doch hatte der Krebs, der von ihrer Bauspeicheldrüse Besitz ergriffen hatte, sich ausgebreitet.

»Ich habe noch ein paar Monate, ein Jahr, vielleicht auch zwei, wenn es hochkommt. Das sagen jedenfalls diese Götter in Weiß, und ich habe mich damit abgefunden.«

Valeria starrte hinaus auf die Parkanlage, doch sie sah nicht wirklich hin, sie hatte das Handy so fest umklammert, dass sie es fast zerquetschte, doch spürte sie es kaum. Mit allem hatte sie gerechnet, aber nicht mit dieser niederschmetternden Botschaft.

»Verdammt … Es tut mir so leid.«

»Lass uns nicht über mich reden. Alles, was ich erzählen könnte, wäre eine langweilige, endlose Krankengeschichte, Ärzte, Ärzte und andere Ärzte … aber du, Ravelli, klingst, als wärst du gerade an einer verflucht spannenden Sache dran.« Chloe mochte schwer krank sein, doch sie war vor allem immer noch eine erfahrene Polizistin, die, wenn sie erst mal eine Spur gewittert hatte, davon nicht mehr losließ. Als Valeria sie damals in Eigerstal kennengelernt hatte, hatte ihr Chloes messerscharfer Verstand sofort imponiert.

Valeria musste durchatmen. »Hört man mir das an?« Sie schluckte, um das verfluchte Trockenheitsgefühl in ihrer Kehle zu beseitigen.

»Klar. Du warst nie gut darin, deine Gefühle zu verbergen.«

Wie immer sagt sie dir genau die Wahrheit. »Es gibt da tatsächlich eine Sache.«

Und dann erzählte Valeria, redete sich die ganze Geschichte von ihrer Seele. Als wären die Toten und ganz Steinberg ein Gift, das dringend aus ihrem Körper fließen musste.

»Ein Toter unter dem Boden? Meine Güte, das ist ja wirklich allererste Klasse. Wo zur Hölle bist du da wieder hineingeraten?«

»Das ist noch nicht alles. Ich habe beschlossen, Richard Rochat aufzusuchen.« Valeria fasste zusammen, was geschehen war, seit sie ihren Geländewagen vor dem Tor hatte stehen lassen.

»Klingt, als hätte er gewisse Komplexe«, sagte Chloe, »oder jede Menge zu verarbeiten. Pass auf. Wenn er die kleine Gestalt ist, die du im Wald gesehen hast, dann hast du auf jeden Fall einen neuen Napoleon vor dir.«

»Ich weiß nicht. Das alles ist seltsam. Er erwartet Gäste. Das wurde mir gesagt. Komisch, dass man mich dann ausgerechnet auch noch hier einquartiert, oder?«

»Ich weiß es nicht.« Chloe zögerte. »Hast du die denn überhaupt gesehen? Vielleicht ist es auch nur ein Vorwand, um dich gleich morgen früh wieder aus dem Haus scheuchen zu können.«

»Ich werde Rochat sprechen. Er kann ja mal versuchen, mich vorher …« Sie hielt inne. An der Tür erklang ein Klopfen, leise, aber beständig. »Chloe?«, flüsterte Valeria. »Da steht jemand vor der Tür.«

»Oh, dann sieh mal nach. Ruf mich zurück, ja? Ich will unbedingt wissen, wie diese Geschichte weitergeht.«

»Versprochen«, sagte Valeria. Dann legte sie ihr Handy aufs Bett und ging zur Tür.

Ein Mann stand davor, sein Haar war sorgfältig zum Seitenscheitel gekämmt. Er streckte ihr ein schweres Buch hin, das in bordeauxfarbenes Leder gebunden war. »Sie wollten noch eine Kleinigkeit speisen?«

Speisen. Valeria knurrte der Magen, was sie erst jetzt richtig bemerkte.

»Ich schicke Ihnen jemanden«, sagte er, und als er gegangen war, öffnete sie das Buch. Auf den folgenden Seiten wurden Weine aufgelistet und eine ganze Reihe von Vor- und Hauptspeisen, deren Bezeichnungen allesamt sehr gehoben und betont französisch klangen. Ein paar Minuten später klopfte es wieder. Ein anderer Bediensteter in schwarz-weißer Uniform erschien, und Valeria bestellte ein großes »Sandwich des Hauses«, wie es in verschnörkelten Buchstaben auf Französisch in der Karte stand, das wiederum etwa fünf Minuten später auf ihr Zimmer gebracht wurde. Es duftete herrlich, und erst als sie es innerhalb weniger Minuten verschlungen hatte, wurde ihr klar, wie hungrig sie gewesen war.

Jetzt bist du hier. Allein. Umgeben von Fremden. Morgen wirst du mit Rochat sprechen und ermitteln, ob er Gress kennt.

Sie zögerte. *Nein. Nicht so. Nicht direkt auf diesem Weg. Du musst es eleganter anstellen. Und du hast nur eine Nacht Zeit, um dir eine Strategie zu überlegen.*

Valeria ging zur Tür und schloss sie ab. Sicher war sicher. Im Bad legte sie ihre Waffe neben das Waschbecken, sodass sie sie immer im Blick hatte, zog sich aus und stieg in die Dusche. Das Wasser, das aus der Regenbrause auf sie herabrieselte, war herrlich warm. Sie verbrachte einige Zeit darunter und überlegte, was einen Mann wie Richard Rochat dazu brachte, sich so tief in den Schweizer Alpen ein Refugium wie dieses zu schaffen. Und mehr noch – wie seltsam, dass man es ihm überhaupt gestattet hatte, inmitten unberührter Natur eine derartige Umgestaltung vorzunehmen.

Ihre Gedanken schweiften immer wieder zu Bain. Wo war er jetzt? Was tat er?

Du wirst ihn anrufen und ihm von den neuesten Entwicklungen erzählen müssen und …

Etwas ließ ihre Instinkte erwachen – etwas im Nebenraum. Valeria stellte das Wasser ab, griff nach dem Duschhandtuch, wickelte sich darin ein, trat aus der Dusche und langte nach ihrer Dienstwaffe. Die Pistole voran, streckte sie die Hand nach der Badezimmertür aus und schob sie leicht auf, bis sie ins Schlafzimmer spähen konnte.

Nichts. Der Raum war leer und in gedämpftes Licht getaucht. Der Vorhang neben dem Fenster schwang leicht im Lufthauch. War jemand hier? Nein. War jemand hier gewesen? Vielleicht. Aber sie hatte doch die Tür verriegelt.

Valeria eilte hinüber. Ihre nackten Füße versanken im hochflorigen Teppich. Ja, die Verriegelung war noch exakt so, wie sie sie hinterlassen hatte. Einige Augenblicke stand sie unschlüssig bei der Tür, als ein Blinken am Rand ihres Gesichtsfeldes auftauchte. Ein Lichtstrahl fiel durch das Fenster und huschte über die cremefarbene Tapete, ein Licht, das von unten aus dem Park kommen musste.

Sie schritt hinüber, legte die Pistole auf den aus rötlichem Mahagoniholz geschnitzten Sekretär an der Wand und spähte aus dem Fenster. Die Parkanlage weit unter ihr war dunkel, und nur das Licht des abnehmenden Mondes erhellte ganz schwach die Hecken und Heckentiere, die Pferde, Wasserspeier und Kreaturen, die die Wege wie kaum sichtbare Silhouetten bewachten. Da! Wieder der Strahl. Dort unten wurde eine Taschenlampe geschwenkt. Valeria sah den Lichtkegel, auf und ab huschend. Jemand ging dort entlang, allein in der Dunkelheit. Einer von den Wachposten, die sie vorher gesehen hatte? Der Lichtkegel entfernte sich, kroch über die Hecken, den Zierkies auf dem Boden, den säuberlich getrimmten Rasen.

Etwas lag am Boden. Etwas krümmte sich im Schein der Taschenlampe. Sie sah eine blasse Hand, die sich dem Licht entgegenstreckte, abwehrend, als fürchtete sie, was da auf sie zukam.

Und dann erlosch die Taschenlampe, und Valeria starrte nur noch in ihr eigenes Spiegelbild im Glas, und die Nacht jenseits der Scheibe starrte zurück.

Was hast du da gerade gesehen? Einen Menschen, der am Boden liegt? Hat man ihn gesucht? Aber …

Etwas klickte. Wieder fuhr sie herum, und ein Kribbeln, eine warnende Vorahnung kroch wie Kälte über ihren Nacken. Sie packte das Badehandtuch, begriff, dass sie nichts anderes trug, und spürte eine Kühle im Raum, die nichts mit der Lufttemperatur zu tun hatte. Das Schloss, ging ihr durch den Kopf, das ist das Türschloss!

Vorsichtig griff sie wieder nach der Waffe auf dem Sekretär und ging hinüber zur Tür. Sie war noch immer verschlossen. Vorsichtig drehte Valeria den Knopf zurück und drückte die Klinke herunter.

Nichts. Derselbe Widerstand wie zuvor. Etwas blockierte die Tür, als wäre sie noch immer verschlossen oder, begriff sie, als gäbe es da ein anderes eingebautes Schloss, das sich fernsteuern ließ, elektrisch wahrscheinlich … Valeria rüttelte an der Klinke, doch bewegte sich der hohe, mit Schnitzereien verzierte Türflügel nicht einen Millimeter.

Sie war eingesperrt.

»Was wollt ihr von mir?«, flüsterte sie leise.

Als sie einsah, dass sie hier nichts weiter tun konnte, kehrte sie zum Fenster zurück und spähte hinab, doch waren weder die Taschenlampe oder der Lichtkegel noch diese Gestalt am Boden mit der abwehrend ausgestreckten Hand mehr zu sehen.

»Das klären wir noch«, sagte sie zu sich selbst. Ihr Smartphone lag noch auf dem Fußende des Betts, dort, wo sie es zurückgelassen hatte.

Valeria stutzte. *Halt. Ganz langsam.* Ihre Finger verharrten in der Luft. Ein paar Wassertropfen lösten sich aus ihrem feuchten dunklen Haar und fielen geräuschlos in den dicken Teppich. Ihr Handy lag dort, wo es liegen sollte … aber jemand hatte es umgedreht.

Jemand war hier gewesen.

21

Es war ein Haus im Rotlichtviertel von Basel, schäbig, heruntergekommen, und Bain wusste, dass es an einem Ort wie diesem hilfreiche Informationen gab, wenn man nur wusste, wie man sie erlangen konnte.

Er hatte nicht schlafen können, und als er begriff, dass er sich die ganze Nacht nur herumwälzen und die Minibar leeren würde, war er wieder losgezogen, um dem für seinen Geschmack vollkommen sinnlosen Tag einen runden Abschluss zu verpassen. Die Spur, die ihn nach Basel geführt hatte, der Hinweis, dass Gress eine Adresse in der Stadt aufgesucht hatte, war im Sand verlaufen. Bain hatte vor einer Baustelle gestanden, einem Rohbau, wo gerade auf die betonierten Fundamente gemauert wurde, Funken von den Winkelschleifern in alle Richtungen stoben und die Kreissägen kreischten, und als er nachgefragt hatte, was hier zuvor gestanden hatte, hatte er nur irritierte Blicke geerntet.

Natürlich hatte er es dann doch noch herausgefunden. Es war ein Pflegeheim gewesen, das man vor einigen Monaten abgerissen hatte, und es war ihm gelungen, den Heimleiter ausfindig zu machen. In einem alten, unauffälligen VW Passat hatte er ein paar Stunden vor der Stadtwohnung des Mannes verbracht, aber vergebens. Dann – wie ein Wink des Schicksals – war eben jener Mann, ein Grieche, aus der Tür getreten, als Bain von der Schlaflosigkeit getrieben gegen halb zwei in der Nacht noch einmal dort vorbeigefahren war.

Nun folgte er ihm unauffällig, vorbei an Touristen, Nachtschwärmern, Prostituierten, die an der Straße standen, bis zu einem in die Jahre gekommenen Haus, in dem Gregor Tsukros verschwand.

Bain lehnte sich an den rauen Putz des gegenüberliegenden Eckhauses. Ein Betrunkener taumelte den Gehweg entlang, und irgendwo ein paar Hundert Meter weiter dröhnte eine Polizeisirene. Es roch nach Regen. Nach ein paar Minuten kam Tsukros wieder heraus, und Bain beschloss, dass er genug hatte.

»Hey. Hey, Sie da. Warten Sie mal«, sagte er. Mit wenigen Schritten hatte er zu dem ehemaligen Heimleiter aufgeschlossen, der sich zu ihm herumdrehte. In seiner Hand eine kleine braune Tüte.

»Was? Verschwinde.«

Bain packte Tsukros, wirbelte ihn herum und stieß ihn grob gegen die Hauswand. Der Mann war wie ein dünnes Ästchen im Wind und leistete keine Gegenwehr. Aus der braunen Tüte fiel ein recht großer Beutel Gras auf den Asphalt.

»Polizei«, flüsterte Bain. »Treffer.«

»Ach, verflucht, was soll das denn? Ihr treibt euch doch nie hier …«

»Maul halten.« Bain trat gegen seinen rechten Schuh, sodass Tsukros die Beine breiter auseinanderstellte. »Dein Shit interessiert mich nicht. Ich hab ein paar Fragen.« Im Augenwinkel sah Bain, dass jemand aus der Tür trat, in der Tsukros zuvor verschwunden war. Der Typ, breit gebaut, bullig, vermutlich ein anderes Kaliber. Aber noch schien er Bain und Tsukros nicht bemerkt zu haben.

»Fragen? Was denn für Fragen, du Spinner?«

»Ich interessiere mich für das Pflegeheim, in dem du vor ein paar Monaten noch gearbeitet hast. Was hast du da gemacht? Die Scheißhäuser schön sauber gespült?«

»Ich denke, das weißt du ganz genau.« Tsukros klang nun, als wäre er auf der Hut.

»Hm«, machte Bain und warf einen Blick über die Schulter. Nun hatte der Bullige sie gesehen. Ihm lief die Zeit davon. »Es gibt einen Freund. Der hatte ein Interesse an diesem Heim. Groß. Ziemlich fit. Hat so einen irren Blick in den Augen. Läutet da was?« Bain erwähnte Gress' Namen nicht, weil er spürte, dass Tsukros bereits wusste, von wem er sprach.

Der Grieche spuckte auf den Boden und fluchte. »Ja, der war da. Und er hat mit einer Bewohnerin geredet. Eine ganze Weile sogar. Dann wollte er von mir noch was anderes wissen.«

»Was denn?«

»Wieso ... wieso jemand ihren Platz bei uns im Heim bezahlt. Und das schon seit Jahren.«

»Ja?«

»Das Geld kam immer persönlich. Wurde von einem Anwalt regelmäßig vorbeigebracht. Der war von so einer großen Holding. Sitzt irgendwo in ... Scheiße, keine Ahnung.«

»Oh, ich denke, du weißt, wo ich den finde.« Bain trat gegen die Tüte mit dem Marihuana. »Sonst werfe ich dein Zeug in den Müll, mein kleiner Freund, und dich gleich hinterher.«

»Ach, fick dich. Die haben ein Büro in Zürich.« Tsukros nannte ihm die Adresse.

Noch eine Fahrt.

»Und diese Bewohnerin, wo ist die jetzt?«

»Noch hier in Basel. Sie haben alle in ein anderes Haus umgesiedelt.«

»Nur dich nicht, was? Ist dein kleines Drogenproblem rausgekommen? Tut mir leid für dich.«

»Die ist irre, Mann. Es wird überhaupt nichts bringen, mit der Frau zu sprechen«, sagte Tsukros, aber er klang dabei flehentlich.

»Das entscheide ich selbst«, erwiderte Bain.

Der Bullige überquerte jetzt die Straße und kam auf sie zu. »Was machst'n da?«, rief er herüber.

Bains Hand wanderte unter seinen Mantel. »Lauf, Kleiner«, sagte er zu Tsukros und stieß ihn von sich. Er hörte, wie der Grieche über den nassen Asphalt davonrannte, dann wandte er sich dem Bulligen zu, der ein Klappmesser in der Hand hielt.

»Du hast hier nichts verloren. Und du wirst dich von meinen Kunden fernhalten, Arschloch.« Die Art, wie er das letzte Wort aussprach, ließ Bain daran denken, dass er es in der Woche sicher an die hundertmal sagte, wie ein leckeres Bonbon, das er über die Lippen schob. »Ich geb dir eine Erinnerung mit«, fuhr der Bullige fort, »damit du nicht so leicht vergisst, was sich gehört.« Er sprang auf Bain zu. »Und was nicht!«

Im selben Moment zog Bain unter seinem Mantel einen Teleskopschlagstock hervor. Der Stock beschrieb einen Bogen, sauste mit einem zischenden Geräusch durch die Luft und traf die Hand des Angreifers in der Höhe des Gelenks. Das Messer fiel zu Boden, der Bullige fluchte, während Bain das Messer in die Dunkelheit kickte und um ihn herumwirbelte. Ein zweiter Treffer, in die Kniekehle, und der Angreifer ging zu Boden. Er sah aus, als entwich sämtliche Luft aus seinem Körper.

»Ging schnell, oder?« Bain atmete ein. Sein Schultergelenk

schmerzte, und er spürte deutlich, dass er sich bei Weitem nicht mehr so schnell bewegte wie früher. Aber diesmal hatte es ausgereicht. »Und jetzt bleibst du da.« Luft holen. »Bleibst schön sitzen. Bis ich weg bin.«

Der Bullige starrte zu ihm auf, und was Bain in seinen Augen las, war nicht erfreulich. *Ein zweites Mal wird das nicht so leicht. Also schaff deinen Arsch da weg.* Er betrachtete die braune Tüte und das Marihuana, das sich auf dem Boden verteilte. »Wenn ich weg bin«, sagte Bain, weil er manchmal einfach nicht den Mund halten konnte, »dann sammelst du schön alles auf, was hier liegt. Wir wollen doch nicht, dass Kinder irgendetwas finden, was sie nicht finden sollten.«

»Kinder«, wiederholte der Bullige langsam und blickte Bain an, als wollte er sich sein Gesicht ganz genau einprägen. »Natürlich. Hier. Um diese Uhrzeit.«

»Keine Ahnung. Komme nicht von hier.« Bain nickte ihm zu, dann machte er kehrt und ging mit gleichmäßigen Schritten, nicht zu schnell, nicht zu langsam, davon.

Was für eine verfluchte Riesenkacke, dachte er. Aber alles, was ihm Tsukros verraten hatte, war es wert gewesen, das spürte er instinktiv.

Die Spur war wieder heiß.

22

Die Tür war verschlossen, ganz gleich, wie Valeria am Drehknopf rüttelte – sie saß in ihrem Zimmer fest. Ein luxuriöses Zimmer, immerhin, dachte sie sarkastisch, und das Bad ist auch nicht schlecht.

Sie ging zurück zum Fenster, öffnete es und blickte nach unten, wo der umlaufende, breit gemauerte Sims etwa zwei Meter unter ihrem Schlafzimmerfenster an der Fassade entlanglief. *Vermutlich dein derzeitig einziger Ausweg, aber … es sind sicher sechs Meter bis zum Boden, und der Sims ist nicht besonders breit …* Sie würde vorsichtig balancieren müssen.

Irgendwo unter ihr, erstaunlich nah, heulte ein Hund. Ein lautes, klagendes Heulen – fast so, als wäre das Tier verwundet. Oder war das ein Wolf? Es war nicht ungewöhnlich, dass Wölfe in den abgelegenen Schweizer Hochgebirgsregionen umherstreiften, genau wie Braunbären …

Und dann hörte sie es.

Das Geräusch, das ihr einen eisigen Schauer über den Rücken jagte. Unten, im Gras: Etwas schleifte über den Boden. Etwas Schweres wurde dort entlanggezogen … vielleicht ein menschlicher Körper oder ein Teil davon.

Valeria griff nach ihrem Handy, ihr Finger lag schon auf der Taste für die Taschenlampenfunktion, als sie doch innehielt. *Nein. Wenn du die einschaltest, siehst du in dieser fast mond-*

losen Nacht bei dieser Entfernung kaum mehr … aber wer auch immer dort unten ist, der wird dich sofort entdecken und wissen, dass du ihn gehört hast.

Als sie auf das Display blickte, fiel ihr eine andere Sache ins Auge: Das Smartphone hatte den Empfang verloren. Kein Netz, und das, obwohl sie genau hier vor Kurzem noch mit Chloe Muston telefoniert hatte.

Scheiße. Das war wohl kein Zufall.

Was jetzt?

Das Geräusch, irgendwo dort unten im Dunkel der Parkanlage, war verstummt. Vielleicht hatte man sie bemerkt, vielleicht war die Entfernung zwischen ihr und dem Verursacher nun auch nur schlicht zu groß. Irgendwo von der anderen Seite des Herrenhauses … Valeria wandte den Kopf, um das Geräusch besser einzuordnen … erklang nun ein leises Motorgeräusch. Ein Auto entfernte sich. Dann wieder nur die nächtliche Stille. Ein Nachtfalter kam herangeflogen und setzte sich auf den steinernen Fenstersims. Das Insekt war groß, mit langen Fühlern und einem pelzigen Körper. Es schien sie zu beobachten, rührte sich nicht.

»Na du?«, flüsterte Valeria leise und bemerkte, wie ihre Worte mit einem weißen Nebelhauch in die Nacht davonflogen. »Wohnst du hier? Was hast du hier schon alles gesehen? Was geht in diesem seltsamen riesigen Haus eigentlich wirklich vor? Was machen diese Leute, wenn ihr Comte nicht da ist?«

Der Nachtfalter flatterte davon.

»Keine gute Antwort.« Valeria schüttelte den Kopf und schloss das Fenster. *Du wirst allmählich verrückt. Redest mit einem Insekt. Aber im Ernst – was ist mit all diesen Leuten, wenn Rochat oder seine Gäste nicht hier sind? Und wie viel Zeit verbringt er überhaupt hier?*

Es klickte hinter ihr.

Die Tür, kein Zweifel. Und natürlich ahnte sie, was dieses Geräusch verursacht hatte, als sie die Klinke drückte. Die Tür schwang auf, geräuschlos, elegant, und Valeria blickte in den schwach mit gedämpftem, buttergelbem Licht beleuchteten Flur hinaus, wo antike Möbel an den Wänden standen, lange Regalreihen mit Büchern, die meisten französisch, andere mit lateinischen Worten auf dem Buchrücken. Valeria trat hinaus. Noch immer barfuß, spürte sie das kühle, glatte Parkett unter ihrer Haut. Leise, Schritt für Schritt, huschte sie vorsichtig den Flur hinab.

Türen, überall. Es war verwirrend, als wäre sie in einem Labyrinth gefangen. Schwere Ölgemälde hingen an den Wänden. Jagdszenen, Schiffe, Wälder … Männer zu Pferde, Männer, die an Holzhäusern arbeiteten … Waren das Rochats Vorfahren?

Eine offen stehende Tür weckte ihr Interesse. Leise knarrte sie, als sie sie aufstieß, sodass Valeria überzeugt war, es würde sie verraten.

Niemand hat gesagt, du müsstest in dem Zimmer bleiben. Niemand hat gesagt, dass du zu dieser Uhrzeit bereits schlafen musst.

Der Raum, in den sie trat, lag im Dämmerlicht, das aus einer einzigen Lampe von einem wuchtigen, dunklen Schreibtisch am anderen Ende stammte. Schwach summte die Glühlampe unter einem Tiffany-Lampenschirm aus grünem Glas.

Auch hier war der Boden mit Parkett ausgelegt, doch Valeria spürte feinen Staub unter ihren Fußsohlen, als hätte hier schon längere Zeit niemand mehr geputzt.

An den Wänden standen Vitrinen, in denen allerlei Seltsames ausgestellt war. Valeria erblickte golden schimmernde Münzen, Federn, die von tropischen Vögeln stammen mussten, afrikanische Masken, die sie wie stumme Gesichter anstarrten, Knochen in den unwahrscheinlichsten Formen, Fetische, seltsame Stammeskunst.

Okay, das genügt. Das hier ist verrückt. Wer würde so was in seinem Ferienhaus haben wollen? In einem Museum, gern, aber …

Ein Räuspern erklang.

»Fuck!«, fluchte sie und fuhr herum.

Da stand der Butler, Marceau, und musterte sie mit durchdringendem Blick. »Sie haben sich gewiss verirrt, Frau Ravelli.« Er blickte an ihr herab, und Valeria sah, wie er eine Augenbraue wölbte, als er das Handtuch bemerkte, das sie noch immer um sich geschlungen hatte, und ihre nackten Füße.

»Ich … ich dachte, ich hätte hier draußen etwas gehört«, sagte sie lahm, und sie konnte Marceau ansehen, dass er ihr die Ausrede nicht abkaufte.

»Kommen Sie«, sagte er. »Ich bringe Sie zurück in Ihre Räumlichkeiten.«

»Sicher.« Sie folgte ihm, und nachdem er sich verabschiedet hatte, verschloss sie die Tür erneut.

Verflucht. Das war kein Zufall. *Als hätten die nur darauf gewartet, dass du versuchst, dich umzusehen. Also gut – eine zweite Chance hast du nicht, jedenfalls nicht diese Nacht.*

Valeria zog sich an, schlüpfte so angekleidet unter die Bettdecke, zog sie sich bis ans Kinn und legte eine Hand an die Pistole, die sie neben sich unter der Decke versteckte.

Schlafen wirst du sicher nicht.

Sie lief davon, das taunasse, scharfkantige Gras unter ihren Füßen. Sie spürte, wie es ihre Haut zerschnitt. Sie rannte,

rannte und rannte, und die Wälder, die sie umgaben, ragten mehrere Hundert Meter hoch in einen schwarzen Himmel. Jemand war hinter ihr, sie konnte es hören, konnte das laute, dröhnende Schnaufen hören, das der Verfolger ausstieß.

»Verschwinde«, schrie sie, doch wusste sie zugleich, dass er sie nicht hören konnte. Diesen Schrei konnte niemand hören, nur sie selbst. Schnee begann zu fallen, doch als sie zum Himmel aufblickte, bemerkte sie, dass auch der Schnee pechschwarz war, und als er ihre Haut traf, glühte er … Er verbrannte sie … und Valeria schrie wieder, und der Schrei echote in ihrem Kopf, doch nun nicht mehr ausschließlich nur dort, sondern auch in den Wäldern, die sie umgaben, die näher rückten …

Ein Schrei.

Ein Hilferuf.

Sie erwachte keuchend, das Laken zerknüllt, ihr Rücken nass vor Schweiß, ihre Stirn glühend heiß.

Das Zimmer! Sie war irgendwo tief in den Wäldern nördlich von Steinberg und …

Wieder der Schrei.

Valeria schwang die Beine aus dem Bett und eilte zum Fenster. Sie hatte es gekippt gelassen, weil sie die kühle Nachtluft genoss … Irgendwo dort unten hatte jemand geschrien, so war es! *Du hast dir das nicht nur eingebildet!*

Wieder dieser Schrei, lauter dieses Mal.

»Weg … weg von mir, verflucht!«

Ein Mann, ganz offenkundig, und er schien nicht besonders weit vom Haus entfernt.

Hörte ihn niemand? Unten in der Parkanlage war alles dunkel, und niemand schien zu reagieren, das gewaltige Herrenhaus, das sie umgab, ruhte, schlief, und mit ihm alle Bewohner.

Valeria nahm Handy und Waffe und ging zur Tür.

Wenn sie jetzt wieder verschlossen ist …

Doch das war sie nicht. Leise öffnete sich das Schloss, der Türflügel schwang auf, und sie trat hinaus. Der Weg nach unten war ein Irrgarten, mehrmals stand sie vor einer verschlossenen Tür, bis sie endlich die große Treppe zur Eingangshalle erreicht hatte. Schnell lief sie nach unten.

Und jetzt? Das große Portal wird verschlossen sein. Das schwache Licht, in das die große Eingangshalle getaucht war, ließ Schatten an den hohen Decken und Wänden wachsen, und während Valeria auf einen gewölbten Durchgang zuging, tanzten die Geister neben ihr.

Ein großer Speisesaal schloss sich zur Rechten an, und durch die östliche Wand, die aus Glas bestand, konnte sie hinaus auf eine breite Veranda sehen, hinter der sich der Park erstreckte. Die Verandatür ließ sich öffnen, und Valeria eilte hinaus in die kühle Nachtluft, in den Nebel, der durch das Heckenlabyrinth gekrochen kam.

Noch ein Schrei. Aus Norden. Sie drehte sich in die Richtung, hielt ihr Handy hoch, das ihr schwach den Weg erleuchtete. Das Gras war nass vom Tau, es glitzerte im Licht, und die Heckenfiguren, die ihr zusahen, ragten hoch auf und warfen zuckende Schatten, als wären sie lebendig.

»Hallo?« Das Wort, ein weißer Hauch in der Nacht, unbedeutend und schwach, so flog es davon.

Da war etwas, irgendwo vor ihr, sie spürte es. Valeria fand einen Pfad, der an der Parkanlage entlang vorbeiführte, direkt auf den Waldrand zu. Eine Bewegung, dort vor ihr. Ein Röcheln in der Dunkelheit … und wieder dieses Schleifgeräusch.

Kälte kroch ihr über den Nacken, zwischen den Schulterblättern herab, so eisig, als berührten sie die Leichenfinger eines in einer Eiskaverne gefrorenen Toten. Gress' Finger, begriff sie, wenn er auch noch den kommenden Winter in jener Höhle verbracht hätte … zur Unkenntlichkeit entstellt, nachdem sich die Insekten an ihm sattgefressen hatten, die Würmer die Reste seines Körpers zerlegt …

Sie hob das Handy hoch, doch sah sie nichts, nur die stummen Tannen, ihre Stämme, fast schwarz in der Nacht, kalt, und abweisende Wächter, die ihr nichts sagen würden. Waren dies Fußspuren dort im hohen Gras?

Ja. Und sie führten ins Unterholz hinein, fort vom Herrenhaus. Doch was hatte man ihr erklärt? Rochats Ländereien waren gewaltig, also, was auch immer in diesem Wald oder dahinter lag, es gehörte noch immer ihm … Valeria blickte zum großen Herrenhaus zurück, das schwach beleuchtet in einiger Ferne hinter ihr lag.

Mit einem Mal sah es so einladend aus.

Im Wald raschelte es, Äste knackten, ein Vogel strich dicht über ihrem Kopf hinweg.

Du kannst hier nichts ausrichten. Es ist zu dunkel, und du hast nur dieses schwache Licht … und du bist allein.

Sie hätte am liebsten laut geflucht, doch spürte sie, dass es sinnlos war, den Wald zu betreten. Sie würde sich nur die Kleidung zerreißen oder stürzen und sich etwas brechen.

Du weißt jetzt von der Fußspur. Eine Fährte … In der Nähe fand Valeria einen größeren, hellen Granitstein, den sie anheben und herübertragen konnte. Sie legte ihn neben einen der besonders ausgeprägten Abdrücke im Gras. So würde sie die Spur, oder wenigstens diesen Teil davon, wiederfinden.

Denn eines war sicher: Sie würde, sobald das Tageslicht zurückgekehrt war, wieder herkommen. Und sie würde der Spur folgen.

Valeria machte kehrt und ging langsam zum Herrenhaus zurück. Die Dielen der Veranda knarrten unter ihren Schritten, die Tür zum Speisesaal stand noch immer offen. Sie zog ihre Schuhe aus, ehe sie hineintrat, um keine verräterische Spur aus Erdklumpen oder Schlamm auf ihrem Weg zurück zu ihrem Zimmer zu hinterlassen. Niemand begegnete ihr, niemand hielt sie auf.

Erst als sie die Tür wieder hinter sich abgeschlossen hatte, gestattete Valeria sich, tief durchzuatmen. Dann schloss sie das Fenster und kletterte zurück unter die Bettdecke.

Nachdenklich blickte sie zum Fenster hinaus, die Knie bis unters Kinn angezogen, eine Hand an der Waffe. Kein Schlaf mehr für sie in dieser Nacht. So kauerte sie da und wartete, bis der Morgen anbrach und das erste Sonnenlicht über den Tannen emporkroch und einen frischen nebelverhangenen Herbsttag willkommen hieß.

23

Irgendwann klopfte es an der Tür. Valeria schwang die Beine aus dem Bett und spürte nun die fehlenden Stunden des Schlafs, in denen sie angespannt dagesessen hatte, spürte die Müdigkeit wie Säure, die ihre Muskeln durchfloss. Sie schnappte sich die Bettdecke und hüllte sich darin ein, ehe sie zur Tür trat, weil sie nicht wollte, dass man sah, dass sie sich die Nacht über nicht umgezogen hatte.

»Was gibt es?« Sie öffnete, doch nur einen Spalt.

Marceau stand vor ihr, hinter ihm ein anderer Mann, wieder in schwarz-weißer, etwas altmodisch geschnittener Personalkleidung.

»Was es gibt?«, wiederholte er und hob eine Augenbraue, als müsste er sich angesichts dieser Frage ganz köstlich amüsieren. »Nun, er ist hier. Sie wollten den Comte doch sprechen, nicht wahr?«

Wie dreist. Dennoch nickte sie. *Mach eine gute Miene zu diesem Theaterstück. Du weißt, was du letzte Nacht gehört hast, und du weißt, wo du deine Suche nach der Spur fortsetzen musst.*

Valeria blickte an sich herab. »Ich denke, der Comte will mich angezogen empfangen.«

Marceau nickte höflich. »Natürlich. Ich kehre in etwa fünfzehn Minuten zurück, ja?«

»Ja.«

Fünfzehn Minuten später brachte Marceau sie nach unten, und von der Eingangshalle wandten sie sich nach rechts in den Speisesaal, den sie in der vergangenen Nacht in aller Stille durchquert hatte.

Sei froh, dass du daran gedacht hast, die Schuhe auszuziehen. Wenn die heute Morgen schlammige Spuren auf ihrem Marmorboden entdeckt hätten …

Bei Tageslicht konnte sie sich ein wenig mehr in dem Saal umsehen: Eine lange Tafel aus rötlichem Holz stand in der Mitte, der Marmorboden glänzte, die Wände waren mit Seidentapeten bekleidet, tiefer im Raum stand eine Sitzgruppe aus cremefarbenen Möbeln vor einem ausladenden, offenen Kamin, in dem leise ein Feuer knisterte. Über dem Tisch hing ein Kronleuchter, ähnlich dem in der Eingangshalle, wenngleich auch kleiner, und durch die breite Glasfront, die zur Veranda aus Teakholz und der Parkanlage hinausging, fielen dünne Streifen Morgensonne.

Beschäftigte Hausangestellte eilten umher, niemand von ihnen warf Valeria einen Blick zu. Fast wirkte es so, als hätte man ihnen verboten, sie anzusehen – aber das war Unsinn.

Oder nicht?

Sie spürte ein Kribbeln auf der Haut, ein Unwohlsein, ihr Instinkt, der sie vor irgendetwas warnen wollte. Als sie den Blick weiter durch den Saal schweifen ließ, über die Rückwand, wo statt der Seidentapete Holzvertäfelungen angebracht waren, entdeckte sie weitere Jagdtrophäen: große Zwölfender-Geweihe, ausgestopfte Hirschköpfe, Dachse, Füchse und – lebensgroß und mit weit aufgerissenem Maul – auf einem Sockel am hinteren Saaleingang ein echter, präparierter Grizzlybär.

»Der Comte ist wohl ein richtig begeisterter Jäger«, sagte sie in Marceaus Richtung.

»Er ist vieles, Leutnant. Und vor allem ist er äußerst beschäftigt. Daher, bitte, stellen Sie Ihre Fragen.«

»Und wo ist er?«

»Gleich hier«, erklang eine Stimme hinter ihr.

Wie auf Kommando machten sämtliche Angestellte im Raum kehrt, eilten hinaus, und schließlich ging auch Marceau. Valeria war allein mit einem Mann, der ihr vom anderen Ende des langen Tisches entgegenblickte und keine Anstalten machte, aufzustehen und auf sie zuzugehen. Er wirkte jung, viel jünger, als sie erwartet hatte. Bilder gab es von ihm keine, Valeria hatte Richard Rochat auf Google gesucht, und außer einigen wenigen Artikeln über elitäre, philanthropische Galaabende nichts über ihn gefunden. Dunkles Haar, kurz geschnitten, doch nicht frisch frisiert, kein Bart, die Wangen vollkommen glatt. Als er den Kopf leicht drehte, weil sie um den Tisch herumging, sah sie im Licht der hereinfallenden Morgensonne, dass seine linke Wange vernarbt war.

Er trug einen gut sitzenden dunkelblauen Anzug, an den Fingern keine Ringe, die Schuhe waren handgearbeitet, italienisch, der Anzug wohl von einem britischen Schneider.

»Bitte«, sagte er leise, »kommen Sie nicht näher.«

Valeria blieb stehen. »Wie bitte?«

»Ich …« Er deutete auf seinen Hals, als wollte er sich entschuldigen. »Ich bin etwas erkältet. Und da wäre es unhöflich, Sie anzustecken.«

»Wie Sie meinen. Mein Name ist Valeria Ravelli. Ich arbeite für Interpol.«

»Ich weiß. Man hat mir mitgeteilt, dass Sie gestern vor dem Eingang erschienen sind und darum baten, mit mir zu sprechen. Nun, ich hoffe, Sie haben die Nacht hier geruhsam und erholend empfunden.«

»Es war sehr angenehm«, erwiderte Valeria ungerührt.

»Wie schön. Also, ich bin gerade vor einigen Stunden eingetroffen. Wir hatten Glück, der Helikopter kann in den nächsten Tagen wohl nicht mehr fliegen – das Wetter soll sich verschlechtern.«

»Haben Sie vor, länger hierzubleiben?«

Rochat nickte. »Ja.«

»Also schön. Es gibt gewisse Umstände in Steinberg, die mich herführen.«

»Sagen Sie, Leutnant, wieso ist Interpol hier involviert?«

»Ich unterstütze die örtliche Polizei. Ein Toter wurde gefunden, an einem Ort, den die einheimische Bevölkerung die Gotteshöhlen nennt. Thomas Gress war sein Name.« Valeria beobachtete Rochats Mimik genau, doch ließ er sich nichts anmerken.

»Dieser Name ist mir unbekannt.«

»Das kann schon sein, Herr Rochat. Ihr Name war es Gress offensichtlich nicht.«

»Ist das so?«

»Gress schrieb Ihren Namen auf, viele Male. Ich frage mich, wieso er das wohl getan hat.«

»Mein Name ist bekannt.«

»Nicht in Steinberg, oder? Stets wurde von Ihrem Bruder und Ihnen Wert darauf gelegt, so unauffällig wie möglich zu bleiben.«

»Diskretion ist wichtig, Leutnant. Ich hoffe, Sie wissen, was ich damit meine. Es gilt auch für Sie, wenn ich Sie bitten dürfte.

Dies ist eine Oase der Ruhe und Zurückgezogenheit, und ich würde sie ungern verletzt sehen.«

»Dann sagen Sie mir: Was wollte Gress von Ihnen? Hat er Sie erpresst?«

Rochat erwiderte ihren Blick kühl und ungerührt, ohne ein einziges Blinzeln. Das war ihr gleich aufgefallen – der Comte blinzelte nur sehr, sehr selten, als hielte er es für eine Schwäche, die er vor anderen nicht zeigen wollte.

»Wie ich sagte, Leutnant. Dieser Name ist mir unbekannt«, sagte er schließlich.

»Wieso Comte? Woher stammt dieser Titel? Sie sind kein Adliger, nicht wahr?«

»Nun, das ist nicht ganz richtig. Das alte Geschlecht der Rochats ist französischer Herkunft, es erlaubt mir, den Titel rechtmäßig zu tragen.«

Valeria wusste nicht, ob er das gerade erfand – vielleicht nur um sie zu testen – oder ob es der Wahrheit entsprach. Zumindest hatte sie über Google nichts dazu erfahren. »Wenn Sie das sagen«, erwiderte sie. »Sie wollen mir also weismachen, dass Ihnen Gress unbekannt ist … und Ihr Name rein zufällig nur ein paar Kilometer entfernt von hier niedergeschrieben worden ist?«

»Leutnant, es sind nun doch etwas mehr als nur ein paar Kilometer.« Rochat klang gelangweilt, und als er auf seine Uhr schaute, wusste sie, dass er nun versuchen würde, das Gespräch zu beenden und sie rauszuwerfen. »Wenn das alles ist? Oder gibt es sonst noch etwas, nun, Handfesteres? Mein Terminkalender ist doch recht angefüllt.«

Es gibt noch eine ganze Menge, dachte sie. »Nein. Das wäre zunächst alles.«

»Dann verlassen Sie uns sofort. Man wird Sie zurück zum Tor bringen.«

»Eine Sache noch«, sagte Valeria. »Ich hörte, Sie würden Gäste erwarten.«

Rochat lächelte, doch wirkten seine Augen durch jedes Fehlen eines Augenblinzelns starr und ungerührt. »Dies ist mein Land, und ich kann tun, was ich will, Leutnant – und einladen, wen ich will. Und eines verspreche ich Ihnen: Wenn irgendetwas hiervon an die Presse durchsickert, dann wäre ich sehr, sehr missgelaunt.« Mehr sagte er nicht, aber die Drohung, die in seinen Worten mitschwang, war eindeutig.

Marceau war plötzlich wieder an ihrer Seite, während Rochat durch eine hintere Tür im Saal verschwand, ohne ihr einen weiteren Blick zu widmen. *Als wärst du nur so eine Art Insekt. Und dann Marceau. Kann er riechen, wann er aus dem Nichts wiederauftauchen soll?*

»Leutnant Ravelli, ich werde Sie hinausbegleiten. Zu Ihrem Fahrzeug, und Sie … finden sicher selbst nach Steinberg zurück.«

Sie nickte. Es gab nichts mehr zu sagen, nichts, was sie gegen diesen Rauswurf unternehmen konnte. Für einen Moment hatte sie Lust, Marceau mit den Geräuschen in der Nacht und ihrer verschlossenen Tür zu konfrontieren, nur weil sie sein Gesicht sehen wollte – dann tat sie die Idee ab.

Es bringt nichts.

Der BMW stand ein wenig abseits vom Herrenhaus, und als Valeria eingestiegen war, machte Marceau militärisch kehrt und schritt mit langen Schritten davon. Sie warf einen Blick durch die Windschutzscheibe – von den ominösen Gästen war nichts zu sehen. Auch sonst kein anderes Fahrzeug.

Als wollten sie die vor dir verstecken.

Der Motor startete problemlos, und die Reifen knirschten, als sie über den hellen Zierkies in Richtung Straße fuhr, während das Herrenhaus kleiner wurde und der Wald die Straße wieder zurück in seinen Griff nahm.

Nein. Du wirst noch nicht gehen.

Denk an die Spur.

Aber was, wenn sie dich dabei erwischen? Rochat hat Beziehungen, daran gibt es gar keine Zweifel. Und was hat Tanner gesagt? Jemandem sehr weit oben liegt viel daran, dass Gress' Ermordung aufgeklärt wird, und zwar ohne viel Aufsehen zu verursachen … Einen Eklat auf Rochats Ländereien zu verursachen, ist genau das Gegenteil davon.

Also fährst du.

Und findest einen Weg, wiederzukommen. Bald.

Oder … Sie bremste etwas ab. *Oder du lässt dich einfach nicht dabei erwischen.*

Da war ein Weg, der von der Zufahrtsstraße zum Eingangstor abzweigte.

Wag es.

Valeria bremste ab und bog in die Abzweigung ein. Dann hielt sie an und stieg aus. Niemand war in der Nähe, aber das bedeutete nichts.

Ein Problem mit dem Motor, dachte sie. *Damit kannst du dich immer noch herausreden.*

Sie folgte dem Waldweg ein Stück Richtung Norden. Dort lag ungefähr die Parkanlage, das wusste sie. Wenn sie den Anfang der von ihr markierten Spur finden wollte – und sich nicht irrte –, dann würde sie sich von hier aus direkt Richtung Osten und damit wieder zurück zum Herrenhaus durch den Wald schlagen müssen.

Im Schlamm entdeckte sie Reifenspuren, nicht weit entfernt

und nicht besonders alt, vermutlich von der vergangenen Nacht. Wer war hier gewesen, als alle schliefen?

Im Unterholz, das sich dicht vor ihr auftürmte, raschelte es. Ratten vielleicht, sie konnte hören, wie sie ihre dünnen Schwänze durch das tote Laub schleiften ... Das Holz selbst sah aus wie braune, vertrocknete Knochen, hoch türmte es sich auf, als wollte der Wald ihr den Weg versperren.

Äste knackten unter ihren Schuhen, als sie weiter vordrang. Kein einziger Vogel war zu sehen. Valeria schien es, als hielte alles den Atem an – als beobachtete alles hier jede ihrer Bewegungen.

Und dann hörte sie Schritte.

Schritte, die immer näher kamen.

Valeria presste sich gegen die raue Rinde einer Tanne, spähte in den Wald, lauschte den Schritten, die sich mit dem Geräusch ihres eigenen Herzschlages vermischten, der in ihren Ohren dröhnte.

»Hallo?« Die Stimme klang leise, zaghaft – eine Frau.

Valeria sah, wie eine der Hausangestellten, die sie am Abend zuvor gesehen hatte, langsam den schmalen Waldpfad herabkam.

»Leutnant? Sind Sie hier?«

Ist das eine Falle?

Etwas drängte sie, sich der Frau zu zeigen. Valeria trat vor. »Hier«, sagte sie.

Die Frau stieß einen kleinen Schrei aus. »Oh Gott, ich dachte, ich hätte Sie schon verpasst.« Sie kam näher, und nun sah Valeria die Angst in ihren Augen.

»Was ist mit Ihnen?«

»Keine Zeit«, flüsterte sie. »Sie müssen hier weg, hören Sie! Sofort. Die wissen es, die wissen es immer!«

»Wovon …«

Die junge Frau – Valeria schätzte sie auf Mitte zwanzig – schüttelte den Kopf. »Suchen Sie einen Grund, um wieder herzukommen. Einen guten Grund … und dann sage ich Ihnen mehr, aber wir müssen es heimlich machen. Ich kann hier gerade nicht weg, das würde auffallen, also müssen Sie zurückkommen … Es hat mit Maria zu tun, hören Sie? Wenn Sie Maria helfen wollen, kommen Sie wieder her und reden Sie mit mir …«

»Wieso sagen Sie mir das nicht einfach jetzt?«

Die Hausangestellte trat kopfschüttelnd zurück. »Die merken, wenn ich zu lange hierbleibe. Es wird auffallen. Deshalb muss ich gleich wieder weg. Aber Maria … Maria war hier! Glauben Sie mir, bitte.«

»Maria war hier?«

»Ja! Und irgendwer im Dorf wird es wissen. Dann haben Sie doch einen Grund, länger hierzubleiben. Und dann können wir reden.«

»Ich habe Ihre Aussage.«

»Nein.« Nun schüttelte sie den Kopf, sodass ihr blonder Zopf hin und her schwang. Sie war verängstigt, das war ihr deutlich anzusehen. »Nein, halten Sie mich da raus. Ich sag Ihnen alles, aber … Kommen Sie wieder her. Wenn Sie da sind … fühle ich mich sicher. Sicher genug, um mehr zu sagen, aber … halten Sie mich da raus. Ich will nicht genannt werden.«

»Vor was haben Sie solche Angst?« Irgendwo in der Ferne dröhnten Motoren, und die junge Frau wich weiter zurück.

»Vor allem hier. Ich will nicht, dass die mich auswählen. Bitte. *Bitte* kommen Sie zurück. Sorgen Sie dafür, dass das hier endet.«

Sie eilte davon, und Valeria verlor sie aus den Augen.

Als sie zu ihrem Wagen zurückkehrte, erkannte sie Reifenspuren von einem Fahrrad im dunklen Erdboden.

Sie ist dir mit dem Rad hinterhergefahren. Und schnell wieder abgehauen. Verflucht, was ist hier los? Wyss war also hier?

In der Luft lag noch immer dieses Motorengeräusch, das stetig näher kam.

Verschwinde von hier. Vergiss die Spur fürs Erste, und lass dich nicht erwischen. Komm zurück, wie das Mädchen es vorgeschlagen hat, und kümmere dich dann darum. Valeria stieg in den Geländewagen und steuerte ihn auf die Zufahrtsstraße zurück.

Etwa zehn Minuten später passierte sie das Haupttor und ließ Rochats Anwesen hinter sich.

Doch während sie nach Steinberg zurückfuhr, folgte ihr ein dunkler Audi, der sich ein gutes Stück hinter ihr hielt, immer knapp in Sichtweite, bis sie die Ortsgrenze erreicht hatte, so als wollte man sichergehen, dass sie auch wirklich zurückgefahren war.

Ihr wollt also spielen.

Dann spielen wir.

24

Valeria fuhr nicht zur Pension, sondern direkt hinauf in die Wälder, wo sie in der Nähe des Eingangs zur Gotteshöhle parkte. Der Wind ließ die Weißtannen rauschen, und als sie hinab ins Tal blickte, wo sich schwache Rauchfäden aus den Schornsteinen von Steinberg in den Himmel erhoben, war es ihr, als flüsterte der Wind mit einer Stimme tief aus den Wäldern.

Flieh, sagte er, flieh, bevor es zu spät ist.

Valeria betrat die Höhle, folgte dem beleuchteten Weg an den summenden Scheinwerfern und den schwer arbeitenden Stromgeneratoren vorbei, tief hinein in das graue Gestein, bis sie die morsche Hängebrücke erreicht hatte, die den breiten Abgrund tief im Höhleninneren überwand.

Ein paar Männer mit Kletterausrüstung, Helmen, Seilen und Gurten installierten mithilfe eines großen gelben Krans, der im Fels verankert war, eine neue Brücke. Die alte, aus brüchigem Holz und vermoderten Seilen gebaut, hing noch immer trügerisch und still vor ihnen, als wollte sie sie zur Überquerung verlocken. Glauer war nicht zu sehen, doch ein uniformierter Polizist stand unweit der alten Brücke.

»War schon jemand drüben?«, fragte sie ihn. So tief im Berg lag ihr Atem neblig weiß in der Luft in der Kälte.

»Drüben? Nein. Über dieses alte Ding geht ja niemand mehr. Und die Jungs sagen, sie brauchen noch mehr Zeit.«

Sie brauchen noch Zeit. Wie viel Zeit kann man schon benötigen, um eine Schlucht wie diese zu überqueren?

Irgendwo aus der Dunkelheit, der Tiefe dieser Höhle kam der Lichtkegel einer Taschenlampe, zuerst fern wie ein Glühwürmchen, dann wurde der Lichtfleck stetig größer und größer. Es war Glauer, der dort näher kam, und als er Valeria entdeckte, winkte er ihr.

»Wir haben ein Problem, Ravelli«, sagte er. Sie sah, wie im fahlen Licht, das diese gewaltige Höhle erhellte, sein Gesicht von tiefen Furchen durchzogen war, von Müdigkeit und Erschöpfung. »Wir brauchen mehr Leute, wenn wir diese Schlucht schnell überwinden wollen. Aber aus dem Dorf …« Er schüttelte den Kopf. »Sie lehnen alle ab. Die gehen nicht in diese Höhle, sagen sie. Es bringt Unglück, sagen sie. Alte Geister leben hier, und dass Gress hier gestorben ist, war seine Schuld … Er hätte niemals hierherkommen sollen. Die paar Männer da drüben, allesamt Auswärtige, sind die einzigen, die sich mit der Überbrückung beschäftigen. Und das dauert. Leider.«

»Ein derartiger Aberglaube ist mir bislang noch gar nicht begegnet.«

»Das liegt daran, dass Sie noch nicht lange genug hier sind, Ravelli. Aber ich habe etwas beschlossen. Donna Bruscos Bruder war hier, das steht fest. Sie wollen mit ihm reden, haben Sie gesagt, nicht wahr? Sie waren regelrecht erzürnt, als ich gestern sagte, ich will damit nichts zu tun haben, aber ich habe mich umentschieden. Er *muss* befragt werden. Also werden *Sie* mit ihm reden.«

Valeria dachte an die unheimlichen Marionetten, die unter dem Vordach von Donna Vittoria Bruscos Haus hingen. »Und wenn mir seine Schwester wieder nicht öffnet? Wollen Sie ihn vorladen lassen?«

»Wenn die beiden sich wirklich wieder weigern, dann werden wir das tun.«

»Also schön, und Sie erklären es dem Richter.«

Glauer schnaubte. »Dazu wird es nicht kommen. Brusco wird zetern und sich aufblasen, aber am Ende werden Sie mit ihrem Bruder sprechen können. Wenn es eins gibt, was die Leute hier nicht wollen, dann ist es größeren Ärger mit der Justiz.«

»Ich besuche die beiden also noch mal.«

Er musterte sie durchdringend. »Wo waren Sie letzte Nacht? Ein Polizist hat mir berichtet, dass Sie das Dorf mit dem Wagen Richtung Norden verlassen haben.«

Valeria zögerte. Sie hätte ihm einiges erzählen können, von der Art, wie sich Rochat als altmodischer Graf darstellte, von seinem Butler, jener Nacht, als die Geräusche aus dem Park zu ihrem Zimmer heraufdrangen, von der Spur und natürlich von der Hausangestellten und der Angst in ihren Augen … aber schließlich sagte sie nur: »Ich habe versucht, mit Richard Rochat zu sprechen.«

»Rochat? Wer ist das?«

Er lügt nicht. Oder er gibt sich sehr viel Mühe, es zu verschleiern. Valeria strich sich eine widerspenstige Strähne zurück. »Ein Großindustrieller. Jemand, der eine Menge Land nördlich von hier besitzt.«

Glauer nickte. »Von dem habe ich gehört. Einer seiner Anwälte erwähnte, dass sein Mandant Wert auf Ruhe und Frieden legt. Es gab nie irgendeine Störung oder einen Vorfall. Und was hat das mit Gress zu tun?«

»Gress hat ihn erwähnt. Er hat Rochats Namen in der Hütte aufgeschrieben.«

»In der Hütte, von der nichts mehr übrig ist, meinen Sie.«

»Ja. Als wollte jemand diese Spuren vernichten … und mich, als ich gerade dort war. Was ist mit dem Typen, den Wagner durch den Wald hat davonlaufen sehen? Gibt es dazu neue Ermittlungsansätze?«

Glauer seufzte. Nie hatte er so alt, so erschöpft ausgesehen wie in diesem Moment. »Nichts. Die Spur konnten wir nicht weiterverfolgen. Selbst der Spürhund, der eingesetzt wurde, hat irgendwann aufgegeben. Wer immer dort war, er ist wie ein Geist.« Er räusperte sich. Die Scheinwerfer, die die Spurensicherung aufgestellt hatte, um das Höhleninnere zu erhellen, summten monoton vor sich hin, und in einiger Entfernung riefen sich die Arbeiter etwas zu. »Gress hat den Namen niedergeschrieben, sagten Sie? Wie?«, hakte Glauer nach.

»Da waren Papiere …« Valeria berichtete ihm alles.

»Und Sie glauben, er hat Rochat erpresst?«

»Vielleicht. El Tio, das ist ein Name für ein südamerikanisches Dämonenwesen. Wie das in Gress' Vorstellung mit Rochat in Verbindung steht … keine Ahnung. Das müssen wir wohl herausfinden. Und dazu muss ich auch zurück auf Rochats Anwesen. In einer ermittelnden Funktion, längerfristig.«

Glauer kratzte sich am Kinn. »Das dürfte schwierig werden. Wie gesagt, er ist ein einflussreicher Kerl, der seine Privatsphäre schätzt.«

»Oh, die schätzt er wirklich«, erwiderte Valeria. »Dennoch, ich muss zurück.«

»Was ist der Grund? Und sagen Sie nicht, weibliche Intuition, denn das ist kein Grund, Ravelli.«

»Vielleicht nicht. Aber es ist *meine* Intuition, Leutnant. Vielleicht ist das ja der entscheidende Unterschied.« Sie musterte ihn mit großem Ernst. »Wir brauchen nur einen guten

Grund. Er hat Gäste, wissen Sie. Es interessiert mich, wen er da so um sich versammelt, so mitten im Herbst, ganz ohne Anlass.«

»Ohne Anlass?« Glauer schnaubte. »Das wissen Sie doch nicht. Vielleicht hat er Geburtstag.«

»Er lässt sich Comte nennen. Graf. Und er behauptet, er könne die Abstammung von einem alten Adelsgeschlecht lückenlos belegen.«

»Du liebe Güte.« Glauer musste husten, und es klang, als kämpfte er mit einer verschleppten Erkältung. »Also ist er … was? Exzentrisch? Irre?«

»Mir kam er nicht irre vor. Aber kalt. Irgendwie abwesend. Als wäre er in Gedanken ganz woanders.«

»Und das ist alles?«

»Nein, Glauer. Was ich jetzt sage, bleibt unter uns, bis ich mehr weiß. Versprechen Sie mir das.« Zugleich gingen ihr Bains Worte durch den Hinterkopf: *Wem dort kannst du trauen? Glauer ganz sicher nicht.*

»Also gut. Versprochen.« Glauer verschränkte die Arme. »Aber kommen Sie mir jetzt nicht mit einer weiteren spontanen Intuition.«

»Nein. Als ich Rochats Gelände verlassen wollte, hat mich eine junge Frau aufgehalten, und ihr war die Angst ins Gesicht geschrieben.« Valeria erzählte, was die Hausangestellte ihr gesagt hatte.

»Wyss war dort?«, brummte Glauer. »Verflucht. In Locarno hat niemand das Mädchen gesehen. Niemand, Ravelli. Als wäre sie von der Erde verschluckt worden. Die Mutter war gestern bei mir, sie hat geweint und geschrien und mich angefleht, dass ich ihr ihre Tochter wiederbringen soll … aber wie, wenn es keine einzige Spur gibt?«

»Wenn diese Angestellte die Wahrheit sagt …«

»Wenn.«

»Dann muss ich umso mehr zu Rochat zurück. Mit ihr sprechen, herausfinden, was sie weiß. Sie hat Angst, das habe ich ihr angesehen. Vor was und wieso … und was sie über Wyss weiß, das gilt es herauszufinden.«

»Erst die Geschwister Brusco. Dann Rochat.«

»Ja. Das dachte ich mir auch so.«

»Gut. Und halten Sie mich auf dem Laufenden.«

Valeria nickte ihm zu und verließ die Höhle. Nach dem dunklen, feuchten Gestein war die kühle, frische Bergluft eine wahre Wohltat.

Sie stieg in den BMW, fuhr zurück nach Steinberg und hinauf zum Haus Brusco, vorbei an der Villa von Richard Rochats Bruder, die mit vernagelten Fenstern und fleckiger Fassade stumm dem Wind trotzte.

Etwas an diesem Gebäude zog ihren Blick auf sich. Wie es dort am Ende einer kurzen Auffahrt hinter einem Tor lag, im Schatten einer Eiche, deren Blätter sich gelb und braun verfärbt hatten, wirkte es beinahe traurig, als betrauerte das Haus, dass man es nach Rudolfs Tod vergessen und alleingelassen hatte.

Es ist nur ein Gebäude. Mehr nicht. Und dennoch – alte Gemäuer wie dieses erzählen Geschichten.

Einige Meter weiter die Straße hinauf bog Valeria auf den unbefestigten Weg ab, der sie etwa einen halben Kilometer weiterführte, bis Donna Vittoria Bruscos Haus ganz weiß vor ihr in den Himmel aufragte. Die Zypressen schwankten sanft im Wind. Valeria stieg aus und kam näher, und die Marionetten an ihren Schnüren starrten ihr entgegen, die Augen blind, die blassen Porzellangesichter ausdruckslos.

Valeria stutzte.

Auf einer bleichen Porzellanwange waren rote Blutstropfen zu sehen, die von einem der Puppenaugen herabliefen. *Das ist neu. Beim letzten Mal war das noch nicht. Die Puppe weint Blut.*

»Puppen weinen nicht«, flüsterte sie leise und griff nach dem Türklopfer aus Messing, der in Form von Adlerklauen gestaltet war.

»Donna Brusco«, rief sie laut und bemühte sich, ihrer Stimme nichts von dem Unbehagen anmerken zu lassen, das diese Puppen in ihr auslösten. »Interpol. Leutnant Valeria Ravelli. Machen Sie auf. Ich will Sie nicht stören, nur kurz mit Ihnen sprechen. Aber wenn Sie nicht öffnen, müssen wir Sie und Ihren Bruder in die Inspektion vorladen. Und dann wird es um einiges unangenehmer für Sie beide.«

Sie kann dich hören. Du weißt es. Wieder hob Valeria den Türklopfer und ließ ihn auf die Metallplatte an der Eingangstür fallen, und als sie die Hand abermals hob, schwang die Tür auf.

Die Frau war klein und ganz in Schwarz gekleidet, ein langes, altmodisches Kleid mit viel Spitze und weiten Ärmeln. Ihr Gesicht war blass, die Falten tief und ausgeprägt. Sie war sicher über siebzig und trug ihr graues Haar zu einem strengen Knoten zurückgebunden.

»Sie sind so unverschämt penetrant, junge Frau«, sagte Donna Brusco. »Und ich mag es nicht, wenn man so anmaßend ist. Sie stören mich, und Sie stören die Heilung meines Bruders.«

Valeria griff nach der Puppe, deren Gesicht mit Blutstropfen besudelt war. »Was ist das?«

»Fassen Sie sie nicht an!«, rief die alte Frau, und ihr Tonfall war so scharf wie der Knall einer Peitsche.

Valeria ließ die Puppe los, die daraufhin an ihren Fäden, die sie am Holz des Vordaches hielten, hin und her schwang.

»Das ist nichts, was Sie berühren sollten, verstehen Sie mich? Die gehören Ihnen nicht!«

Valeria sah Brusco in die dunklen Augen. »Ich hatte mich nur über die seltsamen Spuren gewundert.«

»Es ist Schminke, mehr nicht. Manchmal kommen freche Kinder aus dem Dorf hier herauf, und sie machen meinen Garten unordentlich. Das ist ein Weg, um sie zu verschrecken.«

»Das funktioniert?«

»Aber natürlich. Sehen Sie nur, wie Sie sich geängstigt haben.«

Also hat sie dich beobachtet. Danke für die Bestätigung. »Lassen Sie uns reden, Frau Brusco.«

»Es gibt nichts, worüber wir reden könnten.«

»Es geht um Ihren Bruder.«

»Mein Bruder ist sehr krank.«

»Ich muss ihn dennoch sprechen. Er hat einen Toten gefunden.«

»Und weiter? Er ist über ihn gestolpert, als er in einer der Höhlen nach Pilzen suchte. Er sammelt gerne Pilze, geht gern in die Wälder. Das ist alles.«

»Donna, was … ist hier los …« Eine schwache Stimme, von irgendwo aus der Eingangshalle.

»Ach, Rafael. Du solltest doch im Bett bleiben.« Donna Brusco seufzte und schüttelte den Kopf. Über ihre Schulter hinweg konnte Valeria in die spärlich beleuchtete Eingangshalle blicken, wo ein Mann im Morgenmantel näher kam. »Also gut«, sagte die ältere Frau zu ihr. »Kommen Sie. Wenn er nun ohnehin schon wach ist.« Brusco machte kehrt, und Valeria folgte ihr hinein.

Schon aus der Entfernung ging ein deutlicher Geruch von Rafael aus – eine Mischung aus Franzbranntwein, ätherischen Ölen und einer stechend riechenden Salbe. Er hustete. Sein Gesicht, das dem seiner Schwester nur schwach ähnelte, war sehr blass.

»Kommen Sie, kommen Sie«, sagte Donna. Sie führte ihren Bruder und Valeria in einen kleinen Salon, der ganz in einem himmelblauen Farbton gehalten war. Ein Schaukelstuhl stand vor dem Kamin, in dem Feuer brannte, und durch ein bodentiefes Fenster konnte Valeria auf den hinter dem Haus gelegenen Garten blicken. Dort wucherten kniehohe Gräser, ein zertrümmerter Gartentisch lag auf dem Boden, zerbrochene Blumenkübel daneben.

»Sehen Sie, was diese Kinder anstellen? Und wir haben nicht mehr die Kraft, in unserem Alter all das instand zu halten. Meine Arbeit ist nicht mehr so einträglich wie früher.« Brusco blickte ins Feuer, und Valeria sah, wie die Flammen sich in den dunklen Augen der älteren Frau widerspiegelten. »Aber was erzähle ich Ihnen das überhaupt. Hier ist mein Bruder. Fragen Sie ihn. Aber ich werde hierbleiben und sicherstellen, dass Sie ihn nicht überanstrengen.«

»Natürlich nicht«, erwiderte Valeria.

Rafael Brusco hatte auf einem Sessel neben dem Schaukelstuhl Platz genommen. Er war dünn, fast schon ausgemergelt, und sein Gesicht wirkte ungesund und müde. Seine Hände zitterten leicht, und immer wieder hustete er in ein Taschentuch, das er in einer Hand hielt.

»Rafael? Wie geht es Ihnen?«

»Nicht … gut«, sagte er mit brüchiger Stimme. »Das Alter. Und die Lunge. Ich leide an einer hartnäckigen Infektion. Muss mich schonen.« Er blickte zum Fenster, doch sah er eigentlich gar nicht wirklich hin, begriff Valeria. Er starrte nur ins Leere.

»Sie haben vor Kurzem Pilze gesammelt, erinnern Sie sich?«

Sein Blick huschte zu ihr zurück, doch nur für einige Momente lang. »Pilze … ja. Und … die Höhle. Ich bin hineingegangen. Für gewöhnlich gehen wir nicht in die Höhlen, wissen Sie?«

»Wen meinen Sie mit wir?«

»Er meint die Steinberger Bevölkerung. Mein Bruder hält sich für einen Teil von ihnen, obwohl sie ihn wiederum nur verachten.« Seine Schwester sprach, als wäre Rafael nicht mit ihnen im Raum.

»Was ist dann geschehen?«, fragte Valeria ihn.

»Da war ein Licht. Ich bin ihm hineingefolgt … und da lag er. Vertrocknet wie eine Mumie und so klein … viel kleiner, als ein Mensch sein sollte, so dachte ich mir. Und …« Der Rest seines Satzes ging in heftigem Husten unter.

»Wie bitte?«

»Ich war nicht allein«, brachte Rafael Brusco schließlich hervor. Seine Augen fixierten sie plötzlich, und Valeria sah darin nicht nur die Spiegelung des Feuers.

Es war Angst, begriff sie. Angst, wie auch schon bei der Hausangestellten auf Rochats Ländereien.

»Wie meinen Sie das?«

»Jemand war dort … bei mir in der Höhle. Ich habe es gespürt. Die Präsenz …« Brusco schüttelte den Kopf und hustete erneut. Da war Blut in seinem Taschentuch.

»Mein Bruder kann sich nicht erinnern«, ging Donna Brusco dazwischen. »Er hat eine Leiche gefunden, und dies hat ihn verständlicherweise sehr schockiert. Niemandem von uns würde es anders ergehen, da sind wir uns doch wohl einig, nicht wahr?«

»Waren Sie schockiert?«, fragte Valeria ihn. Wieder huschte Rafael Bruscos Blick zu ihr herauf, während der Feuerschein über sein Gesicht tanzte.

»Ich war … überrascht. Ich hatte nicht erwartet, ihn … jemanden dort zu finden.« Er hatte sich korrigiert, und Valeria bemerkte es. Zuerst hatte er *ihn* sagen wollen, ganz eindeutig. Rafael Brusco kannte Gress. »Wollte ja nur die Pilze sammeln.«

Verflucht. Ihr lügt mich an, ihr zwei, und denkt, ich würde euch eure kleine Geschichte abkaufen.

Valeria lächelte Donna Brusco an. »Mir scheint, ich kann beruhigt zurückfahren. Ihr Bruder ist nur rein zufällig über den Toten gestolpert.«

»So ist es. Der ganze Besuch hier war unnötig. Ich wusste das bereits.« An ihren Bruder gewandt sagte Donna: »Trink das Wasser. Du bist dehydriert.« Sie zeigte auf ein Glas Wasser auf einem kleinen Tischchen neben seinem Sessel.

»Der Name des Toten war Thomas Gress«, wandte sich Valeria wieder an Rafael Brusco.

Da war es wieder, das Aufblitzen von Angst in seinen Augen. Er streckte eine zitternde Hand aus und trank.

»Oh, Sie kennen den Namen. Wie schön. Und Sie haben ihn auch erkannt, als Sie ihn dort in der Höhle gefunden haben, nicht wahr? Also, wieso lügen Sie mich dann an?«

»Was erlauben Sie sich da?«, brauste die ältere Frau auf. Für einen Augenblick lang war Valeria überzeugt, dass Donna sie packen wollte. »Raus hier!«

»Wieso lügen Sie, Rafael?« Valeria trat näher an den älteren Mann heran, der sie anstarrte, während seine Finger zitterten.

»Ich … hasse sie alle«, stieß er dann jäh hervor. »Alle von ihnen … aber was … bleibt mir denn übrig …«

»Alle? Wer sind alle?«

»Raus hier, Ravelli, oder Ihr Vorgesetzter wird davon erfahren!«, rief Donna Brusco nun. Sie packte Valeria an der Schulter, doch Valeria stieß die Hand zur Seite.

»Fassen Sie mich noch einmal an, und ich werde Sie wegen Behinderung der Polizei festnehmen.«

Donna Brusco fluchte und stürmte aus dem Raum. Valeria ging vor ihrem Bruder in die Hocke, nahm die Hand des alten Mannes. »Sie hassen all das hier?«, fragte sie sanft.

Er nickte schwach.

»Also gut. Was hat Ihre Schwester getan?«

»Sie ... will nicht ...« Er krächzte heiser, trank noch einen Schluck. Valeria blickte kurz auf das Glas: Eine trübe Flüssigkeit befand sich darin, ein Pulver, das im Begriff war, sich aufzulösen.

»Was will sie nicht?«

»Ich ...« Er griff sich an die Kehle, und Valeria hörte, wie er Luft holte, doch seine Kehle schien mit jedem Atemzug enger zu werden, ein Röcheln, ein Keuchen, ein angsterfülltes Ringen nach Luft.

Er erstickte.

»Rufen Sie einen Krankenwagen! Notarzt!« Donna Brusco war zurückgekommen und an die Seite ihres Bruders gestürzt.

Valeria hatte augenblicklich ihr Handy am Ohr und telefonierte. »Sie schicken einen Hubschrauber.«

Rafael röchelte und sackte zu Boden.

Er wird es nicht schaffen, begriff sie. *Du musst etwas tun – oder er wird sterben.*

»Bringen Sie mir sofort einen Stift«, wies sie Brusco an.

»Wie bitte?«

»Einen Stift, sofort! Einen Kugelschreiber! Und ein sehr

scharfes Messer!«, rief Valeria drängend. Ihr Blick raste durchs Zimmer, doch war nirgendwo etwas Geeignetes zu entdecken. Sie blickte zu dem Tischchen am Feuer hinüber, wo Rafaels blutiges Taschentuch lag, dann zu der trüben Flüssigkeit, von der er getrunken hatte.

Als Brusco ein paar Augenblicke später zurückkam und ihr Messer und einen Kugelschreiber entgegenhielt, schwarz mit goldenen Schnörkeln bedruckt, was Valeria flüchtig bemerkte, kniete sie sich neben ihn.

»Ich muss seine Luftröhre punktieren.«

»Wie bitte?« Die ältere Frau starrte sie entgeistert an. »Haben Sie das denn schon mal getan?«

Mark Harrington hat es getan, und du standest daneben. Die Frau wäre gestorben, aber er hat es getan und du hast es gesehen – also wirst du es jetzt, wo es um Leben und Tod geht, ebenfalls tun.

Tu es einfach.

Valeria nahm den Kugelschreiber, während Rafael Brusco am Boden um Luft rang. Ihre Hände zitterten. »Ich … oh Gott, verflucht.« Sie stürmte zum Fenster, riss es auf. War das ein Geräusch von Helikopterrotoren, das da näher kam? Dann sah sie wieder auf den Kugelschreiber. Es gab zwei Arterien dicht neben der Luftröhre, das hatte der Arzt ihr damals erzählt, nachdem er mit Harrington und ihr gesprochen hatte. Mark hatte Glück gehabt. Und nun …

»Helfen Sie ihm!«, schrie Rafaels Schwester, doch Valeria stand nur da und rührte sich nicht. *Du kannst es nicht. Du bist wie gelähmt, du kannst es nicht. Du wagst es nicht, ihn zu verletzen …*

Dann holte sie tief Luft.

Ganz ruhig, hörte sie eine Stimme in ihren Gedanken. Eine

Erinnerung. Wie ein wärmender Lichtstrahl an einem kalten Wintertag, eine Stimme, die sie von innen heraus beruhigte.

Die Stelle dort … Das ist die Luftröhre. Vorsichtig. Sie nahm das Messer, berührte die Haut. Noch zögerte Valeria.

»Da kommt was angeflogen!«, rief Brusco und starrte aus dem Fenster. Sie öffnete es, und während Rafael weiter am Boden nach Luft lechzte, hörten sie endlich den erlösenden Klang des Hubschraubers. Valeria hatte sich entschieden. Sie legte das Messer beiseite, hielt Rafaels Hand, sprach beruhigend weiter auf ihn ein, bis die Sanitäter kamen und den alten Mann mitnahmen.

Der Helikopter erhob sich in die Luft, während Donna Brusco Valeria von der offen stehenden Haustür anstarrte, als sie langsam zu ihrem Wagen ging.

»Sie haben versagt«, rief Brusco ihr hinterher, und Valeria drehte sich noch einmal zu ihr um. »Wenn diese Männer nicht rechtzeitig gekommen wären, wäre Rafael gestorben.«

»Die Gefahr, ihn dabei tödlich zu verletzen, ist einfach zu hoch.«

»Sie sind schwach.« Donna Brusco warf ihr einen letzten hasserfüllten Blick zu, dann schlug sie die Tür hinter sich ins Schloss.

Nein. Sie hat keine Angst um ihren Bruder, dachte Valeria, das ist es nicht, was sie so wütend macht. *Es ist etwas anderes …* Sie tastete nach dem Kugelschreiber, den sie in ihre Manteltasche gesteckt hatte. Er war noch da.

Gut.

Es war ein verrückter Gedanke, fast schon absurd, der sie ergriffen hatte, und dennoch wurde sie ihn nicht los. Brusco war besorgt darüber, dass ihr Bruder doch noch rechtzeitig gerettet worden war. Damit hatte sie nicht gerechnet. Mehr noch: Sie hatte darauf gehofft, seinen Tod Valeria anhängen zu können. Vielleicht, damit man sie aus Steinberg abzog.

Vielleicht.

Vielleicht auch nicht.

Valeria tastete nach dem dünnen Taschentuch, das sie in all dem Trubel unbemerkt in ihre andere Manteltasche in einen dünnen Beutel der Spurensicherung gesteckt hatte. Es enthielt Rafael Bruscos Blut und seinen Speichel. Und ein zweites Tuch, in einem anderen Beutel, hatte sie in sein seltsam trübes Getränk getaucht.

Hublot meldete sich sofort, nachdem sie seine Nummer gewählt hatte, und seine Stimme klang laut und dröhnend über die Boxen des Geländewagens, während Valeria zurück nach Steinberg fuhr.

»Sie müssen etwas für mich analysieren lassen«, bat sie ihn. »Einmal eine Speichel- und Blutprobe. Dann noch eine Flüssigkeit. Testen Sie es auf ungewöhnliche Inhaltsstoffe … Gift.«

Hublot versprach ihr, genau dies zu tun, und nahm den Beutel mit dem Stofftaschentuch entgegen, als sie ihn beim Bestattungsinstitut traf.

»Sie sehen müde aus, Ravelli«, sagte er, und der Wind ließ seinen weißen Laborkittel wehen.

»Das bin ich auch«, erwiderte sie. »Das ganze Dorf ermüdet mich. Zu viel Hass. Zu viele Geheimnisse.«

»Ist das nicht überall so?«

Sie musste an Rochat denken, daran, wie er sich Comte nennen ließ. »Nein. Etwas hier ist anders. Es ist, als wäre alles hier auf einem morastigen Untergrund gebaut … und es fühlt sich so an, als könnten wir jeden Augenblick versinken. Hier stimmt etwas nicht, das sehr tief hinabreicht.«

»Das klingt ungut, Ravelli.«

Sie sah ihm direkt in die Augen. »Dieses Mal bin ich diejenige, dic sagen wird: Passen Sie auf sich auf. Und verlieren Sie diese Proben nicht.«

Nachdem sie wieder in den Wagen gestiegen war, setzte Regen ein, der die ganze Welt draußen verschwimmen ließ.

Zurück in die Pension. Du musst nachdenken, allein sein.

Und morgen …

Morgen ist morgen.

Valeria fuhr durch Steinberg, erreichte die Pension und nickte Ziegler hinter der Rezeption nur knapp zu, als sie eintrat. Nur hoch ins Zimmer, duschen und endlich für ein paar Minuten die Augen schließen, mehr wollte sie gar nicht.

»Haben Sie schon gehört? Heute Abend? Das Steinberger Dorffest«, hielt er sie auf.

»Ach, ich glaube nicht, dass ich da hingehen werde.«

»Ich hab etwas für Sie«, sagte Ziegler. »Wurde heute Mittag hier abgegeben.«

»Ach ja? Von wem?«

»Von der Post. Ohne Absender.«

Er schob ein kleines, längliches Paket über den Tresen der Rezeption. Valeria berührte es nicht.

Ziegler musterte sie überrascht. »Was? Denken Sie, man versucht, Ihnen hier etwas Unangenehmes unterzuschieben?«

»Ich erwarte mittlerweile alles.« Sie nahm das Päckchen nun doch. Als sie es schüttelte, klapperte etwas im Inneren, ein leises metallisches Geräusch.

Sie ging nach oben und öffnete das Paket, kaum dass sie die Zimmertür hinter sich geschlossen hatte. Zwei Dinge fielen heraus: ein kleiner messingfarbener Schlüssel und ein gelber Notizzettel, auf den jemand handschriftlich ein paar Zahlen geschrieben hatte.

Valeria wusste sofort, was das war: Koordinaten.

Sie öffnete eine GPS-App auf dem Smartphone und tippte die Zahlen und Buchstaben ein. Auf der Karte der App erschien ein kleiner Punkt, einige Kilometer östlich von ihrer derzeitigen Position.

Moment. Du weißt, was das ist. Du weißt es ganz genau.

Wenn sie sich nicht völlig täuschte, war dieser Standort ganz in der Nähe von Donna Vittoria Bruscos Haus – genauer gesagt auf dem alten, verlassenen Anwesen von Rudolf Rochat.

Der Schlüssel. Als würde er zu einem kleinen Vorhängeschloss passen.

25

Eine Stunde später, als sich die Dämmerung über Steinberg herabsenkte, war Valeria wieder unterwegs. Bald lag die Villa von Rochats Bruder mit vernagelten Fenstern und fleckiger Fassade vor ihr, und sie hielt vor dem geschlossenen Zufahrtstor.

Als sie daran rüttelte, schwang es auf, als hätte es auf sie gewartet. Die Torangeln quietschten.

Eine alte Eiche stand nah an der Villa, ihre bunten Blätter lagen zu dichten Haufen gesammelt am Boden, kreuz und quer, wie sie der Wind zusammengetrieben hatte. Einige Metallskulpturen befanden sich entlang der kurzen Auffahrt, geometrische Formen, die im Regen vor sich hin rosteten.

Die Eingangstür war aus dunkel schimmernder Bronze, das Material schimmerte matt im Licht der untergehenden Sonne, die die Berggipfel die eisigen Viertausender am Horizont in Brand steckte.

Jemand hatte das Schloss ausgebaut und stattdessen ein einfaches Vorhängeschloss durch den Türflügel und die Zarge gesteckt. Ein Vorhängeschloss, das einen Schlüssel brauchte.

Vielleicht jener, den man ihr mit der Post geschickt hatte.

Als Valeria den kleinen messingfarbenen Schlüssel probierte, passte er tatsächlich, und das Vorhängeschloss sprang mit einem Klicken auf und fiel zu Boden.

Jemand will, dass du hierherkommst.

Stellte sich also nur die Frage: War dieser Jemand ein Freund oder ein Feind, und würde sie hier etwas Nützliches oder eine Falle vorfinden?

Valeria zog ihre Dienstwaffe, ehe sie eintrat.

Dunkelheit erwartete sie hinter der Tür, Dunkelheit und ein Geruch, eine Mischung aus durchfeuchtetem, schimmligem Holz und nassem Stein. Sie hörte ein Tropfen, und nachdem sie einige Meter hinein gegangen war und die Taschenlampe an ihrem Smartphone anstellte, sah sie, wie sich Regenwasser durch eine undichte Stelle an der Holzdecke den Weg nach unten gesucht hatte, eine braune Spur auf einer ehemals hellen Tapete und eine dunkel schimmernde, schmierige Brühe am Boden. Das Parkett knarzte unter ihren Schritten.

Das Haus war entkernt worden, ein Großteil der Wände fehlte, und der Putz war an vielen Stellen abgeschlagen worden. Große Metallstützen ragten hinauf unter die Decke, und überall hingen Folien und Planen, die Möbel unter sich verbargen. Sie hob eine Plane an, worauf ein Klavier darunter zum Vorschein kam, unter einer zweiten eine große Truhe, unter dem dritten ein schwerer Seekoffer, wie man ihn zu Beginn des zwanzigsten Jahrhunderts auf langen Reisen verwendet hatte.

Na schön, dachte sie. *Wieso bin ich hier?*

Etwas knarrte, und als sie herumfuhr, ragte die Treppe in die oberen Geschosse vor ihr auf, einladende helle Holzstufen, als das letzte Licht des Tages durch ein Rundfenster hinter dem ersten Treppenpodest auf sie herabfiel.

Dort stand, wie für sie bereitgestellt, eine kleine Truhe auf einem Tisch.

Valeria stieg die Treppe hinauf. Die Truhe war mit einem Vorhängeschloss gesichert wie schon die Eingangstür, doch passte der Schlüssel auch hier.

Mit einem leisen Quietschen öffnete Valeria den Truhendeckel und blickte auf eine Reihe von Fotos.

Das gibt es doch nicht. Sie bemerkte, dass sie unwillkürlich den Atem anhielt, als sie erkannte, wer dort auf den Bildern zu sehen war.

Es war Maria Wyss. Das Haus, auf das Maria auf den Bildern zuging, war kein anderes als Richard Rochats Herrenhaus, das Valeria vor Stunden verlassen hatte. Der Fotograf musste sich irgendwo in der Nähe des Waldrandes befunden haben. Sämtliche Aufnahmen waren aus größerer Distanz geschossen worden.

Maria ging die Eingangstreppe hinauf, dies war auf dem zweiten Foto zu sehen, und auf dem dritten und letzten der Bilder konnte Valeria erkennen, wie Maria durch die geöffnete Eingangstür das Herrenhaus betrat.

»Verfluchte Scheiße.« Valeria griff nach ihrem Smartphone und wählte Bains Nummer. *Du weißt nicht, wem du trauen kannst.*

»Valeria?«

Seit wann nennt er mich so?

»Bain, ich habe hier was. Infos, die eindeutig zeigen, dass die vermisste Maria Wyss auf dem Anwesen von Richard Rochat war. Meiner Einschätzung nach kann das kaum länger als ein paar Wochen her sein.«

»Moment, Moment. Richard Rochats Anwesen? Ich kann nicht folgen.«

Valeria informierte Bain über ihren Ermittlungsstand und ließ kein Detail aus.

»Und Sie sind sicher, dass sich Maria auf dem Anwesen befand?«, fragte er dann.

»Diese Bilder beweisen es schwarz auf weiß.«

»Jemand wollte, dass Sie das sehen.«

»Ja. Und jetzt sollte ich mit der Hausangestellten sprechen, wenn ich wieder dort bin.«

»Aber wollen Sie Rochat direkt auf die Nase binden, dass Sie Wyss bei ihm gesehen haben?«

Valeria zögerte. Bain hatte recht. »Ist nicht clever, was? Aber ich brauche einen Grund, um zurückzukommen.«

»Zeigen Sie ihm ein Foto. Aber sagen Sie ihm nur, dass man Ihnen das zugespielt hat. Mehr nicht. Nicht, wo Sie es gefunden haben, nichts von dieser Angestellten.«

Die Fotos hast du auch noch ausgerechnet im Haus von Rochats Bruder gefunden. Warum wurdest du hierher gelotst? Was hat es mit den beiden Brüdern auf sich?

»Ich werde ihm sagen, dass ich mehr Zeit brauche, um mich auf seinen Ländereien umzusehen. Wenn er sich weigert, dann wird er sein blaues Wunder erleben.« Sie seufzte. »Ich hoffe, es funktioniert. Und was machen Sie?«

Bain erzählte ihr von allem, was er in Basel herausgefunden hatte. »Gress hat nach einer Bewohnerin in einem Pflegeheim gesucht. Und er hat mit ihr gesprochen, nehme ich an … und herausgefunden, dass eine Anwaltskanzlei in Zürich für ihre Pflege bezahlt, und zwar schon längere Zeit.«

Valeria hörte aufmerksam zu. Etwas an Bains Erzählung erweckte ihre Aufmerksamkeit, alarmierte ihren Instinkt.

»Sie sind jetzt schon wieder in Zürich?«

Bain bejahte, und Valeria hörte, wie sich ein Hauch von unterschwelligem Zorn in seine Stimme mischte. »Man hat mich in dem Heim weder vorgelassen, noch wollte man mir überhaupt sagen, wer diese Frau ist, mit der Gress gesprochen hat … aber dieser Anwalt weiß es.«

»Wieso sollte der mit Ihnen sprechen?«

Bain lachte trocken. »Lassen Sie das mal meine Sache sein«, erwiderte er. Valeria fand, es klang kalt.

»Tun Sie nichts, was Sie später bereuen.«

»Und wenn ich etwas vorhabe, was ich ganz sicher nicht bereuen werde?«

»Dann tun Sie es.«

»Und Sie, Ravelli? Halten Sie sich auch an Ihre eigenen Ratschläge?«

Valeria blickte zum Fenster des entkernten Hauses hinaus, wo der Wind an den Baumkronen rüttelte. »Ich werde mir Mühe geben. Aber wenn Sie diesen Rochat selbst getroffen hätten, Bain, dann würden Sie mir zustimmen … Da stimmt etwas ganz gewaltig nicht.«

»Wann fahren Sie?«

»Ich weiß es noch nicht. Bald. Jetzt geht es erst mal zurück ins Dorf. Muss alles erst verarbeiten – diese Bilder, all das.«

»Gut. Machen Sie das. Und halten Sie mich auf dem Laufenden.«

Sie verabschiedeten sich, und Valeria verließ das alte Haus von Rudolf Rochat.

Was sie nicht sah, war die kleine, ganz in Rot gekleidete Gestalt, die sie aus dem Schatten hinter einem der Fenster im oberen Stock beobachtete.

26

Bain erreichte Zürich am frühen Abend. Das Telefonat mit Ravelli hatte ihn nachdenklich zurückgelassen: Zu offensichtlich war diese Spur, die sie zurück zu diesem Richard Rochat führte – und doch, die Fotos ließen sich nicht leugnen.

Es sei denn …

Es sei denn, jemand hatte eine aufwendige Fälschung inszeniert, Fotos bearbeitet … Dennoch: Maria Wyss war verschwunden.

Vielleicht gab es jemanden, der Ravelli helfen wollte.

Vielleicht hatte sie einen Freund in Steinberg, der sie heimlich unterstützte, weil er gewisse Dinge ans Tageslicht zerren wollte.

Vielleicht war es aber auch nichts anderes als eine Falle.

Die Anwaltskanzlei, deren Adresse Bain von Tsukros erhalten hatte, lag in einem hohen, verglasten Gebäude mitten in der Stadt.

Bain hatte nicht vor, einfach so hineinzugehen, doch hatte er einen Freund bei der Verkehrsüberwachung, der ihm noch einen Gefallen schuldete: In der Nähe des alten Heims, das nun abgerissen wurde, war eine Überwachungskamera installiert, und die Bilder zeigten den Anwalt, wie er regelmäßig zum Ersten des Monats auftauchte und nach exakt fünfzehn Minuten das Heim wieder verließ.

Bain hatte sich sein Gesicht eingeprägt und erkannte ihn sofort, als er aus dem gläsernen Bürogebäude trat und sich auf den Weg zu seinem Wagen machte – ein älterer Jaguar, dessen tanngrüne Lackschicht im Licht der untergehenden Herbstsonne funkelte.

Bain folgte dem Mann in seinem Wagen und parkte schließlich etwa vierzig Meter von dem Haus entfernt, das der Anwalt angesteuert hatte und in dem er gerade verschwunden war.

Gumboldt und Collegen. Dies hatte auf dem Schild auf dem gläsernen Bürogebäude gestanden, und der Name Gumboldt befand sich nun auch auf dem Schild am Zaun jener Villa ganz in Weiß, vor der Bain stand.

Er läutete.

»Bitte?«, erklang eine männliche Stimme über die Gegensprechanlage.

»Steffen Mork«, sagte er. »Sicherheitsdienst.«

»Sicherheits…? Ich habe niemanden bestellt.«

»Es geht um ausgetretenes Gas. Wir informieren die Bevölkerung.«

»Nun, das haben Sie ja jetzt getan. Einen schönen Abend.«

Es klickte, aber Bain ließ sich nicht abwimmeln. Er läutete erneut, und als sich die Stimme wieder meldete, sagte er mit Nachdruck: »Ich muss die Werte messen. Auch auf Ihrem Grundstück.«

Es summte, und die Tür öffnete sich.

Was für eine blödsinnige Geschichte, dachte Bain, aber sie zieht.

Gumboldt kam aus der Tür, und Bain nutzte die Chance. Er eilte auf ihn zu und schob den kleinen, fast kahlen Mann durch die Haustür seiner Villa gleich wieder zurück in den Hausflur, der mit weißem Marmor ausgelegt war. Kunstvoll bemalte Vasen standen neben kupfernen Statuen an den Wänden.

»Nicht nach draußen gehen«, fuhr Bain den Anwalt an. »Damit ist nicht zu spaßen!«

»Von wem genau kommen Sie?« Gumboldt musterte ihn argwöhnisch.

Bain wusste, dass seine kleine Geschichte gleich auffliegen würde, also gab er sich keine Mühe, sie weiter aufrechtzuerhalten. Er bugsierte den Anwalt in den erstbesten Sessel, den er im Wohnzimmer fand.

»Allein zu Hause?«

Gumboldt nickte. Bain sah keine Lüge in seinen Augen. »Sie werden doch nicht schwindeln, nicht wahr?«

»Was wollen Sie? Geld? Nehmen Sie, meine Brieftasche liegt da drüben.«

»Kein Geld«, erwiderte Bain. »Nein, nein, nein.« Er zog seine Dienstwaffe und richtete sie auf Gumboldt, der auf seinem Sessel erbleichte.

»Kommen Sie, Mann, was soll …«

»Mund halten«, sagte Bain mit einer solchen Kälte und Grausamkeit in der Stimme, dass Gumboldt augenblicklich verstummte. »Ich brauche eine Antwort, und ich rate Ihnen, nicht zu lügen.«

»Dann … fragen Sie.«

»Sie besuchen regelmäßig einen Ort.«

Gumboldt starrte ihn an.

»Und Sie verbringen dort exakt fünfzehn Minuten.«

»Ich gehe nicht ins Bordell.«

Bain musste sich zwingen, nicht laut loszulachen. »Ein Pflegeheim. Sie zahlen dort für den Wohnplatz einer bestimmten Patientin. Ich brauche den Namen und den Grund, wieso Sie das tun.«

Nun fluchte Gumboldt. »Wenn ich Ihnen das sage, können Sie mich auch genauso gut erschießen, hier und jetzt, denn das ist es, was mit mir passieren wird, sollte ich das Geheimnis verraten.«

»Dann versuchen Sie es doch mal und hoffen Sie ein wenig.«

Wieder fluchte der Anwalt. »Ihr Name ist Anna Gruber. Suchen Sie sie und reden Sie selbst mit ihr, ich weiß nämlich nicht, was es mit ihr auf sich hat. Ich bezahle für ihren Platz, weil man mich beauftragt hat, das zu tun. Keine Fragen, das war Teil des Deals.«

»Wer hat Sie beauftragt?« Bain senkte die Waffe. Der Mann kooperierte, es war nicht nötig, dass er seinen teuren Ledersessel vollpinkelte.

»Ein Mann ... hab ihn nur ein einziges Mal getroffen. Franzose, wenn ich raten müsste. Seltsamer Akzent, gab sich sehr ... aufgetakelt. Marceau oder so ähnlich, so hat er sich vorgestellt.«

»Und dann?«

»Nichts. Auf einem unserer Konten geht jeden Monat ein Geldbetrag ein, und ich übergebe den Betrag abzüglich meiner Gebühr an das Pflegeheim. Er sagte, es muss persönlich geschehen. Jeden Monat.«

»Marceau, sagen Sie?«

»Wieso ist das wichtig? Das ist sicher nur ein unbekannter Wohltäter, der jemandem etwas Gutes tun will.«

Bain musste nun doch lachen. »Natürlich. Und der Weihnachtsmann existiert, und alle Menschen haben sich lieb und fassen sich an den Händen und tanzen gemeinsam Cha-Cha-Cha. Wie naiv können Sie denn sein, Mann? Ich dachte, um in Zürich Anwalt zu sein, muss man diese Eigenschaft schon lange abgelegt haben.«

Nun verwandelte sich der Blick, mit dem Gumboldt ihn bedachte. Er starrte ihn voller Bösartigkeit an. »Vielleicht bin nicht ich der Geschädigte in dieser Sache. Wenn rauskommt, dass Sie von diesem Heim wissen, legen die Sie schneller um, als Sie sich verstecken können. Und selbst wenn Sie sich verstecken, die finden Sie überall.«

»Ach ja? Wer sind *die*?«

»Ich habe nicht die geringste Ahnung.«

Auch hier schien der Anwalt nicht zu lügen, wie Bain es einschätzen konnte. »Also kam dieser Marceau einfach eines Tages in die Kanzlei und beauftragte Sie mit dieser seltsamen Sache. Und Sie haben sich nie Gedanken gemacht, was das alles soll, was dahintersteckt?«

»Wie ich schon sagte: Es gibt durchaus noch Wohltäter auf dieser Welt. Und da das Geld regelmäßig eintrifft, hatten wir nie einen Anlass, Fragen zu stellen.«

»Wie kommen Sie dann darauf, dass diese Wohltäter mir oder Ihnen selbst etwas antun würden?«

»Dieser Marceau war eindeutig. Kein Wort zu niemandem. Und die Zahlungen müssen pünktlich erfolgen, sodass keine Fragen aufkommen. Das war alles, aber der Unterton des Herrn … Nun, ich nehme an, Ihnen muss ich das nicht erklären.« Gumboldt spuckte die Worte aus. »Und jetzt? Schießen Sie mir jetzt in den Kopf?«

Bain schüttelte den Kopf. »Nicht heute. Aber wenn Sie gelogen haben und ich bemerke, dass Sie versuchen, mich in eine Falle zu locken … dann komme ich wieder.«

»Wer sind Sie, Mann?« Der Unterton war eindeutig: Wie können Sie nur so dreist sein, das hier durchzuziehen? Wissen Sie nicht, wer ich bin, welche Verbindungen ich habe?

Aber Bain wusste es sehr gut – ein zweiter Kontakt hatte

ihm alles über Gumboldt und seine *Collegen* erzählt, was er wissen musste. Sie wickelten Mafiagelder ab, 'Ndrangheta, und blieben dabei stets sauber und tief in den Schatten. Natürlich würden solche skrupellosen Anwälte auch für jemanden arbeiten, der seine Zwecke verschleiern musste.

Das Geld für diesen Heimplatz ... Entweder wollte man sich bei Anna Gruber für irgendetwas bedanken, oder man wollte sie wegsperren und bestrafen, ihr Leben verlängern, während die Frau in einem Heim festsaß, aus dem sie nicht mehr würde entkommen können.

Bain las seine eigenen Gedanken in Gumboldts Augen, er sah das Rasiermesserlächeln, das sich auf die Lippen des Mannes schlich.

Ja, er verheimlichte etwas. Aber es gab keinen Weg, es jetzt aus ihm herauszubekommen. Er brauchte Zeit.

»Wenn ich gehe«, sagte Bain, »dann werden Sie als Erstes zum Telefon laufen und einige Personen anrufen. Ich durchschaue dieses kleine Theater. Aber ich werde mir eine Sache zunutze machen.«

Gumboldt hob die Brauen. »Und die wäre?«

»Sie sind ein Feigling. Und ich habe eine geladene Waffe. Können Sie sich wirklich sicher sein, dass ich weg bin? Außerdem ... habe ich noch das hier dabei.« Er nahm Plastikkabelbinder aus seiner Manteltasche, zerrte Gumboldt aus dem Sessel, schob ihn auf einen schweren Gusseisenheizkörper in einer Nische zu und fesselte sein Handgelenk an den Heizkörper.

»So. Jetzt haben Sie erst mal was zu tun. Und wenn Sie es schaffen sollten, sich zu befreien ... Passen Sie auf, wen Sie dann anrufen. Vielleicht bin ich ja noch in der Nähe.«

»Sie tun mir leid«, erwiderte Gumboldt. Nun hatte jede

Aufregung seine Stimme verlassen, er hatte sich gefangen, sein Ton war sachlich und kühl.

»Wieso das?«, erwiderte Bain.

»Weil ich mir gar nicht vorstellen mag, was die mit Ihnen anfangen, Sie Spinner. Ich kann mir gut Gesichter merken, und Ihres habe ich mir ganz genau eingeprägt.«

Das war eine Drohung, und Bain ahnte, dass es keine leere war. Der Mann hatte zweifellos gefährliche Kontakte.

»Gute Nacht«, sagte er nur, machte kehrt und ging hinaus.

Gumboldt wusste nun, wohin Bain unterwegs war. Anna Gruber … Das war ein Problem.

Vor der Tür der Villa drehte er sich noch einmal um. Die weiße Fassade war hell erleuchtet, als wollte Gumboldt um jeden Preis die Nacht vertreiben. Etwas belastete ihn, ohne Zweifel. Sein Gewissen, wenn er denn noch so etwas besaß, war nicht rein.

Und deines auch nicht, dachte Bain. *Nein. So geht das nicht. Du brauchst mehr Zeit. Kannst nicht zulassen, dass Gumboldt jemanden informiert, dass er sich befreit und wild drauflos telefoniert, oder dass jemand kommt und ihn rettet … nicht jetzt, noch nicht.*

Er ging wieder zurück ins Haus.

TEIL ZWEI:

WAIDMANNSHEIL

27

»Kein Gift«, sagte Hublot am Telefon zu Valeria. »In den Proben war nichts, was auf Fremdeinwirkung schließen lässt. Vollkommen erhöhte Blutwerte, ja, aber Rafael Brusco ist schwer krank, wie Sie mir ja schon erzählt haben. Dieser Anfall war auf seine Krankheit zurückzuführen … und wie ich hörte, hat er überlebt.«

»Er liegt in einer Privatklinik in Sankt Moritz.« Valeria ermutigte diese Information keineswegs, sie hätte schwören können, dass Donna Vittoria Brusco ihrem Bruder etwas in das Glas getan hatte. »Also bin ich wohl verrückt geworden«, sagte sie leise. »Ich hab es in Bruscos Augen gesehen. Sie hat mich herausgefordert. Sie wollte es in meiner Anwesenheit tun … Ich hätte schwören können, dass es so ist.«

»Ravelli, die Probe …«

»… ist eindeutig. Wissenschaft lügt nicht.« Sie lachte. »Und Sie sind wirklich sicher, dass sich da kein Fehler eingeschlichen haben könnte?«

»Ja«, erwiderte Hublot. »In diesem Fall.«

»Das wäre ja auch zu einfach gewesen.« *Aber bist* du *dir ebenfalls absolut sicher? Wem kannst du hier wirklich trauen?* Sie kannte Hublot kaum, und er war in dieser Sache ihre einzige Verbindung zu einem Labor außerhalb. Wenn er log, was diese Ergebnisse anging …

Nein. Sie tat den Gedanken sofort wieder ab. *Du wirst noch paranoid.*

»Ravelli? Ist alles in Ordnung?«

Nein. Nein, das ist es überhaupt nicht. »Ich habe nicht damit gerechnet, dass wir überhaupt nichts in dieser Probe finden. Wissen Sie, ich habe es gesehen, Vittoria Bruscos Ausdruck in ihren Augen, und ich … Wenn ich mich nicht mehr auf mich selbst verlassen kann, auf meinen Instinkt, auf wen kann ich mich dann überhaupt noch verlassen? Richtig, auf gar niemanden mehr.«

»Sie haben sich das sicher nicht eingebildet, aber vielleicht war diese Ablehnung, die Sie an Brusco gesehen haben, eher dem Umstand geschuldet, dass Sie sie dazu gedrängt haben, mit ihrem Bruder zu sprechen.«

»Er hat gesagt, er hasst sie alle hier … und dann noch etwas über seine Schwester. Sie will nicht, hat er gesagt, und dann hat er angefangen zu keuchen.«

»Er hasst alle hier? In Steinberg?«

»Vermutlich. Mehr konnte er mir nicht sagen. Aber mich interessiert mehr, was seine Schwester nicht will. Mir ist selten jemand mit einer derartigen Ablehnung gegenübergetreten.«

»Vielleicht hätten Sie eine ihrer Puppen kaufen sollen, dann wäre sie ein wenig aufgeschlossener gewesen.«

»Ich wünschte, ich hätte irgendwie zu ihr durchdringen können. Aber sie war sofort vollkommen abweisend. Als müsste sie unbedingt etwas beschützen – vor mir, vor den Polizisten im Ort. Als hätte Gress etwas herbeigerufen, mit dem sie nicht umgehen kann.«

»Ein Geheimnis, das sie unbedingt bewahren will?«, fragte Hublot.

»Ja. Und so, wie ihr Bruder klang, weiß er davon. Oder er ahnt zumindest etwas.«

»Also wollen Sie noch mal mit ihm sprechen?«

»Das wäre wohl das Beste«, erwiderte Valeria. »Aber ich habe mit dem behandelnden Arzt telefoniert, und dessen Aussage war eindeutig: Rafael Brusco liegt im Koma. Die Lungenentzündung, an der er leidet, ist sehr weit fortgeschritten ... Es ist fraglich, ob er überleben wird.«

»Aber an einer Lungenentzündung stirbt man heutzutage nicht mehr, solange man sie frühzeitig behandelt.«

»Sagen Sie das seiner Schwester.« Valeria schüttelte den Kopf. »Glauer hat Brusco diesbezüglich befragt. Sie sagte ihm, sie hätte alles für ihren Bruder getan, damit es ihm besser geht. Er nahm ein hochdosiertes Antibiotikum gegen die Krankheit ein ... aber natürlich wissen wir das nicht genau.«

»Es wäre jedenfalls weniger auffällig, ihm seine Medikamente vorzuenthalten, als ihn zu vergiften. Wenn sie ihn wirklich aus dem Weg haben wollte ...« Hublot zögerte. »Aber wieso, Ravelli?«

»Rafael hat Gress gefunden. Er hat all das angestoßen. Er hat die Polizei angerufen. Vielleicht ist genau das jemandem aufgefallen, der diese besondere Aufmerksamkeit nicht will.«

»Donna Brusco? Oder dem seltsamen Grafen?«

»Möglicherweise Letzterem. Irgendwie laufen viele Fäden zu ihm.«

»Und jetzt wollen Sie zu ihm zurück«, sagte Hublot.

»Ich muss«, erwiderte Valeria. »Ich muss es tun.«

Nachdem sie das Telefonat beendet hatte, saß Valeria einige Minuten auf dem Bett in Zieglers Pension und blickte zum Fenster hinaus. Regen schlug gegen die Scheibe, prasselte geräuschvoll auf das Fensterbrett. Das Deckenlicht summte leise, als versuchte es mit aller Mühe, das trübe, graue Tageslicht zu verstärken, das hereindrang.

Der Gedanke, sofort zu Richard Rochat zurückzufahren, behagte ihr nicht. Sie wusste genau, wie man sie empfangen würde, widerwillig, ja vielleicht sogar feindlich.

Und dennoch – sie musste zurückkehren. Die Angestellte, die auf sie wartete, mit ihr sprechen wollte … die Spur, die hinter der Parkanlage in Richtung des Tannenwaldes verlief. Maria Wyss, die auf den Fotos im Inneren von Rochats Herrenhaus verschwunden war.

Dorthin zurückzukehren, bedeutete, sich in eine Löwenhöhle zu begeben. Zu einem Ort, an dem man keine Gnade kannte. Valeria musste an Rochats blassblaue Augen denken, daran, wie er sie während ihres kurzen Gesprächs gemustert hatte, als betrachtete er irgendein Objekt, das er überlegte zu kaufen.

Sie schwang die Beine vom Bett, ging zum Fenster und legte beide Hände an das Glas. Eine dünne, einfach verglaste Fensterscheibe, durch die sie die Kälte, die auf der anderen Seite lauerte, deutlich spüren konnte.

Ihre Augen blickten zurück, ihr Spiegelbild im Glas. Wie ein Foto, bei dem der Hintergrund im Regen verschwamm … wie ein Foto, das durch eine beschlagene Scheibe gemacht worden war.

Ein Foto.

»Verflucht«, stieß sie hervor, als sich plötzlich zwei Dinge wie bei einem lange ungelösten Puzzle zusammenfügten. »Ein Foto …«

Sie griff nach ihrem Smartphone und rief die Bilder auf, die Maria Wyss ihrer Mutter aus Locarno geschickt hatte. Auf dem einen lächelte sie vor dem Lago Maggiore in die Kamera. Auf einem zweiten stand sie vor einem gelb gestrichenen Gebäude mit einer Palme davor und schleckte an einem Waffeleis. Auch hier das Lächeln, doch Valeria wurde das Gefühl nicht los, dass etwas an diesem Lächeln nur vorgetäuscht, nicht viel mehr als eine Maske war.

Sie zoomte an das Wasser des Lago Maggiore im Hintergrund des ersten Bildes heran. So, wie Maria auf dem aufs Wasser hinausführenden Pier stand, und wie sie die Augen zusammenkniff, weil ihr die Sonne ins Gesicht fiel, hätte sie einen Schatten werfen müssen …

Doch auf dem Wasser gab es keinen Schatten.

Valeria zoomte in das zweite Bild. Ein Stück links war im Wasser die Spiegelung eines Schiffes zu erkennen und der Name, der auf die Seite gemalt worden war: *Sigurd*.

Valeria wählte die Nummer der Polizei Locarno und ließ sich zum Hafen durchstellen. Nach einigen Minuten hatte sie die Information, dass das Schiff Sigurd seit vier Jahren nicht mehr eingelaufen war.

Das Bild war gefälscht. Maria Wyss stand vor einem Hintergrund, der vier Jahre alt war – und warf keinen Schatten.

»Also ein Greenscreen«, sagte Valeria in die Stille hinein, »oder ganz einfach Photoshop.«

Jemand hatte Marias Mutter bewusst getäuscht, hatte diese Bilder gefälscht und sie mit Marias Handy gesendet … Wie war das möglich? Maria wurde in das manipulierte, veraltete Bild hineingebaut … Ihr Foto war durch ihre Mutter als aktuell identifiziert worden, und wenn ihre Mutter die Wahrheit sagte …

Valeria betrachtete die junge Frau lange, während es weiter gegen das kleine Fenster regnete und das Trommeln der Tropfen ihre Gedanken rhythmisch begleitete. Dieses Lächeln, das Maria aufgesetzt hatte – nach einer Weile kam Valeria zur Überzeugung, dass es keineswegs so fröhlich und unbeschwert wirkte, wie es einen flüchtigen Betrachter glauben machen sollte.

Im Gegenteil – es wirkte seltsam erzwungen, ja, gequält. Als hätte jemand Maria dazu aufgefordert, so in die Kamera zu sehen – vielleicht sogar unter der Androhung von üblen Folgen, sollte sie sich weigern.

Valeria wählte Bains Nummer. Die Mobilbox ging dran, doch als sie ihn ein zweites Mal anwählte, nahm er ab. Bain klang außer Atem, als wäre er einige Kilometer weit gelaufen.

»Alles klar bei Ihnen?«, fragte sie ihn.

»Ja, so weit schon«, sagte er. »Ich kenne nun den Namen dieser Frau, für die man den Platz in diesem Pflegeheim so regelmäßig bezahlt.«

»Und reden Sie mit ihr?«

»Das hab ich als Nächstes vor.«

»Sehr gut. Ich will eigentlich gar nicht genau wissen, wie Sie da drangekommen sind. Dieser Anwalt ... Er war sicher kooperativ.«

Bain zögerte kurz, was Valeria einiges über die Kooperationsbereitschaft des Mannes verriet – und über Bain ebenfalls. »Er hat mir den Namen der Frau genannt ... Alles Weitere spielt keine Rolle.«

»Bain, ich will Ihnen nicht reinreden, wie Sie diese Sache angehen ... aber verflucht, passen Sie auf, wem Sie hier ans Bein pinkeln. Ich werde das Gefühl nicht los, dass an dem Mordfall Gress mehr dahintersteckt, als wir derzeit überblicken können. Und dass einige dieser Leute, die für Gress' Tod verantwortlich sind, es gar nicht gerne sehen, wenn wir ihnen so sehr auf den Zahn fühlen.«

»Auf den Zahn fühlen? Aber das war doch noch gar nichts. Wenn ich auf den Zahn fühle, Ravelli, dann wird sich das ein wenig anders anfühlen. Aber rührend, wie Sie sich um mich sorgen. Ihre Bedenken wurden zur Kenntnis genommen.«

Valeria konnte durch die Telefonverbindung fast schon sehen, wie Bain gerade lächelte. *Er spielt mit dir.* »Wie kommen Sie darauf, ich mache mir Sorgen um Sie?«

»Oh, das ist doch ganz eindeutig.«

»Wirklich?«

»Wieso rufen Sie an? Oder geht es Ihnen nur darum, meine Stimme zu hören?«

»Nein, ich fürchte, ich habe da etwas herausgefunden. Augenblick.« Sie schickte die beiden Fotos, die Maria Wyss zeigten, an Bain weiter.

»Zwei eindeutige Zeichen für Bildmanipulation«, sagte sie und erklärte Bain, was sie festgestellt hatte.

»Das ist ja ein Ding«, erwiderte er. »Aber ja, ich sehe es auch. Verflucht, das bedeutet, dass jemand diese Maria abgefangen hat. Sie ist wahrscheinlich nie in Locarno angekommen.«

»Meinen Sie, jemand hat sie entführt? Und dann diese Fotos gemacht und sie an die Mutter verschickt, um vorzutäuschen, Maria wäre an ihrem Urlaubsziel angekommen?«

»Jep«, machte Bain. »Und wenn ich raten müsste, würde ich nach ihrem Auto eher in der Nähe von Steinberg suchen als Hunderte Kilometer entfernt in Locarno.«

»Aber sie wollte nach Locarno. Das hat sie ihrer Mutter gesagt.«

»Entweder steckt die Mutter irgendwie mit drin …«

»Das glaube ich nicht. Ich hab mit ihr gesprochen. Sie wäre Oscar-würdig gewesen, wenn sie mir ihre Sorge vorgetäuscht hätte. Also bleibt nur die andere Möglichkeit: Jemand, der von Marias Urlaubsplänen wusste, hat sie abgefangen.«

»Ihre Freundinnen? Hat jemand mit denen gesprochen?«

»Glauer hat das persönlich übernommen, und er sagte mir, die hätten nur gewusst, dass sie allein nach Locarno fahren will. Eine Auszeit, mehr nicht.«

»Die könnten das weitererzählt haben«, meinte Bain, »aber das ist nicht sehr wahrscheinlich.«

»Nein«, stimmte Valeria zu. »Nein, das denke ich nicht. Aber jemand muss davon erfahren haben, wenn man Maria entführt hat. *Wenn.*«

»Ravelli, diese Bilder sind eindeutig manipuliert.«

»Ja, aber zu welchem Zweck? Was ist, wenn Maria einfach nur abgehauen ist? Wenn sie Steinberg den Rücken gekehrt hat und es niemanden wissen lassen wollte.«

»Aber dann erfindet man doch nicht so eine Story. Gefälschte Bilder … Nein. Dahinter steckt eindeutig jemand, der alle glauben lassen will, Maria wäre wirklich in Locarno angekommen.«

»So, wie sie da in die Kamera schaut … Man muss sie wirklich sehr bedroht haben, dass sie das mitmacht. Was allerdings wieder zu meiner früheren Aussage passt, Bain. Es gibt einige Leute, die sich sehr darüber ärgern, was wir hier tun.«

»Wieso ausgerechnet Maria Wyss?«

»Nun, wir haben das Übliche: weil sie jung ist? Hübsch? Alleinstehend?«

Bain brummte etwas Unverständliches. »Wenn wir uns an die Vermisstenfälle, die Gress untersucht hat, erinnern, dann gibt es ein Muster, in das auch Maria Wyss passt.«

»Ich weiß. Natürlich, daran habe ich auch schon die ganze Zeit denken müssen. Aber abgesehen von diesen groben

Merkmalen gibt es keine weiteren Verbindungen.« Valeria zögerte. Es fühlte sich unangenehm an, diesen Gedanken weiterzuverfolgen, wie ein schmerzhaftes Ziehen an den Schläfen. Vielleicht war es auch nur das Wetter. Vorhin im Radio war von einem aufziehenden Sturm die Rede gewesen und auch vom raschen Sinken der Schneefallgrenze. »Vielleicht braucht es die auch nicht. Vielleicht genügt es auch ... junge, alleinstehende Frauen. Reisende. Waisen. Verlorene Seelen. Und dieses Mal Maria Wyss aus Steinberg.«

»Sie müssen sich da noch mal dransetzen, Ravelli. Und ich besuche diese Anna Gruber. Eine Sache weiß ich schon, denn ich konnte über eine Bekannte bei den Behörden herausfinden, wo die Frau geboren wurde.«

»Sie haben aber viele Bekannte, Bain.«

»Ja«, erwiderte er schlicht. »Aber hören Sie zu, ich fürchte, es ist wichtig.«

Valeria lauschte den Regentropfen, die gegen das Fenster schlugen – plötzlich klangen sie so laut wie Donnerschläge –, und wappnete sich vor dieser Neuigkeit, auch wenn sie sie bereits erahnte.

»Anna Gruber wurde in Steinberg geboren.«

28

Jemand hier hilft dir. Jemand hat das Foto hinterlassen, das Wyss bei Rochat zeigt. Dieser Jemand hat dir den passenden Schlüssel zu der kleinen Truhe und die Koordinaten zugespielt.

Aber das bedeutet auch: Jemand weiß, zu welchem Zweck du dich in Steinberg aufhältst.

Die Nacht brach herein, und Valeria lauschte möglichen Schritten, die draußen vor der Tür über den Holzdielenboden herankamen, ein nächtlicher Gast. Aber da waren keine Schritte, und das einzige Geräusch, das von draußen hereindrang, war das des Windes, der an den Dachziegeln rüttelte. Sie öffnete das Fenster und hörte, wie mit den Windböen die fernen Geräusche von Stimmen und Lachen und Musik herangetragen wurden.

Dieses Fest, das Ziegler erwähnt hatte, auf dem kleinen Dorfplatz. *Ganz in der Nähe dieses Restaurants, das du mit Matteo Wagner besucht hast – du weißt, wo du hingehen musst. Vielleicht wäre es nicht die schlechteste Idee, sich heute Abend unter die Bevölkerung zu mischen.*

Entweder das, oder du fährst gleich zurück zu Rochat.

Valeria zog ihren Mantel an, schloss die Tür ab und ging über die knarrende Treppe hinab. Rochat konnte noch ein paar Stunden warten, beschloss sie.

»Ah, haben Sie sich doch noch umentschieden?« Ziegler musterte sie vom Empfang her.

»Ich brauche ein wenig frische Luft«, sagte sie. »Bis später.«

Während sie durchs Dorf in Richtung Ortsmitte ging, kam eine Nachricht von Glauer auf ihrem Handy an: *Die Männer in der Höhle machen Fortschritte. Wir sind morgen früh auf der anderen Seite. Älterer Karte zufolge endet die Höhle aber etwa hundert Meter weiter. Wir werden sehen.*

Valeria hörte die Musik und roch den Duft von frischen Waffeln, noch ehe sie den Dorfplatz erreicht hatte. Warmes Licht strahlte von einigen Ständen über das Kopfsteinpflaster, und etwa zwanzig Menschen standen in der Nähe, manche heiß dampfende Grillspieße in den Händen, die ein Verkaufsstand in der Nähe auf einem Holzkohlegrill zubereitete, dazu trank man aus Tassen, aus denen es nach Tee und Glühwein roch.

Sie entdeckte den Priester Alvarez, dessen zurückgekämmtes, dunkles, ein wenig fettig schimmerndes Haar ihn in diesem Halbdunkel mehr denn je wie einen Mafioso wirken ließ. Er nickte ihr zu und kam herüber. Valeria sah, dass er ein Buch in der Hand hielt.

»Leutnant Ravelli.«

»Hochwürden.«

»Genehmigen Sie sich einen Blick auf die Gemeinde?«

Valeria fühlte sich in seiner Anwesenheit, als würde er versuchen, sie zu durchleuchten. Bis auf die Knochen, dachte sie, oder in seinem Fall wohl eher: bis auf die Seele.

»Und Sie?«, erwiderte Valeria. »Auch einen Blick auf die Gemeinde?«

Alvarez nickte bedächtig. »Ich habe einer Frau aus dem Ort

ein Buch vorbeibringen wollen, aber ich fürchte, ich wurde versetzt.« Er hielt das Buch so, dass sie den Titel lesen konnte. *Eine theologische Analyse des Johannes-Evangeliums*, stand dort.

»Passiert das häufiger?«

»Nein, Leutnant. Aber ich merke schon, Sie machen sich über mich lustig. Und zu meinem Bedauern muss ich Ihnen mitteilen, dass von all jenen, die hier stehen, jeden Sonntag vielleicht nur die Hälfte, wenn es hochkommt, in meiner Kirche erscheint.«

»Aber es ist nicht Ihre Kirche. Es ist immer noch die vom lieben Gott, nicht wahr?«

»Das ist wahr, Leutnant.« Er nickte ihr zu. »Haben Sie noch einen schönen Abend.«

Alvarez ging und verschwand so schnell zwischen den Herumstehenden, als könnte er sich in Luft auflösen.

»Sieh an«, sagte jemand zu Valerias Rechten. »Frau Kommissarin schaut vorbei.«

Es war Matteo Wagner, der ein Glas Wein in der Hand hielt und einen dicken karierten Schal um den Hals gebunden hatte. »Darf ich dich auf etwas zu essen einladen?«

Valeria nickte. »Wieso nicht? So eine Waffel dort und vielleicht etwas Glühwein.« Sie bemerkte, wie man sie beobachtete, und Wagner registrierte es wohl ebenfalls, denn er schlug schließlich vor, zu einem ein wenig abseits gelegenen Stand hinüberzugehen, wo eine alte Frau und ihr ebenso alter, runzliger Mann eine heiß dampfende Suppe aus einem großen Topf verkauften.

»Bist du im Fall Gress schon vorangekommen?«

»Ich bin nicht deshalb hier, wollte nur mal sehen, was man in Steinberg für Dorffeste feiert.«

Wagner lachte halblaut. »Nicht viele, würde ich meinen«, erwiderte er. »Das hier nennt der Bürgermeister das Herbstfest.«

»Findet das jedes Jahr statt?«

»Ja.«

Valeria probierte den Glühwein: Er war heiß und stark, der Geschmack von Nelke lag deutlich im Vordergrund und rieb sich wie Sandpapier auf ihrer Zunge.

»Wie schmeckt er?«

»Oh, nicht schlecht.« Sie warf Wagner einen Blick zu. Die Kälte der Luft hatte seine Wangen rot gefärbt, sein braunes Haar war zerzaust.

»Ich muss mich noch mal entschuldigen«, sagte er, »dafür, dass ich dich so leichtfertig zu dieser verfluchten Hütte geschickt habe.«

Die Hütte. Hublot hatte erklärt, dass der Abgleich des Zahnstatus der Leiche nur noch ein paar Tage in Anspruch nehmen würde, dann hatten sie eine eindeutige Information darüber, wer der unter den Dielen versteckte lebende Tote gewesen war.

»Ich werde das Gefühl nicht los«, sagte sie leise, weil sich ein paar der anderen Besucher ein wenig in ihre Nähe bewegt hatten, »dass mit diesem Dorf eine ganze Menge nicht stimmt.«

Wieder lachte Wagner, doch klang seine Reaktion in Valerias Ohren nervös und angespannt, kaum natürlich. »Ich sagte doch, es gibt eine Menge der üblichen Dorfgeschichten – Männer, die anderen ihre Frauen ausspannen, Streitigkeiten um das Land …«

»Das meine ich nicht. Ich rede davon, dass Steinberg im Schatten liegt …«

»Im Schatten? Du meinst die Viertausender?«

»Nein.« Valeria schüttelte den Kopf, und ihr dunkelbrauner

Zopf flog hin und her. Wagner beobachtete sie, und in seinem Blick lag nicht nur Wärme. »Im Schatten eines anderen. Des *Comte*.«

»Der …« Wagner blickte auf einen Punkt irgendwo hinter ihr. »Verflucht«, stieß er hervor, »was sucht der hier?«

Valeria drehte sich um.

Da war Karl Leuenberger, ganz offensichtlich sehr betrunken, so sehr, wie er schwankte, und die Umstehenden waren allesamt ein paar Meter von ihm zurückgewichen, ganz so, als widerte er sie an.

»Ihr alle«, lallte er laut, »ihr alle … kotzt mich an!«

»Verschwinde von hier«, sagte einer der Männer. Valeria kannte seinen Namen nicht, aber sie glaubte, ihn schon mal flüchtig auf der Straße in der Nähe von Zieglers Pension gesehen zu haben. »Sofort, Karl.«

»Du sagst mir gar nichts.« Karl Leuenberger machte einen unsicheren Schritt vorwärts und hob die Hand, als wollte er auf jemanden zeigen. »Ihr seid alle der gleiche …« Er hustete. »… der gleiche verkommene Haufen. Ihr und eure Väter. Und das wisst ihr. Seht euch an … so selbstgefällig, wie ihr da steht. Schmarotzer … Parasiten … Verräter …«

Zwei Männer lösten sich aus der Gruppe, die vor Leuenberger ein Stück zurückgewichen war. »Halt den Mund«, sagte der eine, den Valeria wiederzuerkennen glaubte. »Karl, halt einfach dein dreckiges Lügenmaul, verstanden?«

Einer der Männer packte Leuenberger, doch der stieß die Hand zur Seite. »Fass mich nicht an!«

»Karl, Ruhe. Du bist betrunken, also komm, geh einfach …«

»Ihr wisst es doch alle. Ihr wisst es ganz genau, ihr Dreckschweine.«

»Halt jetzt endlich dein Maul, Leuenberger!« Einer der

Männer stieß Karl Leuenberger von sich, und der stolperte und landete auf dem Pflaster. Valeria hatte genug gesehen.

»Hey!«, rief sie. »Lassen Sie den Mann!«

Die Umstehenden wichen weiter zurück. Valeria streckte Karl Leuenberger die Hand entgegen, die dieser jedoch nicht ergriff. Er rappelte sich allein zurück auf die Füße und starrte sie beinah ebenso hasserfüllt an wie alle anderen.

»Kommen Sie«, sagte Valeria und bugsierte Karl sanft, aber bestimmt vom Dorfplatz weg. »Gehen wir ein Stück.«

»Diese Leute …«, sagte Leuenberger, und Valeria roch die Alkoholfahne, die seinem Mund entwich, »Sie müssen wirklich aufpassen …«

»Was meinen Sie damit? Sie haben gesagt, dass die Sie alle gleichermaßen …«

Leuenberger spuckte auf den Boden. Valeria sah ihm an, wie betrunken er war, und war sich nicht sicher, ob er überhaupt verstand, mit wem er gerade redete. »Die sind alle beteiligt. Alle. Das sollten Sie wissen. Das muss man wissen.«

»Und woran?«

»Woran?«, wiederholte Leuenberger. Er starrte sie an, dann öffnete sich sein Mund zu einem kalten, höhnischen Lachen. »Sehen Sie sich um, dann sehen Sie, woran.«

»Valeria«, hörte sie Wagner rufen, und dann erschien er auch schon an ihrer Seite. »Du musst das nicht machen. Komm, Karl. Ich bring dich nach Hause.«

»Nein«, sagten Leuenberger und sie fast zur selben Zeit. Dann musste Leuenberger wieder husten, doch er winkte ab. »Geht einfach, beide. Ich mach schon. Ich verschwinde, so wie ihr es alle am liebsten hättet.«

»Ich begleite Sie, Leuenberger«, sagte Valeria. »Danke, Matteo, aber ich bin mir sicher, ich schaffe das allein.«

Wagner nickte. »Wie du meinst.«

Er ging, doch spürte Valeria, wie die Gruppe sie noch immer beobachtete. »Kommen Sie«, sagte sie in einem Ton zu Leuenberger, der keinen Widerspruch duldete. »Wo wohnen Sie?«

»Am Dorfrand.« Er wankte neben ihr her, und Valeria war bereit, ihn aufzufangen, sollte er ins Taumeln geraten und fallen. Doch er hielt sich auf den Beinen, ganz der ausdauernde Trinker, der er ganz offensichtlich war.

»Reden Sie«, forderte sie ihn auf. »Ich weiß, dass Sie mich erkennen, so betrunken können Sie gar nicht sein. Und Sie sind auch nicht zufällig heute Abend auf dem Fest aufgetaucht.«

»Es verschwinden Menschen«, sagte Karl Leuenberger. »Immer wieder. Nicht hier, kein Raubtier würde so nah an seinem Bau jagen … aber ich weiß, dass sie hier enden. Dass sie hier ihren Tod finden, sie alle. Und die dahinten … die wissen es. Die profitieren.«

»Ich verstehe«, sagte Valeria. »Und von was genau? Was geschieht mit den verschwundenen Personen?«

Leuenberger hustete, er streckte eine Hand aus und stützte sich an der nächsten Hausfassade ab. »Sie … werden …« Er erbrach sich auf den Gehweg, und Valeria trat ein paar Schritte zurück. Dann hockte sich Leuenberger auf den Boden, hustete wieder und schüttelte den Kopf.

Autoscheinwerfer kamen über die Straße näher, so hell, dass Valeria die Augen abschirmen musste. Das Fahrzeug stoppte dicht neben ihnen. Es war Wagner, der ausstieg und mit besorgtem Blick auf Leuenberger hinabblickte. »Er muss zum Arzt«, sagte er. »Ich kann ihn hinbringen. Komm schon, Valeria. Lass dir helfen.«

Leuenberger reagierte nicht und wirkte nun vollkommen weggetreten. »Also schön. Wir bringen ihn hin«, entschied sie. Mit Wagners Hilfe gelang es ihr, Leuenberger auf den Sitz zu bugsieren. Die Fahrt durch Steinberg war nicht lang, und schließlich stoppten sie vor einem gelb gestrichenen Haus.

»Bringen wir ihn hinein.«

Der Arzt war ein Mann um die vierzig, der sich als Erik Grauenstein vorstellte, und Valeria fand, dass er ihr einen ungewöhnlichen Blick zuwarf. *Als hätte er dich wiedererkannt – oder zumindest schon mal irgendwo gesehen. Und es ist nicht das erste Mal, dass dir das im Dorf auffällt. Man kennt dich. Ist es möglich, dass jemand einige Bewohner vor deiner Ankunft über dich informiert hat?*

»So, Karl«, sagte der Arzt, »jetzt setzen wir uns erst mal hin.« Und an Valeria und Wagner gerichtet fragte er: »Wissen Sie, wie viel er getrunken hat?«

»Keine Ahnung.«

»Eine Menge«, sagte Valeria.

»Gut. Sie können gehen, wir schaffen das, denke ich.« Der Arzt warf Valeria einen leicht traurigen Blick zu. »Es ist nicht das erste Mal, dass Herr Leuenberger hier auftaucht. Danke.«

Valeria folgte Wagner hinaus. In der Kälte der Nacht kramte Wagner in seiner Jackentasche und bot ihr schließlich eine Zigarette an.

»Ich rauche nicht.«

»Ich eigentlich auch nicht«, sagte er, »aber unter diesen Umständen …«

»Unter welchen Umständen?«

»Zu viele Tote«, sagte Wagner.

»Zu viele«, sagte Valeria. »Ja, richtig. Und wieso?«

Wagner zuckte mit den Schultern.

»Weil uns jemand hier verarscht. Ich kann es fühlen. Wir wurden vorhin unterbrochen. Ich sagte, Steinberg läge im Schatten.«

»Richtig«, erwiderte Wagner und warf die Zigarette in den Mülleimer, der an einem Verkehrsschild in der Nähe angebracht war. »Und ich fragte, im Schatten der hohen Berge ringsum?«

»Es sind nicht die Berge.« Valeria beobachtete, wie der letzte Rauch in die Nacht aufstieg und sich vor dem Vollmond, der rund und schwer am Himmel stand, verlor. »Es ist etwas anderes, eine andere Art Schatten. Wie ein Mensch, der ein ganzes Dorf belasten könnte. Meinst du, so etwas ist möglich?«

»Möglich? Sicher. Wieso nicht. Leuenberger da macht genug Ärger für drei.«

»Aber ich rede nicht von Leuenberger. Ich rede von Richard Rochat.«

Wagner seufzte laut. »Ja, ich weiß von ihm. Lebt im Norden. Sehr abgeschottet.«

»Das weiß ich schon alles. Du sagtest, du kennst eine Menge Dorfgeschichten. Erzähl mir also etwas über den Comte. Begeistere mich.«

Wagner lachte trocken, doch klang es in Valerias Ohren nervös. »Begeistern? Ich fürchte, das wird in diesem Fall doch etwas schwierig. Ich weiß nichts über ihn.«

»Gar nichts?«

»Na ja …« Er sah zu Boden. »Verflucht, ich muss ja auch schon den ganzen Tag daran denken.«

»Was du nicht sagst.«

»Du weißt, ich bin der Jagdpächter für die Ländereien, die

bis an Rochats Besitz heranreichen. Weiter nicht. Und heute … kam da eine Einladung an.«

»Eine Einladung?« Valeria blickte die Straße hinab. Zieglers Pension war nicht mehr sonderlich weit entfernt.

»Von Rochat. Stell dir das mal vor.« Wieder lachte er. »Die veranstalten eine Treibjagd. Eine große Sache, und man hat mich als Steinberger Bürger eingeladen, daran teilzunehmen.«

Eine Treibjagd, dachte Valeria. Wahrscheinlich nicht der beste Zeitpunkt, um zu Rochat zurückzukehren, aber dieses Risiko würde sie eingehen. Und das erklärte auch die Gäste, die auf dem Weg zu Rochats Anwesen waren.

Interessant.

»Was ist?«, fragte Wagner. »Du siehst aus, als freust du dich gerade über irgendwas.«

»Wirst du hingehen? Wirst du die Einladung des Comte annehmen?« Ein leichtes Lächeln umspielte ihre Lippen.

Matteo sah aus, als hätte er Bauchschmerzen bei dieser Entscheidung. »Vielleicht«, meinte er. »Habe mich noch nicht wirklich entschieden.«

»Ich würde sagen, du nimmst sie an. Denk doch mal nach, das ist keine schlechte Gelegenheit, um Kontakte zu knüpfen.«

Er nickte, doch sah er noch immer nicht danach aus, als fühlte er sich besonders wohl mit dieser Entscheidung. »Aber … passe ich da überhaupt rein? Der Typ ist ein schwerreicher Industrieller, wenn es stimmt, was man so hört, und entsprechend werden die Gäste … Ich verstehe nicht ganz, wieso man *mich* da einladen will. Ich dachte eher, die wollen unter sich bleiben?«

»Vielleicht wollen sie das Dorf, das nur ein paar Kilometer

entfernt liegt, nicht vergessen. Rochats Bruder hat in Steinberg gelebt, wusstest du das?«

»Ah, ich höre, du hast dich ein bisschen informiert«, sagte Wagner. »Ja, Rudolf.« Er senkte die Stimme. »Aber was man so hört, war er ein ziemlicher Einzelgänger und … ein Nazi. Hat alles Mögliche gesammelt und in seiner Bude gehortet, wie so ein Drache.«

»Hm«, machte Valeria, die bei ihrem kurzen Besuch in der entkernten alten Villa nur Kälte und Leere vorgefunden hatte. Bis auf diese Truhe, natürlich, mit den Fotos von Maria Wyss.

»Was dachte sein Bruder darüber?«

»Soweit ich weiß, gab es zwischen den beiden böses Blut. Das wurde immer schlimmer. Und schließlich haben die gar nicht mehr miteinander gesprochen.«

»Und dann ist Rudolf gestorben.«

»Ja, richtig. Herzinfarkt, wenn ich mich nicht täusche.«

»Wie ist seine Verlobte damit zurechtgekommen?« Valeria hatte von Alvarez erfahren, dass Rudolf Rochat mit Donna Brusco liiert gewesen war und vorhatte, sie zu heiraten. Und dann hatte er ihn auch noch einen gläubigen Mann genannt – erstaunlich für einen waschechten Nazi, wenn Wagner hier die Wahrheit sagte.

»Ah, du weißt davon … Das hat für einigen Ärger gesorgt. Sein Bruder mochte es überhaupt nicht, dass Rudolf sich mit der verrückten Puppenmacherin eingelassen hat.«

»Trug das zum Streit bei?«

»Auch«, meinte Wagner. »Aber ich denke, da ist noch mehr vorgefallen, von dem ganz sicher niemand erfahren wird. Die Firma, all das, was den Reichtum der Rochats gesichert hat, lag in den Händen von Richard. Sein Bruder hielt Anteile, und ich vermute, bei dem Streit ging es um die Ausrichtung des Ganzen, um den Übergang in eine neue Zukunft.«

Sie hatten die Pension erreicht, und Wagner blieb automatisch stehen, als hätte Valeria ihm gesagt, dass sie hier wohnte. Als sie ihn darauf ansprach, musste er lachen.

»Na ja, ich dachte, wir gehen hier entlang, und es ist wahrscheinlich das beste Haus im Ort, also hast du jedenfalls nichts falsch gemacht.«

»In der Wahl meiner Unterkunft«, erwiderte Valeria, »vermutlich nicht.«

Wagner sah aus, als wäre er unschlüssig, was er jetzt tun sollte. »Also dann«, sagte er.

»Gute Nacht«, erwiderte Valeria. »Vielleicht sehen wir uns ja beim Comte. Das wäre sicher eine schöne Überraschung.«

»Natürlich.« Er winkte ihr zu und machte sich auf seinen Weg in die Dunkelheit des abendlichen Dorfes hinein.

Während Valeria ihm nachsah, kam er ihr vor, als wäre eine schwere Last von seinen Schultern abgefallen.

Seltsam, nicht wahr?

29

Die Rezeption war verlassen, als Valeria eintrat, doch aus dem Nebenraum gleich dahinter erklang wieder leise Musik. Es war schlicht Neugierde, die sie dazu brachte, um den Empfangstresen herumzugehen und den Vorhang, der den Raum dahinter abtrennte, zur Seite zu schieben. Da stand ein altes Radio, das Creedence Clearwater Revival vor sich hin spielte. Valeria sah ein Wandregal, in dem ein Aktenordner neben dem nächsten aufgereiht waren, daneben einen Computer, der jedoch passwortgesichert war, wie sie schnell feststellte, als sie kurz die Maus berührte und der Bildschirm aufleuchtete. Daneben befand sich eine zweite Tür. Sie war nicht abgeschlossen. Ein kahler, beige gestrichener Flur schloss sich an, der tiefer ins Hotel hineinführte. Spinnweben hingen an den Wänden, und der nackte Betonboden war seltsam fleckig.

Valerias Schritte hallten durch den Korridor, und die nackten Glühlampen, die an ihren Leitungen von der Decke baumelten, summten so laut, als wären große schwarze Insekten im Inneren eingeschlossen.

Es wurde kälter. Valeria stand vor einer weiteren rostigen Tür, die quietschte und einen Lagerraum freigab, in dem sich in den Wandregalen Handtücher, große Packungen Toilettenpapier, Kaffeebohnen, Dosentomaten und Weinflaschen aneinanderreihten.

Vor ihr, im Fußboden, war eine Luke. Als sie die Holzklappe öffnete, gab sie quietschend einen dunklen Abgrund frei; gemauerte Steine, in die Eisensprossen eingelassen waren. Unwillkürlich musste Valeria an Eigerstal denken und die alte Mine, wo sie unter den Bergen noch weitaus tiefer hinabgestiegen war.

Sie kniete sich hin. Die Eisensprossen waren blank und abgenutzt, doch lag kein bisschen Staub darauf. Jemand nutzte diesen Abstieg regelmäßig. Sie konnte den Boden nicht erkennen, und ihr war, als würde tief dort unten etwas rauschen. Vielleicht ein unterirdischer Wasserlauf, der unter Steinberg floss? Vielleicht eben genau das Wasser, das jene Schlucht in der Höhle füllte, die sie schon seit Tagen überqueren wollten.

Du musst nachsehen. Du kannst gar nicht anders.

Valeria setzte den Fuß auf die erste Sprosse. Sie wackelte kein bisschen. Ja, jemand nutzte diesen Abstieg tatsächlich, und wer immer das war – vielleicht Ziegler –, er wollte nicht hinabstürzen.

Sie stieg hinab, fort von dem kalten hellen Licht des Lagerraums in eine Dunkelheit, die sie vollkommen umfing. Das Rechteck aus Licht über ihr wurde immer kleiner, und schließlich war da nur noch ein Punkt, kaum mehr als ein winziges fernes Leuchten, das über ihr schwebte. Die Stufen waren auf einmal feucht, und sie konnte das Wasser riechen, das immer näher kam.

Schließlich erreichte sie wieder festen Boden unter den Füßen. Valeria fand sich in einem schmalen Felstunnel wieder, durch den ein dünnes Rinnsal Wasser floss, dem sie folgte.

Das Geräusch des fließenden Wassers wurde stetig lauter, und aus dem Rinnsal zu ihren Füßen wurde ein kleiner Bach, der unablässig in die Tiefe durch den Tunnel floss. Sie bewegte sich immer weiter hinab, das war offensichtlich. Als sie nach einigen Minuten das Licht spendende Smartphone ein Stück höher hob, um einen besseren Blick auf den Weg zu erhalten, der vor ihr lag, entdeckte Valeria ein schwarzes Stromkabel, das mit Befestigungsschellen entlang der Felswand verlegt war. Sie folgte ihm, bis es neben einer Stahltür, die in den Fels eingelassen war, in einem Loch verschwand. Valeria legte das Ohr an das kalte Metall. Irgendwo dahinter wurde ein Summen erzeugt.

Maschinen.

Was zur Hölle geht hier unten vor sich? Wenn sie die Entfernung, die sie von Zieglers Pension zurückgelegt hatte, richtig einschätzte, dann müsste sie nun irgendwo außerhalb des Dorfes sein. Vielleicht in der Nähe jener Schlucht und der alten Brücke, die sie überspannte.

Vielleicht hat Maria den Ort nie wirklich verlassen … Vielleicht hat man sie verschleppt und irgendwo hier unten versteckt gehalten.

Valeria stemmte sich gegen die Stahltür, die mit einem behäbigen Knarren nachgab und nach innen schwang. Licht empfing sie, und der Felstunnel führte ein Stück weiter, doch nun war ihr Weg begleitet von Wandlampen, die das nasse Gestein erhellten.

Bald ging der Tunnel in eine größere Höhle über, das Kabel traf mit einer Menge anderen Leitungen und Rohren zusammen, die sich wie die Fäden eines gewaltigen Spinnennetzes über die Felswand ausbreiteten. Ein Computer stand in der Mitte der Höhle und davor ein Bürostuhl samt Schreibtisch.

»Was zur …«, entwich es Valeria. Ihre Stimme hallte von den Wänden wider, viel lauter, als sie erwartet hatte. Sie näherte sich vorsichtig dem Computer. Auf dem Bildschirm blinkte der Eingabecursor. Die Tastatur, die an den PC angeschlossen war, stand nah am Rand des Schreibtisches, und die Tasten schienen nur darauf zu warten, dass jemand sie berührte.

Valeria drückte das A.

Nichts geschah.

Später würde sie sagen, es wäre aus einem plötzlichen Funken des Instinkts über sie gekommen, aber in diesem Moment war ihr nicht klar, wieso sie es tat: Sie tippte *EL TIO*.

Schlagartig wurde der Bildschirm hell. Was sie dort sah, war schlimmer als jeder Albtraum.

Steinberg, begriff Valeria, lag wahrhaft im Schatten.

30

Bain hörte die Schritte auf dem Hotelflur näher kommen, und er wusste, das konnte nicht sein.

Niemand wusste, wo er war.

Er hatte Gumboldt in seiner Villa in den Keller gebracht, ihn gefesselt und geknebelt, danach die Tür abgeschlossen und den Schlüssel entsorgt.

Nun fühlte Bain sich, als hätte er die ganze Nacht mit mehreren Flaschen Hochprozentigem verbracht. Was er getan hatte, war falsch, ohne Zweifel, und dennoch war es notwendig gewesen. Das zumindest redete er sich ein.

Jetzt diese Schritte. Sie würden nicht zu ihm führen, niemand war ihm gefolgt, auch das redete er sich ein.

Aber dann verstummten die Schritte, und das nicht vor irgendeiner Tür in diesem schäbigen Hotelflur, sondern vor dem Zimmer, in dem Bain versuchte, etwas Schlaf zu finden, bevor er am nächsten Tag aufbrechen wollte, um mit Anna Gruber zu sprechen.

Verflucht. Und du dachtest, diese Nacht könnte nicht mehr besser werden.

Es klopfte an der Tür. Dreimal, nicht besonders laut.

»Wer ist da?«

»Ein Freund«, erklang eine männliche Stimme. »Wir haben einen gemeinsamen Bekannten. Thomas Gress.«

»Ich habe keine Ahnung, wovon Sie da sprechen.«

»Kommen Sie. Gress war Fremdenlegionär, und ich war sein Kamerad. Sie glauben mir nicht? El Tio. Vielleicht läutet da etwas, so ein kleines Glöckchen, das Sie womöglich an etwas erinnert.«

Bain hörte keine Lüge in der Stimme dieses Unbekannten. El Tio, das hatte Valeria erwähnt. Er öffnete die Tür. Der Mann war ein wenig kleiner als er selbst, und sein Haar war fast grau. Dennoch wirkte er, als hätte er den Dschungel von Französisch-Guyana erst gestern hinter sich gelassen. Er stand breitbeinig und mit der Statur eines erfahrenen Soldaten vor Bain. Seine Wangen waren gebräunt, ebenso die Hände, doch an den Unterarmen, die er vor sich verschränkt hatte, sah Bain, dass die Bräune nicht besonders weit reichte. Er arbeitete irgendwo unter der Sonne, trug aber zugleich lange Kleidung.

»Und?«, fragte der Fremde.

»Sie sehen aus, als hätten Sie ein wenig Sonne abbekommen.«

»Hochgebirge. Baustellen. Was man eben so macht, um sein Geld zu verdienen.«

Bain dachte an ein weiteres Detail, das er von Valeria erfahren hatte. Maria Wyss' Nachbar, der laut ihrer Mutter Pilot war und von dessen Haus Marias Zimmer einsehbar war. »Fliegen Sie zufällig Helikopter?«

»Ich fliege alles Mögliche. Und das schon eine ganze Weile.«

»Und Gress …«

»Gress und ich waren Freunde. Ich habe gehört, dass er gestorben ist. Nein, er ist nicht gestorben. Irgendein *fils de pute* hat ihn abgeschlachtet. Ich will, dass man denjenigen findet.«

»Sie leben in Steinberg, richtig?«

»Stimmt.«

Bain trat zur Seite. »Kommen Sie rein.«

Der Mann trat ein. Bain sah, wie der Fremde sich bewegte und mit seinem Blick aufmerksam den Raum absuchte. Er ahnte, dass er gegen den Soldaten keine Chance im Zweikampf haben würde – obwohl er selbst auch einige Tricks kannte.

»Ich weiß, dass Sie Gress' Spur folgen«, sagte der ehemalige Fremdenlegionär, der keine Anstalten machte, sich Bain vorzustellen. »Und das bedeutet, dass Sie mir mit meinem Ziel, den Wichser zu fassen, der ihn getötet hat, helfen können.«

»Was wissen Sie?« Bain nahm eine Whiskeyflasche aus der Minibar, und der Fremde nickte, als er ihm ein Glas anbot.

»Gress hat mich besucht. Er folgte einer Spur von vermissten jungen Frauen. So ist er in Steinberg gelandet. Wir kannten uns aus unserer gemeinsamen Zeit bei der Fremdenlegion. Er hatte sich mit einer Frau aus dem Dorf angefreundet, Maria Wyss. Mehr als das, die beiden hatten eine … wie sagt man … *affaire*.«

»Und?«

»Er wusste, dass ein Mann von außerhalb, der ein gutes Stück weiter im Norden lebt, ebenfalls Interesse an Maria zeigte. Und dann war Gress eines Tages verschwunden. Aber vorher, da bat er mich, ein Auge auf die Kleine zu haben.«

Daher das Haus, dachte Bain. »Wie ist er verschwunden?«

»Das weiß ich nicht. Er hat am Ende niemandem mehr vertraut, nicht mal mir. Aber Wyss … Die blieb im Ort, und ich habe ein Auge auf sie gehabt, wie Gress das wollte. Ich hab mir ein Haus in ihrer Nähe gemietet, weil er ganz nachdrücklich war: Sie ist wichtig, das hat er mir gesagt. Und was sehe ich? Sie war bei Rochat. Richard Rochat. Dieser Typ im Norden. Verflucht. Ich habe das nicht verhindern können. Und dann verschwand auch sie. Mache ich mir Vorwürfe? Ja. Ganz sicher mache ich das.« Der Ex-Legionär schüttelte den Kopf. »Damals im Kongo haben wir eine Gruppe von Rebellen verfolgt. Schwer bewaffnete Typen, auch Kindersoldaten waren dabei. Haben immer wieder Blauhelme überfallen, aber als es an eine Kobaltmine ging, wurde irgendwer weiter oben nervös. Da ging es dann nicht um irgendwelche Soldatenleben, da ging es um großes Geld. Also haben die uns darauf angesetzt. Wir standen damals auf derselben Stufe mit jeder staatlichen Spezialeinheit, die sie in den Dschungel hätten schicken können, und wir waren verfickt noch mal erfahren. Gress war dabei, und er war mein Freund. Eines Tages haben wir also diese Rebellen aufgespürt und sie ausgelöscht. Ja, auch die Kinder, die nicht vorher geflohen sind. Und die Rohstoffe, die sie immer wieder erbeutet hatten … wir haben sie am Ende gefunden. Die haben sie einfach weggeworfen, mitten in den Urwald. Es hat sie nicht gekümmert. Es ging ihnen um den Krieg an sich … Und nein, sie waren keine Tiere, sie waren etwas gänzlich anderes. Dieser Ausdruck in ihren Augen …« Der Legionär schüttelte den Kopf. »Ich habe Rochat durch das Fernglas gesehen. In seinen Augen habe ich denselben Ausdruck wiedergefunden. Er ist wahrscheinlich das Gefährlichste, was in unserem Breitengrad herumläuft.«

Und Valeria ist auf dem Weg zu ihm – der erste Gedanke, der Bain durch den Kopf ging.

»Rochat also. Ja, ich weiß von ihm.«

»Dort würde ich ansetzen.«

»Wissen Sie noch mehr?«

»Nein. Aber wenn Sie Gress' Spur folgen wollen … Wahrscheinlich kann ich Ihnen dann auch helfen.«

31

Auf dem Monitor tief unter der Erde reihten sich kleine Fenster aneinander, die allesamt die Aufnahmen von Überwachungskameras zeigten. Valeria sah ein paar Straßen von Steinberg, aber sie konnte auch in einige Häuser hineinsehen. Dort war eine Mutter, die ihr Kind in den Armen wiegte, ein Mann, der an einem Küchentisch saß und eine Portion Fertig-Tortellini verspeiste, sie sah Hublot, der sich über die entstellte und völlig verbrannte Leiche des unbekannten Hüttentoten beugte. Dann erstarrte sie.

Eine der Aufnahmen zeigte ein leeres Zimmer, das sie sofort wiedererkannte. Der kleine gelbe Rollkoffer dort in der Nähe des Fensters – es war ihr eigener. Jemand hatte sie in ihrem Pensionszimmer mit einer Kamera überwacht. Diese Erkenntnis schockierte sie.

Ihr Handy summte.

»Glauer?«

»Ravelli«, sagte der Leutnant. »Sie müssen herkommen. Es gibt ein Problem.«

»Was denn?«

»Karl Leuenberger. Der Säufer. Er war heute Abend unterwegs und …« Glauer zögerte. Valeria hörte die Stimmen im Hintergrund auf seiner Seite. Aufgeregte Stimmen. Barsch. »Und jetzt ist er tot. Er ist in die Berge hochgestiegen. Es gab eine Gerölllawine, die ihn unter sich begraben hat. Seine Leiche wurde erst vor ein paar Minuten gefunden. Ich dachte, Sie sollten das wissen.«

»Wer hat ihn gefunden?« Valeria dachte an Karl Leuenbergers intensiv blickende Augen und daran, wie er mit sich selbst gekämpft hatte. Sie senkte den Blick.

»Alvarez. Der Priester. Er macht jede Nacht einen Spaziergang in den Bergen.«

Wieder er. Valeria blickte auf den Monitor. Ja, eines der Fenster zeigte das Hauptschiff der Kirche, das nun leer und nur schwach von einigen Kerzen erleuchtet war.

»Glauer, wir treffen uns.«

»Wo?«

»Bringen Sie Leuenbergers Leiche bitte zu Hublot. Er muss obduziert werden.«

»Obdu…« Glauer fluchte. »Denken Sie, da gibt es Ungereimtheiten?«

Valeria bemerkte, dass ihre Hände zitterten. Diese Höhle, diese hoch technologisierte Überwachungseinrichtung, all das gab dem ganzen Fall eine völlig neue Wendung.

»Tun Sie bitte einfach, was ich sage. Ich bin in etwa zwanzig Minuten dort.«

»Na gut, aber …«

»Eine Sache noch: Gibt es Fortschritte im Vermisstenfall Wyss?«

»Nein.«

»Und mit der Höhle und der Überbrückung der Schlucht?«

»Es ist mitten in der Nacht, Ravelli. Sollen die rund um die Uhr arbeiten, oder was? Kapieren Sie nicht, dass die ihr Material mühsam eins nach dem anderen durch die schmalen Gänge reinschleppen müssen?«

»Ich kapiere so einiges. Bis in zwanzig Minuten.«

Valeria hatte ein weiteres Fenster auf dem Monitor entdeckt, das eben jene Brücke in der Höhle zeigte. Jemand beobachtete auch diesen Ort.

Ihre Hand wanderte zu ihrer Hüfte und ertastete dort nichts. Natürlich, ihre Dienstwaffe lag im Safe in ihrem Hotelzimmer. Sie würde den ganzen Weg wieder zurückgehen müssen, ohne die Möglichkeit, sich zu schützen …

Der Aufstieg über die eisernen Sprossen war lang, er erschien ihr viel länger als zuvor der Weg hinab. Das Lager war leer und der Korridor und der Raum hinter dem Vorhang ebenso. Sie spähte hinaus. Der Empfang war verlassen. Wo auch immer Ziegler gerade steckte, hier war er jedenfalls nicht.

Und du wirst ganz sicher auch nicht hierbleiben.

Valeria eilte die Treppe hinauf. Ihr Koffer wirkte unberührt, aber das bedeutete nichts mehr. Auch der Safe war verschlossen und ließ sich problemlos öffnen, als sie den Code eintippte. Ihre Waffe lag noch darin, also lud Valeria sie und steckte die beiden Ersatzmagazine in ihre Manteltasche.

»Ah, Frau Ravelli.« Ziegler stand hinter der Rezeption, als sie wieder unten angelangt war, und lächelte ihr entgegen. »So spät noch unterwegs?«

Sie hielt inne. Für einen Moment überlegte sie, ob sie ihn mit der Falltür in seinem Lager konfrontieren sollte, mit dem Tunnel dort unten und dem unheimlichen Überwachungsraum. *Aber wahrscheinlich weiß er längst, dass du all das entdeckt hast. Und diejenigen, für die er wohl arbeitet, wissen es auch.*

»Ja. Es gibt einen Toten.« Mit diesen Worten ging sie hinaus, ohne eine weitere Frage zu beantworten, die er ihr hinterherschickte.

Etwa fünfzehn Minuten später war sie beim Bestattungsinstitut, wo Glauer und Hublot schon auf sie warteten.

»Leuenberger liegt schon auf dem Tisch«, sagte Glauer und warf ihr einen merkwürdig leeren Blick zu.

»Das ging schnell.«

»Ich habe eben darauf bestanden«, erwiderte Glauer.

Valeria wandte sich an Hublot. »Was meinen Sie?«

»Sie erwarten zu viel, Leutnant, und das zu schnell. Von Leutnant Glauer weiß ich, dass das Opfer von einer Lawine begraben wurde. Das, was von ihm übrig ist …«

»So schlimm?«

»Ich würde es nicht empfehlen, den Toten anzusehen.«

Valeria fluchte halblaut. »Leuenberger wusste so manches. Er hat mir nach dem Dorffest etwas erzählen wollen.«

»Und was, Ravelli?«, fragte Glauer.

»Dazu kam er nicht. So betrunken, wie er war. Wir sollten herausfinden, wer ihm den Alkohol besorgt hat.«

»Denken Sie wirklich, dass das etwas mit dem Fall Gress oder Wyss zu tun hat? Gress wurde von irgendeinem Typen abgestochen, der ihn hierher verfolgt hat, jemand, den er aus seiner Soldatenzeit kannte … und Wyss ist mit irgendeinem Typen durchgebrannt. Fertig.«

»Und dieser lebende Tote unter den Holzdielen in der Waldhütte lag nur zufällig dort?«

»Leute, hört auf damit«, sagte Hublot. Er schüttelte den Kopf und seufzte. »Der Unbekannte wurde identifiziert.«

»Was?«

»Ich hab die Info vor einer halben Stunde bekommen. Per Fax. Sein Name ist Manuel Castillo. Spanier, Vorstrafen wegen Drogenhandel. Das kam von *Ihren* Leuten rein, Ravelli, von Interpol. Er hat noch zwei Schwestern, soweit ich das gerade überblicken kann.«

Valeria zögerte. Ihr kam kurz der Tascheninhalt des Toten in den Sinn, die Buchstaben, die vielleicht ein spanisches Wort ergaben, das sie nicht entziffern konnten. »Okay, das ist … seltsam. Wie kommt jemand wie Castillo hierher?«

»Keine Ahnung. Vielleicht hat er sich versteckt.«

»Also ein toter Drogendealer, das kommt schon mal vor«, sagte Glauer. »Auch wenn es mich brennend interessiert, wer ihn dort abgelegt hat.«

»Ich muss mal eben telefonieren«, sagte Valeria ernst. Sie ging hinaus, stieg in ihren Wagen und rief Bain an.

»Ravelli. Es ist spät.«

»Haben Sie schon geschlafen?«

»Nein. Hier hat mich jemand besucht, der Gress von früher kannte. Und er hat Rochat als einen ziemlich üblen Wichser bezeichnet.«

»Sagen Sie mal, die Liste, die Gress in seinem Versteck bei Freiburg hatte, seine Nachforschungen über die vermissten Frauen …« Ihr war ein böser Verdacht gekommen, und nur Bain konnte ihre Vermutung bestätigen. »Stand dort auch der Name Castillo drauf?«

»Warten Sie.« Mit einem Mal klang Bain nicht mehr verschlafen. Dann sagte er alarmiert: »Verdammt, ja. Ana Castillo. Und laut Gress ist sie in einer Lawine ums Leben gekommen. Das ist etwas über ein Jahr her. Es gibt einen Zeugen, der den Lawinenabgang beobachtet haben will, und der Totenschein ist einwandfrei.«

»Wo ist das passiert?«, fragte Valeria, obwohl sie die Antwort bereits erahnte.

»Fünfzig Kilometer von Steinberg entfernt.«

»So ein Zufall. Vielleicht eine Lawine wie die, bei der Karl Leuenberger gestorben ist. Und vielleicht kam Manuel Castillo wegen seiner Schwester her.«

Und dann erzählte sie ihm alles, was in den vergangenen Stunden geschehen war.

»Ein verfluchter Überwachungsraum?«

»Ja.«

»Verschwinden Sie da, Ravelli. Sprechen Sie mit Tanner, oder ich werde es tun. Wir müssen diesen Fall mit mehr Leuten angehen. So …«

»So was?«

»Ich mache mir Sorgen, dass die nächste Lawine Ihnen gelten könnte.«

Valeria blickte in die herbstliche Dunkelheit hinaus, wo der Wind Laub gegen die Windschutzscheibe trieb. »Das kann natürlich sein. Kommen Sie her, dann sind wir zu zweit.«

»Ich will erst mit Anna Gruber sprechen. Es gibt einen Grund, warum sie in diesem Pflegeheim lebt – oder sollte ich sagen, warum sie dort am Leben gehalten wird?«

»Kommen Sie danach, Bain.« Valeria wollte noch etwas hinzufügen, ließ es dann aber bleiben. »Bald.«

»Und jetzt? Was machen Sie jetzt?«

»Sie meinen, falls Sie mich finden wollen? Da gibt es eine Einladung zu einer großen Treibjagd. Bei Rochat höchstpersönlich. Ich werde hingehen.«

»Trotz möglicher Lawinen?«

»Ich kann auf mich aufpassen. Aber Maria lebt vielleicht noch, und wenn ich ihr nicht helfe, wird es wohl niemand tun. Es gab schon früher schlechte Menschen, es wird sie auch jetzt noch geben. Wichtig ist nur, dass wir uns ihnen entgegenstellen. Ich denke, das kann ich ganz gut. Das konnte ich schon immer.«

»Melden Sie sich. Jeden Tag.«

»Jeden Tag, Bain.«

»Gut. Und …«

»Und was?«

»Nichts. Viel Glück.«

Valeria tastete nach dem Anhänger, den sie an dem dünnen Lederbändchen um den Hals trug. Rafaels Geschenk, das sie vor Kurzem nach all den Jahren wiedergefunden hatte. Ein *Glücksbringer*. Und jetzt würde sie ziemlich sicher alles Glück brauchen, das sie auftreiben konnte.

32

Die Straße, die Valeria zurück zu Rochats Tor führte, kam ihr viel länger vor als beim ersten Mal. Wieder hatte Regen eingesetzt, und trotz der schlechten Sicht fuhr sie viel zu schnell. Die Scheibenwischer kämpften mit den Wassermassen, konnten sie jedoch kaum bändigen.

Bald ragte das Tor vor ihr auf – undurchdringlich und abweisend. Valeria stieg aus und ging durch den prasselnden Regen zur Gegensprechanlage.

»Polizei«, antwortete sie einer fremden Stimme, die fragte, wer sie sei und was sie hier zu suchen habe. »Wir haben Grund zu der Annahme, dass sich eine vermisste Person auf dem Grundstück aufhält. Machen Sie auf.«

Es dauerte einige Augenblicke – Valeria war sich sicher, dass man Rücksprache hielt –, dann öffnete sich das Tor. »Fahren Sie bis zum Haupthaus vor, dort empfängt man Sie. Wie war noch Ihr Nam…«

Valeria ließ den Knopf der Gegensprechanlage los, setzte sich zurück in den Wagen, wobei sie jede Menge Wasser über das Polster verteilte, und fuhr durch das geöffnete Tor.

Gut, ging ihr durch den Kopf. *Das wäre schon mal geschafft.*

Sie fuhr den Privatweg entlang, wo die hoch aufragenden Tannen- und Eichenwälder zu beiden Seiten den schräg fallenden Regen ein wenig zurückhielten. Die geschmiedeten

Straßenleuchten ließen die Wasserpfützen auf der Straße funkeln wie spiegelglattes Glas. Dort war der Abzweig, wo Rochats Hausangestellte sie gefunden hatte … Bitte, hatte sie gesagt, kommen Sie zurück. Finden Sie einen Weg, und dann werde ich Ihnen einiges zu erzählen haben …

Und dann natürlich die Spur. Der Stein, den Valeria als Markierung abgelegt hatte … Wenn den jemand entdeckt und beiseitegeräumt hatte, würde sie zwar das angrenzende Waldstück wiederfinden, aber nicht die exakte Stelle, wo in jener Nacht, als sie die seltsamen schleifenden Geräusche aus dem Park gehört hatte, die Spur zwischen den Bäumen verschwunden war.

Schließlich kam das Herrenhaus in Sicht. Scheinwerfer strahlten die Fassade an, den kurz geschnittenen Rasen, den hellgrauen Zierkies und die Fahrzeuge, schwere SUVs, die davor geparkt waren. Weiter hinten sah Valeria, dass ein großes weißes Festzelt aufgebaut wurde.

Sie bremste und hörte den Kies unter den Reifen knirschen. Das hohe Hauptportal wurde aufgestoßen. Den Mann, der heraustrat, erkannte sie schon aus der Entfernung wieder – es war Marceau. Er kam näher, und Valeria konnte die Verwunderung auf seinem Gesicht ablesen, als er erkannte, wen er vor sich hatte.

Sie stieg aus. »Wir kennen uns ja schon«, sagte sie, ohne ihn zu Wort kommen zu lassen. »Aber dieses Mal werde ich etwas mehr Zeit brauchen. Herr Marceau, wir haben Grund zur Annahme, dass sich eine als vermisst geltende, möglicherweise in Gefahr befindende Person auf diesem Grundstück aufgehalten hat. Ich werde das Personal und Herrn Rochat persönlich befragen.«

Marceau starrte sie an, als hätte sie den Verstand verloren.

Dann rümpfte er die Nase. »Nun«, sagte er in seinem hohen, nasalen Singsang, »wir durften ja bereits zuvor die angenehme Erfahrung machen, wie *genau* Sie sind. Oder vielleicht sollte ich sagen: übergenau? Um wen handelt es sich bei dieser Person?«

»Maria Wyss.« Valeria blickte zum Haupteingang hinüber, und ihr war, als wäre Maria wie auf dem Foto gerade dort hindurch verschwunden. »Und ich werde das nicht hier draußen im strömenden Regen besprechen.« Ohne seine Antwort abzuwarten, ging sie an dem Butler vorbei und stieg die Vordertreppe hinauf. Marceau hastete ihr sofort hinterher.

»Es war niemand mit diesem Namen hier«, sagte er, »also ...«

»Also was? Es gibt zwei Möglichkeiten: Ich werde ganz allein und leise überprüfen, was Maria hier zu suchen hatte. Oder, die andere Option, wir besorgen uns den Durchsuchungsbeschluss, kehren mit Kompaniestärke zurück und stellen den ganzen Laden auf den Kopf. Was werden Rochats Gäste wohl davon halten, wenn man sie in eine ziemlich unangenehme Befragung hineinzieht? Oder sollte ich sagen: Was werden die Gäste *des Comte* wohl darüber denken?«

Marceau winkte, und aus dem Nichts erschien eine junge Frau, die wie jene, die Valeria auf der Privatzufahrt überrascht hatte, dunkel gekleidet war, mit einem Rock, der ihr bis zu den Knien reichte, und einem roten Halstuch, das sie ein wenig wie eine Flugbegleiterin aussehen ließ – eine weitere von Rochats Angestellten.

»Bereite das Gästezimmer im oberen Stock vor«, sagte Marceau zu ihr, und die Frau nickte und eilte davon. »Wir werden Ihrer Bitte nachkommen«, wandte sich Marceau wieder an Valeria. »Und natürlich kann ich Ihnen versichern, dass es hier niemanden gibt, der sich den polizeilichen Anweisungen widersetzt. Also haben wir gar keinen Grund, schwere, äh, Geschütze aufzufahren.«

Valeria nickte. »Schön. Dann wäre das geklärt. Ich hätte gern dasselbe Zimmer wie beim letzten Mal.« Sie sah Marceau direkt in die grau-blauen Augen. »Und es wäre ganz schön, wenn die Türschlossfehlfunktion beseitigt wäre.«

Er lächelte kühl. »Aber selbstverständlich. Es dauert nicht lange. Darf ich Sie in der Zwischenzeit mit einer kleinen Erfrischung unterhalten?«

»Das dürfen Sie.«

Etwa zwanzig Minuten später begleitete sie Marceau hinauf zum Zimmer und ließ sie allein, nachdem er ihr eine gute Nacht gewünscht hatte. Am nächsten Morgen würden alle Personen zusammenkommen, die sich am Tag der Aufnahme der Fotografie von Maria Wyss im Haus befunden hatten – nur Rochat nicht, denn er war abermals nicht anwesend, würde aber in etwa drei Tagen zurückkehren, wie Marceau ihr versichert hatte.

Valeria schloss die Tür hinter sich und schloss ab. Ihr Koffer war schon da. Die Erfrischung hatte aus einem Glas Champagner bestanden – der ganz ohne Zweifel aus einer sehr teuren Flasche stammte.

Im Zimmer war es kühl und roch nach den nahen Wäldern, zwei der Fenster waren gekippt. Valeria zog ihre Schuhe aus und ging über den hochflorigen Teppich zur Fensterfront hinüber. Sie öffnete die Fenster ganz, und die kühle Nachtluft wehte herein.

Also gut. Hätte ja sein können, dass sie die Fenster wie die Tür versperrt haben, weil du beim letzten Besuch deine Nase ein wenig zu weit nach draußen in den Park gestreckt hast.

Sie lauschte eine Weile nach Geräuschen, während sie vor dem kleinen, hell brennenden Kamin saß und sich wärmte, doch alles, was von unten heraufdrang, waren der regelmäßige Schrei einer Eule und das Rauschen des Nordwindes in den verbliebenen Blättern.

Ein Wachposten drehte seine Runden, auch ihn beobachtete Valeria eine Weile, und nach einiger Zeit verschwand der Mann im Wald.

Ganz in der Nähe jener Stelle, wo die Spur im Unterholz verschwunden ist, oder? Vielleicht täuschst du dich auch – du musst jedenfalls diesen Stein wiederfinden, den du als Markierung zurückgelassen hast.

Die Flammen im Kamin schlugen hoch, und Valeria merkte, wie die Müdigkeit sie in den Griff nahm … Ich hätte das Glas Champagner nicht trinken dürfen, dachte sie. *Bevor du einschläfst, musst du die Angestellte finden, vielleicht ist sie Marias Freundin … aber Marias Freundinnen wurden schon von Glauer befragt … von Glauer … und dann der Tote, dieser Drogendealer … Was wollte er hier … Karl Leuenberger … tot … eine Lawine … die Hütte … El Tio …*

El Tio …

Valeria rannte durch Wälder, die wie schwarze ausgebrannte Gerippe zu allen Seiten in den Himmel ragten, und der gefrorene Waldboden knirschte und knackte unter ihren nackten Fußsohlen. Etwas hinter ihr brach mit Wucht durch das Unterholz, ließ kleine Äste zerbrechen und stieß größere mit einem Grunzen zur Seite. Sie hörte das wütende Schnaufen des Verfolgers, sein zorniges Keuchen. Als sie an ihren nackten Beinen hinabblickte, sah sie das Blut an ihren Füßen, die von den scharfkantigen Eisstücken auf ihrem Weg zerschnitten worden waren. Blut auch hinter ihr, es schimmerte verräterisch im Mondlicht, das auf die gefrorenen Wasserlachen herabschien.

Ihr Verfolger war ganz nah.

Er würde sie finden.

Und dann würde er sie töten, wie ihre beiden Freundinnen …

Nein.

Dieser Gedanke durchflutete sie, als wäre ihr ganzer Körper schlagartig in heißes Wasser getaucht worden, das alle Kälte hinfort spülte.

Moment. Das hier ist nicht real. Und das weißt du genau, denn du hast es schon früher geträumt.

Ich werde mich nicht von einer alten Kindheitserinnerung einschüchtern lassen.

Das.

Werde.

Ich.

Nicht.

Zulassen.

Der Verfolger brach durchs Unterholz, und Valeria sah seine massige Gestalt im Mondlicht, die Axt, die in seiner Hand hin und her schwang, während er mit riesigen Gummistiefeln durch den eisigen Morast auf sie zustiefelte.

Ich werde das nicht zulassen.

Ganz bestimmt nicht.

Dennoch machte ihr Traum-Ich einen Schritt zurück. Sie spürte das eiskalte Wasser in einer Pfütze, als sie hineintrat, spürte, wie das Eiswasser ihren blutenden Fuß umspülte. Es tat fürchterlich weh, doch irgendwie spürte sie den Schmerz wie durch einen dicken Vorhang, als käme er nicht von dort unten, sondern aus einer Erinnerung, wie ein Rauschen aus einem schlecht eingestellten Radio.

»Da bist du ja«, sagte der Verfolger, und seine hoch aufragende Gestalt schob sich ins Mondlicht. Endlich sah sie sein Gesicht.

Es war Rochat.

33

Das frühe Morgenlicht weckte sie, und als Valeria sich umsah, bemerkte sie, dass sie auf dem Sessel vor dem Kamin eingeschlafen war. Ihr Nacken schmerzte, das Feuer war erloschen, und eine feuchte, durchdringende Kälte lag im Raum. Ihr Bett war unberührt, ihr Koffer ebenso, und die Fenster standen noch immer offen.

Auch die Zimmertür war nach wie vor abgeschlossen, stellte sie fest. Valeria gähnte, streckte sich, dann schloss sie die Fenster. Das kurz geschnittene Gras, die Hecken des Parks, der weiße Marmorzierkies, alles dort unten war an diesem Morgen von einer dünnen Raureifschicht überzogen. Der Himmel war grau, verhüllt in eine Vorahnung von Schnee. Die Tannenwälder, die hinter dem Park aufragten, regten sich kein bisschen, alles war windstill.

Valeria duschte und zog sich um. Bald darauf klopfte es an der Tür. Marceau trug das gleiche steife Outfit wie gestern Abend, und ebenso steif war auch die Miene, die er aufgesetzt hatte. Vermutlich hat er diese Sachen fünfzigmal im Schrank liegen, ging ihr durch den Kopf.

»Leutnant Ravelli«, sagte Marceau. »Wenn Sie wünschen, können Sie jetzt Ihr Frühstück einnehmen.« *Das klingt, als würde er dich von den übrigen Anwesenden absondern wollen. Mal sehen, wie gut ihm das gelingen wird.*

»Einnehmen klingt wirklich fantastisch«, erwiderte sie.

»Bitte folgen Sie mir.«

Marceau führte Valeria nicht in den großen Speisesaal, in dem sie zum ersten Mal auf Rochat getroffen war, sondern über eine andere Treppe in einen Salon, wo große cremefarbene Sessel vor einem Natursteinkamin standen, während dahinter in einem von Säulen flankierten ovalen Séparée hochlehnige Stühle an einem massiven Eichenholztisch standen. Zwischen den Säulen ragten mannshohe Vasen und zwei vollständige Ritterrüstungen auf.

»Ah, der Comte gibt uns Hinweise auf seine Herkunft«, sagte Valeria.

»Diese Rüstungen wurden von den Rochats früher tatsächlich getragen.«

Über dem Kamin hing eine große Jagdbüchse. »Ist die für die Großwildjagd?«, fragte Valeria.

Marceau blickte hinüber. »Ich nehme es an, ja. Vielleicht sollten Sie den Comte danach fragen – aber ich würde eher nicht dazu raten. Er ... Nun, er erscheint mir in letzter Zeit doch ein wenig angespannt zu sein.«

»Angespannt?« Valeria hob erstaunt die Augenbrauen. Ungewöhnlich, dass Marceau so offen über seinen Arbeitgeber sprach. »Wie kommt das? Ich hörte, er veranstaltet in Kürze hier ein großes Fest.«

»Eine Jagd, wenn es das ist, worauf Sie anspielen. Und dies ist auch der Grund für die Anspannung. Es gibt einige Unstimmigkeiten bei den Gästen – aber dies ist nichts, was Sie belasten sollte.«

»Vielleicht sollte ich auch mit den Gästen ein paar Worte wechseln.«

»Soweit ich das weiß, war keine der Herrschaften im Haus

anwesend, als der fragliche ... Besuch von Frau Wyss stattgefunden haben könnte.«

»Waren die Gäste denn schon öfter hier?«

»Diese Aufnahme, von der Sie gesprochen haben, dürfte ich die mal sehen?«

»Wieso nicht?« Valeria nahm sich die Dreistigkeit heraus, auf den Stuhl gegenüber zu deuten. »Dann beginne ich die Befragung eben mit Ihnen, Herr Marceau.«

Zu ihrer Überraschung setzte er sich, legte die Fingerspitzen aneinander und blickte sie darüber hinweg leicht belustigt an. Sein akkurat frisiertes blondes Haar schimmerte matt im Licht des Kronleuchters. Valeria legte ihm eine Kopie des Fotos vor, das er sofort interessiert betrachtete. »Wie Sie sehen, geht Maria Wyss durch die Eingangstür ins Haus. Ich frage mich, was sie hier wollte. Wie lange, denken Sie, ist das her?«

»Sie geht ganz eindeutig durch das Hauptportal und betritt das Haus, das ist wahr«, bestätigte der Butler. »Aber was beweist das?«

»Es beweist, sie war hier. Und ich nehme an, Sie waren der Erste, der sie gesehen hat.«

»Viele Personen gehen hier jeden Tag ein und aus.« Er überlegte. »Es kann leider sein, dass ich mich an die Dame kaum mehr erinnern kann und daher auch nicht an das Datum, zu dem sie hier gewesen sein soll ... Die Jahre werden mehr, man wird älter, und das Vergessen nimmt weiter zu.«

»Ja, es geht Ihnen ganz sicher fürchterlich.« Valeria sah ihm direkt in die Augen. »Sie wissen, dass es unklug ist, mich zu belügen.«

»Aber wieso sollte ich Sie denn belügen?«

Das frage ich mich auch, ging ihr durch den Kopf.

Von irgendwoher hörte sie eine Stimme: *weil wir alle hier im Schatten leben.*

»Also frage ich Sie noch einmal: Was wollte Maria Wyss hier?«

Marceau senkte den Kopf, so als wollte er nachdenken, tief in seiner Erinnerung kramen, doch Valeria ahnte, dass das kaum mehr als Show war. »Vielleicht«, sagte er dann, »erinnere ich mich doch.«

»Was Sie nicht sagen.« *Meine Güte, was für ein Theaterstück ist das hier?*

»Ja, sie war hier ... Es war spät am Abend. Wenn ich mich richtig erinnere, war das vor zwei Wochen. Der Comte war außer Haus, und es hat sehr stark geregnet. Sie war vollkommen durchnässt, durchgefroren, und sie hat an der Tür geklopft. Ich gehe also hin und öffne ... und da steht sie, wie ein Häufchen Elend. Natürlich wundere ich mich zuerst, wie es ihr gelungen ist, das Tor zu passieren – es gibt Personal, das ein Eindringen von unliebsamen Personen auf das Gelände verhindern soll. Und dann frage ich sie, was sie hier zu suchen hätte.«

»Sie ist also allein im Regen über das Gelände gelaufen?« Valeria nahm die Fotografie wieder an sich.

Vor zwei Wochen, hat er gesagt. Also während Marias Urlaub. Wieso sollte sie hierherkommen? Was suchte sie hier? Gress konnte es nicht sein, der war da schon lange tot. »Besonders durchnässt kommt sie mir da aber nicht vor. Und Regen kann ich auch nicht erkennen.«

»Nun, das muss an der Aufnahme liegen. Ich kann Ihnen versichern, es hat stark geregnet. Tja, es stellte sich heraus: Niemand hatte ihr das Tor geöffnet, sie ist an einer anderen Stelle durch den Zaun geschlüpft.«

»Wie ging es dann weiter?«

»Sie sagte, sie wäre mit jemandem im Auto mitgefahren. Und nun, dieser Jemand, ganz offenkundig ein Mann, wurde aufdringlich, er wollte …«

»Sie vergewaltigen?«

Marceau nickte. »Doch sie konnte sich wehren – ihn abwehren – und aus dem Wagen flüchten. Sie rannte in den Wald, wie sie mir erzählte, fand einen Zaun, in dem eine Lücke klaffte, stieg hindurch, stieß dann auf Lichter, wie sie es nannte, und fand schließlich das Haus. Sie habe Angst, sagte sie mir, weil sie fürchtete, dass dieser Typ sie verfolgen würde.«

»Wer war er?«

»Oh, sie nannte mir keinen Namen und bestand darauf, dass ich nicht die Polizei rufe … und ich habe es auch nicht getan, was, wie ich heute wohl einsehen muss, die falsche Entscheidung war.«

»Also keine Polizei und keinen Namen. War sie verletzt?«

»Nur einige Abschürfungen, weil sie im Wald gestürzt ist, und dazu einige Verletzungen an den Beinen von den Dornenhecken. Nichts Ernstes, und sie war auch von der Verfassung her stabil, natürlich schockiert durch das Ereignis, aber doch gefasst. Ich habe ihr dann angeboten, hier zu übernachten, im Gästezimmer, und …« Er zögerte.

»Sprechen Sie ruhig weiter.«

»Also, das habe ich ihr angeboten, und sie hat dankbar angenommen. An jenem Abend waren nur wenige Menschen im Haus, also blieb ihre Ankunft auch nahezu unbeobachtet. Sie schlief im Gästezimmer, wie ich sagte …«

»Wer hat Maria Wyss denn gesehen?«

»Als sie hier war? Oh, das war nur eines der Hausmädchen.«

»Ich will auch mit ihr sprechen. Ihr Name?«

»Elisa Ritter. Und das hätten Sie ohnehin getan, da Sie ja mit *allen* Angestellten des Comte sprechen wollten.«

»Schön. Maria schlief also im Gästezimmer. Und dann?«

»Am nächsten Morgen ließ ich ihr ein Frühstück auf das Zimmer bringen und fragte sie, wie es ihr geht, was sie mit *recht gut* beantwortete. Danach habe ich einen der Fahrer angewiesen, sie zum Dorf oder zu einem anderen nahegelegenen Ort ihrer Wahl zu bringen. Das hat er getan, und damit verschwindet Frau Wyss aus meiner Erinnerung, denn ein zweites Mal habe ich sie nicht wiedergesehen.«

»Wo hat sie sich absetzen lassen?«

»Oh, das weiß ich nicht. Eine gute Frage, die Sie wohl dem Fahrer stellen müssen.«

»Und hat der Mann auch einen Namen?«

»Piotr. Auch mit ihm können Sie sprechen, wenn Sie das wünschen.«

»Das wünsche ich. Und zwar direkt nach diesem Gespräch. Eine Sache noch: Haben Sie Rochat über diesen seltsamen nächtlichen Besuch in Kenntnis gesetzt?«

»Natürlich habe ich das. Er hat es sich angehört und dann genickt und dazu gesagt: Beim nächsten Mal handeln Sie genau so, informieren aber die Polizei.«

»Womit er recht hat.«

»Natürlich. Und ich würde es tun, würde etwas Ähnliches erneut geschehen.«

Valeria musste an die nächtlichen Geräusche denken, die sie bei ihrem letzten Aufenthalt hier gehört hatte – als wäre jemand durch die Parkanlage geschleift worden. »Gab es sonst noch andere Vorfälle dieser Art? Zum Beispiel etwas, wo das Wachpersonal eingreifen musste? Hat vielleicht jemand versucht, einzubrechen?« Was Valeria nicht sagte, war: Und habt ihr auch das niemandem gemeldet, sondern es auf eure Art geregelt? Doch sie konnte Marceau ansehen, dass er ihre Gedanken erriet.

»Einbruchsversuche gab es schon lange keine mehr, sicher über zwei Jahre ist wohl der letzte her. Und nein … auch sonst gab es keine Landstreicher, die sich auf dem Gelände herumgetrieben haben, oder irgendwelche Jugendliche aus Steinberg.«

»Kommen denn manchmal Jugendliche aus Steinberg hierher? Oder Erwachsene? Touristen vielleicht?«

»Manchmal«, gab Marceau zu, »sicher, das lässt sich nicht vermeiden. Aber die wissen alle, dass sie hier nichts verloren haben.«

»Ach ja? Woher denn?«

»Nun, man wird es ihnen gesagt haben. Alle wissen genau …«, Marceau zögerte kaum merklich, »… dass es hier nichts zu holen gibt. Dass es Privatgelände ist.«

Zu holen gab es hier sicher eine Menge, doch fragte Valeria nicht weiter nach. »Erzählen Sie mir ein wenig über sich. Wie sind Sie an diese Stellung gelangt?«

»Nun, ich wurde eingestellt. Ich wurde in England an einer renommierten Schule meines Berufsstandes ausgebildet. Über eine Vermittlung kam ich zu einem der Anwesen des Comte und schließlich hierher.«

»Sind Sie das ganze Jahr hier?«

»Nicht in der ersten Jahreshälfte. Ende Januar reist das meiste Personal ab und kehrt erst im Sommer zurück, und nur ein Techniker überwacht die Haussysteme. Und natürlich das Wachpersonal, das bleibt ebenfalls hier. Die Männer wechseln regelmäßig, aber anwesend sind stets fünf bis sechs Personenschützer.«

»Sie sind alleinstehend?«

Marceau nickte. »Ja, in diesem Beruf bleibt nur wenig Zeit für derlei Vergnügungen.«

»Was ist mit den anderen Angestellten hier?«

»Das ist eine Sache jedes Einzelnen, aber alle, die von weiter her kommen, werden wohl eine Fernbeziehung führen müssen …«

»Und was ist mit denen, die in Steinberg leben?«

»Es gibt niemanden aus dem Dorf, der für Herrn Rochat arbeitet«, erwiderte Marceau.

»Wieso das? Mag er keine Einheimischen?«

»Nun … vermutlich. Aber ich denke, das ist keine Frage, die ich beantworten kann.«

»Aber Sie als seine rechte Hand hier im Haus sind doch für die Einstellungen verantwortlich, nicht wahr?«

Marceau nickte. »Das bin ich in der Tat.« Er beugte sich etwas vor, als wollte er ihr eine besonders eindringliche Botschaft zuflüstern. »Wissen Sie, Richard Rochat ist nicht zu seinem beträchtlichen Vermögen gekommen, indem er sich durch Wohltätigkeit ausgezeichnet hat … obwohl ihm dies natürlich sehr am Herzen liegt. Aber gerade was das Private angeht, so legt er doch großen Wert auf einen, sagen wir, reibungslosen Ablauf. Und die dafür benötigte Erfahrung und Qualität in der Ausbildung, nun, keiner der Bewerber aus Steinberg hat davon genug mitgebracht, als dass derjenige für dieses Haus geeignet wäre.«

Valeria mochte den Mann von Minute zu Minute weniger. Sein Parfüm stach in ihrer Nase, süßlich und so aufdringlich, als hätte er darin gebadet. Sie spürte, wie sich ein Kopfschmerz hinter ihre Stirn schlich. »Also, Herr Marceau, wenn das so ist, dann würde ich jetzt gerne die übrigen Angestellten sehen, die

Maria Wyss ebenfalls begegnet sind in dieser Nacht.« Sie zögerte. »Ach, und eine Sache noch: Sagt Ihnen der Name Castillo etwas?«

Da war ein Zucken seines Augenlides. Verräterisch, wie sie fand. »Nein. Nie gehört. Wer soll das nun wieder sein?«

»Nicht so wichtig.«

»Also gut. Ich werde das Personal rufen lassen. Ich denke, es ist am besten, wenn wir im großen Saal zusammenkommen …«

»Nicht alle auf einmal. Einer nach dem anderen«, sagte Valeria. »In etwa zwanzig Minuten, sagen wir.«

»Wie Sie meinen.«

34

Valeria ließ Marceau stehen und trat hinaus auf die weitläufige Veranda, wo sie tief Luft holte. Der Butler hatte gelogen, spätestens als sie ihn nach Castillo fragte. Verflucht, was ging hier vor sich?

Sie ging die Natursteintreppe hinab und holte langsam und gleichmäßig Luft, um den Kopfschmerz, der sich stechend in ihren Schädel bohrte, zu vertreiben. Das Gras raschelte unter ihren Schritten, sie hatte die Parkanlage erreicht. Da war ein dunkel gekleideter Wachmann, der sie musterte, dann jedoch ohne ein Wort vorüberging. Er trug ein Funkgerät am Gürtel und einen großen Schlüsselbund, aber keine sichtbare Bewaffnung.

Der Rasen und die weitläufigen Hecken waren noch immer feucht vom kalten morgendlichen Tau, die Baumkronen wirkten entrückt und fern im Nebel, als hätte ein verrückter Künstler sie in sämtliche Farben seines Farbkastens getaucht.

Sie erreichte den Waldrand. Der Stein lag noch dort, wo sie ihn zurückgelassen hatte. Die Spur im Gras war fort – natürlich, Gras richtete sich wieder auf –, und alles andere, vielleicht sogar Blut, hatte der Regen weggewaschen.

Valeria spähte in den Wald hinein, wo das trübe Tageslicht nicht einmal den Erdboden zu berühren schien. Wir leben im Schatten, dachte sie. *Und was ist das dort hinten?*

Wenn sie sich nicht vollkommen täuschte, befand sich dort, tiefer im Wald, eine Art weißes Gebäude, teilweise zugewuchert und nur schwer auszumachen. Sie machte noch ein paar Schritte weiter in den Wald hinein.

»Hey! Hey, Sie!«

Sie drehte sich um.

Einer der Wachposten kam mit schnellen Schritten auf sie zu. »Das ist privat«, sagte er. »Wer sind Sie überhaupt?«

Sie hielt ihm ihren Ausweis unter die Nase.

»Aha. Ich dachte, Sie hätten im Haus zu tun? Die Leute befragen? Davon, dass Sie hier draußen rumlaufen, war nicht die Rede.«

»Wollen Sie mich aufhalten?«

»Ich muss mal nachfragen.« Er wirkte unsicher.

»Schon gut. Ich wollte nur ein wenig Luft schnappen, mir die Beine vertreten. Bin schon weg und wieder zurück im Haus«, wiegelte Valeria ab.

Sie ließ den Wachmann stehen und machte sich auf den Weg zum Haus zurück, konnte jedoch noch regelrecht fühlen, wie er ihr hinterherblickte. *Du gehst da ganz sicher noch mal runter, und wenn es heute Nacht sein muss. Und du wirst dich nicht erwischen lassen.*

»Da sind Sie ja wieder«, sagte Marceau pikiert, als sie ihn im großen Speisesaal wiedertraf. Hinter ihm wartete eine der Angestellten, die Marceau ihr als Elisa Ritter vorstellte. »Ich lasse Sie dann allein«, sagte er und ging hinaus, doch war sich Valeria sicher, dass er vor der Tür lauschen würde.

Elisa Ritter war blond und ziemlich hübsch, Valeria schätzte sie auf kaum älter als fünfundzwanzig. Sie bat sie, sich zu setzen. Da lag etwas äußerst Nervöses im Blick der jungen Frau, eine tiefergehende Angst davor, etwas Falsches zu sagen.

Wieso? Würde Rochat sie schon wegen einer Kleinigkeit entlassen? Oder gab es da noch mehr, das unter der Oberfläche verborgen schlummerte?

»Frau Ritter, ich bin Valeria Ravelli von Interpol. Wir ermitteln wegen eines Todesfalls in Steinberg und wegen einer vermissten Frau ... etwa in Ihrem Alter.« Valeria erklärte ihr, wann Maria Wyss in Rochats Anwesen gesehen wurde, und fragte sie, ob sie sich an jenen Abend erinnerte.

Elisa Ritter fuhr sich nervös durch die Haare, ehe sie antwortete. »Ja, ich erinnere mich«, sagte sie leise, »aber nicht mehr besonders gut an die Details. Sie kam von draußen, aus dem Regen. Ich war gerade dabei, in der Eingangshalle den Boden zu staubsaugen, als es klopfte. Der Chef – also Marceau – kam auch gleich und hat mit ihr geredet. Ich hab nur ein paar Fetzen des Gesprächs mitbekommen ... Sie war ziemlich aufgeregt und hat gesagt, sie wäre von irgendwo abgehauen, von wo, das konnte ich nicht hören. Marceau hat mit ihr geredet, und irgendwie ... wurde es dann auch ziemlich laut ... Hm, und dann ist sie mit ihm nach oben gegangen.«

»Wie hat die Frau auf Sie gewirkt?«

»Sie war völlig nass und hat gezittert. Was immer sie durchgemacht hat, es war sicher ziemlich heftig.«

»Wann haben Sie sie wiedergesehen?«

»Gar nicht. Ich habe ihr Zimmer am nächsten Morgen gemacht, aber da war sie schon wieder weg.«

»Gab es in ihrem Zimmer etwas Auffälliges?«

»Nein. Sie hat kaum etwas angefasst, hatte ich den Eindruck. Vielleicht ... ihr Kissen.« Nun sah Elisa Ritter aus, als bereute sie den Satz auch schon wieder, kaum dass sie ihn gesagt hatte.

»Was war denn mit ihrem Kissen?«

»Es ... war nass. Als hätte sie hineingeweint.«

»Noch etwas?«

Nun wich Ritter ihrem Blick aus. »Nein.«

»Sagen Sie mir die Wahrheit. Die Vermisste könnte Ihre Schwester sein.«

Die Hände der jungen Frau waren ineinander verschlungen und zitterten, und als sie bemerkte, dass Valeria es gesehen hatte, zog sie sie schnell vom Tisch.

»Wo leben Ihre Eltern, Frau Ritter?«, fragte Valeria.

»In Pfäffikon.«

»Ein ganzes Stück weit weg. Sehen Sie sie oft?«

»Hin und wieder. Ich … arbeite hier nur, bis ich genug Geld für das Studium zusammen habe.«

»Was wollen Sie studieren?«

»Medizin.«

»Denken Sie, die Frau könnte verletzt gewesen sein? Haben Sie womöglich Blut entdeckt? Vielleicht auf dem Bettlaken?«

Elisa Ritter nickte. »Ja.« Sie blickte Valeria nicht in die Augen. Da war ein Fleck auf dem Tisch, den sie auf einmal furchtbar interessant fand.

Blut am Laken … Was hatte Wagner noch gleich darüber gesagt, dass Gress versucht hatte, Maria Wyss zu vergiften? Ein langsamer, schleichender Tod – der sie selbst nach seinem eigenen Ableben noch hinrichten würde. »Hat Marceau es auch gesehen?«

»Keine Ahnung. Das ist nichts, womit ich mich an diesem Tag beschäftigt habe.«

»Ach, und was hat Sie so sehr in Beschlag genommen?«

»Er kam doch her. Der Comte. Es musste alles perfekt sein.«

»Also war Rochat hier?«

»Ja, er kam spät am Abend an. Also am Tag, nachdem Maria hier war.«

Valeria blickte der jungen Frau direkt in die Augen. Dort standen Tränen.

Du hast ihr den Namen nicht genannt. Gut, sie könnte ihn von Marceau gehört haben, aber … seltsam, nicht wahr?

»Welchen Eindruck hatten Sie von ihm?«

»Er schien … gut gelaunt, wie ich fand. Er machte Scherze, sogar mit den Angestellten.«

»Was für Scherze?«

»Zu mir sagte er, ich darf mir gerne auch ein Glas Champagner einschenken, es sei denn, ich würde lieber doch irgendeinen Soja-Latte-Drink bevorzugen, wie wir jungen Leute es ja heutzutage tun.«

Was nicht alles als Scherz durchgeht. »Das ist nicht gerade lustig, oder? Ist er denn sonst eher streng?«

Elisa nickte. »Er … ist sehr genau. Korrekt. Aber wie der Chef immer sagt – ein Mann wie der Comte hat so viel Verantwortung, so viel im Kopf, dass er gleichzeitig abwägen und beurteilen muss. Daher sollen wir es ihm nicht ankreiden, wenn er …« Sie verstummte.

»Wenn er sich mal danebenbenimmt?«

»Ja.« Das war kaum mehr als ein Hauch.

»Wie verhält er sich denn dann?«

»Er wird zornig.«

»Und dann? Wird er handgreiflich?«

Hinter ihnen erklang ein Räuspern. Es war Marceau. »Elisa, da ist jemand am Telefon für dich. Deine Mutter.«

Elisa Ritter sprang sofort auf und eilte hinaus. Valeria konnte noch sehen, wie ihr eine Träne über die Wange lief.

»Ihre Mutter ruft sie jetzt an? Was für ein Zufall.«

Marceau ging nicht darauf ein. Stocksteif stand er da und fragte sie, ob er nun den nächsten Angestellten – Piotr, der

Maria vor zwei Wochen heimgefahren hatte – hereinbitten sollte.

»Ja, schicken Sie ihn rein.«

Marceau ging, und Piotr kam herein. Er kam ihr bekannt vor. *Ist das der Fahrer, der mich bei meinem ersten Besuch hergefahren hat?* Er war schon etwas älter, wohl über sechzig, und sehr dünn, das Haar grau meliert und militärisch kurz geschnitten. Seine Augen waren so blass wie klares Wasser. Als er näher kam, registrierte Valeria, dass ein Hauch eines Zigarettengeruchs von ihm ausging.

»Bitte setzen Sie sich«, sagte sie.

»Ich würde lieber stehen bleiben.« Er klang distanziert.

»Wie Sie wollen. Erinnern Sie sich an jene Nacht vor zwei Wochen, als eine junge Frau ins Haus kam? Es muss fürchterlich geregnet haben. Sie hat die Nacht hier verbracht, und am nächsten Tag waren Sie es, der sie nach Hause gefahren hat.«

Piotr nickte. Seine Hände steckten in den Hosentaschen, und er wippte auf den Fußballen auf und ab, was seine abgewetzten Lederschuhe leise quietschen ließ. »Ich erinnere mich«, sagte er leise. »Zumindest daran, wie ich sie gefahren hab. Das ist mein Job. Fahrer. War er schon immer. Auch vor Rochat.«

Valeria bemerkte, dass er Rochat nicht Comte nannte, was ihn ihr gleich ein wenig sympathischer machte. »Wohin haben Sie sie gebracht?«

»Sie wollte, dass ich sie absetze … Lassen Sie mich nachdenken …«

Valeria wartete ruhig ab.

»War nicht in Steinberg, das nicht. Ein Stück draußen im Wald … ja. Glaube schon. Und da war jemand, der dort auf sie gewartet hat.«

»Können Sie den Ort exakt beschreiben?«

»Da war ’ne Hütte.«

»Mit einem Windspiel unter einem Vordach?«

»Ja, glaub schon.«

Die abgebrannte Hütte. Der Ort, an dem sich Maria mit Gress getroffen hatte, wenn Wagner recht hat. Die Hütte mit dem Toten darin. »Und können Sie beschreiben, wen die Frau dort getroffen hat?«

»Hm, es war ein Mann. Groß. Dunkles Haar. Etwa so lang ... er trug ...« Er deutete mit der Hand auf seine Schulter, dann an seinen Kragen. »Etwas Weißes hier am Hemd.«

»Schulterlanges Haar? Sind Sie sicher?«

Er nickte. »Ja. Absolut.«

Valeria fluchte innerlich. Piotr beschrieb gerade eine ziemlich exakte Version von Ricardo Alvarez. Was hatte der Priester mit Maria Wyss zu schaffen gehabt?

»Also gut«, versuchte sie ihre kurze Verblüffung zu überspielen. »Sagen Sie, sind Sie häufiger in Steinberg?«

»Hin und wieder. Früher häufiger. Heute nicht mehr so oft.«

»Aber Sie kommen nicht von hier.«

Er lachte rau. »Hört man, ja?«

»Was hat Sie zu Rochat verschlagen?«

»Na ja, zuerst war ich bei seinem Bruder Rudolf. Ich hab ihn überallhin gefahren. Nach Frankreich, innerhalb der Schweiz, nach Deutschland, England ... überall, wo die Firma einen Sitz hat und er Geschäfte zu erledigen hatte. Ich stand abends in Hotelhallen und habe gewartet, bis er von seinen Geschäftsessen kam, ich hab in der Nacht vor Bürogebäuden im Wagen gewartet, vor großen Fabrikhallen ... Ich und der Wagen, und der Boss. Er hat mich immer gut behandelt.«

»Und dann ist Rudolf Rochat gestorben.«

»Ja, das war ein schlimmer Tag.«

»Waren Sie da bei ihm?«

Piotr senkte den Blick. »Nein. Ausgerechnet an dem Tag war ich nicht da. Urlaub. Ein paar Tage nur … unten in Locarno. Und das, obwohl ich die Sonne gar nicht so mag. Er ist allein gestorben. Ich weiß, es hätte ihn nicht gekümmert, aber … Verflucht, ich wär gern für ihn da gewesen an dem Tag.«

»Nach seinem Tod sind Sie zu seinem Bruder gewechselt?« Valeria dachte an das böse Blut, das gerüchteweise zwischen den beiden Rochats geflossen sein soll.

»Geld ist Geld. Und es ist gutes Geld.«

»Vielleicht die falsche Entscheidung? So von heute aus betrachtet?«

»Nein. Richard weiß, was er tut.«

»Aber Sie fahren ihn nicht so durch die Gegend, wie Sie es bei seinem Bruder getan haben. Sonst wären Sie jetzt bei ihm.«

»Ja, die Zeiten ändern sich. Ich arbeite jetzt am Fuhrpark hier und erledige hin und wieder ein paar Abholaufträge. Es ist nicht mehr so wie früher.«

»Zurück zu der jungen Frau: Was für einen Eindruck hatten Sie von ihr, als Sie sie zu dieser Hütte gefahren haben?«

»Sie war nicht gut drauf … hat wohl geweint, würde ich meinen. Und sah aus, als würde sie gleich wieder damit anfangen.«

»Was halten Sie von Richard Rochat?«

»Hm«, brummte der Mann. »Anders. Anders als sein Bruder. Rudolf … war ein kalter Mensch, alles andere wäre gelogen. Aber sein Bruder ist noch kälter. Rudolf war Eis, aber Richard … Richard ist so was wie flüssiger Stickstoff.« Er lachte.

»Und sein Umgang mit dem Personal?«

»Rau. Er weiß, was er will, und man sollte besser wissen, wo man steht, ehe man in seinen Weg gerät. Aber ich kann mir auch nur kaum ausmalen, wie es sein muss, so ein riesiges Unternehmen zu führen.«

Valeria sah Piotr direkt in die Augen. »Gab es Beschwerden des Personals über das Verhalten des Chefs?«

»Das kann schon sein. Aber, hm, ich weiß das nicht. Ich hab damit eigentlich nichts zu tun. Bin gern für mich. Und das ist auch nichts, über das ich wohl so offen reden sollte, was?«

»Das müssen Sie entscheiden.«

»Na ja …« Er senkte die Stimme. »Es gab mal einen Fall, da hat eine der Frauen hier gekündigt. Da … hat es mal was gegeben, und dann hat sie aufgehört.«

»Was gab es da?«

»Ach, wahrscheinlich wurde Rochat zu laut, zu unfreundlich. Er hat diesen … wie sagt man … Tick, so eine … einen Zorn …«

»Cholerisch? Meinen Sie das?«

»Ja. Eine cholerische Ader … Das kann man schon in den falschen Hals bekommen, wenn man nicht weiß, woran man ist.«

»Kennen Sie den Namen der Frau?«

Wieder lachte er. »Da müsste ich nachdenken. Warten Sie … Gruber, glaube ich. Anna Gruber, so hieß sie.«

35

Das Pflegeheim war ein freundlicher, in Weiß gestrichener, klassizistischer Bau im Norden von Basel. Eine kleine Parkanlage mit Apfelbäumen schloss sich an das vierstöckige Gebäude an, und dort, an einem Tisch sitzend, mit einer Decke auf dem Schoß, fand Bain sie. Klein, wie in sich zusammengefallen, das Haar strähnig, die Hände im Schoß gefaltet.

»Frau Gruber? Ich bin Colin Bain.«

Ihr Blick suchte seinen, doch es schien ihm, als würde sie ihn zwar wahrnehmen, doch entweder nicht mehr verstehen, was vor sich ging, oder sie konnte sich schlicht nicht mehr ausdrücken.

Die Krankenschwester, die ihn zu ihr begleitet hatte, zupfte an der Decke herum und strich Anna behutsam über die blasse Wange. »Da sitzt sie. Aber wie ich Ihnen gesagt habe, es wird nichts nutzen, mit ihr zu sprechen. Das versuchen wir schon eine ganze Weile, aber sie hat nie geantwortet. Sie zeichnet viel, doch aus den Bildern wird man ebenso wenig schlau.«

»Verflucht, sie ist noch so jung.«

Anna Gruber war keineswegs eine alte Frau, wie er erwartet hatte, er schätzte sie auf gerade einmal Anfang dreißig.

Valerias Anruf hatte er vor etwa einer Stunde erhalten – aufgeregt hatte sie ihm mitgeteilt, dass es einen Zusammenhang zwischen einer Anna Gruber, die bei Rochat gekündigt hatte, und dem seltsam cholerischen Hausherrn geben musste.

»Mal sehen, was sie zu sagen hat«, hatte er erwidert – doch nun stand er vor Anna Gruber und fragte sich, ob diese Frau wirklich jene war, von der Valeria gesprochen hatte.

»Was in aller Welt ist ihr zugestoßen?«, fragte er die Krankenschwester.

»Ich kann Ihnen darüber keine Auskunft geben. Ganz ehrlich – wenn ich Thierry nicht noch einen Gefallen schuldig wäre, würden Sie gar nicht hier sein. Unsere Patienten sind keine Ausstellungsobjekte, die jeder einfach so anschauen kann, wie er will.«

Thierry, der Fremdenlegionär, hatte Bain nach einem langen Gespräch in seinem Hotelzimmer angeboten, ihm mit Anna Gruber zu helfen. »Finden Sie denjenigen, der Gress auf dem Gewissen hat«, hatte er ihm noch einmal eingeschärft, und dann war er verschwunden. Bain wusste, dass er ihn nicht wiedersehen würde – dieser Mann zählte zu jener Sorte von Menschen, die niemand aufspüren konnte, solange sie es nicht zuließen.

Und doch hatte Bain sich geschworen, den Mann nicht zu enttäuschen.

»Sie sind nicht der Erste«, sagte die Krankenschwester nun.

»Nein?« Natürlich wusste Bain, dass es Gress gewesen sein musste, der vor ihm hier gewesen war.

»Jemand hat sich nach Anna erkundigt. Versuchte auch, mit ihr zu sprechen. Meine Kollegin war an dem Tag da, und ich frag mich immer noch, wieso sie den zu ihr gelassen hat.«

»Sie hat ein gutes Herz. Wie Sie.«

Die Frau ging nicht auf Bains Einschmeichlungsversuch ein. »Was wollen Sie von Anna? Hier geht doch etwas vor sich, das ist doch ganz eindeutig.« Sie deutete mit dem Zeigefinger auf seine Brust. »Ich sag Ihnen, wenn es etwas Verrücktes ist, dann …«

»Verrückt?«, wiederholte Bain. »Wieso sollte es denn etwas Verrücktes sein?«

Die Frau sah aus, als bereute sie es, bereits zu viel gesagt zu haben. »Vielleicht denk ich das wegen Annas Zeichnungen … Die könnte man schon ziemlich verrückt nennen, finde ich.«

»Kann ich die mal sehen?«

Sie seufzte. Anna Gruber dagegen saß nur da, während ihre Hände regungslos in ihrem Schoß lagen und ihre Augen irgendeinen fernen Punkt fixierten, der für alle anderen außer sie selbst unsichtbar war.

Was sie dort wohl sah? Bain mochte es sich gar nicht ausmalen. Im eigenen Körper gefangen zu sein, die Vorstellung war fürchterlich für ihn.

»Also gut«, sagte die Krankenschwester dann. Bain fiel zum ersten Mal auf, dass sie ein kleines Namensschild trug – *Mary* stand dort. »Ich hole mal einige ihrer Zeichnungen, aber hoffen Sie lieber nicht, dass Sie sich daraus einen Reim machen können.«

»Das ist äußerst nett von Ihnen.«

»Warten Sie hier.«

Bain nickte, und Mary ging über den Rasen zwischen den Apfelbäumen hindurch davon. Ein schöner Ort, und doch wohnte ihm eine gewisse Traurigkeit inne, die durch all die herumsitzenden und langsam auf und ab spazierenden Patienten noch verstärkt wurde.

»Anna«, sagte er leise.

Die junge Frau rührte sich nicht.

»Anna, können Sie mich hören? Ich bin von der Polizei.« Er

hatte beschlossen, keine Geschichte zu erfinden, weder ihr noch dem Personal gegenüber. Bain ging vor Anna Gruber in die Hocke und sah zu ihr auf. Sie hatte hellblaue Augen. Ihr Blick sah aus, als hätte sie viel erlebt – vielleicht zu viel. Wenn Ravelli recht hatte und diese Frau bei Rochat gearbeitet hatte … »Was ist Ihnen zugestoßen, Anna? Was ist passiert? Wer bezahlt für Ihren Platz hier in dieser Einrichtung?«

Sie gab ihm keine Antwort, doch als Bain wieder aufstehen wollte und sich in Richtung des Gebäudes umblickte, bemerkte er, wie sie die Hand hob. Sie zeigte auf etwas … das Pflegeheim? Bain versuchte, die Richtung weiterzuverfolgen, die ausgestreckte Hand zu verlängern, doch er konnte nichts entdecken.

»Ich verstehe es leider nicht. Anna, was wollen Sie mir sagen? Was ist Ihnen zugestoßen?«

»Herr Bain.« Mary, die Krankenschwester, war wieder da. Sie hielt einen kleinen Stapel Papiere in der Hand. »Sehen Sie bitte hier.«

»Sie hat auf etwas gezeigt«, sagte Bain zu ihr. »Anna. Sie hat die Hand gehoben und auf etwas gezeigt. Vielleicht auf das Haus?«

»Das macht sie manchmal. Ich denke, sie erinnert sich an etwas.«

An das Haus? Oder an ein ähnliches? Vielleicht an Rochats Herrenhaus, von dem Valeria ihm ein paar Bilder geschickt hatte?

»Was ist ihr zugestoßen? Wieso ist sie so, wie sie ist? Bitte erzählen Sie es mir.«

Mary sah ihn zögernd an und schien ihre anfangs abweisende Haltung Bain gegenüber zu überdenken. Endlich entschloss sie sich, ihm mehr Informationen zu geben. »Eine

Hirnblutung. Sie kam mit Sprachstörungen und einer teilweisen Lähmung der Beine zu uns, die sich nach und nach gebessert hat. Sie kann wieder gehen, aber die Sprache hat sie leider noch nicht zurückerlangt. Ich würde zu gern wissen, was sie uns zu erzählen hat.«

»Und wie kam es zu dieser Blutung?«

»Sie arbeitete damals bei einem Industriellen in den Bergen. Sehr abgelegen. Es hieß, dass sie bei der Jagd so unglücklich vom Pferd gestürzt ist, dass sie sich den Kopf auf einem aus dem Waldboden hervorstehenden Stein angeschlagen hat. Sie trug keinen Helm. Man musste sie mit dem Helikopter ausfliegen.«

»Und Annas Familie?«

»Sie hat keine lebenden Verwandten. Anna Gruber ist eine Waise. Jeden Monat kommt jemand und bezahlt persönlich für ihre Unterbringung hier.«

Eine Waise. Schon wieder eine Waise. Gress, du verfluchter Irrer, an welcher Sache warst du hier dran?

»Die Ärmste.«

»Sie war eine lebenslustige Frau, wie man mir erzählt hat. Ja, es ist furchtbar. Sie ist noch so jung.«

»Ein Jagdunfall also«, sagte Bain. »Wissen Sie, wie das genau passiert ist? Wieso hat sie als Angestellte an so einer Jagd teilgenommen?«

Mary nickte. »Oh, ja. Ich habe mit dem Notarzt gesprochen, der die Erstversorgung eingeleitet hat. Sie war mit mehreren Leuten zu Pferd unterwegs. Offenbar war dieser Großindustrielle auch dabei. Anna war keine besonders sichere Reiterin. Ihr Chef hatte ihr wohl angeboten, sich hin und wieder ein Pferd aus dem eigenen Stall auszuleihen, und sie ist dann mit einigen anderen der Angestellten ausgeritten. Später dann, während dieser Fuchsjagd, bei der sie und die anderen Angestellten anscheinend auch teilnehmen durften, da ist ihr Pferd wohl vor irgendwas zurückgeschreckt. Anna ist gestürzt, auf den Stein gefallen … und das ist das schreckliche Ergebnis.«

»Ergebnis würde ich es vielleicht nicht nennen«, sagte Bain. »Eine Treibjagd … ziemlich ungewöhnlich, dass jemand seine Angestellten dabei mitmachen lässt.«

»Ich weiß nicht«, sagte die Krankenschwester. »Das ist nicht wirklich meine Welt.«

»Nein, meine ganz sicher auch nicht.« Doch Bain wusste: An dieser Geschichte stimmte etwas nicht.

Die Krankenschwester holte ihr klingelndes Handy hervor und wechselte ein paar Worte. »Ich muss kurz auf Station«, erklärte sie Bain. »Vielleicht sehen Sie sich ja schon mal diese Bilder an, wenn Sie mögen. Ich bin gleich zurück.« Sie eilte über den Rasen davon.

Bain warf Anna einen kurzen Blick zu, doch hatte sich die junge Frau nicht mehr gerührt. Sie blickte nur starr in Richtung eines der Apfelbäume. Er wandte sich den Bildern zu. Das oberste zeigte einen Wald und etwas, das wohl ein Pferd darstellen sollte – es war erschreckend anzusehen, denn Anna Gruber zeichnete im Stil einer Fünfjährigen. Bain blätterte weiter zum nächsten Bild. Wieder ein Wald, doch dieses Mal war er vollkommen leer. Dann einige Blätter, die kleine Strichmännchen zeigten, die auf ein einzelnes, ein Stück entfernt stehendes Männchen deuteten … Doch was war das, was sie da in den Händen hielten?

Bain blätterte weiter. Wieder ein Wald, doch dieses Mal mischte sich in die Braun- und Grüntöne des Bodens ein roter Buntstift. Was wollte Anna damit darstellen? Blut?

Und wieder eine einzelne Figur, abseits von den anderen.

»Anna?«

Keine Reaktion.

»Können Sie mir sagen, wer das hier sein soll?«

Nichts.

Bain blätterte weiter. Die Bilder wurden seltsamer, ja grausamer, unheimlicher. Weiter hinten stieß er auf etwas, das aussah, als hätte Anna versucht, eine Art Puppe zu zeichnen, in deren Innerem ein Strichmännchen feststeckte. Wieder waren da andere, die dieses einzelne Strichmännchen ansahen, das ein Stück von ihnen distanziert war.

Dann kam er zur letzten ihrer Zeichnungen.

Aus einem Strichmännchen floss etwas Rotes in großen Strömen, die Anna mit dicken Kreisen gezeichnet hatte – davon einige so fest, dass das Papier an dieser Stelle gerissen war –, auf den Waldboden.

»Verflucht«, stieß Bain aus. »Sie haben gezeichnet, wie jemand getötet wurde, oder?«

»Getö…«, sagte Anna plötzlich, und dieser Laut war so unerwartet, so überraschend, dass Bain zusammenzuckte.

»Was? Was haben Sie gesagt?«

»Puppe«, sagte Anna. Ihr Blick fand seinen, und Bain hatte das Gefühl, sie habe schon so viel Böses gesehen, dass all dies ein Nachbild, einen Abdruck auf ihrer Netzhaut hinterlassen hatte. »Puppe.«

»Eine Puppe? Was meinen Sie damit?«

»Das … macht er …«

»Er? Rochat?«

Sie nickte zitternd. »Ja. Wer … bist du …«

»Ich bin Colin. Colin Bain.« Zu seiner eigenen Überraschung bemerkte er, dass seine Hände zitterten. Etwas an der

Art, wie sie plötzlich mit ihm sprach, jagte ihm einen Schauer über den Rücken.

»Bain«, wiederholte sie. Dann noch etwas, viel leiser, das er nicht verstehen konnte. »Komm … näher …«

»Okay.«

»Er hat ihn getötet.«

»Wer hat …«

»Rochat. Seinen eigenen Bruder. Brudermord.« Mit einem Mal war ihre Stimme völlig klar. »Das ist grausam, nicht wahr?« Sie hob schwach eine Hand und winkte ihn noch näher heran.

Bain beugte sich vor.

»Wieso sagen Sie mir das?«

»Weil … du …« Nun war ihre Stimme kaum mehr als ein schwaches Flüstern. Bain beugte sich noch weiter zu ihr heran, und im selben Moment meldete sich sein Instinkt, irgendein tief verborgener Sinn, der ihn alarmierte.

Anna Grubers rechte Hand, die die ganze Zeit an ihrer Seite herabgehangen hatte, schoss plötzlich hoch – und hielt eine Glasscherbe, mit der sie nach Bains Kehle schlug.

Bain warf sich nach hinten. Er spürte den Luftzug, spürte, wie das scharfkantige Glas an seiner Haut entlangkratzte.

»Du verfluchtes Miststück!«

Anna Gruber warf das Glasstück nach ihm, doch war der Wurf kaum fester als ein Windhauch. Dann fing sie an, gackernd zu lachen. »Gress ist tot! Ich hab ihn zu ihm geschickt, und ich wette, er hat ihn abgeschlachtet. Du bist der Nächste …« Ihr letzter Satz ging in ein röchelndes Husten über, und sie kippte auf ihrem Stuhl nach vorne. Es dauerte keine zehn Sekunden, und Mary, die Krankenschwester, war wieder neben ihr.

»Was haben Sie mit ihr gemacht?«, fuhr sie ihn an. »Sehen Sie sich das nur an!«

»Ich?« Bain fluchte lautstark. Die Glasscherbe funkelte im Gras. »Das gibt es doch nicht, sie …«

Mary rief einige Kollegen, da Anna Gruber mittlerweile immer schwerer atmete. Speichel lief ihr aus dem Mundwinkel. Spielte sie das nur, oder hatte dieser Angriff ihr die letzte Kraft geraubt?

»Gehen Sie! Sofort! Ehe ich die Polizei und die Haussicherheit rufe! Hauen Sie ab!«

Bain machte kehrt und eilte über den Rasen zwischen den Apfelbäumen in Richtung Ausgang, wo er den Wagen geparkt hatte. Richard Rochat hatte seinen Bruder getötet. Wenn Gruber gerade die Wahrheit gesagt hatte. Was ging hier noch vor sich? Was hatte diese Sache mit der Puppe zu bedeuten? Er beschleunigte seine Schritte. Was immer es war, er würde Ravelli informieren müssen. Kaum dass er hinter dem Steuer saß, wählte er ihre Nummer.

»Geh ran, verflucht.«

Doch Valeria Ravelli meldete sich nicht, und nach ein paar Augenblicken wurde die Mailbox aktiviert.

Erneut fluchend warf Bain sein Handy auf den Beifahrersitz.

»Also gut«, sagte er laut. »Sieht ganz danach aus, als hätten wir ein Problem.«

In diesem Augenblick begann sein Handy zu läuten: Anrufer unbekannt, stand auf dem Display.

»Hören Sie zu, Bain«, erklang eine Stimme. »Hören Sie mir jetzt ganz genau zu, wenn Sie am Leben hängen.«

36

Es war Nacht, und das ganze Herrenhaus lag in tiefem Schlaf.

Valeria schlief nicht.

Sie saß im Schneidersitz auf dem Bett und betrachtete die Bilder von Maria Wyss, das Lächeln, das Valeria mehr und mehr gepeinigt, gequält erschien.

Wo war sie jetzt? Hatte sie sich wirklich mit dem Priester an der Hütte getroffen? Aus welchem Grund? Was war danach mit ihr geschehen?

Morgen früh wirst du Alvarez aufsuchen und ihn so lange ausquetschen, bis er dir die Wahrheit sagt – und wenn die darin besteht, dass Piotr sich schlicht geirrt und nicht ihn, sondern jemand anderen an der Hütte gesehen hat … aber nein. Denk an den seltsamen Überwachungsraum tief unter dem Dorf. Hier geht mehr vor sich, als es den Anschein hat. Und alle hier haben dich sehr wahrscheinlich von Anfang an belogen. Der Priester macht da keine Ausnahme. Karl Leuenberger ist in einer Lawine gestorben. Wieso? Weil er Dinge wusste. Weil er wusste, wieso Steinberg schon so lange im Schatten liegt.

Valeria verdrängte den Gedanken.

Es war Zeit.

Sie schwang die Beine vom Bett. Ein letzter Blick auf ihr Smartphone – es war halb drei in der Nacht.

Leise öffnete sie die Tür, schlich hinaus und schloss sie

ebenso leise wieder hinter sich. Auf Zehenspitzen huschte sie den Korridor hinab. Einige Dielen knarrten unter ihren Schritten, doch schließlich hatte sie den mit einem schweren, bordeauxroten Läufer ausgelegten Treppenabgang erreicht. Wandlampen warfen gedimmtes Licht über die Natursteinwände. Der Handlauf bestand aus glatt poliertem Eichenholz, das sich seltsam warm unter ihren Fingern anfühlte, während sie nach unten stieg. Von der Eingangshalle aus wandte sie sich zum Speisesaal. Das Mondlicht fiel durch die Fenster herein und spiegelte sich auf dem Marmorfußboden.

Auch heute waren die Verandatüren nicht verschlossen. Als wollte jemand, dass du abermals einfach nach draußen gehen kannst, dachte Valeria. Vielleicht beobachtet man dich. Ein ungutes Gefühl machte sich irgendwo in ihrer Magengegend breit.

Das Gras war feucht von der nächtlichen Kälte, und der Wind strich durch die Halme und wisperte. Das Mondlicht spiegelte sich in einigen Wasserpfützen, auf denen sich bereits eine dünne Eisschicht gebildet hatte, funkelnd wie spiegelglatt poliertes Glas. Die Hecken ragten zu ihrer Linken auf, die geschnittenen Tiere wie grotesk riesige Wächterfiguren im fahlen Mondlicht, zu ihrer Rechten lag in einiger Entfernung der Waldrand.

Ihr Ziel.

Nach einigen Minuten verließ Valeria den Pfad und trat ins höher gewachsene Gras. Sie spürte, wie die Halme an ihren Beinen streiften. Der Stein, dort lag er, Gott sei Dank! Sie hob ihn auf und wandte sich dem Waldrand zu. Dorthin war die Spur verschwunden, direkt im Unterholz. Vorsichtig schaltete sie die Taschenlampenfunktion an ihrem Handy ein und richtete den Strahl auf den Boden. Waren dort Abdrücke, vielleicht Überreste jener Schleifspur, jenes Geräuschs, das sie vor einigen Nächten vom Gästezimmer aus mit angehört hatte?

Valeria marschierte schnurstracks auf den Wald zu. Die Eichen rauschten im Wind, ihr letztes Laub wisperte. Alt und noch älter war dieser Wald, die Stämme von Moos bewachsen, und die Rinde, als sie mit der Hand darüberstreifte, während sie tiefer in das Waldstück vordrang, war kalt wie Stein.

Geh nicht dorthin, geh nicht dorthin, schienen die Bäume zu flüstern. *Kehr um, kehr um.*

Natürlich. Es wäre leichter, kehrtzumachen und sich im warmen Bett zu verkriechen. Aber die Angst in den Augen der jungen Frau, die sie getroffen hatte, das seltsam gequälte Lächeln auf Marias Lippen, all die Toten, der Computer mit seinen Videobildern ... Nein, sie würde nicht umkehren. Sie würde den Ursprung hinter all dem finden.

Ein Stück voraus wuchs eine dichte Dornenhecke, die sie umgehen musste. Der Weg führte sie daher erst ein ganzes Stück östlich, ehe sie wieder zurück auf den alten Pfad fand, und erst dann entdeckte sie das weiße, niedrige Gebäude wieder, das sie schon am Tag aus der Ferne gesehen hatte.

Dunkle, schleimige Pilze wuchsen hier am Fuß der Bäume, und die Eichen und Tannen wirkten krank, viele von ihnen waren umgefallen und verrotteten. In der Luft hing ein Geruch von Moder und Fäulnis. Valeria stapfte über totes Laub. Bald war sie dem weißen Gebäude sehr nah und betrachtete die Umrisse im Lichtstrahl aus ihrer Handytaschenlampe – was ohne Zweifel gefährlich war, denn so würde man sie leicht auch aus der Distanz entdecken können.

Das weiße Gebäude maß etwa fünf auf acht Meter und besaß ein Schrägdach aus Ziegeln, die über und über mit Moos, Pilzen und Flechten bewachsen waren. Ein Fenster war vergittert, die Milchglasscheibe dahinter undurchschaubar. Vorsichtig näherte sich Valeria der einzigen Tür und hielt Ausschau nach möglichen Stolperfallen wie den heruntergefallenen Eichenästen, die so manchen Schritt zu einem waghalsigen Balanceakt werden ließen.

Die Klinke war aus blankem abgenutztem Messing – ganz so, als würde sie regelmäßig benutzt. Die Tür knarrte nicht, als Valeria sie vorsichtig öffnete und den Lichtstrahl ins Innere richtete. Dahinter befand sich ein Lager für etwas, das sie niemals hier erwartet hätte. Särge stapelten sich an den Wänden bis hinauf zur Decke. Holzsärge, manche aus einfachem Kiefernholz, hell und frisch, andere aus dunklem Tropenholz, das rötlich im Licht der Taschenlampe schimmerte wie altes getrocknetes Blut, dazu verziert mit massiven Beschlägen aus silbrig glänzendem Metall.

»Wieso in aller Welt stellt ihr Särge in einer Hütte mitten im Wald auf?«, sagte Valeria leise, und ihre Worte hinterließen einen weißen Nebel in der Kälte. »Was treibt ihr hier?«

Sie entdeckte einen Durchgang in der östlichen Wand, eine Öffnung ohne Tür, die tiefer in die Hütte hineinführte.

Irgendwo dort erklang ein Geräusch – etwas wie ein leises Wimmern, das ihr einen Schauer über den Rücken jagte und dafür sorgte, dass sich die feinen Härchen auf ihren Armen und ihrem Nacken aufrichteten.

War das ein Mensch?

Valeria zog ihre Waffe aus der Manteltasche und richtete sie auf den nachtschwarzen Durchgang gleich neben den übereinandergestapelten Särgen. Selbst als sie den Lichtkegel der Handytaschenlampe hinüberschwenkte, wich die Dunkelheit nicht, vielmehr war es, als schluckte sie all das Licht.

Valeria ging auf den Durchgang zu. Am Boden knirschte

eine dicke Staubschicht unter ihren Schuhen. Metallregale reihten sich an den Wänden entlang, in denen staubige Kanister standen. Den Aufdrucken zufolge waren es verschiedene Unkrautvernichter, Pflanzenschutzmittel und Rattengift – und nicht wenige davon waren heute, da war sie sich fast sicher, nicht mehr erlaubt. Am Ende der Regalreihe lag rostiges Werkzeug: mehrere Sägen, Bohrer, zwei Spaten. Dahinter führte eine Holztreppe hinab. Von irgendwo dort unten stammte das Wimmern.

Du willst jetzt ganz sicher nicht dort runtergehen.

Aber du musst.

Die Holzstufen knarrten, als sie hinabstieg. Wer auch immer da unten wartete, hatte sie schon längst gehört. Am Ende der Treppe wartete eine Tür aus rostigem Eisen. Salpeter und Schimmel wucherten an den Wänden dahinter. Eine dicke schwarze Spinne huschte fort, als der Lichtkegel sie beschien. Vor ihr, noch Meter entfernt, war ein schwacher Lichtfleck, und von dort stammte auch das Wimmern. Valeria roch Moder in der Luft, den Gestank von Fäulnis, und hielt den Atem an. Nach einigen Metern erhellte ihr Handy etwas, das mitten in diesem Kellerraum aufgestellt war: einen kleinen runden Tisch mit einer Tischdecke, so unpassend, ein Fremdkörper hier unten.

Auf dem Tisch stand ein alter, eingeschalteter Röhrenfernseher. Dies war der Lichtfleck, den sie wahrgenommen hatte. Valeria trat um den Tisch herum und warf einen Blick auf das Bild.

Ihr Herz machte einen Sprung.

Rafael blickte sie von dem verzerrten, grau verfärbten Bildschirm an – ihr Bruder, der vor vielen Jahren verschwunden war – und der als tot galt, für die meisten, aber nicht für sie.

Du hast es immer gewusst.

Valeria machte einen Schritt auf den Fernseher zu, steckte die Waffe weg und streckte die Hand aus, als könnte sie so die Wange ihres Bruders berühren. Er sah nicht gut aus, seine Lippe war geschwollen und blutete – jemand hatte ihn geschlagen.

Er war schon als junger Erwachsener in die Fänge des organisierten Verbrechens geraten, daran bestand kein Zweifel. Und wenn sie ihn dort sah, gealtert, müde, dann wusste sie sofort, dass sie eine aktuelle Aufnahme von Rafael Ravelli vor sich hatte – dies war ihr Bruder, wie er heute aussah.

Erneut erklang das Wimmern, irgendwo hinter ihr, und ließ sie herumfahren.

»Scheiße, was … hat das zu bedeuten?«

Sie hob das Handy hoch und ging zielstrebig auf das Geräusch zu. Aus der Dunkelheit zeichnete sich im hinteren Teil des langgestreckten Kellerraums ein Stuhl ab, auf den eine Gestalt gefesselt war – auf dem Kopf eine Kapuze, unter der ein Mann – Valeria war überzeugt, es war ein Mann – hektisch hin und her blickte.

Valeria streckte die Hand nach der Kapuze aus und zog sie mit zitternden Fingern vom Kopf des Gefesselten.

Sie war sich sicher, dass es Rafael sein würde. Sie war von ganzem Herzen überzeugt, dass er auf irgendeine Weise in diesen Keller gelangt war …

Aber es war nicht Rafael.

Der Unbekannte starrte sie an. Ein Knebel steckte in seinem Mund, und er fing an, erstickte Worte zu rufen, die sie nicht verstehen konnte.

»Wer …« Valeria musste schlucken, um das staubtrockene Gefühl loszuwerden, das sich in ihrer Kehle breitgemacht hatte, seit sie Rafael auf dem Fernseher gesehen hatte. »Wer sind Sie? Ich löse den Knebel, ja? Halten Sie still.«

Sie streckte die Hand aus, wollte nach dem Stoff greifen ...

Im selben Moment erlosch jedes Licht.

Die Taschenlampe ihres Handys war tot.

Der Fernseher hinter ihr war schwarz.

Sie stand im Dunkeln – und irgendwo, kaum einen Meter entfernt, atmete der Gefesselte.

Valeria lauschte. Bewegte sich da etwas in der Dunkelheit, gleich hinter ihr? Ihr Herz hämmerte, ihre Hand tastete nach ihrer Waffe in der Manteltasche.

Dann begriff sie, dass das Atemgeräusch und auch sein Wimmern aufgehört hatten.

Mit einem Knall schaltete sich der alte Fernseher wieder ein. Wieder dieselbe, sich wiederholende Aufnahme von Rafael, der stumm in die Kamera blickte – doch als Valeria sich zu dem Gefesselten umdrehte, saß dort auf dem Stuhl nur eine Schaufensterpuppe.

Sie traute ihren Augen nicht. Ihr Herz raste, in ihrem Kopf pochten Kopfschmerzen wie stetig zuschlagende Hämmer.

Nein.

Nein, das kann nicht sein.

Du hast ihn gesehen, es war ein lebender Mensch.

Aber nun saß dort eine Puppe. Starr, künstlich, gefesselt auf dem alten Holzstuhl.

Sie blickte auf den Fernseher zurück.

WILLKOMMEN VALERIA

Diese Worte standen dort auf dem Schirm, verschwommen flimmernd, hin und her zuckend wie eine alte VHS-Aufnahme.

Sie taumelte ein paar Schritte zur Seite – dann stürzte sie

hinaus. Die Treppe hinauf, durch den Gang, an den Särgen vorbei.

Nein, nein – dort unten war ein Mensch. Du hast das gerade nicht erfunden, du hast es gesehen … Willkommen Valeria … Was bedeutet das …

Sie stürmte hinaus in den Regen, der nun über dem Wald niederging, durch den Matsch, der ihre Schuhe festsaugen wollte und in alle Richtungen spritzte.

Verdammt, reiß dich zusammen! Beruhig dich! Das hier ist nichts, womit du nicht umgehen kannst!

Doch Valeria hielt erst inne, als sie den Rand der Parkanlage erreicht hatte und das Waldstück mitsamt der Hütte hinter ihr lag.

Denk doch mal nach. Das dort unten war geplant. Jemand wusste, dass du nachsehen würdest, und wollte, dass du diesen Raum mit dem Fernseher findest … Dieser Jemand kennt dich ziemlich gut. Er weiß von Rafael. Also denk nach! Wie zur Hölle konnte Rochat an ein aktuelles Bild kommen? Denn es muss Rochat dahinterstecken, wer sonst? Vielleicht weiß er mehr über Rafaels Aufenthaltsort … und darüber, was ihm zugestoßen ist.

Sie ging durch den Park, doch an der Stelle, wo die Buchshecke zu einem großen Raubtier, das wohl einen Tiger darstellen sollte, umgestaltet worden war, hielt sie inne. Das Herrenhaus lag vor ihr, nur schwach beleuchtet und ganz in Nebel gehüllt, der über die große Lichtung aus dem Wald heraufzog.

Es war ein Fehler, herzukommen. Du hast die Gefahr, in die du dich hier begibst, unterschätzt. Du bringst die Nacht hinter dich, und dann wirst du mit der Angestellten sprechen, die dich beim letzten Mal aufgehalten hat. Danach wirst du wieder verschwinden – und das weitere Vorgehen neu planen.

Tanner muss hiervon wissen, von allem, auf das du gestoßen bist.

Leise machte sie sich auf den Rückweg, über die Veranda, wo einige der Bodenbretter leise knarrten, dann hinauf zum Gästezimmer. Sie öffnete die Tür, schlich hinein und verriegelte das Schloss.

Erst dann, als sie sich umdrehte, bemerkte Valeria, dass sie nicht allein war.

37

»Sie haben mir einen Schrecken eingejagt!«

Vor Valeria kauerte die junge blonde Frau, die Hausangestellte, die sie gebeten hatte, zurückzukommen. Dicht neben der Badezimmertür saß sie, sodass Valeria sie beim Hereinkommen nicht sofort entdeckt hatte.

»Sie haben mir Ihren Namen beim letzten Mal nicht gesagt, also, vielleicht wollen Sie das jetzt nachholen.«

»Mein Name ... Nennen Sie mich Sara. Ich hab Ihnen gesagt, Sie sollen wieder herkommen, wissen Sie noch?«

»Ja, das haben Sie.«

Sara ließ ihren Blick von oben nach unten über Valeria schweifen, und Valeria begriff erst jetzt, dass sie in all der Aufregung vergessen hatte, ihre mit Matsch beschmierten Schuhe auszuziehen. Sie hatte eine Schlammspur im ganzen Haus hinterlassen, da war sie sich sicher.

Mist.

»Mein Fehler«, sagte Sara. »Sie müssen verschwinden, hören Sie? Das war falsch, zurückzukommen!«

»Ganz ruhig. Was soll das Gerede? Sie sagten mir, ich muss zurückkommen – und Sie haben Infos zu Maria Wyss.«

»Maria ...« Sara nickte. »Ja. Natürlich hab ich Infos, aber ... ich hätte nicht gedacht, dass die so weit gehen und ...« Sie starrte Valeria an, als sähe sie sie zum ersten Mal.

»Und was?«

»Und sich eine Polizistin für diesen kranken Scheiß aussuchen.«

Willkommen, Valeria. Ihr war es, als könnte sie die Schrift auf dem alten Röhrenfernseher noch deutlich vor sich sehen. »Erklären Sie mir das.«

»Wir müssen weg.« Sara sprang auf. Dann deutete sie auf den Teppich, wo Valeria eine Spur aus Schlamm, Regenwasser und dunklem Waldboden hinterlassen hatte. »Die wissen jetzt, dass Sie noch draußen waren, und deshalb werden sie schnell handeln.«

»Rochats Leute? Marceau?«

»Natürlich er«, sagte Sara, »aber auch noch andere. Er hat seine Leute überall.«

»Ganz ruhig. Selbst wenn die diese Spur sehen, ich werde das erklären. Ich bin hier in offizieller polizeilicher Funktion, ich kann das Haus nachts verlassen, wann immer ich will. Niemand wird etwas dagegen einzuwenden haben.«

»Das glauben aber auch nur Sie. Rochat hat das Sagen hier, nicht die Polizei. Was, glauben Sie, ist wohl der Grund, wieso die sich alle schön von hier fernhalten? Hm? Weil er sie alle in der Tasche hat, so sieht es nämlich aus.«

»Sara. Ruhig. Ganz ruhig. Ich werde nichts überstürzen. Sagen Sie mir, was Sie über Maria Wyss wissen.«

»Mir egal, was Sie machen – ich bin jedenfalls weg. Habe alles organisiert ... Ich werde hier keinen Tag länger verbringen.« Sie holte tief Luft. »Wyss war hier, aber nicht freiwillig. Was immer die Ihnen erzählt haben, war gelogen. Die haben sie in das Zimmer hier geschleppt und unter Drogen gesetzt. Und dann haben sie sie irgendwohin gefahren und eingesperrt. Bis es dann so weit ist, bis die sie brauchen. So läuft es meistens. Wie auch mit meiner Schwester.«

»Wofür brauchen? Ihre *Schwester*? Sie meinen …«

Sara hielt inne. Mit einigen behänden Schritten war sie bei der Tür und legte ein Ohr auf den Türflügel.

»Die wissen es. Ich bin mir sicher, dass die es wissen. Wahrscheinlich lauschen die auch hier drin. Wir haben keine Zeit mehr, klar?«

Valeria wollte ihr die Hand auf die Schulter legen, um sie zu beruhigen, doch Sara schüttelte sie energisch ab.

»Ich bin hergekommen, habe mich unter falschem Namen bei ihm eingeschlichen, weil ich meine Schwester Ana finden wollte. Aber, verflucht, ich habe nicht gewusst, wie *mächtig* er wirklich ist … Kapieren Sie es nicht? Es ist bald so weit! Und wenn Sie dann noch hier sind, dann werden die machen, was sie wollen, scheißegal, ob Sie von der Polizei sind! Rochat hat so viel Einfluss, so viel Macht, er wischt das einfach alles weg!«

»Sara, ich kann nicht einfach fliehen. Wenn Maria noch lebt, dann muss ich ihr helfen. Und Ihre Schwester …« Ana, dachte sie, Ana … natürlich, Ana Castillo. Die Tote, die in einer Lawine in der Nähe von Steinberg starb. Manuel Castillo, ihr Bruder, der Tote unter den Bodenbrettern in der Hütte. »Ihr Bruder hat Sie gesucht, wussten Sie das?«

Sara schüttelte den Kopf. »Wir hatten lange keinen Kontakt mehr … aber … Na ja, dann habe ich ihn doch angerufen. Ihn gebeten, mir zu helfen. Er will herkommen.«

»Sara, hören Sie mir zu. Ana ist tot. Und Ihr Bruder ebenfalls.« Valeria sah, wie ihre Worte den letzte Funken Hoffnung von Saras Gesicht wischten, und sie hasste sich dafür. »Rochat weiß mit Sicherheit schon längst, wer Sie sind. Also helfen Sie mir, damit Sie hier auch wirklich sicher rauskommen und wir Maria Wyss finden können.«

»Ich …« Sara öffnete die Tür. »Nein. Wyss ist so gut wie tot. Und ich bin es auch, wenn die mich erwischen, schon allein deshalb, weil ich hier bei Ihnen war. Hauen Sie einfach ab. Glauben Sie mir. Oder kommen Sie mit – mein Bruder weiß Bescheid, er kann uns helfen! Er kann nicht tot sein, Sie wissen doch gar nicht, wer er …«

»Sara. *Sie* wissen es.«

Nun füllten sich die Augen der jungen Frau mit Tränen. Sie schüttelte den Kopf. »Das … Nein, ich glaube das nicht. Sie sollten …« Sie schluchzte und eilte den schwach beleuchteten Flur hinab. Dort drehte sie sich noch einmal um und blickte zurück, als hoffte sie, dass Valeria ihr folgen würde.

»Sara«, rief Valeria ihr hinterher. »Tun Sie mir einen Gefallen, ja? Verstecken Sie sich. Jetzt sofort. Versprechen Sie mir das.«

Sie nickte. Dann bog sie um die Ecke und war verschwunden. Valeria blieb zurück, allein mit den Spuren, die ihre eigenen verdreckten Schuhe auf dem cremefarbenen Teppich hinterlassen hatten – verräterisch und kaum zu entfernen.

Du könntest ihr folgen.

Rafaels Gesicht, seine Augen, die um Hilfe flehten.

Willkommen, Valeria.

Nein – fliehen würde sie nicht. Dazu hatte sie zu viele Fragen, auf die sie Antworten brauchte. Hinzu kam: Rochat plante seine Jagd, die Gäste waren unterwegs, und Valeria war fest entschlossen, daran teilzunehmen.

Valeria kehrte in das Zimmer zurück und schloss die Tür. Dann rückte sie den Stuhl vom Schreibtisch und schob die Lehne unter die Türklinke. Sie passte so gut darunter, dass sie die Klinke blockierte – wer auch immer von draußen hereinwollte, konnte die Tür jetzt nicht mehr öffnen.

Schließlich blickte sie zum Fenster in den Park hinaus. Die Nacht war noch lang, doch sie ahnte, dass sie kaum Schlaf finden würde.

38

Am Ende kam der Schlaf doch, und entgegen ihrer Erwartung wurde Valeria von keinen Albträumen geplagt. Es war ein lautes Klopfen an der Zimmertür, das sie weckte.

»Frau Ravelli!«, drang Marceaus Stimme von draußen herein. »Geht es Ihnen gut?«

Valeria tastete nach ihrer Dienstwaffe, die sie die ganze Nacht neben sich behalten hatte, und dann nach dem Handy. Beides war noch da. »Was gibt es denn?« Vor dem Fenster lagen der frühe Morgen und dichter Nebel.

»Der Comte will Sie sprechen.«

Also war Richard Rochat angekommen. Der Gedanke beunruhigte sie. »Gut. Geben Sie mir einen Moment.«

Ein paar Minuten später führte Marceau sie durch eine mit Schnitzereien und Einlegearbeiten aus Gold und Bronze verzierte Tür hinein in Rochats Arbeitszimmer.

Der Comte saß nicht hinter dem massiven Schreibtisch, der aus einem einzigen schwarzen Block Marmor gefertigt schien, sondern stand mit hinter dem Rücken verschränkten Händen vor einer konkaven Fensterfront, von der er hinab auf den östlichen Teil der Parkanlage blicken konnte. Dort war Valeria noch nicht gewesen. Sie erkannte jedoch aus der Ferne ein im japanischen Stil errichtetes Teehaus mit Pagodendach und aus grauem Stein geformte, ebenfalls fernöstlich aussehende Statuen.

»Leutnant Ravelli.« Rochat drehte sich nicht um, und Valeria blieb in etwa drei Metern Entfernung stehen. »Sie sind also zurück.«

»Maria Wyss war hier. Aber das wissen Sie ja sicher schon«, antwortete Valeria ohne Umschweife.

»Man hat es mir zugetragen«, erwiderte er. »Hören Sie. Ich will nicht, dass wir uns falsch verstehen. Offenbar ist Ihnen am Schicksal dieser jungen Frau viel gelegen. Also werde ich Sie Ihre Ermittlungsarbeit machen lassen … hier, so lange, wie Sie wollen. Aber zugleich …« Er zögerte kurz, und als er fortfuhr, klang seine Stimme schmeichelnder, weicher. »… möchte ich Sie bitten, uns allen nicht ablehnend gegenüberzutreten. Ja, dieses Haus mag für Außenstehende seltsam erscheinen, aber es ist zugleich ein Rückzugsort. Ein Ort des Friedens, um der Last des Alltags zu entkommen und der Seele Freiheit zu bieten. Daher möchte ich Sie einladen: Seien Sie nicht nur als Fremde hier, seien Sie mein Gast.«

Das kam so unerwartet, dass Valeria am liebsten aufgelacht hätte. »Ihr Gast?« Sie überlegte schnell. Eine bessere Gelegenheit würde für sie nicht kommen, um Nachforschungen zu betreiben. »Wenn Sie mögen. Gern.«

»Wunderbar«, erwiderte Rochat. Nun wandte er sich um. Sie sah, dass er einen weichen Kaschmirpullover und Stoffhosen im Navyblau trug – sehr viel legerer als der strenge Anzug, den er bei ihrer ersten Begegnung getragen hatte. Bedeutete das, er würde eine Weile bleiben wollen?

»Sie haben sicher viele Fragen. Zuerst die wichtigste: Sie wissen, was hier stattfinden wird?«

»Sprechen Sie von der Jagd?«

Rochat nickte. Ein Ausdruck von Begeisterung schlich sich auf sein Gesicht. »Oh, ja. Und als mein Gast sind auch Sie dazu eingeladen.«

»Bedeutet das, ich werde die übrigen Teilnehmer kennenlernen?«

»Aber natürlich werden Sie das.«

Valeria musste an Saras warnende Worte denken – und an den alten Röhrenfernseher. *Willkommen, Valeria.*

»Wann?«

»Heute Abend, wenn Sie mögen. Wir werden die Treibjagd gleich morgen in der Früh eröffnen.«

»Und welche Rolle soll ich dabei spielen?«

»Oh, ich denke, wir werden eine Aufgabe für Sie finden. Können Sie reiten?«

»Ein wenig. Ich habe hier keine Ställe gesehen.«

»Die sind auf der anderen Seite der Anlage. Sie müssen unbedingt mal vorbeischauen, dort ist es wirklich wunderschön. Also, wenn Sie es sich zutrauen, wir könnten noch einige Berittene gebrauchen.«

Am liebsten wäre euch wohl, wenn ich vom Pferd falle. Ein kleiner Unfall, vielleicht ganz passend.

»Mal sehen. Vielleicht sehe ich auch nur ein wenig aus der Ferne zu.«

Rochat nickte und lächelte zuvorkommend. »Aber natürlich. Ganz wie es Ihnen am liebsten ist.«

Valeria spürte, dass hier etwas falsch lief. Ihr Instinkt alarmierte sie, doch konnte sie den Gedanken nicht wirklich fassen.

»Wissen Sie, was meine zweite Leidenschaft ist? Die Kunst, Valeria«, sagte Rochat.

Ihr Vorname. Aus dem Nichts.

Er machte einen Schritt auf sie zu. »Nicht alle meiner Gäste kommen wegen der Jagd – nicht ausschließlich zumindest. Jedes Jahr zu dieser Zeit veranstalte ich dieses kleine Programm und zeige neue, attraktive Kunstwerke von noch unbekannten Künstlern, die vielleicht eines Tages einmal zu gefragten Meistern werden. Hier werden sie zuerst gesehen, hier …«

»Eine Vernissage. Ausgerechnet hier, mitten im Nirgendwo.«

»Nur die Besten, von mir persönlich kuratiert.«

»Da bin ich schon richtig gespannt darauf.«

Rochats Lächeln wurde breiter, doch konnte Valeria nichts Freudvolles darin entdecken. »Sie werden die Kunst natürlich auch sehen, aber, nun, vielleicht kommen wir ja zu einer Übereinkunft, sollten Sie sich eines der Werke zulegen wollen. Als Polizistin verdient man bei Gott viel zu wenig, das ist wirklich bedauerlich.«

»Was Sie nicht sagen.«

»Ich bin sehr froh, dass Sie hier sind, Valeria. Was für ein Zufall. Was für ein Glücksgriff.« Er trat wieder zum Fenster. »Ah, sehen Sie mal. Da kommt jemand, den Sie vielleicht kennen. Kommen Sie, kommen Sie.«

Er winkte sie zu sich, und Valeria trat neben ihn. Sie sah, wie Matteo Wagner über den Rasen auf das Haus zuschritt. *Natürlich, er hat ja ebenfalls eine Einladung erhalten.*

»Wir sind uns schon begegnet. Wagner hat mir erzählt, dass Sie manchmal Leute aus dem Dorf einladen.«

»Einladen … ja«, sagte Rochat, wirkte aber wie in Gedanken versunken. »Ja, so wird es gehen.«

»Wie bitte?«

»Nichts.« Er deutete zur Tür. »Gehen Sie doch und begrüßen Sie ihn. Wir reden später, es gibt noch einige Dinge vorzubereiten … wichtige Dinge.«

Valeria wandte sich ab. »Was ist in dieser Hütte im Wald hinter dem Park?« Sie hatte den Raum bereits durchquert und die Hand auf der Türklinke liegen. Vergoldet und massiv, dekadent, wie fast alles in diesem Raum. »Sagen Sie mir das, und Sie sind mich los.«

»Eine Hütte?« Er schien verwirrt. »Ach, die. Das ist nur alter Kram. Ein paar Särge, glaube ich … von einer albernen, grusligen Halloweenparty vor einigen Jahren. Da haben wir hier oben im großen Stil gefeiert, und jetzt steht das Zeug nur noch herum. Wieso fragen Sie?«

Er lächelte wieder, und Valeria fand, dass seine Zähne etwas Rasiermesserscharfes an sich hatten. *Er weiß, dass du dort warst. Er weiß es und lügt dir ins Gesicht.*

»Sie ist mir aufgefallen. Guten Tag, Comte.«

»Guten Tag, Leutnant.«

Matteo Wagner betrat gerade das Haus, als Valeria die geschwungene Haupttreppe herabkam.

»Sieh an. Tag auch«, begrüßte er sie.

»Hi«, erwiderte Valeria. Die letzten paar Stufen knarrten unter ihren Schritten.

»Und? Wie ist es?«

»Sehr, sehr seltsam.«

Matteo lachte halblaut. Er trug eine tanngrüne Jacke und erddunkle Hosen, als wollte er im Wald untertauchen. »Ja, das glaube ich dir. Ich wollte kurz mit Rochat persönlich sprechen und mich dafür bedanken, dass ich überhaupt hier sein darf.«

»Sicher. Er ist oben.«

Wagner stieg die Treppe hinauf, und Valeria durchquerte die

Eingangshalle. Keiner der Angestellten war zu sehen, nicht einmal Marceau schien in der Nähe zu sein. Sicher bereiteten sie den Abend vor …

Valeria schritt durch die opulenten, aber verwaisten Gänge des Herrenhauses. In einem Raum hingen Jagdtrophäen und ausgestopfte Köpfe von großen Rothirschen. Ein Bär war auch dabei, die langen Zähne im aufgerissenen Maul glänzten, als wären sie mit frischem Speichel überzogen. In einem anderen Raum standen Medaillen und Pokale hinter Glas, die Rochat und seine Vorfahren auszeichneten. In wieder einem anderen fand sie eine Bar mit einer beeindruckend großen Auswahl an Whiskys, Gins und Likören.

Und dann entdeckte sie eine Tür am Ende des Flurs mit einem goldenen Schild, das den dahinterliegenden Bereich als *Kunstausstellung* bezeichnete.

Valeria ging hinein.

Es war dunkel, stockfinster. Doch als sie eintrat, flammte Licht um Licht auf und begleitete sie auf ihrem Weg. Bilderrahmen hingen an den Wänden, jedoch ohne Inhalt. Marmorsockel standen im Raum verteilt, darauf mit weißen Tüchern verhüllte Statuen – menschliche Gestalten, wie Valeria anhand einiger Ausbuchtungen unter den Tüchern vermutete, die zweifelsohne von ausgestreckten Armen stammten. Sie wagte es nicht, die Tücher herunterzureißen.

Rochats angekündigte Kunstausstellung. Aber wo waren die Werke der jungen Künstler, von denen er gesprochen hatte? Valeria näherte sich dem gegenüberliegenden Ende des Raums. Dahinter befand sich ein Flur mit einer Wendeltreppe nach unten und gleich daneben ein schmaler, offen stehender, in die Jahre gekommener Aufzug, der vielleicht drei oder vier Personen aufnehmen konnte. Die Flurwände bestanden aus

Naturstein, wie im Inneren einer Burg, und mit jedem Schritt, den Valeria voranging, lag mehr und mehr Feuchtigkeit in der Luft.

Fast wie in jenem Tunnelsystem unter Steinberg, ging ihr durch den Kopf. *Es gibt gewisse Ähnlichkeiten …*

Etwas Dunkles schimmerte dort auf dem Boden des Korridors, doch im dämmrigen Licht, das hier herrschte, konnte sie es nicht eindeutig ausmachen. Sie schaltete die Taschenlampe am Handy an und beugte sich tiefer: Es war getrocknetes Blut. Vielleicht auch Rotwein.

Für einen Augenblick war Valeria überzeugt, dass durch den Raum mit den Statuen hinter ihr leise Schritte hallten. Sie hielt den Atem an. Nichts. Nur sie allein mit sich und ihren Gedanken.

Vorsichtig stieg sie die Wendeltreppe hinab. Der Stein war feucht unter ihren Schuhen, doch war der Weg nicht besonders weit. Unten angekommen befand sich nun fester, gegossener Estrich unter ihren Füßen, und in den gemauerten Natursteinwänden an den Seiten waren eiserne Fackelhalter eingelassen, in denen jedoch Fassungen für elektrische Leuchten steckten.

Valeria betrat ein Verlies. Zu beiden Seiten führten vergitterte Türen in winzige Zellen. Es roch nach Moder und menschlichen Fäkalien, und das Licht ihrer Taschenlampe fiel auf einen Eimer, in dem eine übelriechende, braune Brühe schwamm.

Sie eilte auf eine Tür auf der gegenüberliegenden Seite zu. Sie war nicht abgeschlossen, und dahinter lag ein Weinkeller, ein großes Gewölbe, dessen rückwärtiges Ende sie nicht ausmachen konnte. Runde Säulen trugen die Decke. Große, alte Fässer stapelten sich bis unter die Decke, Regale mit staubigen

Flaschen standen an den Seiten, und ein Stück weiter vorn befand sich ein großer Tisch, um den eine Reihe von Stühlen stand. Der Tisch war eingedeckt. Wollte Rochat hier ein Dinner abhalten? Aber das war kein Ort für Gäste.

Etwas bewegte sich hinter einer Säule.

»Wer ist da?«, rief Valeria.

»Keine Angst.«

Sie kannte die Stimme. Alvarez trat aus dem Schatten, der Priester, doch sah er nicht mehr aus wie ein Priester. Er trug ein zweiteiliges Outfit ganz in Grün.

Jagdkleidung.

»Sie? Was soll das? Und …« Valeria blickte von Alvarez auf ihr Handy, das in dieser Kellertiefe natürlich keinen Empfang hatte, und bereute es im gleichen Moment, ihre Waffe im Gästezimmer zurückgelassen zu haben. Mit einer schnellen Bewegung aktivierte sie die Aufnahmefunktion und steckte das Smartphone in die Manteltasche. Eine Vorsichtsmaßnahme. »Was haben Sie mit Rochat zu tun? Was machen Sie hier?«

»Wir haben ein verfluchtes Problem«, sagte Alvarez. »Aber zum Glück sind Sie hier. All das hat mit Rochat zu tun.« Er wirkte erschöpft, als hätte er in der vergangenen Nacht nicht geschlafen.

»Sie haben Maria getroffen, oder? An der Hütte.«

Alvarez nickte. »Das wissen Sie? Ja, es ist wahr. Sie hat mich morgens angerufen … Sie wäre mitten im Nirgendwo bei einem reichen Typen im Haus, nachdem jemand sie am Abend vorher im Wald ausgesetzt hat. Sie wollte reden.«

»Das ergibt keinen Sinn. Wieso haben Sie das nicht erwähnt? Bullshit. Ich rieche diese Lüge doch bis hier.«

Alvarez kam näher, Valeria wich einige Schritte zurück, sodass nun mehrere Säulen zwischen ihr und ihm lagen.

»Es ist keine Lüge«, sagte der Priester. »Ich habe Maria wirklich gesehen in dieser Nacht, aber leider ist es nicht so ausgegangen, wie sie es sich vielleicht vorgestellt hatte. Ihr Beschützer war fort, und sie hat keinen Ausweg mehr gesehen. Ihre Mutter … Sie ist krank. Wussten Sie das?«

»Schwer krank«, erklang eine zweite Stimme, diesmal von einer Frau.

Valeria erstarrte, als sie erkannte, dass Donna Vittoria Brusco, auf einen Gehstock gestützt, hinter einer Säule hervortrat.

»Und die Behandlung kostet Geld, also …«

»Verkauft der Mensch sein eigenes Fleisch«, schloss Alvarez mit seiner Predigerstimme.

»Also wie Sie? Sie haben sich auch verkauft. Ihre Seele, an Rochat. So ist es doch. Und jetzt? Was kommt als Nächstes?« Valeria dachte an die energische Warnung, die Sara geäußert hatte, daran, wie sie sie angefleht hatte, mit ihr zu gehen.

»Als Nächstes kommt wohl, was kommen muss. So war es schon immer.«

»Und das wäre?«

»Ein Opfer.«

Valeria sah von Alvarez zu Brusco. Ein Priester und eine alte Frau. Sie würde beide überwältigen können, wenn es nötig wäre, sie würde wahrscheinlich auch fliehen können … aber ob sie es vom Gelände schaffte, wusste sie nicht. Rochats Wachpersonal war aufmerksam, und es waren zu viele.

»Was ist El Tio?«

»Eine Legende. Eine Sage … nichts, was Sie verstehen müssen. Nicht mehr«, erwiderte Alvarez.

»Glauer weiß, dass ich hier bin.« Sie erwähnte nicht, dass es ihr Interpol-Kollege Bain ebenfalls wusste, und natürlich auch nicht, dass sie auf seine Hilfe weitaus mehr zählte als auf die Hilfe Glauers.

»Er weiß es … aber ich denke nicht, dass er herkommen wird. Zu viel Respekt vor Rochat, und eigentlich ist er einfach zu faul, als dass er seinen Kopf und seinen sicheren Lebensabend für eine Fremde riskieren würde. Und wenn er es doch versucht, dann haben wir jemanden in seinen Reihen, der es zu verhindern weiß.«

Scheiße. Glauer – natürlich würde er nichts für dich riskieren. Insgeheim hast du damit gerechnet. Dieser verfluchte Ort.

»Wer ist noch involviert?«

»Viele.«

Valeria schüttelte den Kopf. Ein bitteres Lächeln schlich sich auf ihre Lippen. »Das Dorf liegt im Schatten.«

»Schon lange.« Alvarez machte noch einen Schritt auf sie zu, aber Valeria trat weiter zurück und wahrte so den Abstand. *Viel Platz bleibt dir nicht mehr, gleich hast du eine Wand im Rücken.*

»Und Gress?«

»Gress hat es herausgefunden. Aber er war halb wahnsinnig in seinen letzten Wochen … Daher war es leicht, ihn zu manipulieren.«

»Aber er wusste, dass Maria ein künftiges Opfer werden würde. Er wollte sie beschützen.«

Alvarez nickte. »Ist ihm nicht gelungen.«

»Und Karl Leuenberger? Ihn haben Sie auch aus dem Weg geräumt.«

»Der Spinner. Wenn er ein bisschen weiter geplappert hätte …« Der Priester lachte. »Hat er aber nicht. Zum Glück.«

»Was bringt Ihnen das?«

»Was es mir bringt?« Er lachte. »Alles. Geld. Freiheit. Glück.«

»Also hat sich Rochat das halbe Dorf gekauft.«

»Vielleicht ein wenig mehr als das.« Nun hatte Donna Brusco das Wort ergriffen. Sie stellte sich neben Alvarez. »Wir sind gläubige Menschen in Steinberg. Aber was Rochat uns gezeigt hat ... Das hat einen neuen Glauben unter seine wahren Anhänger gebracht. Einen wahren Glauben. Die meisten folgen ihm freiwillig. Aber ja – er sichert uns allen ein gutes, sorgenfreies Leben.«

Ich bin von Wahnsinnigen umgeben.

»Was hat er Ihnen denn so Tolles gezeigt?«

Ein Schatten huschte über Bruscos Gesicht. *Wahrscheinlich mag sie es nicht, dass du so abfällig über Rochat redest.* »Was wahre Macht bedeutet.«

»Sie haben es immer noch nicht verstanden, oder?« Alvarez war belustigt. »Gress ... Rochat ... Und ich dachte, Sie hätten es durchschaut.«

Die Abzeichen, die du auf dem Weg hierher in einer Vitrine entdeckt hast. Die Medaillen. »Rochat war Fremdenlegionär.« Das war geraten, aber Valeria konnte den beiden ansehen, dass sie richtiglag.

»Bravo«, sagte Alvarez. »Leider zu spät, diese Erkenntnis.«

»Ach wissen Sie ... Es ist nie zu spät.«

»Für Sie schon.«

Alvarez kam wieder näher, doch nun wirbelte Valeria herum und stürmte zur Tür.

Zurück durch das Verlies, die Treppe hinauf, den Flur entlang und hinaus in den Ausstellungsraum, wo die verhüllten Statuen standen.

Doch der Raum war nicht länger leer. Männer und Frauen standen dort, in Smoking und Abendkleider gekleidet, Masken auf dem Gesicht. Valeria blickte auf ausdruckslos zurückstarrende Eulen, Füchse, Tiger, Löwen, Adler und Bären. Ein Kleinwüchsiger stand plötzlich vor ihr, der ein rotes Cape mit Kapuze trug, die er sich tief ins Gesicht gezogen hatte. Mit einem eiskalten Gefühl, das über ihren Rücken huschte, erinnerte sie sich an ihre Ankunft in Steinberg.

Er ist real. Er hat dich beobachtet. Und die Hütte, die in Flammen stand, da war er auch. Er hat sie angezündet, ganz sicher.

Valeria glaubte, unter der Kapuze ein grimmiges Lächeln zu sehen.

Vor der gegenüberliegenden Tür stand Rochat. Er war nicht allein, zwei Jungen standen zu seiner Rechten und Linken.

»Willkommen, Valeria.«

Fuck. Verdammte Scheiße. Du kennst diese Kinder – die beiden Jungen am Fluss in Steinberg, die mit ihren Papierschiffen gespielt haben, der jüngere hatte einen Asthmaanfall. Rochats … Was? Enkel? Söhne?

Jemand packte ihren rechten Arm, ein anderer ihren linken. Sie versuchte, sie abzuschütteln, doch kaum dass ihr das gelungen war, ergriff man sie erneut.

»Valeria.«

Diese Stimme. Sie hatte es befürchtet, aber doch noch gehofft, dass er nicht auch dazugehörte.

Vergebens.

»Valeria. Beruhig dich.«

Matteo Wagner trat hinter einer der verhüllten Statuen hervor.

Sie sah ihm direkt in die Augen. »Wieso du auch? Wer sind diese Kinder?«

»Mit einem ähnlichen Blick …«, sagte Alvarez, der sich nun vor ihr aufbaute, »muss wohl Caesar Brutus angesehen haben.

Wie rührend. Sie können sich geehrt fühlen, dass die Söhne unseres Comte ebenfalls anwesend sind, Leutnant Ravelli.«

»Tut mir leid, Valeria.« In Wagners Hand blitzte etwas auf, und Valeria spürte nur Sekunden später einen stechenden Schmerz am Hals.

»*Mannaggia a te!* Du verfluchter Scheißarsch!« Sie fühlte, wie sich Kälte von dem Einstichpunkt ausbreitete. »Du …«

Die Dunkelheit kroch von den Wänden näher. Näher und immer näher, wie schwarzer Nebel, den sie nicht aufhalten konnte … »Das wird euch allen leidtun …«

Rochat kam vom Ende des Saals auf sie zu. »Niemandem von uns wird irgendetwas leidtun. Schlafen Sie. Strengen Sie sich nicht allzu sehr an. Sie werden all Ihre Kraft …«

Die Dunkelheit war jetzt ganz nah, schloss sie ein. Sie konnte keinen einzigen Muskel bewegen. Eis floss durch ihren Körper.

Ich will nicht, dachte Valeria. Das war der letzte Gedanke, den sie wirklich greifen konnte.

»… noch brauchen.«

Und Valeria versank.

39

Bain lauschte dem angestrengten Röhren des Motors, als der Mietwagen sich Serpentine um Serpentine nach oben quälte. Unter der Motorhaube drang Qualm hervor, und die Öltemperatur näherte sich dem gefährlichen Bereich.

Wieder nahm er sein Handy zur Hand, ohne jedoch vom Gas zu gehen. Er wählte Ravellis Nummer. »Geh ran, verflucht.«

Doch nach einigen Sekunden meldete sich erneut, wie bei gefühlten fünfzig Anrufen zuvor, ihre Mailbox. »Das ist der Anschluss von Valeria Ravelli«, hörte er ihre heitere aufgezeichnete Stimme, »und gleich können Sie loswerden, was Sie mir schon immer mal erzählen wollten.«

»Verflucht.« Bain warf das Smartphone zurück auf den Beifahrersitz.

Als er wieder aufblickte, kam ein umgestürzter Baum, der quer auf der Straße lag, rasend schnell in Sicht. Bain trat auf die Bremse, und der gequälte Wagen zog nach links. Das Lenkrad zuckte wie wild umher, und Bain hielt es mit aller Kraft fest, während die Reifen quietschten.

Der Baum kam näher. Der Wagen war noch immer viel zu schnell.

Ein dicker Ast bohrte sich in die Motorhaube. Metall wölbte sich mit einem Kreischen auf, Glas splitterte mit einem Knall, so laut wie ein Gewehrschuss.

Dann stand das Auto still.

»Fuck!«

Die Fahrertür klemmte, als Bain versuchte, sie zu öffnen. Erst als er dagegentrat, gab sie nach, und er konnte aussteigen. Schnell sprang er einige Meter vom Wagen weg. Flammen schlugen aus dem Motorraum.

Das Handy!

Er eilte zurück, streckte sich bis zum Beifahrersitz. *Wo zur Hölle ist es?* Seine Finger tasteten blind über den abgewetzten Stoff des Sitzes, dann irgendwo im Fußraum herum, aber er fand es nicht. Die Flammen brüllten.

Bain taumelte ein paar Schritte zurück und entfernte sich dann weiter vom Wagen, der nun lichterloh brannte.

Das Handy konnte er vergessen – und den Rest des Weges nach Steinberg wohl laufen. Er blickte sich nach dem umgestürzten Baum um, dann zu den Wäldern. Es war windstill.

Warum war der umgestürzte Baum nach dem Sturm nicht weggeräumt worden? Dafür musste doch genügend Zeit gewesen sein.

Hier stimmte etwas nicht.

Bain drehte sich um, als ein eiskaltes Prickeln seinen Nacken überzog. Sein Instinkt warnte ihn.

Plötzlich stand eine seltsam deformierte kleine Gestalt vor ihm, ganz in Rot gekleidet, auf dem Kopf eine Kapuze, in der Hand eine Pistole, die auf Bain gerichtet war.

»Was in aller …«

Weiter kam Bain nicht. Der Kleinwüchsige schoss.

Bain spürte, wie das Projektil in der Nähe seines Brustbeins einschlug. Er taumelte ein paar Schritte zurück.

Nein, verflucht, so leicht kriegt ihr mich nicht. Dennoch machte er noch einen Schritt zurück und sank auf die Knie.

Vom Eintrittspunkt des Projektils breitete sich ein unangenehm brennendes Gefühl auf seiner Brust aus. Der Schock, dachte er, du musst gegen den Schock ankämpfen.

»Wir haben gewartet«, sagte der Kleinwüchsige. Die Waffe auf Bains Kopf gerichtet, kam er näher. »Gewartet ... auf wen auch immer ... Hier kommt niemand lang, von dem der Comte nicht weiß.« Seine Stimme klang tief, und Bain konnte einen Blick unter die Kapuze werfen. Die Gesichtszüge waren die eines erwachsenen Mannes, wenngleich durch Brandnarben entstellt, als hätte er einen schweren Unfall hinter sich.

»Und ...«, keuchte Bain, »... wer bist du? Sein Wachhund?«

Der Mann lächelte, was ihn grausam grotesk aussehen ließ. »Mein Vater war ein Trinker. Er verprügelte jede Nacht meine Mutter, ich konnte es durch die Zimmerdecke hören ... und ich wusste, dass er ihr die Schuld an meinem ... *Wesen* ... gab.«

Bain sagte nichts. Er musste sich mit aller Kraft auf den Schmerz in seiner Brust konzentrieren, um nicht ohnmächtig zu werden.

»Ich wusste, dass er mich töten wollte. Aber so kam es nicht. Eines Tages kam ein Mann in unser Haus ... Er jagte meinem Vater eine Kugel durch den Schädel ... etwa hier.« Der Kleinwüchsige deutete auf seine rechte Wange. »Mein Vater starb ... und ich sah seinen Mörder, der meine Mutter und mich gerettet hatte, erst an dem Tag wieder, als das Feuer ausbrach. Dorfbewohner hatten es gelegt. Sie hielten mich für eine groteske Missgeburt. Und dann kam er wieder. Ich erkannte ihn sofort ... wie eine Lichtgestalt, gekommen, um mich ein zweites Mal zu retten. Ich verdanke ihm nicht nur mein Leben ... Ich verdanke ihm alles. Dieser Mann war ein junger Fremdenlegionär ... und sein Name war Richard Rochat.«

»Schöne Geschichte.«

»Keine *Geschichte*. Ich erlebte seinen Aufstieg und erfuhr von der Dunkelheit, die er aus den Urwäldern in Südamerika mitgebracht hatte … und ich tat, was immer er von mir verlangte.«

»Wo ist Ravelli?«

»Sie lebt.«

Bain keuchte. Dann hauchte er etwas.

»Was sagst du?«

Wieder flüsterte Bain.

Der Kleinwüchsige kam näher.

Sieh an, dachte Bain. *Der Trick funktioniert also wirklich immer noch.*

Mit einer schnellen Bewegung schlug er seinem Gegenüber die Waffe aus der Hand. Dann sprang er auf.

»Kevlarweste«, sagte Bain. »Du hast getroffen, aber …«

Der Kleinwüchsige stieß einen spanischen Fluch aus, den Bain nicht verstand. Die Waffe lag auf dem Boden, aber Bain kickte sie zur Seite, ehe der andere sie erreichen konnte. »Sag mir«, rief Bain ihm zu, »sofort, wo Ravelli ist …«

Ein Schuss fiel, der Knall zuckte wie ein Peitschenschlag durch die Wälder. Nicht weit entfernt splitterte der Stamm einer windschiefen Tanne, als die Kugel einschlug. Bain warf sich in Deckung hinter den umgestürzten Stamm. Er sah, wie der Kleinwüchsige auf der anderen Straßenseite zwischen den Bäumen davonrannte.

Dann war alles still.

40

Es war eine Stimme aus der Dunkelheit, die Valeria weckte.

»Wie viele Monster«, sagte der Mann, »braucht es, um eine vollkommen zerstörte Existenz zu erschaffen?«

Sie schlug die Augen auf. Schlagartig war sie hellwach, als Adrenalin ihren Körper durchflutete. Ihre Augen gewöhnten sich schnell an die Dunkelheit – sie wusste, wo sie war: Im Keller unter der Hütte im Wald nah von Rochats Herrenhaus, dort, wo der Röhrenfernseher und die Schaufensterpuppe auf sie gewartet hatten. Der Tisch stand noch dort, nur war darauf anstelle des Fernsehers ein altes Tonbandgerät aufgestellt, welches die Aufzeichnung abspielte. »Wie viele Monster …«, sagte der Mann auf dem Tonband noch einmal. »Nun, die Antwort lautet: wie viele auch immer man benötigt.«

Das hatte Gress aufgeschrieben, erinnerte sich Valeria. *In seinen versteckten Unterlagen.*

»Wir waren jung, und wir waren so verrückt, dass wir uns tief in die Wälder von Guyana gewagt haben. Wir haben Grausamkeiten gesehen, die jede Vorstellungskraft übersteigen. Haben Sie gesehen, wie Kinder bei lebendigem Leib ausgeweidet wurden, als Bestrafung für ihre Väter? Haben Sie gesehen, was man mit Hunden und Frauen machte, als …«

Das Tonbandgerät wurde ausgeschaltet. Erst jetzt nahm Valeria die Silhouette des Mannes wahr, der danebenstand und stumm gelauscht hatte.

»Willkommen, Valeria«, sagte Rochat aus der Dunkelheit. »Noch einmal.«

»Sie sind wahnsinnig.«

»Nein. Die Welt da draußen ist es, und ich habe mich des Verbrechens schuldig gemacht, mich vor ihr zurückziehen zu wollen.«

»Also waren Gress und Sie gemeinsam im Einsatz bei der Fremdenlegion.«

»Wir waren Freunde. Wir haben getan, was getan werden musste.«

»Und das wäre?«

»Wir machten Beute. Wir waren jung, und auf einmal waren wir reich. Doch dann gerieten wir in einen Hinterhalt. Mussten fliehen, das ganze Team, Hals über Kopf. Wir kamen vom Pfad ab, verirrten uns, und am Ende … so tief im Dschungel … Da gingen die Rationen aus. Wir hatten Verwundete dabei – die tötete ich zuerst. Dann die anderen, immer im Schlaf. Gress wusste, was vor sich ging, aber er hat mich nicht aufgehalten. Ihm war klar, dass wir beide nur so überleben konnten, mit den wenigen Rationen, die noch übrig waren, die wir uns teilten, die uns die anderen nicht mehr wegnehmen konnten. Wir kamen raus – und die Beute mit uns. Sie wurde mein Startkapital. Und dann … Nun, wir schlugen unterschiedliche Wege ein. Entfernten uns voneinander. Jahre verstrichen. Ich hätte ihm nicht mehr in die Augen sehen können, wären wir uns wiederbegegnet.«

»Aber Sie haben ihn noch mal gesehen, oder? Bevor er starb.«

»Ja. Wir mussten ihm grausame Dinge antun, weil wir erfahren mussten, was er wusste ... Er folgte der Spur meiner Mädchen und noch einer weiteren Spur ... Er war gut, er hätte zur Gefahr werden können. Er musste beseitigt werden.«

»Ihre Mädchen?«

»Später. Sie werden es verstehen.«

»Was ist El Tio?«

Rochat sagte etwas auf Spanisch. »Nicht hier. Nicht jetzt.«

»Hat Ziegler auch daran mitgewirkt? Ich habe dieses Überwachungssystem in der Höhle entdeckt, mit dem Eingang in seiner Pension.«

»Er weiß nicht, was dort unten ist. Er hat viel zu viel Angst, um nachzusehen.«

»Ein Tunnelsystem unter Steinberg ... und diese Brücke über der Schlucht, die gehört sicher auch dazu.«

»Früher wurde sie tatsächlich benutzt, um die Jagden vorzubereiten. Heute nicht mehr.«

»Die Jagden? Was hat es damit auf sich? Wer war daran beteiligt? Oder sind alle, die Sie verraten könnten, schon tot?«

Rochat lächelte in der Dunkelheit. »Donnas Bruder ist letzte Nacht in der Klinik verstorben. Das waren wirklich alle, denke ich. Leuenberger, Gress, Sara Castillo. Oh, ja, Sara kam her, auf der Suche nach ihrer Schwester – wie sie das geschafft hat, weiß ich nicht, vielleicht steckte auch da Gress dahinter. Sie hat sich anscheinend mit Maria angefreundet, und natürlich hat sie versucht, mit Ihnen zu sprechen ... Sie wollte ganz sicher irgendwann ihre Schwester rächen. Wir haben ihre lächerliche kleine Tarnung sofort durchschaut und sie im Auge behalten. Später hat sich noch ihr Bruder eingemischt ...« Rochat lachte leise. »Er hatte einen kleinen Unfall mit einem Feuer.«

»Der Tote in der Waldhütte, ich weiß davon«, erwiderte Valeria.

»Sie haben gut gearbeitet, Ravelli, und ich wette, Sie hätten das Puzzle auch bis zum Ende zusammensetzen können. Vielleicht gönne ich Ihnen für gewisse Cleverness einen Extra-Vorsprung.«

Valeria dachte an das, was Sara ihr erzählt hatte, und an die Lawinentote namens Ana Castillo, von der sie erfahren hatte. »Ana haben Sie ermordet, wie all die anderen. Diese Lawine …«

»Lawine?«, wiederholte Rochat. »Sind Sie sicher?«

»Ihr Bruder hat erfahren, dass Sara für Sie arbeitet. Er wollte ihr helfen, nehme ich an.«

»Vielleicht wollten sie mich auch töten, für das, was ich der Schwester angetan habe. Sara muss ihn kontaktiert haben, aber ich konnte es nicht zulassen, dass er sich einmischt. Vielleicht haben Sie von der kürzlichen Gasexplosion in einem besetzten Haus in Barcelona gehört, bei dem eine Gruppe Drogenabhängiger ums Leben kam … nur für den Fall, dass Sara ihrem Bruder etwas erzählt hat und er seinen Junkiefreunden dort …«

»Sie sind nur ein gewöhnlicher Mörder.«

»Natürlich bin ich ein Mörder, wenn man Ihre Sichtweise benutzt … Ich sehe mich eher als einen Künstler. Einen Jäger. Es liegt viel Kunstfertigkeit im präzisen Töten. Jeder Legionär weiß das.«

»Was Sie tun, hat nichts mit der Legion zu tun. Die würden Sie verabscheuen, könnten sie sehen, was aus Ihnen geworden ist.«

»Vielleicht. Vielleicht aber auch nicht. Kennen Sie die Fremdenlegion? Haben Sie durchgemacht, was wir damals miterleben mussten? Ist schwer zu beurteilen, nicht wahr?«

Valeria hätte Rochat ins Gesicht schlagen können, wenn

sich nicht jeder Muskel noch immer so angefühlt hätte, als wäre er betäubt. »Ich habe verflucht viel durchgemacht, und damit meine ich nicht mal meine eigene Vergangenheit – wenn Sie gesehen hätten, was Menschen anderen Menschen antun können, und zwar nicht irgendwo in Kriegsgebieten, sondern mitten unter uns, dann würden Sie anders reden. Aber das ist schwer zu beurteilen, wenn man so viel Geld hat, dass man auf alles und jeden scheißen und den Comte spielen kann, nicht wahr?«

Sie sah, wie Rochat ein dünnes, messerscharfes Lächeln im Dunkel dicht vor ihr aufsetzte. Ein gefährliches Lächeln.

»Sie werden mein besonderes Kunstwerk, das verspreche ich Ihnen.« Er kam näher, und nun entdeckte Valeria etwas in seinen Augen, das wahrscheinlich dort schon die ganze Zeit gewesen war, nur gut verborgen: Es war Hass – vielleicht Hass auf Frauen im Allgemeinen –, aber auch eine gierige, ja schon übersprudelnde Erregung.

Rochat streckte den Zeigefinger aus und berührte ihre Wange. Valeria drehte den Kopf weg.

»Nein«, hörte sie ihn sagen. »Mach das nicht. Das ist ungezogen. Halt still.«

Sie hielt nicht still und zog den Kopf zurück, als er ihr erneut über die Wange streichen wollte.

»Du wirst es lernen.« Daraufhin gab er ihr eine Ohrfeige, nicht fest, aber doch deutlich. »Du hast nichts mehr, mit dem du mir schaden könntest«, sagte er triumphierend.

Das ist es, dachte Valeria. *Das ist es, wofür er lebt. Verflucht. Das hätte ich früher sehen müssen.*

»Serienmörder, meine Liebe, gibt es immer wieder. Oft werden sie gefasst, entweder weil sie zu unfähig sind, ihre Taten zu verbergen, oder weil sie sich für genial halten, prahlen wollen, mit dem, was sie anrichten können. Aber weißt du, was all diese Serienmörder gemeinsam haben?«

»Sie sitzen alle im Gefängnis?«

Rochat schüttelte sanft den Kopf. »Falsch. Sie alle sind nicht *ich*.« Er machte eine kleine Geste, und Valeria sah, wie aus dem Dunkel zu ihren Seiten zwei Männer vortraten, die sie an den Armen packten und vom Stuhl auf die Füße zerrten.

»Denn was ich habe, ist Macht. Geld, in fast grenzenloser Menge. Ich könnte dich hier und jetzt töten, und es würde niemanden kümmern. Aber was macht ein Mann, der alles hat?« Rochat lachte. »Er nimmt sich das Einzige, was es nicht zu kaufen gibt. Er nimmt das Leben selbst in die Hand. Es gibt nichts Herrlicheres als den Ausdruck in den Augen einer jungen Frau, kurz bevor ihr Leben endet – und sie begreift, dass es keinen Ausweg mehr gibt.«

»Du bist nur ein gewöhnlicher Mörder.« Valeria verspürte keine Aufregung, nur kalte Gelassenheit. *Du brauchst mehr Zeit. Und so gern, wie er sich reden hört, ist die Chance groß, dass du ihn dazu bringst, sie dir zu geben.*

»Ich bin ein Meister. Und ich habe alle Mittel, um zu tun, was ich tue, und sicherzustellen, dass ich es weiterhin tun kann, solange ich das will.«

Ein Milliardär, der zugleich Serienkiller ist. Wahrlich ein erschreckender Gedanke.

»Was jetzt? Endet es gleich hier?«

Rochat schüttelte den Kopf. »Hier? Nein. Ganz gewiss nicht. Lass mich es dir zeigen.« Er wandte sich an die beiden Männer. »Bringt sie hinein.«

Die Männer – beide trugen Masken, wie Valeria bemerkte – bugsierten sie unsanft durch eine Tür und einen langen, gemauerten Tunnel hindurch. Vor einer Treppe, die hinaufführte, endete ihr Gang. Valeria konnte Gemurmel hören, ein Stimmengewirr, irgendwo über ihr.

»Da hochgehen«, sagte der Mann zu ihrer Linken.

Valeria stieg die Treppe hinauf. Mit jeder Stufe wurden die Stimmen lauter, wie ein Summen in einem Bienenkorb, erwartungsvoll, aufgeregt. Nun spürte sie doch, wie aufgeregt ihr Herz gegen die Rippen hämmerte, wie schweißnass ihre Handflächen waren.

Durch einen hohen, steinernen Torbogen trat sie hinaus auf eine ebenso steinerne, vollkommen leere Fläche, die an der Vorderseite von einem großen schwarzen Vorhang begrenzt war. Über ihr sah sie Stahlträger an der Gewölbedecke, daran hingen große Scheinwerfer, die auf sie herabstrahlten.

Eine Bühne. Du stehst auf einer verfluchten Bühne.

»Willkommen«, dröhnte Rochat hinter ihr. »Valeria Ravelli.«

Der Vorhang öffnete sich.

Sie blickte in maskierte Gesichter – dieselben Männer und Frauen in Abendgarderobe, die sie auch schon zuvor gesehen hatte.

Die Scheinwerfer über ihr bewegten sich, blendeten sie. Valeria musste eine Hand vor die Augen halten.

»Du fragst dich sicher, was du hier tust. Wieso du? Wieso das? Und was nun geschehen wird. Ich werde es erklären.« Rochat gönnte sich eine Kunstpause. »Wir werden jagen gehen«, sprach er dann weiter, und sie konnte die Erregung in seiner Stimme hören. »Und die diesjährige Beute … wirst du sein.«

Valeria spürte die Hitze der Scheinwerfer und lauschte dem Pochen ihres Herzens. Das klang überhaupt nicht gut. Nichts davon. Sie tastete nach ihrem Handy in den Manteltaschen. Es war fort – natürlich. Rochats Leute hatten es ihr wahrscheinlich abgenommen, während sie bewusstlos gewesen war.

»Aber nicht du allein«, sprach Rochat weiter. »Welch Ironie es doch ist, dass ausgerechnet die, die du unbedingt finden wolltest, gleich neben dir stehen wird. Tritt heraus. Willkommen, Maria.«

Eine junge Frau trat neben Valeria – und sie konnte sehen, wie verängstigt sie war. Rochat hatte Maria Wyss offensichtlich über Wochen gefangen gehalten, was nicht spurlos an ihr vorübergegangen war. Ihre Lippen waren aufgebissen, ihr Blick huschte nervös hin und her, das Haar hing strähnig auf ihre Schultern herab.

Valeria legte den Arm um sie. Maria zitterte und lehnte sich an sie.

»Ganz ruhig«, flüsterte Valeria. »Wir finden einen Ausweg.«

»Wir werden jagen gehen«, wiederholte Rochat dröhnend. Seine Stimme wurde nun von Lautsprechern verstärkt. »Und ihr werdet die Beute sein. Aber wir sind keine Unmenschen. Wir geben euch einen Vorsprung. Eine Chance. Erreicht ihr die Grenzen meiner Ländereien, seid ihr frei. Welch ein Risiko für uns, nicht wahr? Aber erreichen wir euch zuvor und stellen euch, hindern euch an eurer weiteren Flucht … Nun, dann haben wir euch.«

Leichtes Gemurmel ging durch den Saal. Valeria sah, wie ein Mann mit einer Löwenmaske den Kopf leicht zu seinem Nebenmann neigte, der eine Fuchsmaske trug und ihm etwas ins Ohr flüsterte.

Wie oft, dachte Valeria, haben sie dieses Ritual schon durchgeführt? *Wie oft stand hier ein Opfer vor der versammelten Runde? Wie oft hat diese verfluchte Jagd schon stattgefunden?*

»Es beginnt morgen in der Früh. Euch bleiben fünf Stunden zur Vorbereitung, dann wird sich die Tür hinaus öffnen. Was ihr dann tut, bleibt euch überlassen«, schallte Rochats Stimme durch den Saal.

Valeria versuchte ihn zu entdecken, konnte ihn aber nicht finden – vermutlich hatte er mittlerweile auch eine der Masken aufgesetzt und stand mitten zwischen den anderen.

Sie bemühte sich, sich die restlichen Männer und Frauen irgendwie einzuprägen, anhand von kleinen Details, mit denen sie sie später würde identifizieren können.

Aber zuerst galt es, zu überleben.

Das ist kein bösartiger Witz. Die machen Ernst.

»Fünf Stunden. Geht jetzt. Die Tür zur Rechten. Folgt dem Gang.«

Auf der anderen Seite der Bühne erschien ein maskierter Mann, der eine Pistole auf sie und Maria richtete. Eine eindeutige Aufforderung, die nicht missverstanden werden konnte.

Valeria ging Hand in Hand mit Maria durch die Tür und einige Meter durch den gemauerten Korridor, dann gelangten sie durch eine zweite massive Stahltür, die sich hinter ihnen mit einem lauten eindeutigen Zischen wieder verschloss, kaum dass sie hindurchgegangen waren.

Valeria versuchte, ihre Schritte zu zählen, doch Marias hektisches Atmen neben ihr brachte sie durcheinander. Es waren mehrere Hundert Meter, dessen war sie sich sicher, bis sie eine Kammer erreichten.

Dort brannte ein Feuer im Kamin. Zwei Winterjacken lagen bereit, daneben zwei Messer. Auf der gegenüberliegenden Seite befand sich eine zweite massive Stahltür, die jedoch versperrt war. Darüber hing eine große Digitalanzeige, die von fünf Stunden rückwärts zählte.

Scheiße.

Also kein Ausweg. Sie würden mitspielen müssen.

Maria war in der Nähe des Kamins auf den Boden gesunken, hatte die Knie an die Brust gezogen und die Arme um die Beine geschlungen. So saß sie da und zitterte.

Valeria hockte sich neben sie. »Hey«, sagte sie leise. »Hör mir bitte zu, Maria.«

Der Blick der jüngeren Frau fand ihren. »Wer sind Sie?«

»Ich bin Valeria. Von der Polizei. Ich hab dich gesucht.«

Maria schüttelte den Kopf. »Ich wollte nur …«

»Hat Thomas Gress das hier vermutet? Hatte er eine Ahnung, was hier vor sich geht?«

Ein trauriges Lächeln schlich sich auf Marias Lippen. »Er hat … Es gab schon andere, vor uns. Andere Opfer, andere Verschwundene. Und er hat die Spuren verfolgt. Aber dann ist auch er verschwunden. Rochat hat ihn erwischt, oder?«

Valeria nickte. »Ja. Das hat er.«

»Sie haben mich geschnappt, noch auf der Straße raus Richtung Steinberg. Er hat seine Handlanger … Sie haben die Straße blockiert und mich niedergeschlagen. Ich bin hier in irgendeinem dunklen Keller wieder aufgewacht.«

»Wieso du? Haben sie dich beobachtet?«

»Kann schon sein. Ich weiß es nicht. Aber das halbe Dorf scheint ihm zu gehorchen … und für gewöhnlich nimmt er sich niemanden aus dem Dorf, aber bei mir hat er wahrscheinlich wegen Gress eine Ausnahme gemacht.« Ihre Hand legte sich fest um Valerias Arm. »Wir müssen abhauen. Jetzt … irgendwie! Wenn wir die Zeit abwarten, dann …« Sie schüttelte fast schon panisch den Kopf. »Dann haben wir überhaupt keine Chance mehr!«

Valeria dachte an die Verletzungen, die Gress zugefügt worden waren. Folter, Qualen, die großem Hass und Zorn entsprungen waren. »Die Tür da vorne ist verschlossen. Und sonst sehe ich hier keinen Ausweg.«

»Wenn du Polizistin bist, hast du eine Waffe dabei?«

»Nicht hier bei mir.«

Maria fluchte. Dennoch fiel Valeria auf, dass etwas Farbe in Marias Gesicht zurückgekehrt war – die jüngere Frau schien sich wieder ein wenig gefangen zu haben.

»Weißt du, wo wir ungefähr sind? Wir müssen uns doch ein ganzes Stück vom Herrenhaus entfernt haben.«

Maria zuckte die Schultern. »Thomas sagte, ganz Steinberg ist untertunnelt, der Fels voller Höhlen, Gänge und geheimer Verstecke. Rochat weiß das, und er nutzt es aus. Und er kennt die Wälder hier. Er kennt sie sehr, sehr gut.«

»Mal sehen.« Valeria richtete sich auf, trat näher ans Feuer und wärmte ihre Hände. »Es gab mal eine Zeit, da war ich allein in der Dunkelheit, tief im Wald. Und viel später, da habe ich einen Mörder durch eine alte, stillgelegte Mine verfolgt. Es ist also nicht so, als würden solche Orte mir Angst einjagen.«

Maria rappelte sich mit einem leisen Seufzen auf und wärmte sich ebenfalls am Feuer. »Wir haben keine Chance. Thomas hat mir erzählt, dass immer wieder Menschen verschwinden, und diejenigen, für deren Verschwinden er Rochat verantwortlich machen wollte, sind nie wieder aufgetaucht … nicht mal ihre Leichen.«

»So was darfst du nicht denken. Das hier ist noch nicht vorbei. Noch lange nicht.« *Wo zum Teufel bleibt Bain?*

So verstrichen die Stunden, und sie beide starrten ins Feuer, dessen Wärme in dieser sonst kalten abweisenden Kammer der einzige Lichtblick war. Marias Kopf sank langsam auf Valerias Schulter, als sie in einen unruhigen Schlaf fiel.

Eine Stunde noch.

Dann vierzig Minuten.

Dreißig.

Zwanzig.

Valeria war übel. Sie weckte Maria, reichte ihr die Winterjacke und schlüpfte selbst in die andere. Dann gab sie ihr das Messer. »Mach es am Gürtel fest. Wenn du dich verteidigen musst, stich mit aller Kraft zu, du darfst es nicht einfach nur hin und her schwingen.«

Maria nickte knapp. Sie sah aus, als müsste sie sich übergeben, wenn sie auch nur den Mund öffnete, um etwas zu sagen.

Valeria nahm ihr Messer in die Hand. Es war ein älteres Exemplar, doch höllisch scharf. Der Stahl schimmerte matt im Licht der zuckenden Flammen.

Fünf Minuten.

»Du bleibst dicht hinter mir, ja? Und du wirst tun, was ich sage«, sagte Valeria. »Wenn ich dir sage, lauf, dann läufst du, ohne dich um mich zu sorgen – ist das klar?«

»Ja. Verstanden.«

Valeria legte ihr die Hand an die Wange. »Wir kommen hier raus. Und dann werden meine Leute Rochat hochnehmen. Ganz gleich, für wen er sich hält – er wird das hier nicht überstehen, das schwöre ich dir. Er wird bezahlen, für alles, was er hier seit Jahren getrieben hat.«

»Ich hoffe es.« Maria zog den Reißverschluss der Jacke zu. »Ich hoffe es so sehr.«

Dann blieb ihnen nur noch eine Minute, von der die Sekunden so schnell wegbrachen, als hätte jemand die Zeit selbst beschleunigt.

Zehn Sekunden.

Verfluchte Scheiße, dachte Valeria. *Ich hasse diese Bergdörfer.*

Die Zeit war abgelaufen, und die schwere Stahltür schwang mit einem elektrischen Summen nach außen.

»Lauft«, erklang Rochats Stimme aus einem versteckten Lautsprecher. »Ihr habt eine Stunde Vorsprung.«

Der frühe, kalte Morgen lag vor ihnen.

Der Boden war weiß und gefroren.

Schnee war gefallen.

»Gehen wir«, sagte Valeria.

41

Valeria stapfte durch den Schnee, Maria ging dicht an ihrer Seite. Die Tür hatte beide Frauen mitten im Nirgendwo ausgespuckt – und wohin auch immer Valeria blickte, sie konnte nichts von Menschenhand Gemachtes erkennen, keine Straße, keine Hütte, nicht einmal einen Strommast. Rochats Herrenhaus war wie vom Erdboden verschluckt, und auch alles andere, an was sich Valeria von der Fahrt vom Haupttor bis zum Anwesen erinnerte – selbst die Wälder, durch die sie und Maria nun gingen, wirkten fremd.

Fremd, aber doch ähnlich, was Valeria von dem Gedanken abbrachte, der sie zuerst heimgesucht hatte, nämlich dass Rochat sie und Maria heimlich, in der Zeit, in der Valeria bewusstlos gewesen war, an einen anderen Ort gebracht hatte.

»Wir sind noch in der Nähe von Steinberg«, sagte Valeria, und ihre Worte hallten von den hoch aufragenden Tannen und Fichten, die sie auf jedem Meter flankierten, wider. »Oder?«

Maria nickte. Sie mühte sich voran, doch Valeria sah, wie ihr jeder Schritt schwerfiel. »Ich glaube, schon.«

Nach etwa zwanzig Minuten erreichten sie eine breite Schneise, die in das Waldstück geschlagen worden war. Das Gras, das hier wuchs, reichte ihnen bis zu den Knien, es war von Frost überzogen und wisperte bei jedem Schritt.

»Da, sieh mal.« Maria deutete auf einen schneebedeckten

Viertausender, der sich am Horizont erhob. »Ja, wir sind noch in der Nähe. Den Gipfel kenne ich, den würde ich nicht verwechseln, ich bin in seinem Schatten aufgewachsen.«

Valeria nickte stumm. Die Sonne ging auf, doch trieb der Wind schwere, tief hängende Regenwolken vorbei, die die schwachen Strahlen kaum durchdringen konnten. Das Licht blieb trüb und grau, und der Wind machte jeden Meter, den sie auf freiem Feld zurücklegen mussten, zu einer eisigen, quälenden Angelegenheit.

»Hier steht die Sonne jetzt«, sagte Valeria, »also gehen wir in diese Richtung. Das ist Süden.« Als sie den Waldrand auf der anderen Seite der Lichtung erreichten, strich sie über die Rinde einer Tanne.

»Diese Seite ist moosbewachsen. Die Wetterseite. Das heißt, wir müssen weiter in diese Richtung gehen … Dann stoßen wir zwangsläufig an die Grenze von Rochats Ländereien.«

»Wir müssen es bis Steinberg schaffen. Das liegt südlich von seinem Anwesen«, sagte Maria. »Dort müssen wir irgendwie an ein Telefon kommen und die Polizei rufen. Du musst das tun.« Der Ausdruck in ihren Augen jagte Valeria einen Schauer über den Rücken, der nichts mit dem eisigen Herbstwind zu tun hatte.

»Wir werden es gemeinsam rausschaffen«, erwiderte sie. »Mach dir keine Sorgen.«

Maria sagte nichts, aber nur zwanzig Minuten später, als sie durch eine Schneedecke stapften, die ihnen bis über die Knie reichte, hörte Valeria ihr Keuchen und sah ihr schmerzverzerrtes Gesicht.

»Komm schon«, sagte sie. »Nur noch ein bisschen weiter.«

»Es ist … so verflucht kalt. Und anstrengend.« Doch Maria rappelte sich auf. Was immer sie beide erwarteten, wenn Rochat sie einholte, es war in jedem Fall schlimmer als Kälte und Schnee und Anstrengungen, selbst wenn sie bis an die körperliche Leistungsgrenze gingen.

Wieder etwa fünfzehn Minuten später – Valeria schätzte die Zeit anhand des Sonnenstandes ab – hallte ein Geräusch durch den Wald.

Sie legte einen Finger auf die Lippen und bedeutete Maria mit einer schnellen Geste, sich hinter einen Baumstamm zu ducken und zu verstecken.

Es war der dröhnende Motor eines Schneemobils. Erst von fern, dann wurde das Geräusch immer lauter.

»Bedeck dich mit Schnee«, zischte Valeria. »Damit man deine Jacke nicht sieht.« Sie schaufelten den Schnee mit beiden Händen energisch über die dunklen Stellen ihrer Kleidung, versuchten, sie so unsichtbar wie nur möglich zu machen.

Schließlich sahen sie zu, wie das Gefährt mit mittlerer Geschwindigkeit den schmalen Pfad durch den Wald herabgefahren kam. Ein weiß gekleideter Mann fuhr das Schneemobil, und auf seinem Rücken hing ein Gewehr mit Zielfernrohr, das sich deutlich von seiner Tarnkleidung abhob. Er schaute nach links und rechts, war etwa fünfzig Meter von ihnen entfernt.

Keine Herausforderung für sein Gewehr. Aber er entdeckte die beiden Frauen nicht, der Schnee hielt sie verborgen, und schließlich knatterte das Schneemobil durch den Wald davon. Nur der Benzingestank blieb, während sich das Motorengeräusch Richtung Süden entfernte.

Süden, dachte Valeria. *Sie ahnen, wohin wir gehen werden.*

Sie winkte Maria, bedeutete ihr, geduckt weiterzugehen.

Du brauchst dieses Gewehr.

»Wir könnten ihn anlocken«, flüsterte sie Maria zu. »Und dann …«

»Schaffst du das?« Maria starrte sie mit großen Augen an.

»Vielleicht. Ich hoffe es. Aber das bedeutet, dass du ihn ablenken musst. Du musst ihn herlocken, damit ich ihn überrumpeln kann. Er darf mich nicht sehen.«

»Was soll ich tun?«

»Ruf, so laut du kannst. Aber erst, wenn ich mich versteckt habe.« Sie legte Maria eine Hand an die Wange. »Sicher, dass du das machen willst?«

Maria nickte. Ein harter Zug lag um ihren Mund, sie war entschlossen. Valeria lauschte noch einmal in die Stille des Waldes hinein, doch außer dem fernen Motorengeräusch war nichts in der Nähe. »Hoffentlich locken wir nur ihn an und nicht noch andere.«

Unweit vom Pfad entdeckten sie eine geeignete Stelle und einen etwa armlangen Ast, den Valeria an sich nahm. »Leg dich da auf den Boden. Tu so, als hättest du dich verletzt.«

»Ist gut.«

Valeria eilte zu einer Eiche hinüber, deren breiter Stamm sie verbergen würde, dann bedeckte sie sich wieder mit Schnee. Die Kälte drang durch die Jacke auf ihre Haut und bis auf die Knochen. Valeria musste sich zusammenreißen, um nicht mit den Zähnen zu klappern. Dann hörte sie Maria schreien.

Einmal.

Zweimal.

Sie spielt es gut, dachte Valeria. *Er wird es hören.*

Und so war es. Mit einem Gefühl der Erleichterung, aber auch wachsender Anspannung lauschte Valeria auf das Motorengeräusch, das wieder lauter wurde.

Er hat es gehört.

Dunklen Qualm ausspuckend kam das Schneemobil herangebraust. Maria hockte etwa zehn Meter entfernt, hielt sich ein Knie und zitterte. Der Fahrer des Schneemobils sprang von seinem Gefährt und stapfte näher.

»Sieh mal einer an«, hörte Valeria eine Stimme mit einem deutlichen französischen Akzent. »Und ich hatte gehofft, wir finden die Bullenfotze zuerst. Was hast du? Hm? Hast du dir dein Knie verdreht? Du armes Ding.«

Ein dumpfes Geräusch erklang, und Valeria hörte Maria aufschreien. Sie musste handeln. Schnell schüttelte sie den Schnee ab, schlich geduckt in Richtung des Weges.

»Es ist nicht vorbei, weißt du? Ich werde dich zurückbringen, und dann kommt es ... das Beste. Aber ... *merde* ... Ich hatte wirklich gehofft, du würdest uns ein wenig mehr Widerstand bieten.«

Valeria sah den Rücken des Mannes. Er war zehn Meter entfernt. Das Gewehr hatte er nicht in die Hand genommen, er trug es noch immer um den Oberkörper geschlungen – offenbar war er sich seiner Sache sehr sicher.

Valeria holte mit dem Ast aus, zielte auf den Kopf.

»Wa...?«

Er fuhr herum, eben in jenem Augenblick, als das Holz seine Schläfe traf und splitterte. Das Geräusch erinnerte Valeria an einen Sandsack, auf den jemand einschlug, und sie sah, wie sich das rechte Auge des Typen nach innen verdrehte, als würde er schielen. Er kippte in den Schnee. Blut floss aus seiner Nase, und sein Bein zuckte unkontrolliert.

Schnell hatte Valeria ihm das Gewehr abgenommen. Es war geladen, wie sie feststellte, und am Körper trug der Unbekannte weitere Munition, die sie einsteckte.

»Bist du okay?«

Maria kam auf die Füße. »Hat mich in die Seite getreten, das Arschloch. Aber sonst ist alles gut. Scheiße, das war eiskalt von dir.« Sie blickte auf den Mann, der mit dem Gesicht voran im Schnee lag. »Ist er tot?«

»Scheiß auf ihn«, erwiderte Valeria. »Wir müssen weiter. Nehmen wir das Schneemobil und fahren Richtung Süden. Machen wir, dass wir von hier verschwinden.«

42

Valeria hörte das Motorengeräusch, noch ehe sie die anderen Schneemobile sah. *Sie sind noch ein ganzes Stück entfernt, aber sie kommen näher. Die wissen, wo wir sind. Oder anders gesagt: Die haben uns im Visier.* Panik kroch ihr wie Gift ins Gehirn, wollte ihre Gedanken lähmen.

Wieder ein Waldstück, durch das Valeria mitten hindurchfuhr. Äste streiften sie an der Schulter, einer davon hing so tief, dass er ihr die Wange blutig kratzte. Sie spürte, wie Maria, die hinter ihr saß und sie fest umschlungen hielt, heftig atmete. Die jüngere Frau zitterte so sehr, dass Valeria nicht sicher war, ob sie diese Flucht wirklich überstehen würde. Die Situation setzte ihr zu, hinzu kam der Schock darüber, mitansehen zu müssen, wie einem anderen Menschen vor ihren Augen das Leben aus dem Körper wich. Kein Adrenalin in ihrem Körper konnte diese wachsende Panik verdrängen.

Dann tauchte eine Hütte aus dem Nebel auf. Windschief stand sie auf einer Lichtung, die Fenster vernagelt, ein kleiner Schuppen daneben, in dem Holz gelagert wurde.

Valeria brachte das Schneemobil zum Stehen. »Maria. Hör mir jetzt zu.«

Sie nickte nur. Ihre Wangen waren bleich vor Kälte.

»Du wirst dich da drin verstecken, ja? Und ich werde unsere Verfolger weglocken. Fort von dir. Ich werde Hilfe holen.« Valeria deutete auf die Tankanzeige des Schneemobils. »Wir haben nicht mehr viel Sprit, und zu zweit ... Ich weiß, du hast Angst, aber glaub mir, allein bin ich schneller. Allein werde ich es hier rausschaffen und kann Hilfe holen.«

Maria nickte, doch war sich Valeria nicht sicher, ob sie sie überhaupt wirklich verstanden hatte. Etwas im Blick der jüngeren Frau war vernebelt, wie weggetreten. Hatte der Angreifer sie doch schwerer verletzt?

Dafür blieb keine Zeit.

Valeria stemmte sich mit der Schulter gegen die Tür der Hütte und stellte erleichtert fest, dass sie sich aufdrücken ließ.

»Versteck dich. Ich bin bald wieder da, und dann mit jeder Menge Unterstützung. Versprich mir, dass du da drinbleibst.«

Maria nickte, und ihre Lippen zitterten. Jäh streckte sie die Arme aus und drückte Valeria fest an sich. Sie fühlte sich furchtbar kalt an.

Als Valeria wieder aus der Hütte trat und die Tür hinter sich schloss, die Spuren verwischte, fiel neuer Schnee vom Himmel.

Gott sei Dank. Das wird es den Jägern schwer machen, hierher zu finden. Jetzt musste sie nur noch so weit wie möglich von hier fortkommen, immer weiter Richtung Süden.

Valeria lenkte das Schneemobil aus dem Wald heraus über eine sanft abfallende Hügelfläche, wo die dichte Schneedecke immer häufiger von grünen Sprenkeln durchbrochen wurde, dort, wo das hohe Gras durch die gefrorene Schneefläche brach.

Schließlich musste sie das Schneemobil anhalten und stehen lassen. Es gab kein Weiterkommen in südlicher Richtung, wo der gefallene Schnee den Boden nur noch wie feiner Puderzucker spärlich bedeckte.

Valeria eilte auf das nächste, vor ihr liegende Waldstück zu. Ihre Beine wurden schwer, die Muskeln in ihren Oberschenkeln und Waden brannten, als hätten sie sich in ihrem Inneren in Glut verwandelt, und doch schleppte sie sich weiter, mit zusammengebissenen Zähnen und verkrampftem Körper, drehte ständig den Kopf hin und her, blickte über die Schulter zurück und versuchte, auch nur die kleinste Andeutung einer Annäherung ihrer Feinde zu bemerken. Irgendwo musste das Gelände doch ein Ende haben, irgendwo hatten Rochats Leute doch gewiss einen Zaun aufgestellt, den sie nur noch überwinden musste, und dann wäre sie frei.

Endlich hatte Valeria den Wald erreicht. Erneut trat sie auf eine der Tannen zu und überprüfte, auf welcher Seite Moos wuchs – auf der falschen. Valeria hielt inne, starrte zum Himmel hinauf, wo sich die Sonne hinter schweren dunklen Regenwolken versteckte. Hatte sie sich in den Himmelsrichtungen geirrt? Von wo war sie noch mal gekommen? War sie falsch abgebogen? Und schlimmer noch: Hatte sie Maria allein zurückgelassen, nur damit ihre Jäger sie sich ganz leicht schnappen konnten?

Valeria nahm das Gewehr in die Hände. Es fühlte sich kalt und schwer an. Als sie den nächsten Schritt machen wollte, knickte sie mit dem linken Knöchel um. Ein gepresstes, schmerzvolles Stöhnen entwich ihr. Mühsam rappelte sie sich auf, strich sich das verschwitzte Haar aus der Stirn. Ihre Hände zitterten. Erst jetzt bemerkte sie, wie erschöpft sie war, und überlegte, wann sie das letzte Mal etwas gegessen oder getrunken hatte, wann sie sich das letzte Mal ausgeruht hatte. Viel zu lang her.

Auf einmal trat ein dunkler Schemen aus dem Wald. Wie aus dem Nichts erschien er aus seinem Versteck hinter einer Tanne und stürmte auf sie zu. Valeria riss das Gewehr hoch. Ein Schuss löste sich, doch sie verfehlte den Angreifer, im Handgemenge wurde ihr die Waffe aus der Hand gerissen und fiel in den Schnee.

Sie blickte in das Gesicht von Matteo Wagner, der ein Messer in der Hand hielt. Seine Wangen waren gerötet, ob vor Kälte oder Zorn, wusste sie nicht. Sie beide umkreisten das Gewehr wie Wölfe ihre Beute.

»Ergib dich.«

»Fick dich! Wieso, Matteo? Was hast du davon, bei Rochats Spielchen mitzumachen?«

»Er hilft dem ganzen Dorf. Die meisten hier oben leben sehr gut von ihm. Auch wenn wir den Anschein wahren, als wäre es anders.«

Er stieß mit dem Messer zu, doch Valeria bemerkte sofort, dass er nicht geübt darin war. Sie wich ihm aus, die Klinge streifte nur ihren Mantel. Mit einem gezielten Schlag auf seinen Unterarm entlockte sie ihm einen Schrei. Das Messer fiel in den Schnee, er wollte nach dem Gewehr greifen, doch Valeria trat ihm in den Weg; sie duckte sich unter einem weiteren Schlag und nutzte Matteos Schwung, um ihn in den Schnee zu stoßen.

Dann zog sie das Messer aus dem Schnee, blind vor Wut. Matteo kam wieder auf die Beine.

»Tu es nicht«, sagte Valeria.

Er schrie wie ein wütendes Tier, als er sich wieder auf sie stürzte.

Alles nur ein Schauspiel. Alles, was er getan hat, war, dich im Auge zu behalten. Er ist Teil von allem. Er lebt im Schatten.

Das Messer blitzte auf.

Blut tropfte in den Schnee.

Matteo Wagner holte tief Luft. Seine Augen fixierten ihre.

»Du …«

»Ich habe dich gewarnt.«

Er machte ein paar Schritte zurück. Blut floss aus einer Wunde in Höhe seiner Lunge. Dann kippte er zurück in den Schnee und rührte sich nicht mehr.

Valeria hörte ihr Blut in den Ohren rauschen. Erst jetzt, da das Adrenalin abflaute, spürte sie den Schmerz an ihrer Seite. Das Messer hatte sie gestreift. Blut floss zwischen ihren Fingern hindurch.

Sie humpelte auf den Waldrand zu.

Ausruhen. Nur ein paar Minuten. Hier im Wald … bist du einigermaßen sicher.

Hinter einer Tanne ließ sie sich auf den Boden sinken. Da waren ein paar kleine Flecken von verbliebenem Schnee, der noch nicht getaut war. Vorsichtig sammelte sie einige der wässrigen Schneebrocken auf und steckte sie sich in den Mund. Das kalte Wasser schmeckte herrlich, und es zu trinken, war eine Wohltat. Valeria lehnte sich an den breiten Stamm, die Rinde an ihrem Rücken fühlte sich an, als wäre sie aus Eisen gemacht. Sie begutachtete die Verletzung an ihren Rippen, wo das Messer sie gestreift hatte, und zerteilte den Mantel mit der Klinge. Die Stoffstreifen wickelte sie als eine Art improvisierten Druckverband um sich, zerrte und zog sie so fest, wie sie nur konnte.

All das nahm vielleicht eine halbe Stunde Zeit in Anspruch.

Eine halbe Stunde, in der sie kaum auf ihre Umgebung achtete.

Für einen Moment die Augen schließen.

Ausruhen.

Nur ein … paar … Minuten.

Ein dürrer Ast knackte nicht weit entfernt.

Als sie aufblickte, sah sie direkt in den doppelläufigen Lauf einer Schrotflinte, die auf ihren Kopf gerichtet war.

Und ihr Gewehr lag nutzlos ein Stück entfernt zu ihren Füßen, das gemaserte Holz von ihrem Blut verschmiert.

Sie erkannte den Mann, der die Waffe hielt, nicht, denn sein Gesicht war hinter einer Sturmhaube verborgen – und den zweiten, der sich zu ihrer Linken an sie heranschlich, bemerkte sie zu spät.

Wieder ein Einstich, an ihrem Hals, nah bei der Schulter. Valeria schlug nach dem Angreifer, eine kleine Spritze fiel ins nasse Gras.

»Nummer eins«, erklang eine Stimme.

Erst dann begriff sie, schon während sich die Welt vor ihren Augen zu drehen begann, dass ihre Angreifer mit jemandem per Funk sprachen. »Und die andere werden wir schon finden.«

Gott sei Dank, dachte Valeria noch, bevor sie wegdämmerte. *Sie haben Maria nicht entdeckt.*

Noch nicht.

43

Eiskaltes Wasser, das Valeria ins Gesicht traf, weckte sie aus ihrem Schlaf. Ihr Körper fühlte sich an, als wäre sie durch eine große Mangel gedreht worden, Muskelkater, Schmerzen an ihrer Seite, ein Pochen in ihrem Kopf. Valeria blinzelte.

Gedämpftes Licht in einem großen fensterlosen Raum.

Sie versuchte aufzustehen, doch wollten ihre Beine ihr nicht gehorchen. Dann bemerkte ihr noch benommener Verstand, dass ihre Knöchel an Stuhlbeine gefesselt waren. Ihre Hände lagen in ihrem Schoß, die Handgelenke waren aneinandergebunden.

Rochat stand vor ihr, den leeren Eimer noch in der Hand.

»Schau an«, sagte er. Seine Stimme klang samtweich, wie das dunkle Tuch, das auf einer verhüllten, etwa zwei Meter hohen Skulptur hinter ihm lag. »Die Polizistin kehrt zu uns zurück. Ihr Fluchtversuch war nicht erfolgreich, wie ich hörte. Wie schade.«

Valeria schwieg. Sie spürte, wie das kalte Wasser von ihren Haaren tropfte und über die Stirn ihr Gesicht herunterlief.

»Was hast du mit ihr gemacht?«, fragte Rochat nun. »Maria Wyss. Sie war nicht bei dir. Sie ist nicht entkommen, da bin ich mir sicher.«

Valeria legte den Kopf schief. »Du hättest uns nicht entkommen lassen. Du hast Vorsorge getroffen, dass das gar nicht geschehen kann. Leute aufgestellt, elektronische Überwachung und all das.«

Rochat nickte lächelnd. Er stellte den Eimer ab. »So ist es. Meine kleine Leidenschaft hier ist mir zu wichtig, als dass ich sie freiwillig aufgeben würde.«

»Leidenschaft«, wiederholte Valeria höhnisch. »Ich nenne es Mord.«

»Nun, das kommt ganz auf den Standpunkt an, nicht wahr? Wie ich schon sagte: Wer in aller Welt soll mich stoppen?«

»Ich.«

Rochat nickte, und noch immer lächelte er. »Ja. Das könnte sein. Vielleicht wirst du aber mein Meisterwerk. Sieh her.«

Mit einem Ruck zog er das Tuch von der Statue hinter ihm – und enthüllte im Bruchteil einer Sekunde ein barbarisches Grauen. Es war Ana Castillo. Aber sie war nie in einer Lawine umgekommen, das war unübersehbar. Valeria blickte in die leblosen Augen der jungen Frau, nackt und erstarrt an ein Metalldrahtgeflecht gebunden, das sie aufrecht hielt. Ihre Haut war unnatürlich bleich, und doch scheinbar unversehrt, so kühl wie eine Porzellanpuppe, nur aus ihren Augen war Blut auf ihre Wangen geflossen, das nun zu dunkelroten Schatten getrocknet war. Rochat hatte Ana Castillo nicht nur getötet, er hatte ihre Leiche zu einer grausamen Statue umgestaltet.

»Du hast sie also auch für deine kranke Jagd benutzt. Und wozu? Für diesen abartigen Wahnsinn dort?«, rief Valeria.

»Du nennst es Wahnsinn, ich nenne es Kunst. Ich vollbringe das, was selbst die großen Künstler der Renaissance nicht zustande bringen konnten. Ich erschaffe aus Lebenden den Tod. Ich forme einst warme Materie in kaltes, für immer und ewig Erstarrtes. Ich mache aus Menschen Objekte. *Meine* Objekte.

Sieh sie dir an. Siehst du noch einen Funken, der in ihren Augen übrig geblieben ist?«

Valeria wollte ihm diesen Triumph nicht gönnen. Sie senkte den Blick in Richtung Boden. »Du hast sie ermordet. Dafür wirst du bestraft werden. Niemand wird sich an dich als Künstler erinnern. Überhaupt niemand wird sich an dich erinnern. Das ist alles, was ich zu sagen habe.«

Sie hörte Rochats Schnauben und wie er wutentbrannt auf sie zustürmte. Er trat gegen den Stuhl, und Valeria kippte zur Seite. Schmerz brandete durch ihre Schulter, als sie auf dem Marmorboden aufschlug.

»Du …«, brüllte Rochat über ihr, »hast keine Ahnung!«

Oh, dachte sie, du hast wohl einen Nerv getroffen. Aber sie blieb stumm.

»Du wirst das Meisterwerk werden«, hörte sie Rochat flüstern. Seine Schuhe huschten über den Marmorboden, er entfernte sich, klapperte mit irgendetwas herum und kam wieder näher. »Ich werde es allen zeigen.«

Valeria spürte, wie eine kalte, stumpfe Klinge an ihren Unterarmen entlangfuhr – dann waren ihre Hände frei. Ein zweiter Ruck an ihren Beinen, und ihre Füße waren nicht länger an die Stuhlbeine gefesselt.

»So«, sagte Rochat. Er atmete schwer, und als sie an ihm hochsah, bemerkte sie seine Erregung, die sich deutlich unter der Stoffhose abzeichnete. »Niemand wird behaupten können, ich hätte dir nicht doch noch eine Chance gegeben. Fünfzehn Minuten, Valeria. Nimm dir, was du in diesem Raum findest, und flieh.« Er lachte leise und bösartig. »Oder versuch es zumindest. Ist die Zeit um, werde ich kommen und dich suchen. Wir sind allein. Alle anderen sind draußen und jagen Maria … also nur du und ich. Schmerz, Valeria, macht ein Kunstwerk nur noch viel schöner. Und ich werde dich leiden lassen, das verspreche ich dir.«

Er machte kehrt und eilte davon. Schon nach wenigen Metern verschluckte ihn die Dunkelheit, und dann war auch das Geräusch seiner Schritte nicht mehr zu hören. Valeria stand auf. Der Muskelkater in ihren Beinen war stark und schmerzhaft, als sie hin und her durch den Raum ging, um sich aufzulockern.

Ana Castillo, die auf dem Marmorsockel in der Raummitte stand, schien sie anzustarren, ihre toten Augen folgten Valerias Schritten, und sie musste sich zwingen, nicht hinzusehen.

Da lagen Pinsel. Ein paar Schraubendreher, von denen sie einen einsteckte. Sägen, die zu lang waren, um mit ihnen etwas anfangen zu können. Und dann entdeckte sie es: ein kurzes Messer, halb versteckt unter einigen Kartons. Die Klinge war recht stumpf, doch Valeria nahm es dennoch in die Rechte, ehe sie zur Tür eilte.

Hier musste Rochat entlanggegangen sein. Sie blickte sich noch einmal um, konnte jedoch keinen anderen Ausgang entdecken. *Aber so verrückt, wie er ist, hat er wahrscheinlich das ganze Haus mit Geheimgängen und versteckten Türen vollbauen lassen.*

Valeria öffnete die Tür. Dahinter lag ein langer Korridor mit Natursteinwänden, an denen in eisernen Halterungen Fackeln brannten wie in einer alten Raubritterburg.

Als sie ihre eigenen Schritte von den Steinwänden widerhallen hörte, stoppte sie und zog ihre Schuhe aus. Barfuß schlich sie weiter über den kalten Steinboden und durch eine zweite Tür zu ihrer Linken.

Du musst das Haus verlassen. Und dann lauf.

Oder stell dich ihm. Kämpfe.

Er muss gestoppt werden.

Du weißt das.

Und Gefängnis … Nicht mal das hat er verdient.

Sie spürte, wie ihr Blut kochte, angesichts dessen, was Rochat Ana angetan hatte.

Und nicht nur ihr. All seinen Opfern. All die Jahre. Es muss enden.

Hier und jetzt.

Ihre Hand, mit der sie das kurze Messer umfasste, war so angespannt, dass sich die Knöchel weiß unter der Haut abzeichneten.

Fünfzehn Minuten waren gewiss schon verstrichen, und dies bedeutete, dass sich Rochat auf die Jagd nach ihr begeben würde. Hatte er die Wahrheit gesagt, was diesen Zeitraum und die Abwesenheit von allen anderen betraf?

Keine Ahnung.

Spielt auch keine Rolle.

Valeria musste an Bains Worte denken, noch bevor sie Steinberg überhaupt zum ersten Mal gesehen hatte, daran, wie er versucht hatte, herauszufinden, ob es jemanden in ihrem Leben gab, der auf sie wartete – jemanden, den ein Feind womöglich in Gefahr bringen könnte. Ihre Antwort war gewesen: *Ich hinterlasse niemanden.*

Wenn du heute Nacht hier stirbst, dachte sie bitter, dann werden vielleicht nur ganz wenige um dich trauern, aber immerhin wirst du Rochat mitnehmen.

Sie stieg eine lange Steintreppe hinauf, trat durch einen Torbogen und gelangte zurück in den Bereich des Herrenhauses, den sie schon zuvor besucht hatte. Die cremefarbenen Teppiche auf dem Boden, die Marmorplatten an den Wänden, die Ölgemälde. Jeder ihrer Schritte wurde von den weichen, hochflorigen Teppichen verschluckt. Vorsichtig näherte sie sich einer Ecke und spähte darum herum.

Die Eingangshalle lag vor ihr, leer und in gedämpftes Licht getaucht, das die Schatten kaum zurückhalten konnte. Einer der Hirschköpfe starrte von der holzvertäfelten Wand auf Valeria herab. Besonders weit konnte sie nicht sehen. Man hatte die elektrischen Rollläden vor sämtlichen Fenstern herabgelassen, draußen hätte nun genauso gut tiefste Nacht herrschen können.

Auf einmal richteten sich die feinen Härchen an ihrem Nacken auf, ihr Instinkt alarmierte sie.

Rochat ist irgendwo hier … und wartet. Und im Gegensatz zu dir ist er nicht nur mit einem stumpfen Brotmesser bewaffnet.

Noch bevor Valeria einen weiteren Schritt machen konnte, legte sich ein Arm von hinten um sie, und eine Hand presste sich mit aller Kraft gegen ihren Mund.

44

Valeria hätte geschrien, doch die Hand schnürte ihr die Luft ab. Mit aller Kraft wurde sie zurück in den Korridor gezerrt, fort von der Eingangshalle.

»Ganz ruhig«, flüsterte eine Stimme in ihr Ohr.

Sie erstarrte. Das war nicht Rochat, und es war auch niemand von den anderen Jägern. Sie kannte die Stimme. Mit beiden Händen griff sie nach den Fingern an ihrem Mund und zog sie herunter. Dann drehte sie sich um.

»Bain?«, flüsterte sie.

Er war es – und er sah fürchterlich aus. Seine Jeans waren zerrissen, sein Mantel nur noch ein Fetzen Stoff. Er blutete, im Gesicht, an den Armen … Und dennoch stand er hier vor ihr.

Ihren Kollegen so unverhofft vor sich zu sehen, war das Überraschendste und Erfreulichste, was hätte geschehen können.

Valeria umarmte ihn. Sie roch den Regen in seinem Haar, spürte, wie er die Umarmung fest erwiderte.

»Du bist gerade noch rechtzeitig gekommen.«

»Ist alles okay?« Bain blickte besorgt auf sie herab.

»Rochat und ich sind allein, hat er behauptet. Er macht Jagd auf mich. Wir müssen ihn finden.«

»Wir müssen hier raus!« Bain klang energisch, zugleich

aber – und dies hätte sie für nicht möglich gehalten – hatte sich ein Unterton der Angst in seine Stimme geschlichen.

»Nein. Es muss aufhören. Wir müssen ihn stoppen.« Sie trat einen Schritt von Bain weg. »Was ist passiert?«

Ein zynisches Lächeln trat auf seine Lippen. »Nur eine kurze Auseinandersetzung mit einem von Rochats Leuten. So ein kleinwüchsiger Irrer. Ihm geht es nicht mehr so gut, würde ich sagen.« Bain griff in seinen Mantel und hielt ihr eine Pistole hin. »Nimm die«, sagte er. »Dann finden wir Rochat und ... tun, was getan werden muss.«

Valeria nahm die Waffe. »Ja. Aber gemeinsam.«

Bain deutete in Richtung der Eingangshalle. »Ich habe ihn vorhin gesehen. Er ist nach oben gegangen.«

»Folgen wir ihm.«

In der Dunkelheit kam ihr die lange Treppe endlos vor. Auch in der oberen Etage waren sämtliche Rollläden herabgelassen, sodass die langen Flure in nachtschwarze Dunkelheit getaucht dalagen.

Bain deutete nach rechts. »Der Ostflügel. Da war ich noch nicht.«

»Gehen wir«, sagte Valeria und nickte. »Ich bin direkt hinter dir.«

Auch in diesem Trakt hingen Ölgemälde, doch hier waren sie um einiges bizarrer als das, was Valeria bisher zu Gesicht bekommen hatte. Sie sah ausgeweidete Tiere, Menschen, die gefoltert wurden und Höllenqualen erlitten. Ein paar Türen standen offen, und als sie und Bain die Räume dahinter durchquerten, wurde ihr klar, dass dieser Flügel normalerweise wohl kaum Besuchern offenstand, dieser Teil schien für Rochat allein und die kränksten seiner Fantasien vorgesehen.

Valeria entdeckte präparierte Tiere, die in hohen Wandregalen standen. In Formaldehydlösung eingelegte Föten in Gläsern. In einem Raum befand sich eine Art Altar, auf dem eine groteske Figur stand, die Valeria von Internetbildern wiedererkannte. El Tio, die südamerikanische Sagengestalt, die Rochat von dort mitgebracht haben musste. Um die Figur herum lagen kleine Gegenstände – wie Opfergaben.

»Das ist eine der Puppen von Donna Brusco. Und eine Bibel, wahrscheinlich von Alvarez.« Valeria warf Bain einen Blick zu. »Und die anderen Sachen … Da, eine Jagdwaffe, die stammt sicher von Wagner. Haben sie diese Dinge als Opfergaben dagelassen, oder was? Hat Rochat sie mit dem Wahnsinn, den er während der Legionszeit in Südamerika erlebt und nie vergessen hat, irgendwie angesteckt?«

»Gehen wir lieber weiter«, sagte Bain. Seine Stimme klang rau, und er sah aus, als wollte er an diesem Ort in keinem Fall besonders lange verweilen.

Sie durchquerten einen weiteren großen Saal, der in der Dunkelheit so still vor ihnen lag, dass Valeria das schwer auf ihr lastende Gefühl verspürte, sie befände sich tief unter Wasser. Unter ihren Schuhen knarrte Eichenholzparkett.

»Ich weiß nicht«, flüsterte sie heiser, »aber hier stimmt was nicht.«

Bain wollte antworten. Sie hörte, wie er Luft holte, doch wurde er jäh unterbrochen.

»Ganz richtig, Valeria. Ihr glaubt, ihr könnt tun, was ihr wollt? Hier? Nein!« Rochats Stimme erklang aus der Dunkelheit etwa einen halbe Sekunde bevor der Schuss fiel und sie Bain neben sich aufstöhnen hörte. Ein grelles Licht flammte auf und blendete sie, als ein Bühnenschweinwerfer ihr direkt ins Gesicht strahlte. Sie sah, wie Bain neben ihr zusammenbrach, sie sah die großen Säulen, die den gewaltigen Ballsaal in regelmäßigen Abständen zu beiden Seiten flankierten – und sie traf die Entscheidung, was zu tun war, in einem Herzschlag.

Während sie einen zweiten Pistolenschuss dröhnen hörte und das glühend heiße Projektil knapp an ihrem Kopf vorbeisirrte, stürzte Valeria hinter eine der mächtigen Säulen und presste sich dagegen. Ihr Herz hämmerte, doch hielt sie die Pistole fest umklammert. Bain wälzte sich auf dem Boden, er stöhnte vor Schmerzen. Blut breitete sich in einer Lache unter ihm auf dem Boden aus.

»Ihr denkt, ihr kommt in mein Haus«, hörte sie Rochats Stimme, »und nehmt mich fest? Ihr habt keine Macht über mich.«

»Nimm die Hände hoch!«, schrie sie ihm zu.

»Nein. Ich werde dir sagen, was geschieht.« Er klang amüsiert, ja freudig erregt. »Dieser Mann … Bain … Bedeutet er dir etwas? Ich denke, du bedeutest *ihm* etwas. Sonst wäre er nicht gekommen, so schnell er konnte, ohne Unterstützung. Er wird sterben. Ich werde ihn vor deinen Augen hinrichten. Damit du begreifst, Valeria, dass du nichts, aber auch gar nichts tun kannst, um mich aufzuhalten. Oder willst du Gnade? Schonung für ihn? Vielleicht kann ich sie dir gewähren. Vielleicht werde ich dem waidwunden Hund hier nicht den Gnadenschuss verpassen. Du willst es herausfinden? Dann leg die Waffe auf den Boden und schiebe sie in die Mitte des Raums.«

»Tu es nicht, Val«, hörte sie Bains keuchende Stimme. »Nicht für mich. Knall … ihn … ab.«

Aus dem Augenwinkel bemerkte Valeria eine Bewegung. Sie fuhr herum und traute ihren eigenen Augen nicht.

Oh Gott. Wie ist das möglich?

Sara Castillo kauerte sich neben eine zweite Säule ganz in der Nähe. Sie hielt ein langes Küchenmesser in der Hand und deutete in nördliche Richtung, dorthin, wo auch Valeria Rochat vermutete.

Lenk ihn ab, formten ihre Lippen. *Lenk ihn ab, damit ich an ihn herankomme. Er konzentriert sich nur auf dich.*

Sara Castillo. Sie ist nicht geflohen. Hat tatsächlich getan, was du ihr geraten hast, hat sich gut versteckt. Und jetzt … Obwohl Valeria ihren Augen noch immer kaum trauen mochte, nickte sie.

»Rochat? Ich werde mitmachen, aber nur unter einer Bedingung.«

»Nein, Valeria!«, schrie Bain und stöhnte abermals schmerzvoll auf.

»Und was wäre diese Bedingung?« Rochat klang belustigt. *Er genießt es, mit dir zu spielen.* Valeria bemerkte, wie Sara Castillo hinter der Säule hervorhuschte und weiter nach vorn eilte.

Den Rücken gegen die Säule gepresst, wagte Valeria einen Blick aus der Deckung.

Dort, am nördlichen Ende des Saals, stand Rochat. In der Hand eine Pistole, die auf sie gerichtet war.

Und Valeria begriff, es gab nur eine Möglichkeit.

Bitte vergib mir, Bain. Ich muss es riskieren.

Sie warf ihre Pistole auf den Boden, zielte aber so, dass sie nicht unweit ihres eigenen Verstecks liegen blieb.

»Gib uns beiden noch eine Chance«, rief sie. »Bitte.«

»Soll ich das? Wirklich?« Rochat kam näher, die Waffe aufmerksam in ihre Richtung gerichtet. Er würde die Pistole an sich nehmen wollen, dessen war Valeria sich sicher, und dazu würde er den Saal ein Stück weit herabkommen.

»Ja«, sagte sie und bemühte sich, schmerzgepeinigt zu klingen.

»Was ist es, Valeria? Quält dich deine kleine Verletzung aus dem Wald wieder?«

»Das geht dich einen Scheißdreck an.«

Wieder lachte Rochat. »Du kleine Wildkatze. Gut. Wir werden noch viel Spaß haben.« Er kam näher und hatte die Pistole beinahe erreicht. Valeria spannte sich an. Wenn Sara Castillo zuschlagen wollte, musste sie es gleich tun.

Und dann hörte sie Rochat scharf Luft holen, hörte Saras wilden Kampfschrei und sprang selbst aus ihrer Deckung hervor. Sie sah, wie sich Sara von hinten auf Rochat stürzte, er herumwirbelte und mit ihr kämpfte. Valeria rannte auf die beiden zu, packte Rochats rechte Hand, riss sie mitsamt seiner Pistole nach oben, während er abdrückte. Die Projektile schlugen in die Decke, Staub und Steinbrocken rieselten auf sie herab.

»Du hast meine Schwester ermordet!«, schrie Sara. Das Messer in ihrer Hand blitzte auf, doch Rochat wirbelte geschickt herum, wehrte sie beide ab und schlug ihr die kalte Pistole gegen die Schläfe. Sara taumelte, fing sich jedoch schnell, dann biss sie zu, biss in Rochats Hand, und er schrie. Seine Waffe schlitterte über den Boden, doch dann stieß er Sara von sich und taumelte nach hinten, schwer um Luft ringend.

Für einen Moment starrten sich Valeria und Rochat nur an. Ein stummer Gedankenaustausch.

Wer würde die Pistole zuerst erreichen?

Dann wirbelte Rochat herum und stürzte aus dem Saal.

»Du … Sara, kümmere dich um meinen Kollegen«, rief Valeria Sara Castillo zu. »Bitte! Er ist verletzt! Hilf ihm! Ich verfolge Rochat!«

Sara nickte knapp, und Valeria schnappte sich Rochats Pistole vom Boden und rannte ihm hinterher.

Schnell erreichte sie eine letzte Tür: Rot war sie, wie frisches Blut, und oben spitz zulaufend wie eine Klinge. In das Holz war der Buchstabe R eingeschnitzt, wie eine unheilvolle Verkündigung.

Dahinter lag ein mit schwarzem Marmor verkleideter Saal voller menschlicher Statuen. Tote Frauen, die Haut wie kühle Porzellanpuppen, die sie wie ein grausiges Publikum von allen Seiten her anblickten, für immer erstarrt, konserviert und an Drahtgestellen befestigt.

Hier wartete Rochat auf Valeria. Er blickte ihr entgegen, ein Tablet, das ganz in seiner Nähe auf einem Tisch lag, verriet ihr, dass er sie beobachtet, wahrscheinlich jeden ihrer Schritte verfolgt hatte.

Valeria richtete die Pistole auf ihn und näherte sich langsam. »Es ist vorbei. Hände hoch, du Arschloch. Ich sag es dir nur ein einziges Mal.«

»Es war ein guter Kampf. Sara Castillo … Ich gebe zu, das war unerwartet. Aber ich fürchte, dass es Bain nicht überleben wird.«

»Ich wiederhole es nicht noch mal.« Valeria zielte nun auf seinen Kopf.

Rochat hob die Hände. »Aus welchem Grund bist du hierhergekommen, Valeria?«

»Das wissen wir doch beide. Du hast aus dem ganzen Dorf einen Haufen irrer Kultidioten gemacht! Und jetzt komm langsam auf mich zu.«

»Gress folgte einer Spur.« Rochat machte einen Schritt, ehe er fortfuhr. »Aber es waren nicht wirklich die verschwundenen Frauen, die ihn interessierten. Was ihn des Nachts nicht mehr schlafen ließ, was ihn in den Wahnsinn trieb, war etwas anderes. Er hatte eine Vermutung, wer einmal hier bei mir gewesen ist … wer sich mit sadistischer Freude an einer Jagd beteiligt hat.«

Wieder ein Schritt.

Valeria bemerkte, wie sich Bain, gestützt von Sara Castillo, langsam zu ihr gesellte. Er blutete aus seinem Oberarm, sein Gesicht war bleich, und er konnte sich kaum auf den Beinen halten. »Es geht schon, Ravelli«, sagte er leise. »Es geht.«

»Jemand von ganz, ganz weit oben. Jemand mit Macht. Gress hatte so eine Ahnung … und er wollte wissen, ob er richtiglag. Ich sagte es ihm, bevor ich ihn tötete. Ich sagte ihm, dass er recht hatte«, fuhr Rochat unbeirrt fort.

Erneut ein Schritt.

»Und dann: Auftritt Ravelli. Geschickt … nun, ein kleiner Geheimauftrag. Was hat er gesagt? Tanner … Was hat er gesagt, oder besser: *Womit* hat er dich belogen? Weißt du, Valeria, einer meiner ganz besonderen Gäste bat Tanner, jemanden herzuschicken, ausgestattet mit falschen Informationen … jemanden, der mich beseitigen würde, ohne Fragen zu stellen. Sobald ich tot bin, stelle ich keine Gefahr mehr da für jene ganz bestimmte Person, die um jeden Preis verhindern will, dass Leute wie Gress oder ich reden könnten … eine Person, die verhindern will, dass ans Licht kommt, wie sie tief im Inneren wirklich tickt. Dass sie nur eine üble, üble Sadistin ist.«

»Schöne Geschichte.« Valeria winkte Rochat weiter heran. »Aber ich werde dich nicht töten.«

»In gewissen Kreisen hat man ausreichend Einfluss, um mich auch im Gefängnis zu beseitigen. Aber, Valeria, ich weiß, dass du es ohnehin nicht riskieren würdest. Weil du weißt, dass es mir gelingt, weiterzumachen. Menschen wie mir gelingt das immer.« Rochat lächelte. »Aber etwas hast du nicht bedacht. Ich habe nicht von *dir* gesprochen, als ich meinte, Tanner hat jemanden geschickt, der den Job zu Ende bringen würde. Dafür haben Sie dir *ihn* als Aufpasser mitgeschickt. Bain. Der Finger am Abzug.«

Rochat deutete auf Colin Bain, und Valeria hörte, wie er neben ihr keuchte.

»Schwachsinn«, sagte Bain schwach. »Das … das ist kompletter Bullshit. Ich habe nicht umsonst Gress' ganzen Weg der Ermittlung zurückverfolgt, über diese verrückte Anna Gruber bis hierher. Du sagst das, weil du deinen Arsch retten willst.«

»Ah, Anna. Das war ein bedauerlicher Unfall. Sie hat mir immer geholfen, bei allem, was es hier zu tun gab. Sie in Würde weiterleben zu lassen, ist das Mindeste, was ich ihr schulde.«

Valeria bemerkte, dass Rochats Worte nicht spurlos an ihr vorübergegangen waren – doch der Lauf der Pistole zitterte nicht und zeigte nach wie vor auf Rochats Kopf. »Rafael«, sagte sie mit Kälte in der Stimme. »Was weißt du über meinen Bruder? Woher stammt dieses Video, das ich gesehen habe?«

»Das wüsstest du gern, nicht wahr? Nun, ich werde es dir ganz sicher nicht verraten.«

»Sag es mir!«, schrie sie.

»Valeria.« Bain legte schwach eine Hand auf ihre Schulter. »Hast du mir nicht selbst gesagt, dass er nicht weitermachen darf und es nur einen Weg gibt, das zu stoppen?«

»Ich …« Valeria zögerte. Konnte es sein, dass Rochat nicht log, um sich zu retten? Konnte es sein, dass er ihr die Wahrheit sagte? »Ja, das habe ich gesagt.«

Bain sah ihr direkt in die Augen. »Dann tu es. Oder lass

mich es tun. Ich kann es tun. Vielleicht … vielleicht komme ich hier ohnehin nicht mehr raus.«

Sara Castillo nickte zustimmend. »Er hat es verdient.«

Valeria wandte sich wieder Rochat zu. Er war einen weiteren Schritt näher gekommen, und das gedämpfte Licht fiel nun auf sein Gesicht, seine Augen.

Seltsam, dachte sie. *Die Statue dort hinten – die des Dämons, den er aus Südamerika mitgebracht hat – hat ganz ähnliche Augen.*

Sie konnte sehen, welche Abgründe dort warteten. Welche Dunkelheit. Wie herausfordernd er sie anschaute. Und wie sehr alles, was er getan hatte, dem widersprach, was sie zu tun geschworen hatte. Sie musste an Ana Castillo denken, an Maria Wyss, Karl Leuenberger, an all die anderen. Dann senkte sie die Waffe. »Ganz gleich, was er getan hat – er steht hier vor uns, ohne sich zu verteidigen. Und wenn er Informationen über meinen Bruder hat, dann muss ich wissen, was er weiß.«

Bain streckte die Hand aus, als wollte er nach ihrer Waffe greifen.

»Nein, Bain. Selbst wenn er recht hat – tun wir es nicht. Bitte. Bitte, Sara. Es ist nicht richtig. Er wird bezahlen, das verspreche ich dir, aber nicht so. Wir knallen ihn nicht einfach ab.«

Sara fluchte auf Spanisch, doch dann nickte sie. »Ana hätte es nicht gewollt. Das weiß ich.«

Rochat schüttelte den Kopf. »Die Schwäche der Frauen. Deine Schwäche, Ravelli, ist mein Gewinn.«

»Drehen Sie sich um. Da rüber, zur Wand.« Valeria nahm ein paar Handschellen aus Bains Mantel und fesselte Rochats Hände hinter seinem Rücken.

»Die Verstärkung ist unterwegs, Valeria«, sagte Bain mit schwächer werdender Stimme. »Es ist vorbei.«

»Es ist erst vorbei, wenn ich sage, dass es vorbei ist«, widersprach Rochat.

»Mund halten.« Valeria stieß ihn grob zur Tür. »Gut. Dann sollten Glauer und seine Leute bald hier sein. Schaffst du es noch raus, Colin?«

Bain nickte. »Langsam. Ganz langsam, denke ich.«

Valeria folgte Bain, Sara und Rochat hinaus, fort von diesem Ort des Wahnsinns. Das stille, dunkle Herrenhaus war wie ein Grab, und niemand hielt sie auf, während sie durch die Eingangshalle schritten.

Sara stieß die Tür auf, und Kälte schlug ihnen wie eine Faust ins Gesicht. Neuer Schneefall hatte eingesetzt, dichte weiße Flocken, die wie Federn herabschwebten. Valeria sah, wie sich eine Reihe von Polizeifahrzeugen über die Hauptstraße dem Herrenhaus näherten.

»Knie dich hin. Du Arschloch, ich sagte, hinknien«, forderte sie. Nachdem Rochat gehorcht hatte, nahm sie einen Anruf entgegen. »Sie haben ein paar Flüchtige aufgegriffen, darunter seinen Butler, aber viele scheinen durch den Zaun geschlüpft zu sein oder sind über geheime Pfade von seinem Grundstück abgehauen«, gab Valeria an Bain weiter. »Aber Maria Wyss ist noch dort draußen.«

Bain warf ihr einen besorgten Blick zu. »Wo?«

»Gut versteckt, hoffe ich.«

»Tja, sieht aus, als … war es das für dich«, sagte Bain zu Rochat.

Nein. Valeria sah zu, wie die Einsatzwagen zum Stehen kamen und Polizisten mit gezogenen Waffen herausstürmten. Glauer kam über den Vorplatz herübergelaufen, er rief etwas, doch gingen die Worte im Rauschen der sich überschlagenden Gedanken in ihrem Kopf unter.

Wenn es stimmt, was Rochat über die Geheimnisse jener Unbekannten gesagt hat, die Tanner beauftragt hatte, ihn zu beseitigen, und wenn Rochat mehr über Rafael und seine Geschäfte weiß …

Dann fängt es gerade erst an.

EPILOG

Konrad Tanner öffnete die Tür zum Kaminzimmer in seinem Haus in Zürich. Dort, wo englische Ledercouches vor Bücherwänden aus dunklem Nussbaumholz standen, im Kamin glutrot das Feuer flackerte und hochpreisige Spirituosen in einem kleinen Barwagen standen, hatte er ein wenig Ruhe vor den drängenden Gedanken und Erinnerungen, die sich in jüngster Zeit immer mehr in seinem Kopf breitmachten. Mit einem Seufzen ließ er sich beim Kamin nieder, nahm eine Zigarre aus einer Holzkiste, schnitt sie mit einem schweren Zigarrenschneider an und entzündete sie.

Zwei Silhouetten lösten sich aus dem Schatten und traten zu ihm ins Zimmer. Ein Mann und eine Frau. Er kannte sie beide.

Außerdem war da eine Waffe, die in seine Richtung zeigte.

»Wir haben Fragen«, sagte Bain.

»Reden Sie, Tanner.« Valeria Ravelli stellte sich mit verschränkten Armen vor den Kamin.

»Ich sehe, Sie haben sich schnell erholt, Bain. Sagen Sie, lebt Maria Wyss noch?«, entgegnete Tanner ruhig.

»Sie hat es überlebt«, antwortete Ravelli kühl. »Und sie ist in Sicherheit. Aber das ist nichts, worüber Sie sich jetzt Gedanken machen sollten.«

Tanner seufzte erneut und nickte. Der Rauch war schmeichelnd und beruhigend. Eine hervorragende Zigarre, dachte er. *Was für eine Verschwendung.* »Wenn diese Nacht vorüber ist, werde *ich* dann leben?«

Bains Gesichtsausdruck war ausdruckslos. »Das kommt ganz darauf an.«

Tanner sah zu Ravelli hinüber. »Worauf?«

»Auf die Wahrheit«, erwiderte sie.